KB232234

그러나 설레는 걸

그러나 설레는 걸 김정주 장편소설

초판 1쇄 인쇄 2011년 2월 10일 **초판 1쇄 발행** 2011년 2월 15일
지은이 김정주 **펴낸이** 공홍 **펴낸곳** 케포이북스
출판등록 제22-3210호 **주소** 서울시 서초구 서초동 1599-2 엘지에클라트 302호
전화 02-521-7840 **팩스** 02-6442-7840 **전자우편** kephoibooks@korea.com

값 20,000원

ⓒ 김정주, 2011
ISBN 978-89-94519-21-0 03810

김정주 장편소설

그러나 설레는걸

케포이북스
KEPHOI BOOKS

내 이야기의 시작은 『아라비안나이트』이다.

그것에 나는 반했다.

초등학교 들어가기 전, 아버지는 오빠 생일선물로『아라비안나이트』를 사오셨다.

오빠는 흘깃 보는 듯하더니 딱지 치러 휑하니 나가버렸다.

이게 뭘까 하는 호기심으로 읽기 시작한 그 이야기는 나를 사로잡았다.

날이 어둑해져 글자가 안 보일 때까지, 나는 사랑방에 배를 깔고 엎드려 그 이야기에 빠져버렸다.

그렇게 시작한 이야기는 지금의 이야기로 이어진다.

내가 하는 이야기가 언제까지 계속될지는 모른다.

그러나 나는 이야기를 좋아한다.

이야기 때문에 생각에 잠기는 것도 좋아한다.

새벽까지 톡톡톡 키보드를 두드리는 것도 좋아한다.

한없이 서툰 글을 책으로 꾸며주신 분들께,

차갑거나 뜨거운 격려를 마다하지 않으신 분들께,

묵묵히 지켜보며 기다려준 분들께,

말로 다할 수 없는 고마움을 전한다.

특히, 내 스승이 되어 준 세상의 모든 이야기들에 고마움을 타전한다.

이제 숨을 고르고, 눈을 빛내고, 가슴에 별을 심는다.

『아라비안나이트』에 심었던 이야기의 그 별을.

2011년 3월, 김정주

그러나
설레는걸

🌰 수다

아함~, 따분해 죽겠는걸. 오늘따라 오가는 손님도 없이 어째 구중중하구만.

손님이 오든 말든, 날씨가 궂든 말든, 칙칙하기로 치면 여기만한 곳도 없다. 우리도 우리지만 우리보다 더 꼬리꼬리한 건 주인이다. 주인은 아까부터 가게 문턱에 놓인 사각형 플라스틱 의자에 앉아 있다. 앉아 있기만 한가? 그러면 허탈하지. 커닝하듯 오가는 사람들을 본다오. 사람 구경 만한 재미도 없겠지만 치질 걸리게 왜 저 모양이람.

주인의 등판에선 겨울비가 내린다. 항상 겨울비만 내리니 저 등판을 보는 것도 넌더리가 난다.

수년간 주인과 함께 있어봐 알지만, 우리 주인은 웃지 않는다. 무뚝뚝함과는 절친한 친구요, 퉁명스러움과는 첫사랑 애인이다. 그런데 정작 본인은 그런 걸 무슨 대단한 콘셉트인 줄 안다. 그러니 단골손님도 없고, 뜨내기손님도 잠깐 들렀다간 꽁지야 나 살려라 가버린다. 운영 방침을 바꿀 생각도 없이 굳세어라 수년을 저런 식으로 버티니, 대체 밥은 뭐로 먹고 가게 세는 뭐로 내는지 재주도 좋다. 그렇다고 숨겨둔 밑돈이나 돈 많은 과부가 있는 것도 아니다. 주인과 나는 나이는 다르지만 구중중하게 늙어가는 건 판박이다.

아함~, 연방 하품만 나온다. 늙다리 솔로로 지내는 건 못할 짓이다. 주인 역시 가난한 싱글이지만 나처럼 구린내 나는 하품 같은 건 하지 않는다. 주인의 머릿속엔 온통 그럴 듯한 생각들로 넘쳐난다. 언제 이 꼬질꼬질한 곳을 벗어나 붉은 카펫을 밟을지, 그렇게 해 줄 인간은 없을지, 공상에 망상을 더한다.

공상도 좋고 망상도 자유지만, 이 먼지투성이와 그와 똑 닮은 저 주인을 이곳에서 탈출시켜 줄 분이 있을지는 미지수다. 그래 그런지 우리 주인은 케케묵어 보이지만 절규로 가득하다. 절규로 치면 나보다 더 할까.

나는 뚜껑이 열리지 않는 병 속에 들어있는, 저기 저 『아라비안나이트』에 나오는 이야기와 맞먹는다. 병 속에 갇혀 있는 나를 꺼내 줄 누가 없을까 기다리고 기다리는데, 드디어 병뚜껑을 여는 사람이 나타난다. 이런 옌장, 이제야 나타나? 심장마비가 벼락을 때리려는 이 순간에? 하며 날름 집어삼키는 그런 연기거인의 심정이 바로 나다.

그러나 그런 얘기도 이젠 옛말. 내겐 그렇고 그런 기대감이나 복수심마저 없다. 복수심이라는 것도 대상이 있어야 하는 법. 내겐 맞짱 뜰, 뜨고 싶은, 그런 상대나 에너지조차 대기권 밖이다. 그렇다면 나는 왜 이 지경으로 살까. 주인이 저 지경으로 사니 나 또한 이 지경으로 살 수밖에.

헌데 건너편에 있는 저치 좀 보라지. 주인이 있건 말건 아예 판 벌려 낮잠을 퍼지른다. 참으로 불량스런 교양이로고. 저 작자의 외양으로 말할 것 같으면, 얼굴은 기계충을 먹은 양 버짐으로 얼룩덜룩하고, 손은 언제 씻었는지 모르게 땟국으로 절다 절다 빤들빤들하다. 하긴, 내 꼴을 안 봐서 그렇지, 나 역시 살비듬이나 한 바가지쯤 쏟아낼 꼬락서니일지도 모르겠다.

아함~, 하품만 눈가가 짓무르게 나온다. 기계충 먹은 저치를 깨워 수다나 들어보실까 마실까. 들어보나 마나 그게 그 말이니 차라리 자게 내버려 두는 편이 낫다.

말이라는 것도 그렇다. 폐기물만도 못할 때가 많아 환경오염의 주범이 되기도 한다. 그것도 모르고 좀 배웠다는 사람들은 오존층이 파괴되네 마네, 대기오염이 어떻고 수질오염이며 토양오염이며 난리를 쳐댄다. 그보다는 쓸데없는 말만큼 환경오염인 게 없다는 사실을 먼저 알아주었으면 좋겠다.

입사 동기가 비슷한 저 기계충 먹은 치만 해도 입을 벌렸다하면 오·폐수를 쏟아낸다. 삼 대 일로 마사지 받았을 때가 어땠다거나, 한 때 성인용품의 최대 고객이라 성인용품 숍에서 연말 선물로 신제품 머시머시를 받았다거나, 하여간 정신적 환경엔 전혀 도움이 되지 않을 얘기만 풀어놓는다. 저런 작자보다는 남은 음식처리반으로 활동하는 쌕이나 팽이 환경오염을 줄인다.

호랑이도 제 말 하면 온다더니 쌕이 쪼르르 달려온다.

"좋은 소식 없냐?"

나는 내심 반가움을 감추며 매일 하던 질문을 또 한다. 쌕은 똑같은 질문에 거의 똑같은 말로 대답한다.

"좋은 소식은 먼 좋은 소식? 맨날 그 날이 그 날이지 모. 아 참, 어젯밤엔 이 근처에서 음주단속이 있었어. 순경 아찌가 운전자한테 음주단속기를 들이밀고 후~ 부십시오 했단 말일시. 운전자가 후~ 불었어. 불긴 불었는데 어따 불었냐 하문, 순경 아찌 면상에다 불었어. 먹은 걸 죄다 후~ 토하면서. 그래서 어케 됐냐고? 뻔하지 머. 음주운전으로 지구대로 끌려가서…… 그 다음은 몰라. 뺨을 때렸는지 맞았는지. 좌우간 밖은 쓰잘떼기없이 늘 시끌시끌혀. 그렇께 니는 여기 있는 걸 깝깝해할 게 아니라 무병장수 한다아~ 치고 죽치고나 있으셔라. 니가 원하는 이벤트 소식은 이게 끝이다."

묻긴 내가 물어놓고, 지겹긴 내가 지겹다. 내 하품만한 얘기를 듣는 것도 하루 이틀이지 이젠 쌕의 소식 아닌 소식도 매일 보는 주인과 진배없다. 그렇다고 대놓고 지겹다고 하면 그나마 세상 소식 들을 길은 끊어진다. 해서, 나는 은근슬쩍 쌕의 관심사를 건드려본다.

"너 애인 생겼냐? 피부관리 받은 것처럼 어째 뺀질뺀질 기름기가 차지다."

쌕은 내가 던진 말의 그물을 보기 좋게 콧방귀로 날린다.

"흥, 니가 시방 지 정신으로 하는 소리여 머여? 갱년기가 한 고개 하고두 두 고개를 넘어가는디 뭔 놈의 애인? 알랑방구를 떨려거든 머리를 좀 써가며 해라."

쌕은 내 말 따윈 싸그리 무시하고 뭐 먹을 게 없나 눈을 희번덕거린다. 저런 쥐새끼 같으니라고. 이런 꼬작지근한 곳에서 먹을 거나 찾고 있으니 쥐새끼라 욕을 먹지.

방금 전만 해도 환경오염이 어쩌고저쩌고 쌕이 낫다고 한 말은 언제적 애기냐 싶게 약이 오른다. 쌕은 쥐새끼가 아니라 포유류의 존엄성, 아니 쥐만의 존엄성을 워낙 따지는지라 나는 쥐새끼라 입도 못 떼고 만다. 쌕의 주장대로 쥐만의 존엄성이라는 게 과연 있긴 있는지, 누구 아는 사람 있음 네이버 지식 창에다 올려주기 바란다.

아무튼, 쌕은 가게 가장 뒤쪽, 음침하기로 치면 우리 주인 속만큼이나 음침한 곳에서 주인이 먹다 남긴 라면 냄비를 뒤진다. 달그락달그락 냄비 뒤지는 소리가 나도 주인은 너도 먹고 살라고 그러는지, 아니면 딴 세상을 부유하는지 뒤도 안 돌아본다.

나는 하릴없이 아함~ 아함~ 하품만 해댄다. 주인은 내 하품보다 나을 것이 없다. 한때 떠버리였던 주인은 어디 가고, 저리 추레한 입성으로 오가는 사람들만 보는지. 눈물이 안 나와서 그렇지, 눈물만 나온다면 이 가게가 홍수가 날 만큼 울어주고 싶다.

주인은 주인만의 생각으로 분주할 터인데, 쌕은 주둥이를 싹싹 핥느라 분주하다. 어디서 냄새를 맡고 왔는지 팽이 팽그르르 날아온다. 심심하던 판에 잘 됐다.

"팽이 왔냐? 그새 잘 지냈구? 혹시 재밌는 스캔들 같은 거 없냐?"

팽은 쌕보다는 활동 범위가 넓은 편이라 지식 면에서도 쌕보다는 낫다. 역시나, 팽은 쌕이 모르는 소식을 전한다.

"바빠, 바빠, 세상은 바빠. 내가 말했던가? 정아 언니가 학력 위조로 학계, 문화계, 정계가 들썩한 거? 무현 오빠가 걸어서 분단선을 넘어 정일 오빠 만났다고 들썩한 거? 그게 바로 어제 같은데, 아 글쎄 그 무현 오빠가 부엉이바위에서 떨어졌다는 거야. 그 소리가 진짜인지 아닌지 알고 싶어 서울광장에 갔댔거든. 근데 말이야, 거기서 방패 든 어떤 젊은이가 방패춤을 추다 고꾸라지겠지? 그 바람에 나도 그 밑에 깔려 죽을 뻔했어야. 또 얼마 전엔 어떻구? 그동안 사생아가 될지 말지 했던 미디어법이 통과됐다고 모두들 울고불고 국치일이다, 수갑조가 다시 뜬다, 난리도 아냐. 거기다 신종플루라는 게 유행한다고 또 난리북새통이구. 요샌 천안함 침몰로 나라가 고민에 빠졌어야. 아무튼 들썩대지 않음 살아있다고 말할 수 없을 정도야."

팽은 좀 인정해 준다 싶으면 저렇게 지나간 일도 지금 일인 양 떠들어대는 게 문제다. 그래도 그마저 아쉽다. 팽의 말대로라면 이곳은 들썩대지 않아 죽은 세상이라는 말인데 에이, 아직 그러긴 싫다. 먼지를 이불 삼아 덮고 자는 판국이지만 아직은 주인이 있고, 아직은 비밀이 있고, 아직은 뒤척대는 시기심이 있고, 아직은 사진의 배경 같은 쓸쓸함도 있고, 조바심과 애증과 폭력과 살인, 그리고 시간이라는 게 있는데, 섣불리 죽었네 마네 단언하고 싶진 않다.

살아있다는 건 게임이다. 슬픔과의 게임, 외로움과의 게임, 고상함과 성적 욕구와의 게임, 관계를 맺고 있는 모든 것들과의 게임, 토털하여 자신과의 게임. 그런 게임이 있는 한 그 어떤 것도, 그 어떤 곳도 죽은 세상은 아니다.

저기 팽만해도 바쁘다 바쁘다 하며 쌕이 먹다 남긴 국물 찌꺼기를 설거지하듯 깨끗이 핥아먹는다. 솔직히 좀 구접스러워 보인다. 허나 구접스러움도 살아있는 한 줄기이고, 줄창 겨울비만 내리는 주인의 등판도 살아있는 한 모서리이니 어쩌겠는가. 주인은 동토가 되기로 작정이라도 했는지, 여태도 그 자리 그 자세이다.

한때 떠버리였던 주인이 그립다. 여기, 이곳으로 와 처음 영업을 시작했을 때의 주인은 그런대로 패기도 있었고 고향과도 같은 등판도 있었다. 그 열성을, 그 분위기를, 세월이 낚아채갔는지 밥그릇이 빼앗아 갔는지는 몰라도, 내게 침을 한 드럼통쯤 튀겨가며 말했던 주인은, 꼴은 저래도 여전히 살아있다는 걸 보여준다. 무엇으로? 바로 이런 말로.

"비늘 같은 너, 내 몸을 부벼대는 너의 촉수, 나는 너를 안고 웅크린다. 너는 나를 파고들며, 더 갈 데 없이 파고들며, 내 몸을 조인다. 나는 너의 숨을 뭉텅뭉텅 잘라먹으며 팽팽하게 부푸는가 하면, 일순 쪼그라든다. 매몰차게 잔인한, 잔인한 만큼 그리운 너. 너는 오늘도 나를 끔찍이도 애태운다."

박팔봉의 말투를 흉내 낸 이 말이 대체 무슨 말인가 싶을 것이다. 더 어려운 말이 될 수도 있겠지만, 주인은 내게 또 이런 말도 했다.

"ㅏ가 ㅓ를 사로잡으려다 미끄러지기도 하고, ㅁ이 ㅇ을 업어치기 하려다 고꾸라지기도 한다. ㅔ가 ㅛ를 꼬드기다 뒤통수를 맞기도 하고, ㅍ이 ㅋ을 짝사랑하다 엉뚱하게 ㄹ과 살림을 차리기도 한다. ㄱ과 ㄴ이 스모를 하다 거시기를 드러내기도 하고, ㅌ이 ㅠ의 따귀를 때리다 틀니를 몽땅 빠뜨리기도 한다. 살살거리는 눈웃음과 어눌한 말투가, 눅눅한 욕정과 달구어진 계략이, 오만의 뾰족 모자와 우울의 다 떨어진 구두가, ㅎ과 ㄻ 사이에서 싯누런 이를 드러내며 정의를 실현하겠다고 설치기도 한다. 이 쑥덕공론과 시끌벅적한 장터가 누군지 아느냐?"

후까시를 잔뜩 넣어가며 이런 말을 했던 주인은, 지금은 지나가는 사람들을 넋 나간 듯이 보기만 한다. 관상의 달인이라도 되려고 저러나? 아니면 불치의 관음증? 주인의 속내는 그도 저도 아니다. 주인은 폭발하지 못한, 그러나 기어이 폭발시키고야 말 불꽃을 품고 불꽃 속을 타닥타닥 걸어 다닌다. 내 판단은 이런데 불꽃, 그 어여쁜 열기를 지펴줄, 혹은 열어줄 미지의 것은 오지 않는다. 주인의 시간은 멈추었고, 내 젊은 호르몬도 삭아진 지 오래다. 나는 누추해진 주인과 함께 이 찐득한 곳을 떠나지 못한다.

쌕과 팽이 라면 찌꺼기를 다 먹더니 둥실해진 배를 툭툭 두드리며 지들끼리 입방아를 찧는다.

"야, 팽아, 내가 말이야, 옆집에서 들은 얘긴데 말이야, 밤 열두 시가 되면 그 집 책꽂이에 있던 책 하나가 툭 떨어진다는 거야."

"으응, 그 얘기? 나도 알어. 그 책엔 피가 묻어 있는데 누군가 그 책을 펼쳤다 하문 싫든 좋든 끝까지 다 읽어야 한다더라. 뿐만 아니라 그 책에 적힌 그대로 실행해야지 그렇지 않음 그 책이 원수를 갚는대."

"그러게 말이야. 소문이 흉흉해. 근데 어떻게 무슨 방법으로 원수를 갚을까? 넘 무섭고 넘 궁금하다야."

"우리 무서워하지 말자야. 너랑 나랑은 찰떡 시스터즈인데 누가 감히 우릴 건드리겠냐? 그러지 말고 우리 오늘 밤 열두 시에 옆집에서 만날래? 진짜 책이 떨어지나 안 떨어지나 그걸 보면 원수고 나발이고 알 수 있을 거 아냐."

팽이 날개를 파르르 떨고, 쌕이 꼬리를 바짝 추켜세우며 주거니 받거니 속닥거린다. 저들의 다정함을 보니 떠버리였던 주인의 옛 모습이 아슴하니 떠오른다.

주인은 이곳에 왔을 때만 해도 지금과는 사뭇 달랐다. 내게 길고 긴 얘기를 걸탕지게 해 준 것은 물론, 지금의 팽과 쌕처럼 조잘조잘 제법 재미도 있었다. 그 때를 생각하면 가슴이 미어진다. 혼자만 알고 있기엔 그야말로 발가락의 세포까지 너덜너덜해질 얘기다.

주인이 내게 해 준 그때의 수다를 잠시 공개해본다. 주인의 목소리는 바로 이것이다.

*　　*　　*

그러니까 지금부터 하는 얘길 잘 들어보시라. 이 얘기는 솔직하다. 솔직한 얘기치고 재미없는 얘기는 없다. 더 재미있는 건 바로 당신의 얘기라는 점. 당신도 모르는 당신의 얘기, 군침이 돌지 않는가? 대체 어떤 이야기이기에 당신, 곧 내 얘기라고 하는지 은근히 신경이 쓰일 것이다.

이때 당신은 이런 생각이 머릿속을 핑핑 날아다닐 수도 있겠다. 혹시 아홉 살 때 엄마 지갑을 뒤진 일? 표시나지 않게 몇 푼만, 꼭 몇 푼만 집어 들고 오락실로 달려간 일? 그게 아니면 열아홉 살 때 옆집 빨랫줄에 걸린 손바닥만 한 새빨간 팬티를 본 일? 그거 보고 싶어 매일 옥상에 올라간 일? 내려와선 몇 달간 혼자 그렇고 그런 짓을 한 일? 무엇을 까발리겠다는 거지? 무엇을 폭로하겠다는 거지? 결혼할 때 트집잡힐 일이면 큰일인데…… 이렇게 당신의 궁금증은 애드벌룬만해질 것이다.

주인은 궁금증을 더욱 증폭시킬 요량인지 살갗을 간질이듯 감질

나게 말꼬리를 늘인다.

군침이 돈다는 건 궁금증을 뜻한다. 자고로 궁금증이란 아드레날린보다 엔도르핀을 생성하는 데 일조를 하는 것으로 유파로 말하면 기분파다. 기분파라고 하니 어쩐지 싸구려가 아닐까 의심이 들까 말까 한다. 허나 오해하지 마시라. 요즘같이 엔도르핀 품귀 현상이 이는 때에는 궁금증이야말로 사재기를 해도 죄가 되지 않을 덕목에 속한다. 자, 그럼 지금부터 하던 일 제쳐놓고 이야기를 들어보시라.

주인은 천일야화를 얘기할 작정인지 앉아서 들을까, 누워서 들을까 고민할 필요가 없다고 말한다. 더구나 얼마나 늘어지게 떠벌이려는지 야참까지 준비해야 할 거라고도 한다. 순간 족발을 시킬까 피자를 시킬까, 아님 둘 다 시켜 말아 갈등의 수위가 높아진다.

주인은, 이야기를 듣는 데 세금이 들어가지 않음은 물론, 방바닥을 뒹굴뒹굴 구르거나 이불을 뚤뚤 말고 들어도 이야기 내용에는 지장이 없다고 큰소리친다. 오히려 흥미진진한 이야기를 들을 때야말로 노닥노닥 듣는 게 굿, 굿이라고 장담한다. 만약 그렇게 한다면 저먼 옛날의 이태백이 놀던 뱃놀이를 팽개치고 달려올 것이라나. 이태백 왈, 뱃놀이보다 더 좋은 게 있었수? 나도 회원에 가입하고 싶은데…… 아니, 회원에 꼭 가입시켜주쇼! 이럴 것이라나. 흐흐, 하여간 우리 주인은 뻥쟁이에다 떠버리이다. 주인의 얘기가 또 쉼표도 없이 이어진다.

그러니까 지금부터 깨가 쏟아지는 이야기가 나온다. 깨가 서 말이면 기름을 짜도 한참이나 짤 수 있다고 한다. 당신은 그저 기름 받을 사이다 병이나 준비하시라. 서 말도 더 될 깨가 고소한 기름을 뽑아낼 것이므로 당신은 사이다 병을 몇 개나 준비하면 될까, 그런 차원 높은 고민만 하면 된다. 그깟 사이다 병이라고 코웃음을 친다면 당신은 행운을 놓치는 것이 된다. 왜냐. 아까도 얘기했듯이 바로 당신의 이야기니까. 당신의 이야기에서 고소한 기름이 쫄쫄 나온다는데 그걸 노천에다 흘려버린다면? 당신은 정신 나간 낭비자라는 지탄을 면하기 어려울 것이다. 뿐만 아니라 가문에서 문제 제기가 들어올지도 모른다. 내 이야기가 당신에게는 지지배배 종달새 우짖는 소리로밖엔 들릴지 모르나, 나는 당신이 가문에서 문책 당하는 일이 없길 바란다.

주인의 얘기를 은근, 회유, 공감, 협박쯤으로 여겼는지 팽이 팽그르르 날아와 주인의 눈가로, 콧잔등으로, 머리칼로, 귓바퀴 주위로 분분히 난다. 주인은 파리 한 마리를 무슨 곰이라도 잡듯 우악스럽게 사지를 뒤틀어가며 쫓아낸다.

"이런 무례한 것 같으니라구! 지금이 어느 시점이라고 감히 파리 새끼가!"

팽은 소고춤을 추듯 주인의 입술 위를 팽팽 돌며 낄낄거린다.

"나는 심심하걸랑? 심심해 죽겠걸랑? 이렇게 꼽사리라도 껴야 시소 타는 것 같이 붕붕 좋기만 하걸랑?"

팽으로 인해 주인의 말이 잠시 끊긴다. 말이란 할 때 계속해야지, 중간에 끊기면 먹던 음식 모자라 새로 만들 때를 기다리는 것처럼 맥 풀리고 지루하고 나중엔 입맛마저 뚝 떨어진다. 주인은 이런 이치를 태아 삼 개월 때부터 알고 있었으므로, 너른 아량으로 이해해 달라고 양해를 구한 다음 하던 말을 계속한다.

가만있자, 어디까지 얘기했더라? 아, 이 이야기의 주인공이 당신이라는 대목까지였었던 듯싶다. 그렇다. 이 이야기의 주인공은 당신이다. 당신은 당신이 어떤 주인공으로 나오나 빨리 알고 싶을 것이다. 그렇다고 너무 성급하게 굴지는 마시라. 개중에는 이런 사람도 있다. 그래서 결론이 어쨌다는 거야? 답답하게 질질 끌지 말고 죽었다는 건지 살았다는 건지 그것만 말해. 아니면 이런 반응도 있다. 서론은 관두고 결과적으로 만났다는 거야 헤어졌다는 거야? 혹은, 좋았다는 거야 나빴다는 거야?

이런 식으로 말하는 건 말하는 사람에 대한 결례임은 물론, 이야기에 관한 예의에서도 제로라는 자기 고백이다. 원래 이야기라는 건 결론만 중요한 게 아니라 야금야금 풀어가고 들어주는 재미가 있어야 한다. 그래야 제맛도 나거니와 이야기를 듣는 내내 굴뚝같은 호기심으로 지성지수와 감성지수가 올라간다. 우리들의 할머니 할아버지들이 옛날에, 옛날에, 한 옛날에……로 이야기를 느른하게 깔고 시작하던 이유가 바로 여기에 있다.

고로, 당신은 지금 이 이야기를 계속 들어 말어 쬐끔 짜증이 나려던 맘을 후딱 접고 귀 기울여 주시라. 내가 하는 이야기는 이론서를 읽을 때처럼 밑줄을 긋고, 포스트잇을 붙이고, 대뇌 소뇌에 입력시키느라 머리에 지진이 나지 않아도 된다. 또한 책을 읽다말고 이게 언제 끝나나 맨 뒷장을 연방, 자꾸, 연방, 자꾸, 손가락에 침을 묻혀가며 들춰보는 식의 글처럼 진을 빼는 이야기도 아니다. 나는 결코, 당신을 불편하게 할 마음이 추호도 없다. 다만, 당신이 주인공으로 나오는 이 이야기를 끝까지 들어보고, 그중 누가 주인공 당신인지 알아맞히면 좋겠다는 말이다. 뭐 알아맞히기 싫으면 관두시든가.

지금까지 당신은 요놈의 사설이 언제 끝나나 인내를 총동원하며 기다렸다. 당신은 참말이지 오래 기다렸다. 스피드가 아니면 쳐주지 않는 시절에 당신의 참을성은 거룩함에 가깝다. 이 이야기를 다 듣고 주인공 당신을 찾는다면, 당신은 참을성 A급에다 추리력 A급을 플러스하게 된다. 경품으로 십 캐럿짜리 다이아몬드 목걸이나 주상복합 아파트를 주는 건 아니지만, 당신은 적어도 시간을 낭비했다는 자책이나 후회는 하지 않아도 될 것이다. 장담컨대!

지금부터 당신의 이야기, 즉 당신이 주인공으로 나오는 이야기를 들어보시라. 시시콜콜 뜸을 들이는 게 아니라 진짜 당신의 이야기가 나풀나풀 나온다. 당신이 울면서 나올지, 울다 끝판에 가서 니나노를 부를지는 알 수 없다. 이렇게 말하니 배꼽이 근지럽고 머릿속이 짜릿짜릿 당기지 않는가? 그래도 손해는 아니다. 혹여 손해를 봤다고 여긴다면 손해 배상을 청구하시라. 모르긴 몰라도 일심에서 기각을 당할 것이며, 집으로 돌아가는 길엔 사과를 한보따리 사게 될 것이다. 느닷없이 웬 사과 타령이냐고? 사과문을 쓰자니 글발은 달리고, 그러자니 사과라도 와작와작 씹어야 할 테니 그렇다. 거기서 더 생각이 미친다면 사과문 대신 사과를 주어도 좋고. 누구에게? 지금 이 말을 하는 나에게. 아니면 기각을 때린 판사에게. 혹은 나와 판사에게.

사과 얘기를 하는데 사과만큼이나 동그란 사람이 저쪽에서 나온다. 저 사람이 누구더라? 얘기가 끝나기도 전에 나오는 걸 보니 어지간히 급한 모양이다. 그나저나 저 사람이 주인공 당신? 우후~ 정말 그럴까?

주인의 말마따나 아닌 게 아니라 손님 하나가 들어온다. 오늘 첫 손님치곤 약간 코믹해 보인다. 키는 난쟁이 똥자루에다, 머리는 벗겨지고 낯빛은 붉으데데 혈색이 그만이다. 코는 뭉툭하니 복코인 게 맞고, 눈은 그 나이에도 둥그레 한 것이 천진해 보이기도 하고 항상 놀라면서 살아온 듯도 보인다. 전체적인 분위기는 잘 익은 늙은 호박인데, 이와는 어울리지도 않게 이마에 내 천자를 그린 것이 우리 주인과 일란성 쌍생아다.

손님이 이 책 저 책을 둘러보고 빼보고, 둘러보고 빼보더니, 시집 한 권을 뽑아든다. 시인이신가? 시 소리를 하니 시로 밥 먹고 살아볼까 궁리했던 내가 생각난다. 그러기로 치면 주인도 마찬가지이다.

주인이 자장면발을 늘이듯 길게, 기일게 해준 그 이야기 속 인물이 저 사람일지도 모르겠다. 그렇다면 주인이 말한 주인공 당신이 바로 저 사람?

시인의 사투

그는 애도하고 있었다. 보푸라기가 잔뜩 인 망토를 두르고선, 짓눌린 얼굴로 비통하게 울고 있었다. 그는 꾸역꾸역 올라오는 눈물을 닦지 않았다. 그의 발치께로 푸르스름한 연기가 띠를 두르며 깔렸다. 연기가 서서히 퍼지며 그의 허벅지를 구물구물 감싸며 올라왔다. 연기는 뱀이 똬리를 틀듯 그의 허리를 빙그르르 둘렀다. 허리께가 아프기 시작했다. 그는 꼼짝도 못하고 연기에 포옥 싸여만 갔다. 얼굴이 굳어지기 시작했다. 그는 그 둥그레 한 눈을 벙긋 뜨고 연기와 대적했다. 그러나, 그러나, 연기는 그의 얼굴을 꿀꺽 집어삼켰다. 그는 그 자리에 나동그라졌다. 푸르스름한 연기가 그를 걷어간다.

그는 두둥실 하늘로 올라간다. 하늘엔 빨갛고 파랗고 노랗고 하얀 길이 나 있다. 길이 햇병아리 색이다. 첫배로 난 강아지 털이다. 단풍이고, 햇솜이고, 바람이고, 환호다.

환호하며 군중들이 떼지어 온다. 그는 메달 같은 화환을 목에 걸고 무개차 위에서 팔이 부러져라 흔든다. 군중이 헹가래를 하러 몰려온다. 그는 긴 칼 옆에 찬 헌헌장부 화랑의 미소를 짓는다. 군중이 그를 번쩍 들어 하늘 높이 던진다.

"위대한 시인 만세!"

그는 하늘 속 멀리, 아주 머얼리 들어간다.

"단!"

예가 속 고쟁이 바람으로 헐레벌떡 뛰어온다. 그는 하늘 속에서 지그시 아래를 내려다본다. 예가 단을 향해 번쩍 팔을 치켜든다. 예의 팔은 초고층빌딩은 레고 장난감으로, 하늘 높은 줄 모르게 뻗는다. 기어이, 예의 그 형사 가제트 팔이 그의 목을 왈칵 힘주어 감는다. 그가 캑캑거리며 예의 손을 잡아뗀다. 예의 팔뚝이 불끈 알통을 세운다. 그는 아령 열댓 개쯤 든 듯한 팔뚝에 잡혀 몸부림친다. 그러길 못자리판의 모가 자라 벼가 되어 추수할 때쯤까지 이어진다. 그러다 단, 그는 기어이 하늘 아래로 쿵! 떨어진다.

이때다 싶게 예가 단의 몸에 폭삭 엎어진다. 푹신푹신한 젖가슴이 물침대이다, 에어쿠션이다, 카스텔라이다. 그의 아랫도리에 찌르릉 따르릉 벨이 울린다. 이것이 웬 변고인고? 그는 황소개구리 눈을 끔벅거린다.

이를 눈치 챈 예가 예상대로 그의 귓가에 입을 댄다.

"에잉, 영감! 혼자만 가실라요? 이내 청춘 다 말아묵고 혼자만 좋은 곳으로 가뿔문 이 예의 숯가마 된 가심은 어찌란 말이요."

단, 그는 그제야 정신을 차리고 예를 쳐다민다. 예가 그의 가슴팍에서 떨어지지 않는다. 찰거머리도 이런 찰거머리가 없다. 그는 예를 떨어뜨릴 양 이리저리 몸을 비튼다, 헤딩을 한다, 주먹질을 한다, 엎어치기를 한다, 한다, 한다…… 하면 할수록 예는 그의 러닝을 꼬깃꼬깃 말아 쥐고 떨어지질 않는다.

결국은 이렇게 된다. 러닝이 집문서처럼 땅문서처럼 반드시 쟁취

해야할 목표물이 되어 단과 예의 씨름 실력만 향상시킨다. 그러다, 그러다, 기어이, 어어어어…… 러닝이 쭈우우우욱 찢어진다.

"영감이라니? 영감이라니? 이거 번지수 잘못 찾은 것 같구먼."

그는 잘 익은 대추빛 얼굴로 예를 밀친다. 예는, 헹? 그 따위쯤? 하고 실쭉 눈을 흘긴다. 저 낯짝이며 눈 흘기는 꼬락서니라니, 딴엔 여자랍시고 야살을 떤다. 그래봐야 뚱땡이에다 무식이 철철 넘치는 데다, 그것으로도 부족해 넉살까지 두툼하니, 저런 여편네는 보다 보다 첨이다. 언감생심 저런 여편네가 이 위대한 시인한테 아는 척을? 세상 참 무섭기도 하구먼.

그는 간신히 예에게서 빠져나와 엉금엉금 구석으로 기어간다. 예는 그가 하는 꼴이 밉살스럽다는 듯, 칵칵 목을 가다듬는다.

"포도 넝쿨로 사랑하리라, 그대여. 영판 우물물처럼 사랑하리라, 그대여. 천지가 깨지고 손바닥이 개차반이 되도록 사랑하리라, 그대여. 바다 끝 저 쪽에 터를 잡고 들캉날캉 살아가자, 그대여. …… 이래도 날 모른 척 하기가? 이 시, 누가 나한테 줬는데? 영감 아이가?"

단, 그는 고개를 푹 떨군다. 분명 자신이 지은 시이긴 한데 언제 저 피둥피둥한 여편네한테 주었는지 영 생각이 나질 않는다. 더구나 여편네의 얼굴이라는 것이 본 듯도 아니 본 듯도 알쏭달쏭하기만 하다.

예는 썩은 어금니까지 다 보이게 활짝, 화알짝 웃는다. 퉁퉁하게 웃는 저 소름끼치는 얼굴이야말로 두 번 다시 보고 싶지 않은 얼굴이다. 죽어서도 후회에 후회를 거듭할 저 얼굴, 저 두꺼운 낯짝, 저게 누구더라?

"영감아, 나가 영감 필명을 불러주지 않아 삐쳤나? 그래 이리 모른 척 하기가? 그럼 실컷 불러주고마. 단! 단! 단! 단 영감탕꾸야! 정신 좀 차리거라! 정신 좀 차리고 저기 좀 보거라!"

단, 그는 예가 가리키는 곳으로 고개를 돌린다. 그곳엔 놀랍게도 단, 그가 서 있다. 보푸라기가 잔뜩 인 망토를 두르고선, 비통하게 울면서 자신을 애도하고 있다. 향 타는 냄새가 푸르스름하게 그를 둘러싼다.

단 위엔 영정이 놓여있고 영정 속엔 보름달을 그대로 박아놓은 듯한 얼굴이 들어있다. 자를 대고 사인펜으로 그은 듯한 가르마와 포마드를 발라 옆으로 찰싹 넘겨 붙인 몇 올 안 되는 머리칼이 한 올 흐트러짐이 없다. 복코라 으스대던 코와 사내다운 두툼한 입술이 꽤나 낯이 익는다.

예가 고소해 죽겠다는 표정으로 그의 허리를 쿡 찌른다.

"저거, 영감탕꾸 당신 사진인 거 아나?"

그는 떨떠름한 얼굴로 예를 돌아본다.

"와? 와 그리 보는데? 당신 죽은 거 모르나? 나가 엊저녁에 당신 독살한 거 생각 안 나 보제? 박팔봉! 시인은 무신 얼어 죽을 시인이가 앙?"

순간, 그의 얼굴은 대춧빛 고춧빛으로 변한다. 그 얼굴을 본 예, 그 큰 몸을 쌕처럼 가볍게 놀리며 도망친다. 그는 짙푸른 망토를 벗어 던지고 예의 꽁무니를 쫓기 시작한다. 예는 단을 할끔거리며 이쪽으로 쪼르르, 저쪽으로 쪼르르, 잘도 달린다. 예가 길게 늘어선 근조화환 아래로 날름 들어간다. 그는 바닥에 납작 엎드려 화환 밑으로 팔을 뻗는다. 예가 얼씨구나 하고 근조화환을 툭 친다. 제법 묵직한 화환이 그의 등짝을 덮친다.

"어이쿠!"

화환에 매달려있던 검정색 리본이 그의 코앞에 너풀 내려앉는다. 리본에 써진 글자가 그의 눈을 사로잡는다. 이런 세상에, 이렇게 맛있는 글자도 다 있었나? 단, 그가 시력이 닳게 읽고 또 읽는 글자란 바로 '대한민국시인협회 일동'이라는 글자. 대한민국시인협회, 대한민국시인협회…… 그러면 그렇지, 으허허허! 으허허허!

이번엔 웃음의 폭풍이 그를 쓰러뜨린다. 웃음의 여진이 단을 갉아먹을 즈음, 그래서 뼈만 남을 즈음, 예가 흰 국화 한 송이를 뽑아든다. 단, 그의 눈에 노여움과 분노가 이글거린다.

"가만 놔두지 못할꼬오! 어디 감히 무례하게 대한민국시인협회를 모독하려 드느냐아!"

예는 그의 말을 추임새 정도로 여기며 덩실덩실 어깨춤까지 춘다.

어느덧 한바탕 살풀이를 마친 예, 영정 쪽으로 다가간다. 영정 앞에서 꾸벅 인사를 하는가 싶더니 영정에 대고 꽃잎을 하나씩, 하나씩, 뜯어 흩뿌린다.

저런! 저런! 그는 예에게 삿대질을 해가며 달려든다.

"지금 뭐 하는 짓이냐? 방자하게시리 신성한 단에 대고 어찌 간댕이도 크게 무엄한 짓을 한단 말이냐!"

예의 그 큰 얼굴에 생글생글 웃음이 솟는다. 웃음만인가? 허리에 두 손을 짚고, 짝다리로 서서 여유만만하게 한쪽 다리를 흔들어가며 말한다.

"와? 뭐 잘못 된 거라도 있나? 시인으로 죽어 자빠진 양반, 고뿔 걸리지 말고 황천길 잘 가라는 뜻이구마."

시인 소리를 듣자 그는 황천길 소리는 다 잊고 영정으로 달려간다. 단, 그는 영정을 치우고 그 자리에 산 영정으로 떠억 하니 앉는다. 그가 가부좌를 틀며 슬그머니 눈을 감는다. 이에 예는 예감이 적중했음을 알고 손뼉을 친다, 발을 구른다, 어서 시작하라고 소리를 지른다.

시인 단은 열화와 같은 성화를 끝내 이기지 못해 시를 읊는다.

"외길에서 만난 여인, 당최 알 수 없는 여인, 머리에 고무다라 이고 가는데……."

"얼쑤!"

예가 속 고쟁이 바람으로 다리 하나를 번쩍 들어올리더니 뱅그르르 한바퀴 돈다.

그는 여전히 눈을 감은 채 좌우로 몸을 흔든다.

"삐삐죽 삐삐죽 갉아대는 소리, 뒤따라가던 얼치기 남정네, 가슴 타올라……."

예가 또 얼쑤 잘 한다 하며 무릎을 친다. 그는 한쪽 눈을 실눈으로 뜨고 예를 훔쳐본다. 예는 그가 읊는 시에 얼이 빠진 듯, 간이 녹아내린 듯, 금세라도 졸도할 모양새다. 단의 입가가 벙싯 벌어진다.

그런데, 그런데, 예가 홀딱 반해버린 것만 눈에 어른거릴 뿐 그 다음은 나오지 않는다. 그 다음은…… 그 다음은…… 아무리 쥐어짜도 그 다음이라는 것은 실종신고를 내야할 지경까지 가도록 감감 무소식이다.

참을성이란 눈곱만큼도 없는 예, 발을 탕탕 구르며 어서 하라고 다그친다. 그는 이제 두 눈 멀뚱히 뜨고 실종신고서에 적을 문구가 어디 없을까 두리번거린다.

예는 언제 흥이 났었냐는 듯, 양팔을 어긋나게 끼고 콧구멍을 벌름댄다.

"머가 그리 어려운데? 수작이 걸고 싶어 숫다리가 들썩거린다 하문 될 거 아이가? 영감탕꾸가 팽생 하던 맹으루다!"

예는 콧구멍을 벌름대는 것만으로는 성에 차지 않는다. 화끈하게, 몸의 언어를 앞장세워 단이 앉은 단으로 거침없이 간다. 단, 그는 여차하면 밀어버릴 참으로 두 주먹을 불끈 쥔다. 그러나 불끈 쥔 주먹은 부끄럽게도, 그의 다짐과는 무관하게도, 방어고 피신이고 써먹을 새도 없이 멱살을 잡힌다. 잡혔으면? 바닥으로 나동그라지는 것이 순서.

예는 단을 밀어내고 그 자리에 앉는다. 단이 했던 것처럼 눈을 감고, 입을 가다듬으며, 몸을 좌우로 흔든다.

단은 바닥에 벌렁 나자빠진 채 비명에 가까운 소리를 내지른다.

"안 돼! 안 돼! 그 자리는 내 자리야! 이 천재 시인 박팔봉이 시를 읊어야 할 단이란 말이닷!"

*　　*　　*

필명이 단인 그, 박팔봉은 응급실 침대에 누워 헛손질을 한다. 누군가가 정신 차리라며 박팔봉의 손을 부여잡는다. 손이 왜 이렇게 보들보들 야들야들한 것이냐. 박팔봉은 뜻하지 않은 손길에 눈을 뜬다. 여기가 어딘지 알아차릴 새도 없이 콧잔등이며 입이며 가슴이 찢어지게 아프다. 박팔봉은 연신 아구구구 나 죽겠다고 끙끙댄다. 이런 사정도 모르고 누군가가 그의 손을 으깨지도록 잡으며, 거기다 마구 흔들기까지 한다.

"에고, 우리 시인님, 이를 우짜요? 아프더래도 쪼매 참아보소. 그라도 하늘이 보살폈기에 망정이지 그렇지 않았음…… 에고, 지는 시인님이 똑 죽는 줄만 알았다닝께요."

박팔봉은 그제야 말하는 사람이 누군지 알아챈다. 이런 제기랄, 이럴 때 하필이면 열렬한 팬 영영이 와 있을 게 뭐람. 박팔봉은 아차 싶어 점잖을 빼려 하나 온몸이 말을 들어주지 않는다. 그러나 박팔봉은, 영영 앞에서의 박팔봉은, 영영에게만 통하는 바로 그 자세, 그

목소리로 말한다.

"영영! 내가 죽어버린 꿈을 꾸었다오. 꿈 한번 오졌지 뭐요."

약간의 어리광을 풍기는 어투여서 그런지 영영은 시원한 물김치를 들이켜듯 말한다.

"에고, 뭔 소리라요. 오래 사실 꿈을 꾸었구만 우찌 고런 말씀을 한다요. 아, 왜 꿈은 반대라 안 합디여? 시인님 장수하시믄서 좋은 시 억수로 쓰실 꿈이구만요."

박팔봉의 아랫도리가 예고편도 없이 불끈 솟는다. 지금 같아선 시고 시인이고 다 때려치우고 영영이나 자빠뜨려 담요 속에다 끌어넣고 싶은 심정이다.

영영은 박팔봉의 마음을 아는지 모르는지 연방 박팔봉의 이마며 손등을 쓸어댄다. 박팔봉의 눈이 녹작지근하고 게슴츠레해진다. 이 순간이 영겁이 된다 한들 마다할 바보천치가 있다면 상금을 걸어도 좋다. 눈도 즐겁고 귀도 즐겁고 입도 즐거우면 만사 오케이지만, 거기까지 좋은 것은 『삼국사기』를 열 번쯤 뒤집어 봐도 없다. 이리 뒹굴, 저리 뒹굴, 으흐흐흐 으헤헤헤 기분 빽적지근한 것이다. 사실이 이럴 진대, 박팔봉은 병원 신세가 오늘 하루가 아니라 몇 년이고 지속되길 바란다. 입을 헤~ 벌리고, 영영의 바지를 벗기는 상상을 부지런히 하며.

상상이 무슨 죄라고 훼방 놓는 소리가 난다.

"근디 시인님이 이렇게 되았는디 집에다 안 알려도 되겠어요?"

잠을 깨우는 건 용서가 돼도 꿈을 깨우는 건 용서하기 어렵다. 어렵다 뿐이랴, 절대 용서하기 싫다. 허나 꿈을 깨운 게 누구더냐. 다른 사람이 아닌 꿈의 헤로인 영영이 아니던가. 꿈은 또 꾸면 되지만 영영은 그럴 수 없다. 박팔봉은 꿈의 파괴자 영영을 너그럽게 받아준다. 일방적이긴 하나, 금쪽같은 후일도 기약하고 있는지라, 꿈이 쪽박 났다고 화를 낸다면 시인 박팔봉은 찌질이에다 쪼잔이에다 샌님이 되는 것이다.

"글씨…… 집이라는 고것이…….."

박팔봉은 집이라는 말에 예부터 떠오른다. 예는 보나마마 더는 우그러질 수 없는 얼굴로 와선 쥐 잡듯 잡을 게 뻔하다. 그런 마누라한테 알리라니 이건 죽어도 곱게 죽으라는 말이 아니다. 박팔봉은 아뜩 현기증이 나는 걸 다른 말로 둘러친다.

"헌디 사업은 어찌 허고 여길 오셨는가?"

영영이 커다란 반달눈으로 방긋방긋 웃는다. 웃음 속에서 샛별은 말할 것도 없고 온갖 별들이 혼을 빼먹을 듯이 노래한다. 어휴, 저, 저, 귀여워 죽겠는 거. 박팔봉은 은밀해진 눈을 가감 없이 영영에게 꽂는다.

"장사가 대순감요? 시인님이 얼음판에서 벌러덩, 지 앞에서 씨러지셨는디 워쩌케 장사를 계속 하것으라?"

시인의 체면이 말씀이 아니다. 박팔봉은 고추빛 대추빛 얼굴을 외로 꼰다. 얼굴을 돌렸다고 몸 전체가 홧홧 달아오르는 것까지 감출 순 없다.

박팔봉은 좀 전에 벌어졌던 일이 똥침을 맞듯 날카롭게 떠오른다. 어떤 놈은 이럴 때 편리하게도 기억상실증에 걸린다던데, 환갑이 넘어 칠순이 코앞인 나이에 이건 총명하기 이를 데 없이 다 생각이 난다.

오라지게 운도 없는 날이다. 어쩌자고 그 자리 그녀 앞에서 그런 꼴을 보일 수 있었는지, 화투짝으로 오늘의 운세라도 떼보고 나올 걸 그랬나 싶기도 하다. 영영은 그 꼴을 보고 시인은 고사하고 늙은 영감탱이라고 깔보았을 수도 있다.

박팔봉은 구겨진 체면을 어찌 만회할까 머리에 자갈 구르는 소리가 나도록 굴려본다. 다른 사람도 아닌 영영 앞에서, 자기 차에 자기가 치인 이 사실을 무슨 수로 바꾸고 변명할 수 있을까. 거기다 여기저기 안 아프고 안 쑤시는 데가 없는데 그걸 내색할 수도 없다. 이래저래 박팔봉은 이중삼중의 고통에 시달린다. 에라 모르겠다. 박팔봉은 입도 눈도 질끈 감아버린다.

"저그…… 그러니께 시인님, 아까 말인디요, 거시기…… 그 차가 워쩌케 그리루다 지절루 굴러뿌린대유? 아무래두 그 비탈진 빙판에다 세우려던 게 말썽이었나부쥬?"

드디어 올 것이 왔다. 박팔봉은 퉁퉁 부어 제대로 떠지지도 않는 눈을 뜬다.

"내 영영 생각에 빠져있다 보니 사이드 올리는 걸 잊었지 뭔가."

말을 하고도 박팔봉은 자신의 머리를 자신이 쓰다듬어주고 싶어진다. 대답이 이 정도면 유능한 전략가도 부럽지 않다. 아니, 유능하신 전략가님이 그런 기찬 대답, 그런 민첩함, 그런 적절한 대응은 어디서 나오느냐고 자문하러 올지도 모른다. 박팔봉은 자아도취의 음료를 위하수가 되도록 꿀떡꿀떡 마신다.

영영은 이런 박팔봉에게 화답의 웃음을 던진다. 눈초리가 접히도록, 다시 펼 수 없을 만큼 접히고 또 접히도록. 이러니 박팔봉의 눈과 마음은 영영에게로 미치게 달려갈 수밖에. 어휴, 저, 저, 깨물어먹고 싶은 거.

아무리 그래도 박팔봉이 미치면 안 된다. 영영을 위해서라도 그렇게는 안 된다. 영영이 박팔봉의 속도를 조절한다. 이렇게 초치는 말로.

"역시 시인님은 말씀하시는 게 딱 시인이랑께요. 근디 거시기…… 찔름찔름 굴러가는 차에는 위째 올라탔대요? 그냥 내뻗져뒀드라믄 이런 봉변은 안 당했을 틴디"

박팔봉은 굴러가는 차를 보자 사이드브레이크를 채우려 정신없이 올라탔다. 그깟 다 썩은 소형차가 굴러가 봐야 남의 집 담벼락을 박으면 그만이다. 손해조로 돈 조금 물고 나면 이렇게 너절하게 자빠져 있을 필요도 없다. 아무 생각도 못하고 굴러가는 차를 그저 세워 보겠다는 일념으로 대든 게 화다. 그렇다고 지금에 와서 그때 왜 그렇게 경망을 떨었냐고 몸뚱이를 야단칠 수도 없는 노릇이다. 찌그러진 체면은 찌그러진 체면으로 낙인 찍혔으니 돌아설 길이 막막하다.

영영의 속도 조절 작업은 박자 잘 맞춰 부르는 노래처럼 계속 이어진다.

"작은 차였으니 그렇지, 큰 차였음 사람 잡을 뻔했지 뭐예요. 시인님이 씨러지시고 그 위로 차가 구르는데 지는 그만 그 자리서……에고, 끔찍혀라."

이럴 때야말로 하늘의 협조가 절대적이다. 그런데 야속한 하늘은 어디 가시고 기어이 영영에게 재생 버튼을 허락하신다. 박팔봉은 두 번 다시 회상하고 싶지 않은 장면을 본인 스스로 찍는다.

굴러가는 차에 발 한 짝을 올려놓기 무섭게 박팔봉은 차 밖으로 굴러 떨어졌다. 차 문은 열어놓았지, 발 하나는 땅에, 다른 발 하나는 운전석에 있으니, 굴러가는 차를 어찌 다리 하나로 멈추게 할 수 있었으랴. 박팔봉은 열어놓은 차 문에 얻어맞음과 동시에 그 자리에 저절로 엎어졌다. 차는 박팔봉의 등을 밟고 주르르 굴러갔다. 죽었구나! 박팔봉은 자기 차에 치여 죽음과 신나게 악수를 나누었다.

"그래도 시인님이 체격도 좋으시고 운동신경도 좋아서 이만한 거 아닌감요."

체격? 운동신경? 박팔봉은 다시 제자리를 찾는다. 영영이 아니었다면 찾지 못할 강을 배회하다, 그 강에 빠질 뻔하다, 영영이 던진 구명줄을 잡고 겨우 목숨을 부지한다. 그렇구나, 영영은 안목도 좋고 포용력도 좋고 사려도 깊구나. 사람을 보는 눈이 저만하니 시인과 격을 같이 할 만하구나.

이런 생각은 또한 당연하게도 확대 발전한다. 시인은 세상이 아무리 시끄러워도 시적으로 교감한다. 배고픔은 말할 것도 없고 이런 교통사고도 시가 해결해 준다. 시란 이래서 시이고, 시인은 이래서 시인이다.

박팔봉은 속으로 에헴 어험 수백 번 헛기침을 한다.

"내가 차를 이긴 거지."

그 말이 뭐가 그리 대단하다고, 영영은 박팔봉의 손등을 찰싹찰싹 때려가며 웃는다. 가만둬도 아파죽겠는 몸이지만 박팔봉은 아픈 것도 잊고 더 때려주면 얼마나 좋을까, 코 평수가 절로 넓어진다.

"오메, 맞는 말씀이랑께요. 시인님은 타구난 시인이랑께요. 말씸을 어째 고로콤 재미나게 하신다요. 험한 일을 당해도 시적으루다 사시니 증말이지 존경하구 말구구만요."

어휴, 저, 저, 앙증맞은 거. 영영은 이리 핥아주고 저리 핥아주어도 모자라다. 동글납작한 얼굴은 귀여움 그 자체이고, 오십 대 중반이라고 여겨지지 않을 고운 피부는 십대들의 잡지 표지모델로도 아깝다. 허벅지로 말할 것 같으면 탄탄하기가 깨물어 확인할 필요도 없이 쫀득쫀득 미각을 자극한다. 더구나 영영의 지성은 금세기 시인 중의 시인을 알아보고 존경할 줄 안다. 그런 여자가 시인의 사랑을 독차지해야 한다는 건 시인의 사부님도 웅, 웅, 그래, 그래, 허락하실 일이다. 더 말할 것 없이 영영, 그녀는 준시인이다. 시인과 준시인의 화합, 이거야말로 세상을 바꿀 힘이다. 참으로 이런 만남은 몇 세기에 한 번 있을까 말까하다. 그런 일이 바로, 지금, 이 장소에서, 거룩한 행진으로, 축복 받아 마땅한 상봉으로 있으니, 박팔봉으로선 여간 자부심이 드는 게 아니다.

박팔봉이 시인의 세계에서 퍼붓는 소낙비를 흠뻑 맞아 속옷까지 적시고 있을 때, 영영이 나긋나긋 속삭인다.

"저…… 시인님, 헌디…… 지가…… 커피가 마시고 싶어설랑…… 잠시만 혼자 계시소."

영영이 박팔봉의 손을 토닥이더니 응급실을 나간다. 박팔봉은 퉁퉁 부어 오분의 일쯤 떠지는 눈을 영영의 뒷모습에다 꽂는다. 팽팽한 엉덩이는 아무리 봐도 이십대다. 먹을 대로 먹은 나이에 이십대를 상대하다니, 그것도 존경받는 시인으로 대접을 받다니, 이런 횡재는 아무에게나 오는 게 아니다. 오직 천재 시인에게만 오는 행운이며, 천재 시인이기에 누릴 수 있는 특권이다.

영영은 응급실을 나와 공중전화 부스 앞으로 간다. 부스 앞에서 이리저리 두리번거려도 마땅한 적임자가 눈에 띄지 않는다. 그러길 몇 분, 마침 자판기에서 커피를 뽑는 젊은 남자가 눈에 들어온다. 영영은 재빨리 젊은 남자에게로 다가간다.

영영이 부리나케 응급실로 돌아온다. 담당의와 간호사가 박팔봉 옆에서 뭐라 말하는 소리가 난다.

"보호자에게 연락해 빨리 입원 수속을 밟으십시오."

박팔봉은 보호자에게 연락하라는 소리에 그만 오금이 저린다. 자글자글 애타는 눈을 영영에게로 돌리지만 영영이 보호자가 되어줄 수 없는 건 기정사실이다. 왜냐고 물을 것도 없이, 마누라가 와서 그 사실을 알면 시인과 준시인의 아름다운 세계는 고려청자 깨지듯 깨질 게 뻔하기 때문이다. 하여, 박팔봉으로선 이도 저도 못하고 입술만 달막인다.

간호사가 체온계를 박팔봉의 겨드랑이에 끼워 넣는다. 영영은 안타까워 죽겠다는 표정으로 박팔봉의 손을 꼬옥 잡아준다. 오오, 애처로운 저 얼굴이라니, 덤벙 빠져 죽고 싶은 저 눈빛이라니.

영영은 박팔봉의 수준을 넘볼 작정인지 다음과 같은 말도 한다.

"저, 간호사님, 이 분은 시인 선상님이신디 잘 좀 부탁헙니다요."

영영은 사랑스럽다는 단어를 뛰어넘은 사랑스러운 여인이다. 순간, 박팔봉은 보호자에 대한 번민은 싹 잊은 채, 오직 이 여인에게 시를 써서 바치리라 결심한다. 박팔봉은 단호하게, 거침없이, 용감무쌍하게, 간호사에게 말한다.

"간호사, 펜하고 종이 좀 갖다 주소. 나, 시방 시감이 떠올라 숨 막혀 죽겠소."

*　　*　　*

박팔봉은 종이와 펜이 오길 목이 빠져라 기다린다. 목이 빠지기도 전에 온 건 종이도 펜도 아닌 예, 즉 박팔봉의 아내 김연실이다. 박팔봉은 김연실을 보자 얼른 영영부터 돌아본다. 영영은 어느 새 옆 침대로 몸을 돌린 채 서 있다. 아휴, 저, 저, 깜찍한 거.

박팔봉은 안도의 숨을 쉬며 김연실의 눈치를 살핀다. 김연실은 불문곡절, 박팔봉의 귀에 대고 속살거린다.

"하이구야! 박팔봉 이 영감탕꾸야! 또 시작이가? 시가 머릿속에서 기어 나오질 않았나 보제? 내 이 꼬라지를 보고 사느라 몸 쏙에 사리가 탑으로 쌓인 거 아나? 몸을 짝짝 갈라보믄 사리가 열 됫박도 더 나올끼구마."

박팔봉, 그는 김연실의 말을 못 들은 척, 고개를 반대편으로 돌린다. 마누라라는 종자는 집안에서나 아는 척을 해야지, 이런 공공장소에서 아는 척을 했다간 공공의 적이 되기 십상이다. 공공의 적! 박팔봉은 공공의 적! 공공의 적! 해가며 섣불리 당할지도 모를 개망신을 묵언수행으로 예방한다.

김연실은 박팔봉의 태도가 몹시도 눈꼴시다. 그 꼴을 보고만 있을 김연실이 아니다. 김연실은 박팔봉의 옆구리를 창으로 찌르듯 쿡 찌른다. 찌르기만 하면 폭력이 되므로, 창을 한 곡 뽑는 걸로 폭력을 미화시킨다.

"하이고~ 귀하신 우리 시인 서방니이임~ 단 서방니이임~ 어쩌다 이 지경이 되셨소오오~"

박팔봉은 옆구리 찔려, 고막 찔려, 정신세계 찔려, 신음이 터져 나온다. 신음을 핑계로 모른 척하고 싶지만 그도 쉽지 않지 않은 것이, 그것을 빙자로 어디를 어떻게 또 찔릴지 추측 불가인 때문이다. 박팔봉, 마지못해 아는 척을 한다.

“부인 오셨소. 행여 놀랄까 연락도 하지 않았는데 어찌 알고 오셨소?”

김연실은 같잖다는 듯 박팔봉의 아래위를 흘겨본다.

“흥! 내숭을 떠는 걸 보이 누가 있는 모양이제?”

김연실은 대뜸 옆 침대 앞에 서 있는 영영을 흘깃거린다. 박팔봉은 바야흐로 홍두깨로 다듬이질하듯 가슴이 쿵당쿵당 뛰기 시작한다. 안 되겠다. 박팔봉이 김연실을 부른다.

“부인, 입원 수속을 해야 한다는데 의사 좀 만나보시구려.”

이미 영영을 꼬나보는 김연실에게 박팔봉의 말이 들어갈 리는 만무. 영영은 이런 사실을 아는지 모르는지 그저 묵비권 자처럼 꼼짝도 하지 않는다. 긴장감이라는 바로 그것이, 김연실과 영영, 그리고 박팔봉을 한 줄로 드르륵 펜다.

김연실이 김연실답게 먼저 긴장감의 줄을 싹둑 자른다.

“요즘 시상에 젤루 드럽구 나쁜 년은 남의 서방에 눈독 들이는 지집년이제.”

박팔봉은 그만 찔끔하여 오줌까지 지릴 뻔 한다. 그에 비해 김연실은 더 쨍쨍해진 기세로 다그치듯 말한다.

“와? 나가 제대로 맞췄나? 누구가? 어떤 지집이가? 마누라쟁이라 않고 부인이라 카는 걸 보이 근처에다 어떤 지집을 델다 놓은 모양이제. 하, 참, 저 꼬락서니에 지집이라니, 염 받을 때나 그 버르장머리를 버릴라나.”

그렇잖아도 대추빛 고추빛이던 박팔봉의 낯빛에 흙빛이 더한다. 이제 박팔봉이 할 일은 담요를 머리끝까지 뒤집어쓰는 일.

이를 가만 놔둘 리 없는 김연실이 와락 담요를 벗긴다. 이에 박팔봉은 다시 담요를 끌어다 얼굴을 덮는다. 그렇다고 포기할 김연실인가? 김연실이야말로 옳다구나 하고 담요를 끌어내린다.

이러길 수차례. 담요로 반복되는 이 실랑이를 끝내 김연실이 종식시킨다. 즉, 김연실은 평상시엔 미의 추구가 될 수도 있지만 비상시엔 무기가 될 수도 있는, 길고도 날카로운 손톱을 박팔봉에게 내리꽂는다. 박팔봉의 저항은 무력화되고 그에 맞게 박팔봉의 몸은 고스란히 드러난다.

김연실은 박팔봉의 적나라한 모습보다 더한층 적나라하게 포문을 연다. 포문에서 나오는 건 말할 것도 없이 포탄.

"헤, 참, 저 발꼬락 나온 것 좀 보제. 멀쩡히 신구 나간 양말에 빵꾸나 내구서리. 홍, 바지는 아침내 침 발라가며 신 모시드끼 다리더만 넝마가 돼 뿌렸네. 헤헤, 저 눈 좀 보제. 눈탱이가 밤탱이가 되었구마. 시 한번 잘 나오겠다. 이 봐라, 시인 서방아, 오늘은 또 먼 놈의 수작을 떨다 이 꼴이 됐제? 어떤 지집년 꼬시다 이 꼴이 됐냐꼬!"

김연실은 말만 하는 게 아니다. 말 하는 수만큼 박팔봉의 몸 여기저기를 쿡쿡 찔러댄다. 박팔봉은 아프다는 소리도 못하고 이를 악문다. 꿈자리가 사냥개보다 더 사납더니 이 꼴을 당하려고 그랬던 것이다.

개똥도 약에 쓰려면 없다지만 마누라는 그런 개똥보다도 못하다. 천하에 도움이 안 되면서 천하를 쥐고 흔든다. 시인의 세계라는 천하를 똥장군 마누라가 쥐락펴락한다. 내조는커녕 내란만 일으키는 마누라가 시인의 아내라는 건 팔자가 세도 어지간히 세지 않고서야 있을 수 없는 일이다. 시인의 레벨로 같이 맞설 수도 없고 피하자니 체신이 말씀이 아니다. 섣불리 아는 척을 했다간 똥통을 엎는 격이 되고 말 터인즉, 박팔봉은 입을 꾹 다문다.

이럴 때 준시인 영영은 무얼 하고 있을까? 자리를 피할 생각도 없이 옴짝도 하지 않는다. 죽을 때까지, 아니 죽어서도, 절대 봐서는 안 될 장면을 본 것이 박팔봉은 마음에 걸린다. 엎질러진 물은 걸레로 닦을 수나 있지, 사람이 엎질러지면 회생 불가능한 것이 되고 만다. 처음 알았을 때의 그 상쾌한 인상이랄지, 원래부터 있었던 좋은 인간성 같은 것은 다 무효가 된다. 특히 시인의 품격이 손상을 받았다는 건 깨진 물독이나 다를 바 없다. 깨진 물독을 와장창 밟는 소리가 난다.

"시인 서방아, 나가 들통을 내삐려서 기분 상했제? 이것도 다 시 쓰는 데 도움이 되라꼬 한 짓이다. 오호호호! 어떤 지집년인지 오늘 운 텄제. 팽생 마누라 덕에 먹고사는 시인 나부랭이의 정체를 알았으니 이쯤 해서 물러날 끼다."

김연실의 이 살인적인 폭언에도 영영은 여전히 부동자세다. 박팔봉은 마음 같아선 마누라가 지껄이는 말은 다 거짓이라고 강변하고 싶지만, 다행히 말이라는 게 올 스톱이다. 핑계를 대자면, 입술은 부풀대로 부푼 데다 위로 벌렁 까져, 말이라는 걸 했다간 실언이 될 공산이 크다. 박팔봉은 저절로 자중하게 된 신체조건에 감사한다.

그런데 사건의 진행상 계속 입을 다물고 있을 수만은 없다. 영영을 보는 김연실의 시선이 예사롭지 않다. 영영의 머리끄덩이를 잡을까 말까, 영영의 저 고운 얼굴을 할퀼까 말까 망설이는 투가 역력하다. 오, 그러면 안 되지.

박팔봉은 김연실의 시선을 잡아보겠다고 짧은 낚싯줄을 던진다.

"시인을 모함하면 천벌을 받을 것이오. 부인은 삼가 말씀을 가려가며 하시오."

느닷없이 하늘이 뚝 떨어지듯, 땅이 경련을 일으키듯, 김연실이 웃어댄다.

"오호호호! 지당하신 말씀이제. 나가 천벌을 좋아하는 거 어찌 알았제. 내는 천벌을 좋아하제. 아주 아주 좋아하제. 나가 천벌을 받아야 바람둥이 서방인지 남방인지 하고 작별할 수 있을 거 아이가?"

김연실의 말이 끝나기 무섭게 영영이 지키고 선 침대에서 고함소리가 난다.

"거 좀 조용히 합시다! 그리구 아줌마! 아줌마는 누군데 아까부터 남의 침대 앞에서 꼼짝도 않는 거요?"

이 말이야말로 김연실에겐 득점 찬스다. 김연실은 벌써부터 득점의 쾌재를 부르며 아예 영영 쪽으로 몸을 튼다.

이를 본 박팔봉은 사력을 다해 김연실을 잡으려 버지럭댄다. 피가 이쪽인지 저쪽인지로 쏠리고, 몸 여기저기서 뼈 마주치는 소리가 쟁쟁하다. 박팔봉은 윽윽 거리며 도로 침대에 눕는다. 허나, 마음 한 구석에선 이런 신체조건에 다시 한 번 은밀히 경의를 표한다. (그러길 잘했다. 김연실과 영영은 일루에서 홈 플레이트까지 신경전이다. 보는 것만으로도 실력이 달리는 박팔봉으로선 감사할 일이다.)

어쨌든, 김연실은 영영에게 댁은 누구냐고 따지듯 묻는다. 영영은 김연실을 흘깃 보더니 또박또박 대꾸한다.

"나요? 댁은 누군데 나가 누군지 물어요?"

김연실은 어쭈 요것 봐라 해가며 당장이라도 면상을 할퀼 태세다.

"아지매, 나가 아지매가 누군지 물었잖아요. 대답만 해 주문 될 걸 뭐 그리 비싸게 굴어요?"

이때 영영은 대단히 자연스런 자세로 앞 침대 환자의 팔을 주무르기 시작한다.

"나요? 나는 간병인이라요. 이 환자의 간병인인데 아줌마가 와 나가 누군지 묻고 그래요."

말은 영영이 했건만 우쭐해지는 건 박팔봉이다. 박팔봉은 영영이 자랑스러워 죽을 지경이다. (김연실에겐 말 할 것도 없고, 어디다 대놓고 자랑하지 못하니 더 그렇다.) 지혜라면 저 정도 수준은 되어야 한다. 강짜나 부리며 입만 나불거린다고 지혜가 되는 게 아니다. 심연에서 문득 솟아나는 하나의 줄기, 그 줄기를 차고 날아오르는 날갯짓, 이것이 바로 지혜인 것이다. 스스로 빛을 내되 자신의 빛이 아니라 타인의 빛이 되어 주는 것, 이것이 진정 지혜가 가진 에센스이다. 오오, 지혜의 진짜배기 영영이여!

영영이 영특하게 대꾸했다고 아하 예에 그렇습니까, 하고 물러날 김연실이 아니다. 김연실은 줄넘기를 넘듯 영영의 말을 넘는다.

"오메나, 그라서? 간병인이라꼬? 이보세요 애기 아빠, 이 아지매 댁의 간병인 맞나요?"

살근살근 칼질하는 눈길이 영영과 삼십 대 후반의 남자 환자에게로 꽂힌다. 남자 환자가 김연실의 칼질 눈길에 마음이 베였는지 버럭 소리를 지른다.

"왜들 이러세요? 몸도 아파 죽겠는데 뭐 먹고살 일 났다고…… 다들 시끄러우니 제발 좀 저리 비키세요!"

남자 환자는 희다 검다, 엑스다 오다, 라고 짚어 말하지 않는다. 그랬음에도 김연실에겐 이보다 더 정확한 답이 없다. 김연실, 기세등등한 얼굴로 두 팔을 걷어 부친다.

박팔봉은 불안감에 잇몸이 다 들썩거린다. 까딱하다간 시인의 세계가 둥둥둥둥 콸콸콸콸 시궁창 속으로 곤두박질칠지도 모른다. 시가 시 속으로 흘러가고 시인이 시인의 세계를 찾아간다면 이루 말할 수 없이 바람직한 일이겠으나, 사태는 그리 수월하지만은 않다.

김연실은 마치 살인 사건을 취조하는 형사처럼 조목조목 짚어가며 말한다.

"이 애기 아빠 말을 새겨들으니 아지매는 여기 이 애기 아빠 간병인이 아니라는 말이다. 뭣 땜시 여기 있는 거제? 뭘 염탐할라꼬 여서 어물쩡 거리제? 아지매는 누구가? 이 양반 애인 아이가?"

김연실은 당장이라도 영영을 잡아먹을 듯이 눈을 부라린다. 박팔봉은 간담이 서늘해지고 담요 속의 살이 부들부들 떨린다. 마누라는 서빙고 시절의 고문관보다 더하다. 이 못돼먹은 고문관의 일차적 고문 수법은 귀엣말이다. 하도 다정다감한 어투라 애정일까 애증일까 가늠하는 사이, 가늠이 해결의 선상에 올라갈까 말까 하는 사이, 소매치기의 손놀림만큼이나 빠르고 단호하게 단도직입법을 쓴다. 단도직입법엔 쌈닭이 쌍소리를 내며 내지르는 소리보다 더한 억양이 주를 이룬다. 이때 고문당하는 사람의 눈동자가 조금이라도 흔들린다 싶으면 고문자는 자신의 말을 긍정하는 표시로 받아들인다. 이를 근거로 이 뚱뚱한 고문자는 연민도 없이, 인간의 탈을 후딱 벗어던지고 이단 옆차기 혹은 당수, 혹은 안다리걸기로 백옥 같은 시인을 반죽음시킨다. 박팔봉은 시인의 세계를 한순간 짓밟는 그 무력의 힘을 너무나 잘 안다. 올해로 예순하고도 반을 넘긴 나이라지만 마누라의 힘은 아직도 건재하다. 그 깡패가 지금 준시인을 고문하려 헛바닥을 날름거린다.

박팔봉은 두 눈 멀쩡히 뜨고 순백의 여신이 당하는 걸 보게 될까 자못 두렵다. 그러나, 그러나, 박팔봉의 귀에 와 닿는 건 저 먼 휴양지에서나 맛볼 수 있는 살랑거리는 바람결 소리다.

"뭐가 어째요? 말이면 다 말인 줄 아세요? 나, 자원봉사 나온 간병인이라요. 아휴, 내 살다 살다 자원봉사 십 년에 이런 꼴은 첨 당하네."

영영이 찬바람을 쌩 일으키며 병실을 나간다. 오오, 냉랭함이 뿜어내는 저 기품이여. 박팔봉은 사라지는 영영이 영원한 승리의 마크로 보인다. 승리의 마크인 영영, 영영의 마크가 되고만 승리, 여기다 뭘 더 보탠다면 욕이 되고 군더더기가 될 승리, 다만 승리!

박팔봉은 지금 막 시인의 세계에 발을 들여놓은 영영이 대견하기만 하다. 영영은 속물들이 사는 이 세상에서 꿋꿋하게 지조를 지킨 여인이다. 지조의 여인을 위해 시를 써서 바치는 일은 무엇과도 바꿀 수 없다. 지조의 대명사 유관순을 제치고 새로 등극한 지조의 여인에게는 권두시와도 같은 시가 필요하다. 영영의 명예를 위해서도 지조를 위해서도 반드시 필요하다. 박팔봉은 간호사를 불러 다시 한 번 펜과 종이를 가져다 달라고 간청한다.

🌶 중간 휴식

아무리 헌책방이라지만, 돈을 벌자고 연 게 아니라지만, 주인은 너무하다. 손님이 오든 말든, 책을 고르든 말든, 무심하기 짝이 없어 보이는 자세가 오만불손에 가깝다.

주인의 심정을 이해 못하는 바는 아니다. 한곳에 붙박이로 있으면서 안 팔려 밀려 나온 책이나 혹은 고물상에서 무게로 넘겨받은 책을 팔고 있으니, 자신 또한 헌책이나 다를 바 없다고 여길 수도 있다. 간혹, 헌책방에서 우연히 희귀본을 찾아 빌딩 한 채를 얻은 것보다 더 귀하게 여기는 사람이 있다고는 하나, 그 뉴스가 주인에게 자부심을 주는 것 같지는 않다.

그러면 우리 주인의 저 무심함에 가까운 상심은 어디서 나온 것일까. 교보문고나 영풍문고처럼 쾌적한 분위기나 깔끔한 유니폼과는 비교도 안 되는 이 황학동 고물상들이 진을 친 곳에서, 사장 아닌 가게 주인으로 불리는 신세가 처량 맞는다고 여겨서일까. 주인아, 등판엔 겨울비나 잔뜩 깔고 있는 주인아, 지나가는 사람들만 보지 말고 나도 좀 봐주라. 등판만 보이는 주인을 보는 내 처지도 봐달라는 말이다.

주인이 내게 이야기 해주었던 시인 박팔봉과 비슷하게 생긴 사람이 시집 몇 권인가를 훑어보더니 그냥 가버린 지도 한참이나 된다.

나는 주인과 한 꼴인 꼴로 그저 오가는 사람들을 본다. 고물을 뒤지는 사람들, 복고풍을 흉내 낸 짝퉁 복고풍 옷을 고르는 사람들, 그저 그렇게 여기 기웃 저기 기웃대는 사람들. 사람들의 표정이 구성지고, 걸음걸이가 왈가왈부하고, 머릿속이 장황하게 호객행위를 한다. 내 눈엔 그렇게 보이는데 주인의 눈엔 어떨까.

김연실만큼이나 퉁퉁한 할머니가 가게 앞을 지나간다. 주인은 내게 해 주었던 이야기가 떠오른 모양이다. 당신이 바로 저 사람일지도 모른다고, 기세 좋게 떠벌이던 그 때가 바로 지금인 양, 주인은 고개를 빼고 할머니가 안 보일 때까지, 또 별난 남자가 주인의 시선을 빼앗으며 지나갈 때까지, 보고 또 본다.

본다는 건 무엇일까. 무엇이기에 주인은 저리 세월아 네월아 지나다니는 사람들을 하염없이 보기만 하는 것일까. 주인도 나처럼 따분해 죽겠는 걸 보는 것으로 달래는 중일까?

오가는 사람들을 보고 있자니 주인이 내게 해 준 이야기들이 절로 떠오른다. 떠오르면 뭐한담. 말해 줄 대상도 없는데. 그래, 쌕도 있고 팽도 있었지.

쌕과 팽은 라면을 먹더니 한참이나 배부르게 잠에 곯아떨어져 있다. 나는 팽과 쌕을 깨울까 말까 깨울까 말까, 열 번에서 열한 번쯤 생각하다가, 거기서 한 개인가 두 개인가를 빼다가, 거기에 곱하기를 하다가, 또 나누기를 하다가, 그 끝에 그들을 깨운다.

"애들아, 애들아, 좀 일어나봐. 기똥차게 재미있는 얘기가 있어."

팽과 쌕이 푸시시 일어난다. 그들의 표정이 나를 기죽인다. 네 말은 들어보나마나 너무 시시하거든? 너무 지루하거든? 바로 그런 표정이다. 나는 슬그머니 꼬리를 내린다. 쌕과 팽은 그런 내가 안 됐는지 나가려다말고 그 자리에 선다.

"무슨 얘긴데 기똥차다는 거야? 우리한테 기똥찬 얘기란 먹는 얘기라는 거, 잘 알지?"

나는 쌕과 팽을 잡으려 임기응변을 토한다.

"그러엄, 먹는 얘기지. 그보다는 니들 얘기야. 니들이 주인공으로 나오는 얘기. 저기 저 주인이 나한테 해 준 얘긴데, 사실 니들한텐 비밀이었거든. 먹는 얘기에다 니들이 주인공으로 나오는 얘기라서 ……."

나는 나도 모르게 주인의 말을 흉내 낸다. 과연 팽과 쌕은 내 말에 걸려들까? 팽과 쌕은 지들끼리만 통하는 말로 뭔가를 쑥덕거린다. 그러길 마을버스로 다섯 정거장 갈 정도까지.

내 인내심이 바닥을 칠 바로 그 순간, 쌕이 대표로 말한다.

"생각할 시간이 필요해. 한 시간 쯤."

어럽쇼? 뭐가 어째 한 시간씩이나? 한 시간이면 우리의 박지성이 골 백 개는 넣겠다. 내 인내심은 나 참 드러워서, 나 참 드러워서, 하면서도 그러마고 대답한다. 나는 쌕과 팽이 그 말마저 번복할까 얼른 한 시간을 재기 시작한다.

지금부터 한 시간 재기 시작! (점 하나에 일 분씩, 육십 개면 한 시간. 팽과 쌕처럼 믿지 못하겠으면 점의 수를 세 보시길.)

. . . .

한 시간 끝!

나는 쌕과 팽에게 한 시간이 됐다고 알린다. 팽이 날개를 팔랑, 폈다 접으며 말한다.

"그래, 알았어. 먹는 얘기에다 우리가 주인공으로 나온다니 안 들을 수가 없지."

어휴, 저 거만하기 짝이 없는 말투라니. 성질 같아선 저놈의 날개를 좌악 뜯어놓고 싶지만, 날개 없는 게 날개 있는 걸 질투해서 그랬다는 소리를 들을까 꾹 참는다. 참기만 했나? 쌕이 내게 말했던, "알랑방구를 떨려거든 머리를 좀 써가며 해라"라는 말을 그대로 적용한다.

"잘 생각했어. 니들도 건강에 관심 많지? 먹는 얘긴 먹는 얘긴데, 건강에 좋다는 먹는 얘기야. 그런 얘긴 돈 내고 듣는 거 알지? 그렇지만 난 돈 같은 거 안 받아. 니들이 그 얘기 듣고 건강하게 오래오래 살면 난 그걸로 족하거든. 그런데 말이지 먹는 얘기가 끝나도 그냥 가면 안 돼. 니들이 주인공으로 나오는 건 나중에 얘기가 한창 침 흘리게 나올 때 나오니까. 니들이 으찌나 감동적으로 활약을 하는지, 보는 사람 듣는 사람 다 뻑 간단다.(나는 결코, 날뛴다는 표현은 쓰지 않았다.) 여러 매체에서 인터뷰 요청도 들어올 걸? 그러니까 니들은 어떤 말을 해야 할지 사인은 어떤 걸로 해야 할지 생각 좀 해 둬야 할 거야. 니들처럼 럭셔리하면서도 시크한 걸로."

쌕과 팽이 찍찍 쨱쨱 하악하악, 찍찍 쨱쨱 하악하악 웃는다.

그렇게, 애네들은, 귤 한 박스를 다 까먹을 시간만큼 방정을 떨며 웃더니 자리를 깔고 눕는다. 주인이 말하고 바라던 바로 그 자세로. 나는 비록 인내심에다 알랑방귀를 패키지로 묶어 팔긴 했지만 기분이 썩 괜찮아진다.

드디어 나는 길고 긴 이야기를 그럴 듯하게 풀어놓기 시작한다. 쌕과 팽은 더그아웃에서 경기를 관람하며 언제 주자로 뛰어나갈지 준비하는 선수인 양, 귀를 쫑긋한다.

🌱 천상천하건강독존

뭐니 뭐니 해도 이 시대의 주인공은 건강이다. 그리하여 건강은 사람들의 시선을 한몸에 받으며 졸지에 조숙해졌다. 그럴 수밖에. 사람들이 빨리빨리를 외치니 건강은 그에 맞춰 조숙해져야 했고, 건강에 따른 옵션들 역시 조숙해져야 했다. 그래야 오래오래 권좌를 차지할 수 있고, 권좌를 흠모하는 사람들에게 결코 식지 않는, 도무지 식을 줄 모르는 꿈을 선사할 수 있기에 그렇다.

해서, 사람들은 튼튼 권좌를 차지한 건강을 부러워하다, 어루만지다, 애지중지하다, 파헤쳐보다, 냠냠 짭짭 깨물어 먹어가며 산다. 조말순 할머니 역시 건강사랑증에 걸려 한때도 거르지 않고 그 사랑을 까뒤집어보고, 꼬집어보고, 물어 뜯어가며 확인에 확인을 거듭한다.

매일이면 매일, 조말순 할머니는 식사를 한 후면 어김없이 방 한 가운데에 떠억하니 버티고 선다. 양 발은 어깨너비로 벌리고 손바닥은 쫙 펴 손목과 직각이 되게 한 다음, 두 팔을 앞으로 뻗었다 뒤로 뺐다 한다.

"하나 둘 셋 넷! 하나 둘 셋 넷!"

조 할머니는 운동을 하되 절대 시시하게 하지 않는다. 동작과 함께 구호를 외친다. 사실, 구호라기보다 숫자를 세는 것이지만, 구호가 별거인가? 하나! 둘! 셋! 넷! 소리치는 힘이 다른 그 어떤 구호보다 더 구호답기에 하는 소리다. 남는 게 시간이니 조금 더 세부적으로 들어가 본다.

지금 조 할머니는 세 가지를 한꺼번에 한다. 첫째, 움직인다. 둘째, 외친다. 셋째, 계산한다.

해 본 사람은 알겠지만 하나, 둘, 셋, 넷을 외치는 동시에 지금 몇 번째 팔을 뻗었나 굽혔나 계산할 줄 아는 사람은 별로 없다. 그런 면에서 조 할머니의 산수실력과 기억력은 가히 못된 놈 본때를 보여줄 때처럼 확실하다.

할머니는 팔운동을 서른 번 하자 이번엔 두 손을 허리에 얹는다. 허리를 쭉 편 다음 목을 돌리기 시작한다. 오른쪽으로 삼백육십 도 돌리고 왼쪽으로 삼백육십 도 돌린다. 목 돌리는 속력에 가속이 붙는다. 이쯤 되면 상모꾼의 상모돌리기가 창피해지고 록 밴드의 헤드뱅잉이 무색해지는데, 조 할머니는 어지러움 따위는 적이 아니다.

유난히 질긴 세반고리관과 그동안 갈고닦은 유연성이 조 할머니를 조상으로 떠받들기 때문이다.

목운동을 서른 번 마친 다음, 할머니는 오른쪽 다리를 앞으로 번쩍 들었다 놓고 이어 왼쪽 다리를 앞으로 번쩍 들었다 놓는다. 쭉쭉 뻗는 다리에는 축구선수나 발레리나도 부러워할 기가 한 다스쯤 농축되어있다.

발 운동도 서른 번 하자 이번엔 쪼그려 앉았다 일어나기를 서른 번 한다. 악랄의 원조 피티 체조 조교가 바로 이 조 할머니의 까마득한 후배다. 조 할머니는 몸을 종잇장만큼이나 가볍고 거뜬하게 놀리면서도 몸이 어째 찌뿌듯하다고 중얼거린다.

이제 할머니는 방바닥에 벌렁 누워 오른쪽 다리를 번쩍 들어 왼쪽으로 비틀고 왼쪽 다리를 번쩍 들어 오른쪽으로 비튼다. 참기름 들기름 콩기름 올리브기름 포도씨유를 바른 듯 할머니의 근육은 최고의 각을 뽑아낸다.

이 스트레칭도 서른 번 하자 조 할머니는 일어나 앉는다. 두 다리를 있는 한껏 벌린 다음 상체를 오른쪽으로 한 번 굽혔다 펴고 왼쪽으로 한 번 굽혔다 펴고 앞으로 한 번 굽혔다 편다. 절도 있기로 치면 북한군 사열행렬은 젖먹이요, 해병대 기수들의 집총 각개 십육 개 동작은 어린이집 학예회다.

이 동작도 서른 번 하자 이번엔 두 팔을 구십 도로 각 지게 흔들며 제자리 뛰기를 한다. 할머니답지 않게 젖가슴이 파도치고 아랫배는 물결친다. 몸에 붙어 있는 살들이 출렁출렁 철렁철렁 이리 부딪히고 저리 부딪히건만, 조 할머니는 그저 젊디 젊은 건강이라는 미남의 미소에 빠져 살들의 반란을 알아채지 못한다. 뛰고 또 뛰는 사이 누군가가 조 할머니의 방문을 살그머니 닫는다. 이를 모른 채 조 할머니는 백 번째 가서야 동작 그만!을 하며 방문 쪽에다 대고 소리 지른다.

“저울 가져와라!”

소리의 크기며 발음이 의사소통에 지장을 줄 만큼 우렁차다. 그렇거나 말거나 방 밖에선 그 어떤 기척도 나지 않는다. 할머니가 더듬더듬 방문 쪽으로 걸어가며 퉤퉤거린다.

“이 우라질 년이 또 문을 닫았구만. 내 그렇게 방문 닫지 말라고 일렀건만 이런 썩을 년!”

할머니가 방문을 열고 소리친다.

“저울 가져오란 말이다 이년아!”

감때사나운 음성이 고압전류만큼이나 집안 구석구석을 감전시킨다. 창호지가 찢어지고 유리창이 박살나고 변압기가 깨지고 한전이 무용지물이 될 판이다. 그렇게 잘 생긴 음성으로 의사를 표했건만 아는 척하는 이가 없다. 할머니는 뜨끈뜨끈 열이 오른다.

더듬더듬 벽을 짚어가며 욕실 쪽으로 가는 조 할머니, 욕실 앞에서 문에 귀를 댄다. 욕실에서 물소리가 난다.

“내 이럴 줄 알았어. 이런 앙큼한 년!”

할머니는 욕실 문을 잡고 비튼다. 욕실 문이 꼼짝도 하지 않는다.

할머니는 문고리를 잡고 마구 흔든다.

"여기 숨어버리면 내 모를 줄 알고? 야 이년아! 저울 가져오라는데 숨긴 왜 숨어?"

욕실에선 쏴아쏴아 물소리만 요란하다. 조 할머니는 욕실 문을 쾅쾅 쳐가며 소리 지른다.

"이년아 저울 가져오라는데 말이 말 같지 않어? 안 나오면 여기다 똥을 퍼지를테니 그런 줄 알아!"

갑자기 욕실 문이 벌컥 열린다. 할머니는 욕실 안에다 주먹을 뻗으며 치는 시늉을 해댄다. 할머니가 주먹 쥔 손을 마구 치는 건 허공이다. 물체가 아닌 허공을 치고 있으니 친다는 것의 시늉이 아닐 수 없다. 한마디로 조 할머니는 무의미한 짓을 한 것이다.

누군가 할머니를 툭 건드리며 욕실을 나간다. 할머니는 비틀거리는 듯하더니 그 자리에 털퍽 주저앉는다.

"아이쿠! 저년이 사람 죽이네!"

운동할 때의 기개보다 더 큰 외마디가 집안을 쩌렁쩌렁 울린다. 조 할머니는 욕실 앞에 주저앉아 바락바락 악을 쓰기 시작한다. 늙은이를 죽이네 살리네, 저런 년은 천벌을 받아 지옥 구덩이에 떨어질 거네 마네, 혀가 일 센티미터쯤 닳을 때까지 악을 쓴다. 그러나 할머니에게 다가오는 사람은 없다.

할머니는 분을 못 이겨 숨을 할딱거리다 잠시 악쓰기를 멈춘다. 아는 척해 주는 이 아무도 없는데 악이나 쓰고 있으니 이거야말로 밑지는 장사다. 감정의 폭발은 스트레스의 원흉이며 건강과는 철천지원수다. 이런 적과의 동고동락동침은 결코 생전엔 있을 수 없는 일이며 있어서도 안 된다. 있을 수 없고 있어서도 안 되는 일을, 있을 수 있게 기회를 주는 것은 바보들의 행진이다. 조 할머니는 바보가 아니다. 바보가 아닌 고로 바보짓을 계속 할 수는 없다.

할머니는 건강을 생각하지 않은 걸 대단히 후회한다. 후회가 자리를 잡기도 전, 할머니 방 맞은편 방문이 쾅 닫힌다. 할머니는 순간, 건강도 생각하지 않고 소리 나는 쪽을 향해 소리 지른다.

"저런 배아먹지 못한 것 같으니라구! 이 불쌍한 늙은이를……."

조 할머니는 뭉그적 일어나 더듬더듬 벽을 짚는다. 벽을 길 삼아 주방 쪽으로 가자 때아닌 물소리가 난다. 할머니는 옳다 이제야 너를 만났구나 하고 싱크대 쪽으로 간다.

싱크대 근처에서 할머니는 가만히 물소리를 듣는다. 물소리는 여전히 쏴아쏴아 나기만 할 뿐, 그릇 닦는 소리 같은 건 나지 않는다. 할머니는 이때다 싶게 만면에 웃음을 띤다. 그러길 잠시, 할머니는 일시에 웃음을 싹 거두고 더듬더듬 벽을 짚어가며 싱크대 앞으로 간다.

할머니는 확신에 찬 얼굴로 싱크대 몸체를 더듬거린다. 손에 잡히는 건 아무것도 없고 그저 쏟아지는 물뿐이다. 이제야말로 할머니는 자신감에 사로잡힌다.

"흥! 내 이럴 줄 알았어. 설거지하는 척 물이나 틀어놓으면 속을 줄 알고? 영미 네년이 잔꾀를 부려봐야 내 손 안이다."

 그러나 설레는 걸

할머니가 몸을 영미 방 쪽으로 틀더니 더듬더듬 방으로 들어간다.

영미는 싱크대 구석진 곳에 숨다시피 서서 조 할머니가 하는 양을 물끄러미 지켜본다.

할머니는 더듬거리며 들어가더니 방 한가운데서 팔을 휘휘 저어 본다. 손에 닿는 게 아무것도 없자 조 할머니는 역시 때를 놓치지 않고 자신만만한 미소를 띤다.

"네년이 안 나간 척 날 속이려구 물이나 틀어 놔? 이년 들어오기만 해봐라. 다리 몽댕이를 작신 분질러 놓고야 말 테니."

영미는 여전히 싱크대 구석진 곳에 서서 조 할머니가 하는 짓을 보기만 한다.

할머니가 영미 방을 나와 거실로 간다. 거실 수납장 앞에서 더듬더듬 수납장을 만진다. 수납장 모서리가 손에 닿자 서랍을 연다. 서랍 구석구석을 뒤져도 저울은 나오지 않는다. 할머니는 이 서랍 저 서랍을 홀랑 다 뒤집는다. 그래 봐야 저울은 나오지 않는다. 할머니의 얼굴은 점점 벌겋게 달아오르고, 할머니의 손은 급하고 거칠게 거실 바닥을 훑는다. 저울은 할머니와 숨바꼭질을 하겠다는 건지 머리카락 보일라 꼭꼭 숨는다. 그제야 할머니는 그 자리에 발라당 누워 손바닥이 터지도록 거실 바닥을 친다.

"아이고, 내 저울! 아이고 내 저울! 배락 맞아 뒈질 년! 내 저울을 또 없앴어. 내 이년 오기만 해 봐라. 머리를 다 잡아 뜯어놓고야 말 테니. 아이고 내 저울! 아이고 내 저울!"

기어이 할머니의 손바닥에서 불이 난다. 불이 나면? 꺼야 한다. 어떤 방법으로? 물을 끼얹거나 물의 양만큼 눈물을 모아서. 아니면 이열치열, 즉 맞불을 놓아서. 할머니도 이열치열의 법칙은 안다. 해서, 할머니는 이열치열 맞불 작전으로 거실 바닥을 치고 또 친다.

그러다, 그러다, 할머니가 또 무슨 생각에선지 벌떡 일어나 앉는다. 영미 그 년이 저울만 치우지 않았어도 이토록 건강을 해치는 짓은 하지 않아도 되었을 일이다. 허구한 날 영미란 년이 골칫거리다.

할머니는 백 도 가까이 올라간 손바닥으로 가슴을 내리쓴다. 건강을 건드리면 약도 없지만 다스릴 줄 알면 천하지존이 되는 것이다. 건강천하지존이야말로 어떻게 살 것인지, 왜 사는지에 대한 궁극적인 답이기에 그렇다.

이윽고 할머니는 심신을 가다듬은 후 더듬더듬 수납장 위에 있는 전화기를 든다. 송수화기를 들고 숫자판 위에 다섯 개의 손가락을 얹는다. 다섯 개의 손가락 끝에 눈이라도 달렸는지 숫자판 누르는 솜씨가 거침이 없다. 드디어 할머니의 비상연락망이 활동을 개시한다.

"나다! 애비 좀 바꿔라! 없다구? 아니 걔는 어딜 그리 싸돌아……애비 없으면 너라도 와라. 영미란 년이 또 저울을 없앴다. 너, 저울 사 가지고 당장 와라 당장! 그년이 밥도 안 주고 날 어찌나 구박해대는지 곧 죽게 생겼다."

조 할머니는 전화를 끊고 계속 씩씩거린다. 없어진 저울도 저울이지만, 무엇보다 건강을 해치게 된 게 울화가 치밀어 견딜 수가 없다.

세모시 옥색치마를 떨쳐입듯 우아하게 건강의 옷을 입으려 해도 늘 영미란 년이 문제다. 영미가 건강의 복병으로 있는 한 건강다운 건강을 성취하기란 여간 어려운 게 아니다. 조 할머니는 영미가 오기만 하면 내 건강을 물어내라고, 벌써부터 송곳니를 세운다.

＊　　　＊　　　＊

"하이고, 내 정신 좀 봐. 그년 때문에……."

건강 생각이 나자 할머니는 약 먹는 것도 체온 재는 것도 잊었다는 게 떠오른다. 고슴도치한테 찔리기라도 한 양, 불에 데기라도 한 양, 할머니는 깜짝 놀라 자기 방으로 들어간다.

방에 들어가기 무섭게 방 한쪽에 있는 종이 상자를 더듬거린다. 상자 안 첫 번째 병 옆에서 체온계를 찾아낸 다음 얼른 겨드랑이에 낀다. 그런 후, 종이 상자 안에 들어 있는 스무 개도 넘는 약병을 하나씩 더듬거린다.

할머니는 세 번째 약병을 들고 뚜껑을 연다. 손바닥에다 약 한 알을 던 다음 약의 모양새를 만져본다. 갸름하니 매끈매끈한 감촉이 이렇게 좋을 수가 없다. 조 할머니는 약의 태를 감미롭게 맛본 다음 으레 하던 대로 흠흠 냄새를 맡는다. 약에서 나는 이런 은은한 냄새야말로 거룩한 냄새다. 장미꽃 냄새? 샤넬 No.5 냄새? 다 웃기는 냄새다. 그런 냄새는 그저 말초신경이나 자극한다. 이렇게 건강을 생각해서, 건강 그 자체로 뿜어내는 냄새는 오직 약만이 보여줄 수 있는 최고의 기술적 냄새이며 예술적 냄새이다.

조 할머니는 약의 감촉과 냄새에 안심을 하고 더듬더듬 물컵을 찾는다. 물컵이 없는 것을 알자 바락 소리를 지른다.

"생수 가져와라 이년아!"

밖에선 아무 소리도 나지 않는다. 할머니는 더듬더듬 주방 쪽으로 기어가며 욕을 퍼더버린다.

"이런 천벌을 받을 년! 사람이 죽게 생겼는데 어딜 처가서 안 들어오누."

조 할머니는 냉장고를 열고 더듬더듬 물병을 집는다. 알약을 입에 넣고 물을 마시려다 말고 주춤한다. 어째 물 냄새가 물 냄새가 아니다. 할머니는 손가락으로 물을 찍어 입에 대보기도 하고 킁킁거리며 냄새도 맡아본다.

"아니 이거 보리차 아냐? 생수는 어따 감추고…… 이런 썩어 문드러질 년!"

할머니는 다시 냉장고를 열고 이 구석 저 구석을 더듬는다. 이리 뒤지고 저리 뒤져도 물병 비슷한 것은 잡히지 않는다.

조 할머니는 냉장고 문이 부서져라 닫는다. 재앙도 이런 재앙이 없다. 생수 떨어지지 않게 하라고 귀에 못이 박이도록 일렀건만 영미란 년은 소귀에 경 읽기다. 소도 그냥 소가 아니라 귀머거리 소다. 별수 없다. 약 먹는 시간을 놓치는 것보다야 보리차라도 마시는 게 낮다.

할머니는 보리차로 약을 넘기며 물에 대한 절대적 진리를 다시 한 번 깨닫는다. 다른 땐 몰라도 약을 먹을 땐 특히 육각수로 먹어야 효과가 있다. 이런 불가항력적인 일을 만났을 땐 죽은 물도 물이라 여기고 마셔야겠지만, 효과가 있을지에 대해선 자신이 없다.

할머니가 더듬더듬 방으로 가다 말고 그 자리에 선다. 언제부터인지 주방에서 물소리가 나지 않는다. 조 할머니는 지체 없이 영미를 부른다.

영미는 대답 대신 생수병을 할머니 손에 쥐여준다. 할머니는 생수병을 품에 안으며, 사자가 새끼 고라니를 낚아채듯 영미를 낚아챈다.

"네 이년! 어디 갔다 이제 왔냐? 문소리도 내지 않고 발정 난 괭이맹으루 살금살금 댕기면 내 모를 줄 알구? 저울 어따 뒀냐? 어따 뒀어? 당장 저울 가져오지 못해?"

영미는 할머니의 손을 잡아뗀다. 할머니는 캄캄한 눈을 영미에게 꽂으며 영미의 멱살을 잡아 흔든다.

"거짓말했다간 내 이 자리서 팍 죽어버릴 테니 그런 줄 알아라. 앞도 못 보는 늙은 에미가 딸년한테 구박당하다 못해 자살했다고 하면 꼴좋겠다. 죽을 때까지 얼굴도 못 들고 살게 해 줄 테니 알아서 해라."

영미는 말하는 조 할머니의 입에서 눈을 떼지 못한다. 무슨 년 무슨 년 해대는 입술이, 쉴 새 없이 불어대는 바람에 덜컹거리는 문짝처럼 열렸다 닫혔다 한다. 눈이 머는 대신 입이 멀면 어떻게 될까.

영미는 앞 동 놀이터로 고개를 돌린다. 텅 빈 그네, 텅 빈 미끄럼틀, 텅 빈 모래판…… 텅 빈 나무의자 위에 한 남자가 앉아 책을 읽는다. 살풋, 바람을 타고 날아온 햇빛 한 자락이 책 위로 떨어진다. 남자는 영미네 아파트 창과 마주 보는 쪽 나무의자에 앉아 언제까지고 책만 읽는다. 남자가 고개를 숙이고 한 장 한 장 책장을 넘긴다. 영미는 왠지 코끝이 찡해온다. 책을 읽고 싶다. 책을 읽고 싶구나. 세상엔 책이라는 것도 있었구나.

종종 이맘때쯤이면 남자는 적당한 햇빛과 온화한 시간을 찾아 나와 책을 읽는다. 한번도 얼굴을 본 적이 없어 어떻게 생겼나 알 순 없지만, 영미는 책 읽는 남자가 저 어디쯤의 요원한 세계로 보인다. 그곳엔 눈물이나 욕 따윈 들어 있지 않을 것이다. 신분을 캐려 접근하는 그림자 같은 것도 들어 있지 않을 것이다.

남자는 책 속으로 들어가 자신이 아닌 다른 세계를 조용히 만진다. 때론 땅을 박차는 뜀박질 소리가 툭툭 혈관을 차고 나오기도 한다. 저렇게만 살 수 있다면. 영미는 눈물이 핑 돌도록 남자에게 붙박여버린다.

할머니가 영미를 잡아 흔든다. 영미는 할머니를 부축해 할머니 방으로 간다. 방에 들어가자마자 할머니는 빨리 라디오를 틀어 달라고 말한다.

라디오에선 뉴스가 나오지 않는다. 할머니는 지금이 몇 시냐고 묻는다. 영미는 오전 여덟 시라고 말한다. 할머니는 그럴 리가 없다며 영미의 머리를 쥐어박는다. 여덟 시면 뉴스가 나와야 하고, 아침 먹고 운동이 끝난 직후에 약을 먹었으면 여덟 시가 맞지만, 방금 전에 약을 먹었기 때문에 지금은 여덟 시 삼십오 분쯤 되었을 거라고 한다. 조 할머니는 너 때문에 약을 제때 먹지 않아 건강을 해쳤다고 말한다.

영미가 슬그머니 일어난다. 조 할머니는 어느새 영미의 손을 와락 움켜잡는다. 영미는 그 자리에 주저앉는다. 할머니는 지금 종합비타민을 먹었으니 아홉 시 삼십오 분에 먹을 약은 콜레스테롤 약이라며 약 상자를 가져오라고 말한다.

영미는 약 상자를 끌어다 할머니 앞에 놓는다. 할머니는 약 상자 안을 더듬거리며 네 번째 약병을 꺼낸다. 오늘 약 먹는 게 삼십오 분이나 늦어졌으니 자는 것도 삼십오 분 늦게 자야 맞는다며 할머니가 영미의 손등을 꼬집는다. 영미는 할머니에게 잡힌 손을 뺀다. 할머니는 한사코 영미의 손을 놓아주지 않는다.

라디오에서 아홉 시 뉴스가 나온다. 할머니는 그것 보라며 누구한테 거짓말을 하냐고, 영미의 몸 여기저기를 꼬집는다. 영미는 조 할머니의 손을 잡아뗀다. 할머니는 이런 죽일 년 나가기만 하면 당장 죽어버리겠다고 으름장을 놓는다. 영미는 여기저기를 꼬집히며 어디랄 곳도 아닌 데를 멀거니 보기만 한다.

"지금 몇 시냐? 아홉 시 삼십오 분 맞지? 생수 따라라."

탁상시계는 아홉 시 삼십오 분을 가리킨다. 조 할머니가 콜레스테롤 약을 꺼내 입 안에 넣는다.

"고지혈 약을 먹지 않음 동맥경화증으로 중풍이 된다더라. 니 올케가 사다주면서 일러줬다. 한 시간 후에 먹을 약은 칼슘 약이다. 골다공증을 예방하려면 꼭 먹어야 한다더라. 이년아, 내가 널 위해 이렇게 약 먹는 줄이나 아냐? 나 씨러져봐라, 니년 신세가 어찌 되나. 그것도 모르고 날 하찮게 여기고 있어."

영미는 물을 따라 할머니 손에 쥐여준다. 할머니는 물을 한 모금 마시더니 다짜고짜 영미를 밀어버린다.

"이런 썩을 년! 이건 생수가 아니라 수돗물이잖아! 육각수를 마셔야 하는데 소독약을 통째로 주다니, 아이고, 눈이 멀었다고 이 늙은이를 괄시하다니……."

조 할머니는 아이고 아이고 해가며 영미에게 달려들어 머리채를 잡고 흔든다. 하나로 질끈 동여맨 머리채가 앞뒤로 흔들린다. 할머니가 영미의 머리칼을 잡아 뜯는다. 할머니 손에 영미의 머리칼이 한 움큼 뽑혀 나온다. 영미는 소리 없이 눈물을 흘린다. 할머니가 영미 등짝이며 팔이며 닥치는 대로 꼬집고 때린다.

"나 암에 걸려 죽으면 니년이 책임질래? 이런 육시럴 년! 나 안 죽는다 이년아! 여든아홉이면 청춘이다 청춘! 이 팔팔한 나이에 누구 좋으라고 죽냐?"

영미는 방바닥에 나뒹군다. 영미 옆으로 뽑힌 머리칼이 흩어져 있다. 그 위로 쓰러진 생수병에서 몰칵몰칵 물이 쏟아져 나온다. 물은 머리칼을 적시고 방문 쪽으로 흘러가더니 문턱에 닿자 옆으로 길게 물길을 튼다.

할머니 방 맞은편 방문이 벌컥 열린다. 방에서 젊은 남자가 나오더니 할머니 방 앞에 우뚝 선다. 남자는 쓰러져 있는 영미를 잠시 보는 듯하더니 아파트 문을 열고 나간다.

영미는 방바닥에 고인 물에서 초점 없는 시선을 떼지 못한다. 문소리에 남은 여운이 현관을 건너 쓰러진 영미의 등에 내려앉는다. 어둡고 지친, 깊이도 형체도 알 수 없는 침전이 더욱 짙어만 간다.

＊　　　＊　　　＊

조 할머니는 영미가 가져온 밥상 앞으로 다가앉는다. 영미가 수저와 젓가락을 할머니 손에 쥐어준다. 할머니는 대뜸 반찬이 뭐냐고 묻는다. 영미는 굴 넣고 끓인 국과 김, 생선, 김치와 취나물 무친 거라고 대답한다. 조 할머니는 숟갈로 영미의 손등을 콕콕 때리며 말한다.

"아침하고 똑같구만. 생선은 갈치지?"

영미는 그렇다고 대답한다. 조 할머니는 뻔히 알면서도 조린 건지 튀긴 건지 묻는다. 영미는 튀겼다고 대답한다. 할머니는 숟갈로 영미 여기저기를 톡톡 때리며, 나 못 먹게 하려고 튀겨왔다고 말한다.

67

영미는 밥 한 술을 떠 할머니 입에 넣어준다. 할머니가 굴국을 달라고 말한다. 영미는 굴국을 떠 할머니 입에 넣어준다. 할머니는 화학조미료를 넣었는지 묻는다. 영미는 넣지 않았다고 대답한다. 할머니가 취나물을 달라고 말한다. 영미가 취나물을 할머니 입에 넣어준다. 할머니는 화학조미료를 넣고 무친 거냐고 묻는다. 영미는 아니라고 대답한다. 할머니가 김을 달라고 말한다. 영미는 김을 할머니 입에 넣어준다. 할머니는 포장용 김인지 직접 참기름을 발라 구운 김인지 묻는다. 영미는 직접 참기름을 발라 구운 김이라고 대답한다. 할머니는 구운 소금을 썼는지 꽃소금을 썼는지 묻는다. 영미는 구운 소금을 썼다고 대답한다. 할머니가 밥을 달라고 말한다. 영미가 밥 한 술을 떠 할머니 입에 넣는다. 할머니는 갈치 튀김은 콜레스테롤 때문에 먹을 수가 없다며, 숟가락으로 갈치를 탁탁 두들긴다. 갈치 살이 터져 밥상 위로 튄다. 영미는 굴국을 한 술 떠 할머니 입에 넣어준다. 할머니는 생색만 내려고 먹을 수도 없게 튀겨왔다며, 연방 갈치를 두드려댄다. 갈치 살이 다른 반찬 그릇 위로 어지럽게 튄다. 영미는 김치를 할머니 입에 넣어준다. 할머니는 생선은 쪄 먹거나 조려 먹어야지 그렇지 않으면 건강을 해친다고 말한다.

영미가 점심상을 들고 나가자, 할머니는 하나! 둘! 셋! 넷! 해가며 방 안을 걸어다닌다. 할머니는 백까지 세자 방 한가운데에 선다. 할머니가 다리를 어깨너비로 벌린 다음 허리에 손을 얹는다. 똑바로 앞을 향한 채 허리를 좌우로 서른 번 틀었다 놓았다 한 다음, 옆구리를 오른쪽으로 한 번 왼쪽으로 한 번 구부렸다 편다. 옆구리 운동을 서른 번 하자 이번엔 허리에 손을 얹고 상체를 뒤로 젖혔다 앞으로 굽혔다 한다. (나머지 운동은 앞에서 말한 바와 같다.)

점심운동이 끝나자 조 할머니는 생수를 가져오라고 소리친다. 영미가 생수병을 가져다 할머니에게 준다. 할머니는 뚜껑을 열고 냄새를 맡는다. 할머니가 한 모금 따라 마시더니 어느 회사 제품이냐고 묻는다. 영미는 삼다수라고 대답한다. 할머니는 약 상자를 가져오라고 말한 다음 약 상자에서 다섯 번째 병을 집는다. 할머니가 로얄제리 한 알을 꺼내 입에 넣고 생수를 마신다.

대문 벨 소리가 난다. 할머니가 얼른 자리에 드러눕는다. 영미가 문을 열자 김연실이 쇼핑백을 들고 들어온다. 김연실은 영미에게 아는 척도 하지 않고 조 할머니에게로 간다. 할머니는 자리보전을 십 년 넘게 한 사람처럼 앓는 소리를 낸다. 김연실이 조 할머니를 보더니 픽 웃는다.

"할마시야, 병이 또 도졌나보제. 할마시 병이야 기분에 따라 왔다리 갔다리 하는 거 아이가? 그 아들에 그 어머이네. 여기 저울 사왔소. 몸이나 달아보소."

조 할머니는 김연실의 말을 외계인의 말쯤으로 묵살하고 끙끙 앓는 소리만 더 크게 낸다. 김연실이 그렇게 아프면 그냥 가겠다고 말하자, 할머니는 할 수 없이 어기적 일어난다. 김연실이 생글생글 웃어가며 저울을 할머니 앞으로 밀어놓는다.

할머니는 오매불망 꿈에 그리던 연인의 살을 만지듯 저울을 만져 본다. 김연실이 어서 저울에 올라가 보라고 말한다. 할머니는 입가가 쭉 찢어지는 것을 애써 참아가며 비칠비칠 일어난다. 김연실은 팔짱을 끼고 할머니가 하는 양을 지켜보기만 한다. 할머니는 어지러워 혼자는 못 올라가니 부축 좀 해 달라고 말한다. 김연실이 영미를 돌아본다.

영미가 할머니를 붙들어 할머니 발 한 짝을 저울 위에다 올려놓는다. 할머니가 영미를 붙잡고 저울로 올라간다. 할머니는 몇 킬로그램이 나가는지 묻는다. 김연실이 칠십구 킬로그램이 나간다고 말한다. 할머니는 저울에서 내려오더니 엉뚱하게도 김연실에게로 화살을 돌린다.

"눈금 잘 읽었겠지? 몸무게가 늘면 큰일이다. 라디오에서 그러는데 살찌는 게 만병의 원인이라고 그러더라. 근데 넌 왜 그리 살을 못 빼냐? 예나 지금이나 피둥피둥한 게 살이 몸 밖으로 줄줄 흘러내리는구나."

김연실은 또 시작이구나 싶은지 시큰둥하게 대꾸한다.

"보지도 못하믄서 어찌 그리 잘 아소? 할마시나 많이 빼소. 내사 할마시 아들하고 사는 동안엔 살 안 빠지요. 이거이 다 홧살인데 무신 수로 빠지것소."

조 할머니는 이게 무슨 돼먹지 않은 소리인가 바락 쏘아붙인다.

"거 개뿔딱지 같은 소리 작작해라! 너나 영미 넌이다 둘 다 한통속이구나."

김연실은 그러거나 말거나 킬킬거린다.

"할마시야, 빈정 상했나. 그란데 개뿔딱지고 소뿔딱지고 간에 홧살이 있어야 바가지 긁을 힘도 날 거 아이가."

김연실의 말에 할머니의 입은 약병 백 개는 걸어도 끄떡없을 만큼 툭 삐쳐 나온다. 김연실은 조 할머니의 입을 보며 픽픽 웃는다. 조 할머니는 팩 돌아앉더니 동편제 서편제가 무안을 타고 꽁무니를 뺄 정도의 음색으로 말한다.

"이것들이 위아래도 없이 왜 이 지랄들이야? 불쌍한 늙은이한테 이따위로 나오면 천벌을 받는다는 것도 몰라? 아휴, 내 서러워 못살겠다. 이 억울한 이 사연을 어느 누가 알까. 아까 저 영미란 년이 갈치를 튀겨왔더라. 내 그렇게 일렀건만 지가 다 처먹을 속셈으루다 조리지도 않고 튀겨 왔더란 말이다. 그런데다 지 기분 날 때나 밥을 준단 말이다. 늙고 앞도 못 보는 이 불쌍한 늙은이가 어찌나 배가 고픈지, 배가 고파 암에 걸리게 생겼다. 그뿐인 줄 아냐? 반찬이라는 것도 맨날 똑같은 것만 준다. 조미료는 또 어찌나 쳐대는지 비위가 상해 먹을 수가 없다. 체온도 올라가고 혈압도 올라갔을 거다. 야, 에미야, 근데…… 너…… 저울만 사왔냐?"

김연실은 그럴 줄 알았다는 듯 쇼핑백을 뒤적거린다. 할머니는 쇼핑백 소리가 나는 쪽에다 얼른 팔을 뻗는다. 소리를 간파하는 재주, 소리 속에 들어 있을 이익을 가늠하는 재주, 이런저런 재주가 한데 어우러져 실속을 향해 돌진한다.

김연실이 쇼핑백에서 물건들을 꺼내놓는다.

"이건 생식이라요. 또 이건 스콸렌이구요. 만날 굶는다 캐서 사왔소. 생식은 생수에 타 잡수든 우유에 타 잡수든 하고 이 스콸렌은 하루에 한 알씩 잡수소."

조 할머니의 입이 벙싯벙싯 벌어진다. 어쨌거나 며느리 하나는 잘 본 셈이다. 젊어서부터 일 무서운 줄 모르고 뭐든 닥치는 대로 하더니만 늘그막엔 돈푼깨나 모았는지 두 집 살림도 끄떡없이 한다. 할머니는 어떻게 하면 저 알부자 외며느리를 구워삶아 영양제 하나라도 건져볼까 궁리한다.

김연실이 볼일 다 보았다는 듯 일어난다. 할머니는 일어나는 며느리를 부여잡는다.

"야 에미야, 나 말이다, 메칠 전부터는 발가락이 조이는 것도 같고 어느 땐 뻑뻑하다. 내가 말을 안 해 그렇지 이 가운뎃손가락도 찌릿찌릿 전기 먹은 것처럼 아플 때도 많다. 건강이 악화된 게 틀림없다. 에미야, 지금 내 목소리 잘 들어봐라. 혹시 암에 걸린 거 같지 않냐? 어느 땐 내가 들어도 영락없이 암에 걸린 숨소리다."

김연실은 입을 딱 벌리고 할머니 머리에 대고 한 대 치는 시늉을 한다.

"하이고, 걱정 마소. 암이 다른 사람한테는 다 찾아가도 할마시한테는 안 올 기요. 암 무서워할 것 없소. 암이 할마시를 무서워하니께."

김연실은 올 때마다 듣는 똑같은 극본에 신물이 난다. 신물로 치면 빙초산 한 박스를 벌컥벌컥 마신 것보다 더한데, 대체 이 시어머니는 신물만 생산하는 공장을 차렸나 한 번도 생산라인을 중단해 본 적이 없다. 노는 법도 없고 고장 나는 법도 없고 불량품을 생산하는 적도 없다. 이렇듯 잘 돌아가기만 하는 신물공장에 세무조사나 한 방 얻어맞으면 좋으련만 천지개벽이 없는 한 그럴 행운은 눈 씻고 봐야 없다. 그나마 조금 봐 줄 수 있는 건 칼로리를 계산할 줄 모른다는 점이다. 조 할머니가 조금만 더 배웠더라면 칼로리는 물론, 음식물의 분자화학식까지도 들먹였을 일이다. 그렇게 되면, 그 어려운 것을, 어찌 김연실의 머리와 영양제와 저울이 감당할 수 있었으랴. 그러니 이래저래 다 살게 마련이다.

김연실은 거두절미하듯 할머니의 손을 잡아떼고 현관으로 간다. 조 할머니는 김연실이 가는 뒤에다 대고 들으라는 듯 소리 지른다.

"저런 고얀 년. 잘난 내 아들 만나서 돈 만지는 것두 모르구서…… 다음에 올 땐 혈압 재는 기계랑 철분 약 새 걸루 사오나 안 사오나 봐야지. 참! 에미야, 자석요 새 걸루다 바꿀 때 안 됐냐? 또 말이다, 요즈메는 웰빙 어짜고 해대는데 다음에 올 때는 무공해 토마토하고 유황오리탕 좀 사오라. 기름기도 없고, 그거 먹는 게 요즘 유행이라더라. 알아들었냐?"

김연실이 구두를 신는 동안 할머니가 또 하나의 요구사항을 덧붙인다.

"야, 에미야! 라디오에서 듣자니 거 뭐냐, 항, 항…… 그래, 항산화
비타민제라나 뭐라나, 그게 그리 좋다더라. 그거 하나 사오고 또 뭐
냐…… 홀몬제도 먹는 게 좋다니 그거랑 또 뭐냐…… 그러니까 눈에
좋은 영양제도 좀 사오라. 내 아무리 눈이 안 보인다 해도 그렇지 그
거 먹고 심봉사 눈 뜨드끼 그리 뜨게 될지 누가 알겠냐. 나 죽은 담에
눈물 쪽쪽 빼지 말고 살아있을 때 잘 해라."

김연실은 자신의 이마를 탁 치며 중얼거린다.

"신선 몇을 잡아묵었기에 저리 살랑살랑 신선놀음만 하제? 저런
신선 모셔가는 신선은 읎나?"

김연실이 밖으로 나가자 영미가 문 앞에서 서성댄다. 김연실은 영
미를 본 척 만 척 계단을 내려간다. 영미가 김연실의 뒤를 따라 두어
계단 내려간다. 김연실이 계단을 내려가다 말고 주춤 선다.

"내려올 것 없다. 참, 찬희 아르바이또 잘 다니제? 아르바이또 잘
하문 지 용돈은 물론 생활비까지 보탤 수 있따꼬 그라드라. 생활비
떨어지문 말하람. 나가 정신이 없어 찬희네까지 일일이 신경 못 쓴
다. 또 그 저울 말이다, 벌써 몇 개짼 줄 아나?"

김연실은 할 말만 하곤 뒤도 돌아보지 않고 계단을 내려간다. 또
각또각 한 계단씩 한 계단씩 내려가는 구둣발소리가 영미의 가슴에
쿡쿡 박힌다. 영미는 이번에도 아파트 재개발에 대해 물어보고 싶었
던 말을 끝내 꺼내지 못한다.

김연실의 구둣발소리가 일층 현관을 벗어난다. 영미는 구둣발소

리가 들리지 않을 때까지 그 자리에 서 있는다. 마치 딴 세계로 가는 듯한 소리가 영미에게 질기게 들러붙는다.

조 할머니가 영미를 부른다. 영미는 구둣발소리를 가슴에 새긴 채 안으로 들어간다.

할머니는 김연실이 사 온 생식이며 스콸렌을 더듬더듬 만지며 유통기간이 언제인지 몇 개나 들어 있는지 묻는다. 영미는 생식과 스콸렌을 꺼내 유통기간과 개수를 말한다. 할머니는 오늘이 며칠인지 묻는다.

"그러니까 이걸 하루에 한 개씩 먹으문 백 일을 먹는다는 소리구만. 이년아, 이 보약 훔쳐 먹을 생각일랑 행여 꿈도 꾸지 마. 백 일째 되는 날이 멧 월 메칠이냐?"

영미는 달력의 날짜를 세어가며 백 일째 되는 날을 알려준다. 조 할머니는 그날이 맞는지 다시 세어보라고 한다. 영미는 그날이 백 일째 되는 날이라고 대답한다. 할머니가 고개를 끄덕이더니 갑자기 몸무게를 달아봐야겠다며 저울을 가져오라고 한다.

영미는 생식 상자 옆에 놓아둔 저울을 가져다 할머니 앞에 놓는다. 할머니가 북극곰보다 더 굼뜨게 저울로 올라간다. 할머니는 눈금을 향해 고개를 숙인 채 몇 킬로그램이나 나가는지 묻는다. 영미는 칠십구 킬로그램이 나간다고 대답한다. 할머니는 저울에서 내려오며 오늘은 속이 좋지 않아 저녁은 거르겠다고 말한다.

할머니가 뒤뚱뒤뚱 문을 열고 밖으로 나간다. 영미는 소리 없이 할머니의 뒤를 따라 나간다. 할머니가 더듬거리며 계단 손잡이를 잡고 아래층으로 내려가기 시작한다.

영미는 아래층으로 내려가는 조 할머니를 그 자리에서 먹먹한 눈으로 내려다본다. 할머니는 자신이 사는 오 층에서 일 층까지 내려갔다 올라오기를 열 번 하더니 숨을 몰아 쉬며 집으로 들어간다.

영미는 할머니가 들어간 집을, 마치 철창으로 된 우리를 보듯 하염없이 보기만 한다.

돈 만드는 사내

앞에서 이 시대의 주인공을 건강이라고 했던가? 그렇다면 이 시대는 물론, 시대를 초월한 또 하나의 주인공이 있다.

아니, 주인공이 둘이라니? 주인공은 하나여야 맞지 않아? 그래야 주인공이 되는 게 아녀? 그리고! 당신이 주인공으로 나오니 잘 들어보라고 설레발치던 소린 다 뭐여? 벌써 주인공이 둘이나 나타났으니 더 들어보고 말고 할 것도 없구만 그래. 에이, 가자 가.

이런 생각을 탓할 순 없다. 조금만 참아주세요. 주인공이란 생각에 따라 다수일 수도 있답니다. 누가 주인공이라 지적하지 않아도, 내가 주인공이라 생각하면 주인공이 되는 것이다. 그러니 앞으로 나올 사람 중에 주인공 당신이 나온다고 생각하면(생각이 아니라 진짜 나온다) 오히려 기대가 되지 않을까.

아무튼, 지금 나올 이분 역시 주인공이다. 이 주인공을 뭐라 불러야 할지 살짝 고민이 된다. 앞에 나온 주인공과 이 주인공이 내가 진짜 주인공이라고 싸우다, 싸우다, 고인이 된 솔로몬에게 가 판결을 받자고 하는 일이 벌어지면 어쩌나. 그것을 옆에서 보다, 보다, 보는 이 또한 헷갈려 에라 폭탄주나 마시자 하면 어쩌나. 폭탄주 마신 김에 폭탄 터지듯 차를 몰고 나가 음주운전으로 사고 치면 어쩌나. 이런 잡다한 근심을 해결해주는 컨설턴트는 어디 없을까, 없을까, 없을까……. (하룻밤 자고 나서 얘기해야겠다.)

쿨쿨 콜콜 음야음야 ♤**＾＠#*♌$＠¤§ #♣▽∞∈\\%£……
(아함~ 하룻밤 잘 잤다.)

생각이 났다! 솔로몬한테까지 갈 것도 없다. 앞에서 말한 건강을 여자주인공으로 하고, 지금 나오는 주인공을 남자주인공으로 하면 된다. 역시 잠이란 목욕하는 것만큼이나 좋다. 머릿속에 낀 때를 말끔히 씻어주고 더불어 참신한 생각까지 나게 하니 안 그런가? 해서 말인데, 잠을 얕잡아보면 안 된다. 장롱면허증처럼 장롱 어느 틈새에 감춰두라고 있는 게 잠은 아니다.

어쨌거나, 지금 나올 주인공은 앞서 나온 주인공 못지않다. 사람들이 앞의 주인공을 선생님으로 모신다면, 이 주인공은 갓난애도 존경심으로 모시는 신이시다.

이때 의문이 든다. 신이 더 높지 선생님이 더 높나? 그러니까 진짜 주인공은 당연, 신인 거야.

그렇게 생각하면 좀 얕다. 신도 사람이 있어야 신이 되는 법. 그래서 하는 말. 신과 사람은 떼려야 뗄 수 없는 관계. 신도 주인공, 사람도 주인공. 다행인 것은 솔로몬과 폭탄주에도 불구하고 둘 다 짱이라는 점. 그 짱의 주인공이 짱이라는 소리에 벌써 나와 버렸다.

오늘도 허필준은 말의 계시를 받고 황학동시장으로 나간다. 그가 받은 말의 계시는 매일 다르다. 특별히 오늘 허필준이 받은 말의 계시는 엄청 세다. 돈을 팔아 돈을 사라!

허허, 동서고금을 합쳐 불멸의 신이 된 신을 팔라고? 팔 수도 없는 걸 팔아 그와 똑같은 신을 사라고? 이런 말은 너무 어렵다. 어려워서 계시가 됐나? 그렇다. 어렵기 때문에 허필준은 이런 말을 계시로 삼는다.

그가 믿고 따르는 계시는 도에 가깝다. 아니, 가깝다기보다 도 그 자체다. 그런 그가 도를 얻기까지 까마득한 시간이 필요했던 건 아니다. 누군가처럼 도를 얻으려 산속에 틀어박혀 풀뿌리로 연명했던 적도 없고, 어느 날 갑자기 섬광처럼 내리쏜 빛에 혜안이 된 적도 없다.

흔히 도라 하면 닦을 대로 닦아 윤이 나다 못해 펑크가 나면 그게 바로 도가 터지는 것이고, 득도라 불리는 무형의 선이 되는 것이다. 허필준은 바로 이 닦을 대로 닦는 과정을 넘어선 사내다. 쉽게 말해 도 닦기 과정을 월반한 것이다. 이 정도만 봐도 허필준의 도 수준은 타의 추종을 불허한다.

말이 쉬워 도를 닦는다는 것이지, 웬만한 사람은 무엇이 도인지조차 몰라 도 소리만 들어도 도망가고 싶어진다. 이것만 봐도 허필준이 도를 얻었다는 것은 손도 대지 않고 코를 푼 격이요, 멋도 모르고 까불다 그랑프리를 먹은 격이다.

허필준, 그는 회색 점퍼 속에 돈을 넣고 황학동시장으로 출두한다. 그의 황학동 행차는 오늘이 처음은 아니다. 처음이기는커녕 하루하루가 다 황학동시장으로 이어지는 길이다.

그의 나들이는 휘황찬란하다. 아래위 흰색 양복에, 백구두에, 빨강 넥타이를 매서 휘황찬란한 게 아니다. 오히려 그의 옷차림은 한여름 한겨울만 빼곤 줄창 그 옷이 그 옷이다. 처음 살 때부터 그랬나 싶게 검은색 바지는 날 선 주름 대신 구깃구깃한 주름이요, 회색 폴라티셔츠의 목은 늙은 뱃가죽만큼이나 축 늘어져 있다. 그나마 회색 점퍼와 검은색 바지가 코디를 맞추려 애쓴 흔적으로, 그의 트레이드마크나 다름없는 의상에 한점 인상을 준다고나 할까.

그런 그에게 휘황찬란하다는 수식어를 붙이는 것은 그를 모독하는 일이 될지도 모른다. 허나 그의 행보를 보면 화려함이 순간 초라

해져, 휘황찬란함에 자리를 내주지 않곤 배겨나지 못한다.

그를 보고 있자면 확실히 도를 얻어냈다는 것을 인정하지 않을 수가 없다. 혹자는 그런 그를 부러워할 수도 있다. 부러워한다고 부러워한 대로 다 이루어진다면 인생이란 너무 간단하다. 간단하다 못해 살 의욕마저 잃을 수도 있다. 이리 봐도 굴곡 없는 길이요, 저리 봐도 곡절 없는 길이면 대체 무슨 재미로 살겠는가. 무기력과 의욕상실증의 포로가 되느니 허필준을 보며 그의 앞날을 체크해 보는 게 나을지도 모른다.

이때 조심할 게 있다. 허필준, 그가 하는 것을 보긴 하되, 따라하면 안 된다. 십팔금 영화와도 같이 즉, 십팔 세 이하는 따라 하지 말라는 친절한 경고문과도 같이, 그, 허필준이 하는 짓을 따라 하다간 쥐도 새도 모르게 어딘가로 실려 가기 십상이다.

허필준 역시 모방을 아주 싫어하는데, 거기엔 그만한 이유가 있다. 그는 모방은 가짜이며, 가짜는 악덕이며, 악덕은 이 세상에 있어서는 안 될 독으로 여긴다. 독 중에서도 맹독이다. 맹독을 가까이해서 득이 될 건 없다는 게 그의 신조다.

이와는 다른 의견도 있다. 김 아무개 씨의 말에 의하면, 세상의 모든 것은 모방에서 출발하지 않은 게 없다. 하여, 진정한 창조란 없고, 원래 있던 것을 그럴듯하게 편집 배열한 것에 불과하다. 김 아무개 씨는 설파만으론 양에 차지 않는다. 그래서 예를 든다. 실례를. 대단히 평범하나 모두가 공감할 그런 실례를. 자, 바로 이런 얘기.

모든 모방은 창조의 어머니다. 사랑도 연애소설이나 드라마를 보고 그것을 그대로 하다 나중엔 독창적인 방법으로 발전해 사랑의 고수, 즉 바람둥이가 된다. 이런 것이야말로 모방이 창조의 근원이 된 때문이다. 그 실례는 뒤에 나올 김연실 편을 보면 알게 된다, 라고 말이다.

하지만 그건 허필준을 몰라서 하는 소리다. 그는 모방론을 거부하는 데 있어 실례가 아니라 행동으로 나간다. 그 행동이라는 것이 어찌나 진지한지, 모방론을 지지했던 사람들은 그 주장을 철회하지 않곤 마음이 결려 삼박사일 몸져누워야 할 판이다. 한마디로 허필준의 모방론 불인정반응은 그 어떤 것도 수용하기는커녕 용납하지도 않는다. 따라서 보통 사람이라면 그의 창조행위에 감탄을 감당할 수 없어 CNN에다 긴급제보를 고려할지도 모른다. 어쩌면 전 세계에다 생방송으로 중계하지 않으면 자폭하겠다고 엄포를 놓을 수도 있고.

이 정도로 허필준, 그의 창조의 세계는 독특하다. 어느 면에선 먹고 자는 일 전부가 창조의 세계라 해도 틀린 말은 아니다. 그러나 그 창조는 화력이 좀 약한, 보통의 창조라 할 수 있다. 허필준은 스케일이 크다. 아무나 덤빌 수 없는 창조, 창조를 넘어선 창조, 그것이 허필준의 창조다.

허필준, 그는 근래 들어 새로운 창조의 세계에 정신없이 빠져 산다. 그 일은 허필준을 허필준으로 살아가게 하고, 이웃에게는 사는 게 무엇이기에 하는 따위의 방귀 뀌는 소리는 쏙 들어가게 만든다.

　　　　　＊　　　＊　　　＊

　그러니까 허필준이 창조세계에 텀벙 빠지게 된 계기는 다름 아닌 오뎅과 떡볶이다.

　어느 날이다. 그리고 우연이다. 허필준의 아내 미란이 오뎅을 손질한다. 미란이 오뎅을 손질하는 게 어느 날 우연은 아니다. 미란은 매일 오뎅을 손질한다. 매일 하거나 보면서도 새삼스레 뜻과 의미로 다가오는 것, 그것이 바로 어느 날이고 우연이라는 말이다.

　어쨌든, 허필준은 아내 옆에 쭈그리고 앉아 아내가 열심히 썰어대는 오뎅을 집어먹는다. 그의 아내는 이런 허필준을 보다 못해 오뎅 그릇을 옆으로 치운다. 허필준은 엉덩이 방향을 어기적 돌려 오뎅 그릇 옆으로 다가앉는다. 그는 그릇 속에 들어 있는, 썰어놓은 오뎅을 부지런히 집어먹는다.

　그의 아내가 또 오뎅 그릇을 뒤로 치운다. 허필준은 주춤주춤 엉덩이를 이동해 오뎅 그릇이 있는 쪽으로 간다. 그의 아내가 오뎅을 썰다 말고 오뎅 그릇을 머리에 인다.

　허필준은 엉거주춤 일어나 아내가 이고 있는 오뎅 그릇에서 삼각형 사각형으로 썰어놓은 오뎅을 집어먹는다. 그의 아내가 오뎅 그릇을 다시 내려놓는다. 허필준은 비실비실 웃어가며 이 모양 저 모양으로 썰어놓은 오뎅을 뭉텅뭉텅 집어먹는다.

　그의 아내가 오 분에서 십 분쯤 허필준을 째려본다.

"그만 좀 먹어! 먹을 줄만 알았지 먹게끔 만들 줄은 몰라?"

허필준은 퍼뜩 정신이 든다. 아내의 말은 맞다. 먹는 것은 거저 생기는 게 아니다. 먹기 전에 먹게끔 만드는 게 순서다. 이런 단순한 진리도 모르고 그저 무턱대고 먹어대기나 하니 아내가 소리 지를 만도 하다.

그는 자신의 부족함을 깨닫고 쉴 새 없이 머리칼을 움켜잡았다 놓았다 한다. 그렇다고 산뜻한 생각이 나오나? 물론 안 나온다. 그러자 이번엔 머리를 벽에다 쾅쾅 박는다. 단칸방 벽은 그의 박치기 실력을 고스란히 보여준다. 얇은 벽지엔 굵은 금으로 세계지도가 생기고, 그보다 작은 금으로 국경이 생기고, 그보다 더 작은 금으로 인도와 차도까지 생겨버렸다.

그뿐이면 양호하다. 그 반복적인 행위로 그의 머리엔 커다란 혹이 생기고 가라앉을 만하면 또 생긴다. 머리의 일부로 자리 잡은 그 혹은 독이 올라 그런지 성城의 수준으로 자라, 다시 말해 혹성이 되어 허필준을 혹독하게 단련시킨다. 어떤 방법으로? 흔드는 방법으로.

허필준은 머리를 흔들어가며 정신을 차리려 기를 쓴다. 정신을 차리려면 그렇게 흔들어야 하는지 모르겠지만, 허필준은 머리를 하도 흔든 탓에 어찔어찔해진다. 이러다 어질병에 걸리면 어쩌나, 어질병엔 비상약도 듣지 않을 터인데 비명횡사하면 어쩌나, 남은 생이 아까워 어쩌나. 왜냐. 오뎅을 먹을 수 없을 테니까.

여기까지 생각한 그는 비장한 결심을 한다. 인생을 아깝지 않게 보내야겠다! 결심은 원대한데 어떻게 해야 인생을 아깝지 않게 보낼 수 있을지, 도무지 알 길도, 알려주는 사람도 없다.

허허로워진 허필준, 인생의 무상함이 절절히 밴 눈을 아내에게로 돌린다. 아내는 이미 인생을 달관한 자의 자세로 오뎅을 썰어대기만 한다. 이때 허필준의 머리를 무척이나 성숙하게 스치는 생각이 있었으니 그것은 바로 오뎅이다. 그렇지, 바로 저거야! 저 오뎅이야!

허필준은 그제야 자신의 인생이 오뎅에 걸려 있다는 걸, 그것도 대롱대롱 걸려 있다는 걸 알아차린다. 어째서? 오뎅을 먹지 않고 산다는 건 제대로 된 생이라 말하기 어렵기 때문. 그는 에디슨이 알을 품었던 그 시절의 허필준이 되어 씨익씨익 웃어댄다.

"여보야, 미란이 여보야, 나 지금 큰 결심했어."

그의 아내는 허필준이 하는 말을 듣는 둥 마는 둥 오뎅을 썰어대기만 한다. 그는 정당을 옮기거나 창당할 때의 그 신중한 전략과는 비교도 되지 않는 중대한 생각을, 아내가 몰라주는 게 안타깝기만 하다.

"내 말 좀 들어봐. 나, 오뎅에 인생을 걸기로 했어. 오뎅은 내 인생을 걸기에 충분해."

그의 아내는 귀가 먹었는지, 먹다 말았는지 하던 일만 계속한다. 허필준은 그런 아내가 가여워 죽을 지경이다. 이렇게 생을 바꿀 만한 결심을 거들떠보지도 않다니, 역시 아녀자는 아녀자로구나. 그러니 수염이 나질 않지, 쯧쯧!

허필준은 가엽기만 한 아내에게 수염이 나게 하고 싶다는 생각에 골몰해진다. 그 결과, 그는 아내에게 자신의 인생 계획이 얼마나 가치 있고 중차대한 것인지 증명해 보일 이유가 절실해진다.

허필준은 정치인들이 뻑 하면 장고에 들어갔다는 뉴스를 많이 봐 왔던 터라, 일단 장고의 자세로 돌입한다. 바른 자세에서 바른 생각이 나온다고 배웠던 그대로, 그는 벽을 마주 보고 앉는다. 사내대장부의 이런 자세는 아내 미란에게 부창부수의 자극을 줄 것이며, 그 감동의 진폭만큼 따라올 것이기에 그렇다.

허필준은 면벽 자세를 취하며 생각의 깊이로 들어간다. 생각의 깊이로 들어가면 들어갈수록, 그 어딘지 모를 까마득한 곳에서 요상한 소리가 난다. 흐르르 휘르르, 흐르르 휘르르…… 이것이 무슨 소리일까. 이것은 생각의 도사님이 말씀 한 마디를 던질 때마다 긴 수염이 휘날리는 소리.

허필준은 소리가 달아날세라 귀를 기울인다. 도사님의 소리가 허필준의 귓밥 속 한가운데를 파헤치며 덜그럭덜그럭 말씀하신다. 드디어 올겨울엔 허필준이라는 이름보다 '두뇌 허'라는 닉네임이 더 알려질 것이다, 그 이름에 특허를 내고 아내 미란과 어화둥둥 살아라, 그것이 네 팔자다.

어, 신나라! 허필준은 생각의 도사님의 팔짱을 끼고 저 멀리 공상의 벌판으로 달려간다. 너무 갔나? 집을 잃어버리면 안 되지. 허필준, 다시 돌아온다. 다시 돌아온 곳엔 칼과 도마와 오뎅과 무색무념으로 일관하는 아내가 있을 뿐. 너무 빨리 왔나? 허필준, 면벽 자세를 푼다. 풀긴 풀었는데 그 다음 자세가 안 나온다.

어이 씨! 허필준은 자리를 털고 일어난다. 일어나도 할 일이 없긴 마찬가지. 일하는 아내에게 위문공연이나 해줄까? 허필준은 아내의 주위를 수건돌리기 놀이를 할 때처럼 빙빙 돈다. 그의 아내는 허필준이 돌거나 말거나, 돌다 돌아버리거나 말거나, 오뎅만 썬다. 언제쯤 저 아내가 나를 알아줄까.

그는 이따금 땅이 꺼져라 한숨을 쉬며, 코훌쩍이는 소리도 내며, 크흐흠 크흐흠 목울대가 벌에 쏘인 듯한 소리도 내며, 아내의 주위를 맴돈다.

그의 아내가 드디어, 드디어, 도마에다 칼을 콱 꽂는다.

"그만 좀 해! 정신 사나워 죽겠어! 돈 것으로도 부족해 더 돌겠다는 거야 뭐야? 오뎅에다 인생을 걸기로 했음 이거나 꿰!"

그의 아내가 털스웨터를 짤 때 쓰는 긴 대바늘 같은 막대를 한 움큼 가져다 방바닥에다 놓는다. 허걱! 허필준의 눈에 광채가 돈다.

"그렇지! 맞았어! 인생을 오뎅에다 걸었으니 이 막대에다 오뎅을 걸어야지."

환상의 사이키델릭 음이 허필준의 머리에서 휙휙 날아다닌다. 그의 손은 거침없이 오뎅을 잡고, 그의 또 다른 손은 막대를 잡아, 넓적한 오뎅 한 장을 막대 끝에다 꽂는다. 그는 사이키델릭 밴드의 연주에 맞춰 오뎅 막대를 오른쪽으로 왼쪽으로, 위로 아래로 마구 젓는다.

"으흐흐흐흐! 이 깃발 좀 봐. 창공을 휘젓는 오뎅 깃발! 나는 깃발이 좋다, 오뎅 깃발이 좋다!"

미란이 기가 차다 못해 울음 섞인 소리로 말한다.

"에구 허필준! 나 속상해 죽겠어. 그만 좀 해!"

그의 아내는 허필준의 손에서 오뎅 막대를 빼앗는다. 그는 갑자기 허전해진 손을 보며 실의에 빠진다. 그의 심정을 알 바 없는 미란은 오뎅 막대로 양푼을 탁탁 두들긴다.

"이렇게 간단한 것도 못하면 어떻게 해. 그렇게 꿰지 말고 이렇게 꿰란 말이야!"

그의 아내는 직사각형 오뎅을 도마 위에 펼쳐놓은 다음, 가로로 삼분의 일을 접고 그 접은 것을 또 한 번 접는다. 그런 다음 홈질하듯 오뎅 막대에다 꿰기 시작한다. 걸린 시간은? 영 점 일 초 나누기 천. 솜씨는? 실크로 군복 만들기.

허필준은 아내의 능숙한 솜씨에 그만 혼이 빠진다. 아내의 오뎅 꿰는 솜씨는 일류 중의 일류다. 그 일류를 전수하면 특급 일류가 될 것은 자명하다. 으아, 특급 일류! 일류 요릿집에서 오뎅을 꿰어 달라고 높으신 양반들이 검은 세단을 몰고 찾아올 것이 아닌가. 그의 머리 꼭대기에서 뚜우뚜우 뱃고동 소리가 난다.

"여보야, 미란이 여보야, 나, 오뎅 잘할 수 있어. 특급 일류루다 잘 할 수 있어."

말을 하고 나니 그는 벌써 일류가 된 기분에 어깨가 으쓱해진다.

막대에다 오뎅만 잘 꿰어도 특급 일류 전문가가 된다. 전문가! 으아, 오뎅 전문가! 전문가가 되려면? 무조건 실력을 갈고닦는 수밖엔 없다. 헌데 무엇으로 실력을 갈고닦는다? 꿰는 데 도 텄다는 소릴 듣자면 꿸 수 있는 물건, 즉 연습용 자재가 필수다. 필요는 충족을 가져온다는 말은 바로 지금의 허필준을 위해 생겨난 말이다. 다시 말해 그가 꿸 연습용 거리를 찾을 때, 그의 눈을 몽땅 사로잡은 게 있었으니 그것은 떡볶이 상자다.

허필준은 두려움 반, 설렘 반으로 떡볶이 상자를 연다. 떡볶이는 부자 부럽지 않게 상자가 미어터지게 들어 있다. 연습할 재료가 이렇게 많다니 세상은 왜 이렇게 아름다운 거야.

허필준은 부신 눈을 비벼가며, 떡볶이 떡을 오래오래 행복하게 본 다음, 조심스레 한 개를 집어든다. 엄지와 집게손가락으로 떡볶이 떡을 들고 요리 보고 조리 보는데, 요렇게 잘빠지고 요렇게 기품 있는 것도 있다니, 인생이 불가사의해진다.

그는 보석을 세공하는 손놀림으로 오뎅 막대에다 떡볶이 떡을 꿰기 시작한다. 그러나 애석하도다. 꿴다고 다 되는 것은 아니다. 모든 발명이 시행착오로부터 시작하듯, 허필준 역시 처음부터 창조의 완성을 본 것은 아니다. 그는 오뎅 막대 끝에다 한 개의 떡볶이 떡을 꿰었는데 문제는 세로가 아닌 가로로, 쉽게 말해 떡의 길이 쪽을 막대에다 꽂았다. 부연하면, 오뎅 막대가 떡볶이 떡을 길이로 관통한 것으로, 오뎅 막대는 떡볶이 막대가 된 것이다.

이보다 더 애석한 건 허필준이다. 허필준은 이 문제를 깨닫지 못했다. 못하기만 한 것이라 아니라 자신이 꿴 떡볶이 떡이 모던을 넘어 포스트 모던해 보이기까지 한다. 허필준이 감격의 물결에 휩쓸려 떠내려가려는 찰나, 미란이 날카롭게 쏘아붙인다.

"아휴, 나 못살아! 허필준! 자꾸 이러면 어떻게 해!"

그의 아내가 냅다 떡볶이 상자의 뚜껑을 닫는다. 이해 못 할 일이다. 어째서 아내가 짜증을 내는지, 왜 최고의 예술작품을 거부하는지, 그는 벌쭉해진 얼굴로 아내를 보다 손에 든 떡볶이 막대를 보다 한다.

그의 아내는 다 꿴 오뎅을 종이 박스에 착착 집어넣는다. 미란이 오뎅 박스를 들고 부엌으로 나간다.

한 가닥 남은 미련이 허필준을 떡볶이 상자 앞에 붙들어 앉힌다. 그는 뚜껑을 열고 상자 안의 하얀 떡을 하얀 눈으로 본다. 떡볶이 떡들은 나란히~ 나란히~ 나란히~ 붙어 있다. 애들이 왜 이렇게 사이 좋게 붙어 있을꼬. 옳지, 그랬구나. 그거였구나. 그래서 미란이 화를 냈구나. 그는 문제점을 발견하자 해결점도 동시에 떠오른다. 더불어 그의 창조는 화학공장에 불이 붙듯 일시에 일어난다.

그는 붙어 있는 떡볶이 떡을 덩어리째 찌익 뜯어낸다. 여러 개로 붙어 있는 떡볶이 떡을, 그는 오뎅 막대로 찌른다. 찌르긴 찌르되, 이번엔 떡의 한가운데, 즉 떡볶이 떡의 허리에 대고 찌른다.

다 된 떡볶이 떡은 영락없이 이쑤시개로 꿰어 만든 산적 꼬지 모

양새다. 떡볶이 산적 꼬지! 신바람이 광풍으로 몰아친다. 신바람 광
풍을 너무 오래, 너무 신나게 타는 바람에 그는 오뎅 막대 끝에까지
떡볶이 떡을 꿰고야 만다.

자, 이쯤 되고 보니 허필준은 꿰는 데에는 도가 텄으나 실용적인
면에선 빵점이다. 빵점이란 바로 시행착오다. 그 시행착오란 오뎅
막대 끝에까지 떡볶이 떡을 꿴 것이며, 그런 까닭에 손으로 잡고 먹
을 수가 없게 되었다는 말이다. 그렇게 빡빡하고 엄청난 떡볶이 떡
을, 보는 것만으로도 아찔한 떡볶이 떡을, 누가 감히 먹을 엄두를 낼
수 있을까.

아찔하긴 허필준도 마찬가지다. 그는 자신이 뭔가를 이토록 잘 꿰
는지 아찔하다. 어쩌면 태어날 때 탯줄을 끊고 꿰맨 건 누구도 아닌
자신일지도 모른다는 생각마저 든다. 오뎅 막대에다 떡볶이 떡을 꿰
는 실력은 필시 탯줄을 꿰맬 때 써먹은 바느질 솜씨다. 그때의 실력
이 죽어 무덤으로 갈 때까지 묻혀버리지 않은 것은 창조의 신이 그
의 재능을 아껴서이다.

몽롱한 눈으로 몽롱한 생각에 빠져 있는 그에게 미란이 부르짖는다.

"아휴, 나 미쳐! 대체 왜 이러는 거야! 도와주기는커녕 가로 걸리
기만 하구! 이럴 거면 차라리 저기 가서 잠이나 자!"

미란이 허필준의 기발한 작품을 빼앗는다. 착하고 성실한 허필준
의 꿰의 연구가, 연구의 완성을 코앞에 두고 도중하차한다. 하지만
먼 훗날, 그의 아내가 허필준의 뒤를 이어 꼬치 떡볶이를 완성했으

니 한 가닥 위로라면 위로다.

언제부터인가 초등학교 앞 떡볶이 집에서 흔히 보는 꼬치 떡볶이는 허필준이 빼앗기는 수모를 겪어가며 발견해낸 펨의 연구 실적이다. 알고 보면 펨의 시조이자 창시를 그의 아내가 모방해서 시중에 내놓은 것이다. 한때 미란은 이 꼬치 떡볶이에다 영영 떡갈비 떡볶이라는 이름을 붙여 인기를 끌었던 적도 있다. 아무리 그렇다 해도 허필준의 순수한 창조세계를 두고 보면, 자기 손으로 연구를 했으면서도 연구의 완성에는 자기 이름을 걸지 못한 안타까운 케이스가 아닐까 싶다.

그건 그렇고, 허필준, 그는 연구의 자료를 다시 빼앗기자 빼앗기는 반복이 너무 허무해 견딜 수가 없다. 견딜 수 없는 것은 견딜 수 없는 것이고 자라는 언명은 언명이다. 허필준은, 식은 밥 한 톨 얻어먹지 못한 채 문전에서 쫓겨나 축 처진 몸으로 진눈깨비나 맞아가며 비실비실 돌아다니는 개처럼, 방구석으로 가 잠을 청한다.

모두가 다 아는 얘기지만 잠이라는 게 그렇다. 청한다고 여기 있나이다 하고 와 주는 것도 아니요, 안 자겠다고 발버둥친다고 오지 않는 것도 아니다. 그는 살아온 세월을 총동원해 잠을 청하나 잠 대신, 잠꼬대 대신, 허부지게 탄식하는 소리만 들린다.

"어이구, 이놈의 신세야. 돈이 뭔지도 모르게 돼 버린 남편이나 돈벼락을 맞겠다고 설치는 아들놈이나. 어이구, 누구 돈 만들어주는 사람 없나."

돈? 그게 뭐지? 그게 뭐기에 미란이 땅이 꺼져라 솟아라 저리 한숨을 쉬지? 허필준은 돈, 돈, 돈, 돈이라는 말을 뇌고 또 뇐다. 같은 말의 반복은 세뇌라는 정신력이 돼 버리고, 그 정신력은 허필준에겐 다름 아닌 말의 계시로 작용한다. 허필준은 돈이라는, 누구 돈 만들 주는 사람 없냐는 말의 계시에 결국 포로가 된다.

계시란 증명이 될 때에라야 진정한 계시가 된다. 그러기 위해선 먼저 그 과제를 행해야만 하는 차례가 기다린다. 허필준은 계시를 실천하려면 결국 돈 만드는 사람이 되는 길밖엔 없다는 결론을 내린다.

그렇다고 허필준이 어느 날 갑자기 돈을 만들어냈냐 하면 그건 아니다. 다만, 돈을 만들기 위해 그때부터 지금까지 눈물겨운 노력과 연구를 게을리 하지 않는다는 점만은 밝혀둔다. 이 점은 UCC에도, 텔레비전 메인 뉴스에도, 트위터에도, 자신 있게 추천할 만하다.

*   *   *

방구석으로 와 누웠다고 잠이 오나? 말의 계시가 웅웅 윙윙 환청으로 들쑤시는 통에 허필준은 잠을 이루지 못한다. 잠이 오지 않을수록 생각의 골은 깊어지는 법. 생각의 골이 깊어지면 엉뚱한 생각으로 발전하는 법. 엉뚱한 생각이 발전하면 실행에 옮겨지는 법.

그는 강력 본드보다 더 찰싹 달라붙는 말의 계시를 안고 일어나 앉는다. 그렇지! 종이와 연필! 고것이 어디에 있었지? 방안을 한 바퀴, 두 바퀴, 세 바퀴, 돌고 돌아보지만 종이와 연필의 종적은 묘연하다. 까마득한 그 어느 때, 허필준은 종이와 연필과 찰떡궁합으로 인연을 맺으며 산 적이 있긴 하다. 그때의 일이 민간설화로 전해내려오기라도 했다면 이렇게 단칸방을 돌아다니지는 않아도 되었을 일이다. 그렇다고 포기할 허필준인가? 오, 노! 그의 창조적 에너지는 화성에 가 꽃을 심고 운하를 만들라고 해도 그렇게 할 수 있을 만하다. 그런 허필준이었기에 그의 창조에너지는 무시무시할 정도로 날개를 퍼덕인다.

창조에너지가 날아간 곳은 화성도 운하도 아닌 떡볶이 떡을 넣어둔 종이 박스다. 얼씨구나절씨구나 허필준은 종이 박스로 대든다. 종이 박스의 덮개 부분을 죽 찢어 기분 좋게 부채질까지 해가며 그는 자기 자리, 즉 방구석으로 돌아온다.

판때기에 가까운 두툼한 종이를 앞에 두고 엎드리긴 하나, 종이하면 따라붙게 마련인 연필이라는 도구가 영 부재중이시다. 이 연필을 어디서 어떻게 구할 것인지, 열은 삼십육 점 오 도를 넘고 창조 정신의 모터는 끙끙 깽깽 애달프게 달구어진다. 창조 정신의 모터가 고열을 이기지 못해 나사가 빠지기 직전, 아내의 화장 주머니가 그에게 손을 까분다.

허필준은 발작을 일으키듯 아내의 화장 주머니를 뒤진다. 그래, 바로 요것이렸다! 그는 아내의 눈썹 그리는 연필을 꺼내 애간장이 진간장 국간장으로 될 뻔한 마음을 종이판때기에다 그리기 시작한다.

　범인들의 눈엔 그저 그런 낙서만도 못한 그림이겠지만 허필준에 겐 심오한 경제의 세계가 펼쳐진다. 그는 종이판때기에다 벌을 그리고, 벌 옆에 애벌레를 그리고, 애벌레 옆에 나무를 그리고, 나무 위에 구름을 그리고, 구름 옆에 달을 그린다. 나무도 구름도 달도 있으니 산도 그리고 시냇물도 그린다. 그는 다 그린 종이판때기를 자랑스레 아내에게 들이민다.

　"여보야, 미란이 여보야. 나, 돈 만들었어. 돈 만드는 사람이 됐어."

　기승전결이나 서론 본론 결론을 배운 사람들로선 그의 창조는 이해하기가 결코 쉽지 않다. 연고 없이 낱개로 나뒹구는 그림인지 낙서인지 모를 것을 돈 어쩌고 운운하는 것은 창조가 아닌 장난이며, 좋게 말하려 해도 도무지 할 말이 생각나지 않는다. 난해는 곡해를 불러올 불안한 인자이자 곡해의 모친이다. 그의 아내 역시 허필준이 보여주는 그림인지 낙서인지를 이해할 수 없긴 마찬가지다. 그의 아내가 마땅히, 벽력같이 소리 지른다.

　"그만 해 허!필!준! 아이, 내가 미쳐 죽어! 아니 저 아이펜슬로 ……."

　미란이 허필준에게 달려들어 눈썹 그리는 연필을 빼앗는다. 허필준, 그는 또 창조의 한 귀퉁이를 빼앗기고 난해는 곡해에 점령당한다. 그러나 허필준은 화를 내지 않는다. 그 자신이 난해이자 곡해의 바다이므로, 녹진녹진한 창조의 세계에 거주하는 자이므로, 화를 내는 대신 사근사근 말한다.

"여보야, 미란이 여보야, 저 돈으루다 사고 싶은 거 다 살 수 있어. 내가 만든 돈이거든."

허필준이 자꾸만 돈이라고 우겨도, 아무리 너그럽게 봐줘도, 상상력을 총동원해 봐줘도, 그가 그린 돈은 돈이 아니다. 아니, 돈 흉내에도 미치지 못한다. 도상학 전문가도, 피카소나 초현실주의자 살바도르 달리도, 벌이며 애벌레며 산, 구름 따위를 돈과 연결지을 수는 없을 터이다. 정신을 전문으로 다루는 사람도 허필준의 그림을 돈과 이을 수는 없을 것이다. 이것이 바로 허필준만의 기발한, 그러나 조금은 외로운 창조의 세계이다.

한 지붕 밑에서 한솥밥을 먹는 아내라고 해서 다를 것은 없다. 지극히 상식적인 반응이 그의 아내에게서 터져 나온다.

"그래, 저게 돈이면 저 돈 팔아 돈 좀 사와 봐!"

누구 돈 만들어주는 사람 없나는 말의 계시가, 이번엔 한 급 높아진 계시로 허필준을 지휘한다. 허필준은 한 급 올라간 계시를 품고, 즉 종이판때기에 그린 돈 그림을 들고 황학동시장으로 나간다.

보통 사람들에겐 한갓 쓰레기만도 못한 것이지만 그의 눈엔 분명 돈이다. 그것도 자신이 손수 만든 돈이다. 돈을 창조한 그는 돈보다 위대하다. 계보로 치면 돈을 창조했으니 돈의 아버지가 되는 셈이다. 바야흐로 그는 갓난 자식 품에 안고 젖동냥하러 이 마을 저 마을을 기웃대던, 예전의 빈한했던 아버지의 모습으로 황학동시장을 누비기 시작한다.

"어이, 허가 왔냐? 오늘은 또 뭔 용무로 나오셨나?"

군복이며 군에 관한 오만 잡동사니를 펼쳐놓고 파는 사람이 그에게 아는 척을 한다. 허필준은 씨익 웃어가며 점퍼 속에서 종이판때기에다 그린 그림을 꺼낸다.

"이걸 좀 팔려구. 돈을 팔아 돈을 사야 하는데 이 돈이면 돈을 살 수 있겠지?"

군용품 파는 사내가 어디 보자며 허필준의 그림을 낚아챈다. 사내는 허필준의 그림을 보자 황학동시장이 날아갈 듯이 웃어댄다. 군용품 옆에서 이 빠진 사발이며 놋대야, 곰방대를 죽 늘어놓고 파는 사내, 그 옆에서 바퀴벌레 똥이 잔뜩 말라붙은 옷을 파는 사내, 또 그 옆에서 긴 머리 짧은 머리를 묶어놓고 파는 사내, 황학동시장의 사내들이 허필준 쪽을 기웃대더니 웃음을 터뜨린다. 허필준의 기분은 고도 구천 미터로 상승한다. 벅찬 가슴은 둥실둥실 구름을 밟고, 입가는 사람들의 웃음과 하나가 되어 벙실벙실 벌어진다.

군용품 사내가 돈이 그려진 종이판대기로 허필준을 살랑살랑 부쳐가며 말한다.

"허가야, 이 벌을 팔아 돈을 사겠다구?"

허필준을 둘러싼 사람들이 와하와하 웃는다. 허필준은 이제야말로 돈을 알아봐주는 사람이 생긴 게 그저 뿌듯하기만 하다. 벌이 된 돈을 팔면 벌꿀 같은 돈을 쏟아낼 테고, 애벌레가 된 돈을 팔면 애벌레처럼 된 돈이 고물고물 기어들어올 것이다. 나무가 된 돈을 팔면 나무 같은 돈이 울타리가 되어줄 테고, 해가 된 돈을 팔면 해처럼 된 돈이 짱짱하게 집안을 비춰줄 것이다. 달이 된 돈도, 시냇물이 된 돈도, 달처럼, 시냇물처럼, 그렇게 애정을 표해줄 것이다.

군용품 사내가 허필준의 그림을 도로 주며 돌아선다.

"허가야, 이럴 시간 있으면 집에 가서 발이나 닦고 주무셔라."

잠시 얼쩡대던 사람들도 히죽히죽 웃어가며 자기 자리로 돌아간다. 사람들이 광개토대왕의 웃음으로 웃어도, 테레사 수녀의 웃음으로 웃어도, 허필준은 그냥 집으로 갈 수가 없다. 말의 계시가 살아있는 한, 계시를 완성한 다음에 들어가는 게 옳은 일이다. 돈을 팔아 돈을 사야 한다는 막중한 임무가 쉴 새 없이 허필준을 닦달한다.

허필준은 빙긋이 웃어가며 군용품 사내 옆으로 비비적대며 들어간다. 그는 돈이 그려진 종이판대기를 두 손으로 들고 행인들을 향해 선다. 행인들은 저게 뭔가 싶은 눈으로 종이판대기와 허필준을 번갈아 본다. 허필준은 자신의 돈에 관심을 보이는 사람들에게 양털 같은 미소를 던진다.

"돈 사세요. 내가 만든 돈 사세요."

오만잡동사니를 파는 황학동시장이라지만 이건 도가 지나치다. 행인들은 허필준이 하는 말과 미소를 보는 순간 기겁하며 달아난다. 군용품 사내가 허필준을 툭 치며 어지간히 해 두고 그만 집으로 가라고 말한다. 허필준은 아직 돈을 팔지 못해 갈 수 없다고 대꾸한다.

군용품 사내가 거칠게 허필준을 떠다민다.

"팔릴 만한 걸 가져와야 팔리지. 그래야 돈을 살 수 있을 거 아냐."

허필준은 황학동시장에서 쫓겨난다. 그는 왔던 길을 되짚어가며 우물 속보다 더 깊은 생각에 빠진다. 팔릴 만한 걸 가져와야 팔린다는데 그게 뭘까. 그는 철학자의 얼굴로 방 문턱을 넘어 자신의 자리, 즉 방구석으로 가 엎드린다.

*　　　*　　　*

허필준은 엎어졌다 잦혀졌다 해가며 팔릴 만한 게 어떤 것일까 오직 그 생각에만 몰두한다. 세상엔 파는 사람도 많고 사는 사람도 많다. 파는 사람이 사는 물건이 있는가 하면 사는 사람이 파는 물건도 있다. 허필준은 천지에 깔린 게 사람이고 물건인데 그중 어떤 게 팔릴 만한 것인지 생각이 나질 않는다. 그는 창조 작업에 몰입할 때나 나오는 기본자세, 즉 두 손으로 머리칼을 움켜잡았다 놓았다 해가며 방안을 팽이처럼 돈다. 갑자기 그는 피가 머리로 몰린 듯한 얼굴로 부르짖는다.

"옳지! 그거야! 파는 물건! 사는 물건!"

그의 눈이 벽 한가운데에 걸린 달력으로 가 꽂힌다. 그의 눈빛은 이루 말할 수 없이 형형하며 활기로 넘친다. 그는 달력을 떼어 방바닥에다 펼친다.

허필준의 손에 들어간 달력은 이제 달력이 아니다. 종이도 시간도 장난감도 아닌 하나의 창조가 태어날 본산으로 거듭난다.

허필준은 달력을 뒤집어 흰 면을 손바닥으로 쓸어보고 또 쓸어본다. 이번에도 흰 면을 창조해 줄 도구가 얄밉게도 출장 중이시다. 원자재는 확보했는데 원자재를 갈고 다듬을 만한 도구가 없다니, 창조가 빛을 발하려는 자리엔 늘 이렇듯 창조를 막으려는 걸림돌이 있다.

없으면 찾아내라! 찾아도 없으면 훔쳐서라도 만들어내라! 왕년에 군대에서 배운 산지식이 그를 압도한다. 그는 반의반쯤 충혈된 눈을 부엌으로 돌린다. 옳거니, 바로 저거로군.

그는 희색이 만면하여 미란이 애지중지하는 고추장통을 낑낑거리며 들어다 방 복판에 놓는다. 고추장보다 더 벌게진 마음으로 사각의 양철통 뚜껑을 연다. 도구가 될 고추장은 무궁무진하다.

그는 싱글벙글 손가락으로 고추장을 푹 뜬 다음 달력 뒷면에다 찍 그어본다. 어째 생각만큼 선이 잘 나오지 않는다. 그는 고추장이 묻은 손가락을 쪽쪽 빨며 이 궁리 저 궁리에 빠진다.

궁리에 빠지길 잘했다. 예상치도 못한 생각이 백마를 타고 달려와 허필준을 휙 낚아 태운다. 인간은 도구를 사용한다! 언제 어디서 들었는지 모를 금언, 충언, 잠언, 덕담이, 필요할 때마다 잘도 튀어나온다.

그는 기세 좋게 숟가락을 가져다 고추장을 푼 다음 종이에다 문댄다. 문댄 모양이 딱 물고기다. 이만하면 성공이다. 누가 봐도 생선은 생선이니까.

한번의 창조는 영원한 창조다! 어디선가 또 지시의 말씀이 내린다. 창조의 빛은 한순간이다. 그 순간이 꺼지기 전에, 깃털 날아가듯 날아가기 전에, 그는 다시 작업에 들어간다.

마침내 그의 창조가 휙휙 획을 그으며 종이 위를 난다. 젓가락으로 고추장을 찍어 소를 그리고 돼지를 그린다. 사과를 그리고 배추를 그린다. 구두를, 핸드백을, 접시를, 그 외의 일용품들을 그린다.

떡볶이 고추장을 먹은 소와 돼지가, 사과와 배추가, 구두와 핸드백이, 접시와 그 외의 것들이 그에게 간살을 떤다. 빨갛게 익었을 때 빨리 팔아 달라고, 예쁠 때 후딱 팔아 달라고, 뜨거울 때 냅다 팔아 달라고, 코맹맹이 소리로 조른다.

물건들이 자꾸 팔아 달라고 보채는 것만 봐도 이건 홈런이다. 허필준, 그는 물건들이 팔아 달라는 소리를 번복하기 전에 득달같이 황학동시장으로 달린다.

그는 카세트테이프를 파는 리어카 옆에 자리를 잡는다. 자리를 잡기 무섭게 그는 행인들을 향해 물건이 들어 있는 달력을 어깨 위로 치켜든다. 카세트테이프 사내가 그런 허필준을 보더니 으하으하 웃는다. 웃음에 맞춰 카세트테이프 사내가 쿵작쿵작 틀어놓았던 노래를 쿵쿵작작 쿵쿵작으로 바꿔 튼다. 이번엔 카세트테이프 사내가 노래에 맞춰 허필준의 팔을 마구 흔들며 소리친다.

"싸다 싸! 배추도 싸고 구두도 싸! 핸드백도 싸고 카세트테이프도 싸! 싸다 싸! 카세트테이프가 싸다 싸!"

지나가는 사람들이 허필준과 그림을 조금은 수상쩍은 눈으로 흘 깃거린다. 카세트테이프 사내가 쿵쿵작작 쿵쿵작에 맞춰 엉덩이를 흔든다. 허필준이 벙글벙글 웃자 카세트테이프 사내가 허필준의 엉 덩이를 잡고 흔든다.

"싸다니까요! 소도 싸고 돼지도 싸다니까요! 접시도 싸고 카세트 테이프도 싸다니까요!"

사람 몇이 허필준을 보다 카세트테이프가 있는 리어카로 다가온 다. 카세트테이프 사내가 쿵쿵작작 쿵쿵작에 맞춰 고개를 까딱까딱 하며 카세트테이프를 판다. 허필준은 어깨춤이 절로 난다. 이제 물 건을 파니 돈을 살 수 있을 것이다. 사람들이 자꾸만 리어카로 몰려 든다. 허필준의 흥이 최고조를 향해 내달린다.

"소 사세요! 돼지 사세요! 사과 사세요! 배추 사세요!"

허필준이 외치는 말끝에 카세트테이프 사내가 카세트테이프를 사라고 소리친다. 지나가는 사람들은 허필준과, 달력에 든 돈과, 카 세트테이프의 음과, 이 모든 것들이 한데 어우러져 춤추는 광경에 그만 폭소를 터뜨린다. 맞은편 헌책방 앞에 앉아, 지나가는 사람들 을 넋 놓고 보던 가게 주인도 생전 웃지도 않던 웃음을 빙긋거린다.

카세트테이프 사내는 허필준의 양 어깨를 흔들어가며 웃고, 행인 들은 카세트테이프를 사가며 웃고, 허필준이 들고 선 종이 속 물건 들은 흔들리며 웃는다. 웃음의 축제는 날이 어둑해질 때까지 연이어 진다.

허필준은 십 년치 웃음을 한꺼번에 웃자 웃음에 지쳐버린다. 그래 그런지 이상하게 팔도 아프고 다리도 아프다. 웃음도 다 웃고 팔다리도 아픈 걸 보면, 팔 만한 물건은 다 팔았다는 뜻이다. 자, 이러니 이제야말로 돈을 사러 갈 차례다.

그는 들고 섰던 종이를 옆구리에 끼고 황학동시장을 휘적휘적 걷는다. 돈을 사러 가려면 어디로 가야 할까. 사방을 두리번거려봐야 돈을 살 만한 데는 보이지 않는다.

그는 가던 길을 멈추고 황학동시장 한복판에 우두커니 선다. 날은 껌껌해 오는데 돈을 살 만한 데는 찾을 수가 없다. 뱃속은 온종일 꼴딱 굶어 뱃가죽이 등에 붙고, 정신은 물건을 다 팔았다는 성취감 때문인지 성취감 뒤끝에 오는 허탈감도 든다.

그래서 약간은 우울해진 허필준, 여기저기 노점상을 훑어본다. 길한 귀퉁이에서 커피, 코코아, 꿀차, 인삼차, 생강차를 파는 리어카가 눈에 띈다. 순간, 그의 눈은 솔직하게 기뻐하며, 그의 입은 염치도 없이 벌어지며, 그의 다리는 경주마의 다리가 되며, 그의 상체는 삼십오 도 정도 앞으로 기울며, 차를 파는 리어카로 돌진한다.

달리다시피 차를 파는 리어카 앞으로 왔건만, 잔인하게도 의구심이라는 신사가 허필준을 내방한다. 차를 마시려면 뭔가가 있어야 하지 않겠나?

허필준, 그림이 든 달력을 펼친다. 달력 안엔 꿀차가 없다. 리어카엔? 어여쁜 인삼차. 허필준, 다시 달력을 뒤진다. 달력 속엔 인삼차가 없다. 리어카엔? 칼칼한 생강차. 다시 달력 속. 아무리 봐도 생강차는 없다. 리어카엔? 뿌듯한 쌍화차. 또다시 달력 속. 쌍화차는 없다. 왜 없는 거지? 달력 속엔 없는 것들뿐인데 철딱서니 없게도 뱃속에선 아무거나 넣어 달라고 징징댄다.

허필준은 할 수 없이 차를 파는 아줌마에게 홍정한다.

"저…… 이 핸드백 줄 테니까 꿀차 좀 주시구려."

차를 파는 아줌마가 쩟쩟 혀를 차며 허필준을 외면한다. 그는 아줌마에게 다시 한 번 말한다.

"저…… 이 구두하고 저 꿀차하고 바꿉시다."

아줌마가 푸욱 한숨을 쉬더니 종이컵에다 꿀차를 탄다. 그는 아줌마가 내민 꿀차를 얼른 받는다. 꿀차를 마시며 그는 팔 만한 물건들이 즐비하게 들어 있는 달력을 아줌마에게 건넨다.

"저…… 여기 핸드백 있는데 핸드백이 싫으면 구두하고 바꿔도 돼요. 구두가 싫으면 소나 돼지, 접시하고 바꿔도 돼요."

아줌마가 픽, 웃으며 고개를 돌린다.

"난 다 있으니까 딴 데 가서 마시기나 해."

허필준은 그러면 미안해서 어떻게 하냐며 뭐든 하나, 아니 둘, 아니 다 골라도 된다고 말한다. 아줌마가 인상을 팍 쓴다. 허필준은 뭘 골랐냐고 묻는다. 아줌마는 고를 것도 없고 갖고 싶은 것도 없으니 그냥 가기나 하라고 말한다. 허필준은 꿀차를 거저 마시면 안 되는데 고를 게 없으면 어떻게 하냐고 손바닥을 비빈다. 아줌마는 꿀차

값은 안 내도 되니 제발 장사나 망치지 말고 가 달라고 한다. 허필준은 다음엔 꼭 꿀차를 그려 와서 갚겠다고 말한다.

아줌마가 온 손님에게 코코아를 타준다. 허필준은 아줌마에게 돈을 사려면 어디로 가야 하냐고 묻는다. 아줌마는 아무 대답 없이 다른 손님에게 커피를 타 준다. 허필준은 다음에 올 땐 잊지 않고 꿀차를 그려 오겠다고 말한다. 아줌마는 아무런 대꾸 없이 새로 온 손님에게 인삼차를 타 준다.

그는 이미 어둑해진 황학동시장을 터덜터덜 걸으며 같은 생각을 백 번, 아니 천 번, 아니 억 번도 더 한다. 돈을 사려면 어디로 가야 하지?

＊　　＊　　＊

돈은 돌아다녀서 돈이라는 이름이 붙은 모양이다. 허필준이 그토록 찾는 돈은 돌아다니는 재미에 푹 빠져 허필준을 방문할 생각이 없어 보인다.

그는 미란이 일 나가고 없는 밤, 방 문턱에 걸터앉아 어딘지도 모를 곳을 하염없이 보기만 한다.

녹이 슬어 군데군데 색이 떨어져 나간 초록색 철대문과 거의 맞닿아 있는, 한 평이 될까 말까 한 마당으로 비가 내린다. 부슬부슬 형체 없이 내리던 비는 점점 굵게 긴 줄을 그으며 내린다.

빗속에서 네모난 얼굴, 갸쭉한 얼굴, 삼각형 얼굴, 동글납작한 얼굴들이 허필준을 보며 웃는다. 허필준은 팔을 뻗어 빗속에 든 얼굴들을 어루만진다. 넓적한 얼굴이 허필준에게 고……마……ㅂ……스……ㅂ……니……다……, 하고 말한다. 길쭉하게 휜 얼굴이 보, 고, 찝, 었, 쩌, 요, 하고 말한다. 갸름한 얼굴이, 아이들이 허 선생님을 참 좋아하네요, 하고 말한다. 동글납작한 얼굴이, 선배는 봄비 같아, 비 좋아해? 난 비 좋아해, 하고 말한다.

허필준은 씨익씨익 웃어가며 빗속으로 들어간다. 고맙다고 말했던 비가, 보고 싶었다고 말했던 비가, 비를 좋아한다고 말했던 비가, 허필준을 꼬옥 안아준다. 허필준은 비에 흠뻑 빠져 비와 함께 춤을 춘다.

한참을 비 춤에 열중하던 허필준, 무슨 생각에선지 부리나케 방으로 들어간다. 머리에서 옷에서 빗방울이 뚝뚝 떨어진다. 허필준은 방울방울 떨어지는 비를 손에 받아 허공에 뿌린다. 방에도 비가 내린다. 떡볶이 떡 상자가 놓였던 자리에도, 오뎅을 꿰던 자리에도, 미란이 좋아하는 비가 내린다. 허필준은 비와 놀다 말고 가만히 선다. 미란은 비도 좋아하지만 돈도 좋아한다. 미란이 좋아하는 돈이 비로 내린다면 얼마나 좋을까.

허필준은 미란이 사다 준 종이에다 비를 그린다. 종이 가득 비를 그린 다음 가위로 오린다. 가늘고 긴, 혹은 짧은 비가 방바닥에 널린다. 그는 자잘한 종이 비를 손으로 쓸어 모아 허공에다 뿌린다. 비가 돈이 되어 내린다. 허필준은 머리를 디밀고 돈 비를 맞는다. 다시 방 바닥에 흩어진 종이 비를 쓸어 모아 허공에다 뿌린다. 돈 비가 우수 수 쏴악쏴악 쏟아진다. 허필준은 몸을 빙글빙글 돌려가며 돈 비를 맞는다.

텔레비전에서 모녀 피살 사건이 났다는 뉴스가 나온다. 허필준은 돈 비를 맞다 말고 가만히 텔레비전을 본다. 아나운서가 죽은 여자 의 입에 목련꽃잎이 물려 있었다고 말한다. 허필준은 입을 헤벌쭉 벌리며 짝! 하고 손바닥을 마주친다.

"그렇지! 목련꽃잎!"

허필준은 그 자리에 엎드려 종이 가득 목련꽃잎을 그린다. 목련꽃 잎을 가위로 정성스레 오린 다음 하나씩 몸에 붙인다. 온몸에 목련 꽃잎을 달고 허필준은 덩실덩실 춤을 춘다.

"나는야 목련꽃잎, 탐스럽고 이쁜 목련꽃잎. 날 사세요, 날 사세 요. 나는 꽃잎입니다. 피어날 줄 아는 꽃잎입니다. 날 사세요, 날 사 세요. 피어나는 꽃잎 돈이 여기 있어요. 꽃잎 돈 팔아요. 꽃잎 돈 사 세요. 나는야 피어나는 꽃잎 돈입니다. 돈 사세요, 돈 사세요. 돈을 팔아야 돈을 살 수 있걸랑요."

허필준은 황학동시장 복판을 떠올리며 한바탕 춤판을 벌인다.

밤새 돈 춤을 추다 그 자리에 쓰러져 잠이 든 허필준. 그는 꿈속에 서도 어떤 돈이 돈을 살 수 있는 돈인지, 돈 만드는 연구에 여념이 없 다. 그가 만드는 돈은 네모지거나 그림이 복잡하지 않다. 자외선을 비춰야만 드러나는 홀로그램도 없다. 그의 돈은 굴러가는 돌멩이일 때도 있고, 똬리를 튼 뱀일 때도 있다. 날아가는 종이비행기일 때도 있고, 비바람에 꺾인 나뭇가지일 때도 있다. 그의 돈은 사각도 곡선도 아닌, 허필준 그 자신처럼 부단히 움직이고 움직인다.

비가 내리는 화요일 밤, 허필준 그는 살인사건이 나던 그 시간에도, 그 후에도, 돈다운 돈을 만드느라 머리가 하얗게 세는 줄도 모른다.

허명에 관한 진실 혹은 오해

돈은, 까딱하다간 돌아버리게 된다는 뜻을 품고 있기에 돈이라는 이름을 달았는지도 모르겠다. 어휴, 무서워라. 그렇다고 돈이 싫은가? 아니요, 네버! 네버! 그래서 좋다니까요. 돌아버리게 좋아서 돈이 된 건 모르시나요?

그렇다면 이렇게 해 보는 건 어떨까. 돌아버리게 좋은 사람을 부를 땐 이름 앞에다 '돈'이라는 칭호를 붙이는 것이다. 돈 조반니나 돈 키호테와 마찬가지로 돈 정약용, 돈 비틀스, 돈 김수영처럼 말이다.

여기엔 이중의 뜻이 들어있다. 돈처럼 돌아버리게 좋기도 하니 "부~자 되세요!"라는 뜻이 함축된 것이다. 그러니 아까워하지 말고, 좋아하는 사람을 부를 땐 이름 앞에다 '돈'자를 붙여보는 거다. 막연히 대중을 향해 "부~자 되세요!"하는 것보다, 작명소에 가서 돈 잘 버는 이름으로 고치기보다, 이 얼마나 인심 좋고 인격 좋고 인정 많은 일인가.

그런 뜻에서 정약용이나 비틀스, 김수영 말고 바로 내 이웃을 그렇게 불러 볼까나. 연습 삼아 시작. "돈 허필준" "돈 김연실 " "돈 박팔봉" "돈 허준오" "돈 박찬희" …… 좀 어색한가?

돈이란 원래 부副와 마찬가지로 그 자체에는 형체가 없다. 형체가 없다고 다 허명이라 말할 순 없지만, 간혹 허명이 될 때도 있다. 그래서 좋아질 수도 있다는 말.

왜 갑자기 허명 이야기로 자리를 옮기지? 갑자기가 아니다. 허필준을 보고 있자니 생각나는 사람이 생각나서 하는 소리다. 다음을 보면 왜 지지한 얘기로 잔소리를 풀어댔나 알게 될 것.

대학로는 아무래도 잘못된 지명이다. 이름만 들으면 주로 대학생들이 다니는 거리로 생각하기 쉽지만 가 본 사람은 다 안다. 대학생 대신 소속이 불분명한, 도대체 나이와 하는 일이 무엇인지 짐작할 수 없는, 예술인인지 역술인인지, 아가씨인지 아줌마인지, 트랜스젠더인지 아닌지 모를 사람들로 북적인다.

저 마로니에공원만 봐도 그렇다. 세월을 잔뜩 먹은 나무 아래, 그보다 더 먹어 보이는 남자가 해가 빠끔히 떴을 때부터 수굿해질 때까지 멀뚱히 앉아 있는가 하면, 공원 중앙을 성형으로 깎아 만든 듯한 여자가 뉴요커인 양 테이크아웃 커피잔을 들고 따각따각 걸어간다. 그것만이면 재미없다. 야외공연장에선 가수 지망생이 통기타로 연주를 하고, 건물 앞 작은 공간에선 청소년들이 브레이크댄스를 연습한다. 요즘엔 또 무슨 무슨 노동자들의 집회도 많아 대학로와 마로니에공원은 그야말로 대인기다.

오늘은 주말도 아니고 야외집회도 없는 오전이라 그런지, 마로니에공원은 그동안 치렀던 요통, 복통, 두통, 관절통, 생리통, 통, 통, 통이란 모든 통증 없이 늦잠에 빠져 있다.

찬희는 마로니에공원이 훤히 내다보이는 커피숍에서 테이블을 정리하고 윈도를 닦고 화장실 휴지통을 비운다.

민이 헐레벌떡 들어오며 늦어서 미안하다고 말한다. 찬희는 내일도 늦게 와도 된다고, 아마 그래도 될 거라고 대꾸한다. 민이 무슨 뜻이냐고 말하다 말고 눈을 휘둥그레 뜬다.

"너…… 너…… 결국 질러버렸구나. 에고야 부럽당. 근데 오늘로 짤리는 거 아냐? 그래서 늦게 와도 된다고 말한 거야? 아무래도 불길하네."

찬희는 자신의 민머리를 쓰윽 쓰다듬으며 탈의실로 들어간다.

"짤르라지 머. 하고 싶은 대로 하고, 살고 싶은 대로 사는 게 뭔 죄라고? 빽코 친 머리가 죄라면 이 세상에 걸어 다닐 사람 하나도 없겠다."

말은 그렇게 하지만 찬희 역시 오늘로 이 커피숍 아르바이트는 종 치게 될 거라고 짐작한다.

민이 청바지를 벗고 검정색 짧은 원피스에 손바닥만 한 흰색 앞치 마, 손가락 두 개를 합친 넓이만 한 흰 캡을 머리에 쓴다. 방금 전에 있었던 민은 어디로 가고 어느 고풍스런 성의 착실하고 조신한 하녀 하나가 등장한다. 찬희도 유니폼으로 갈아입고 초록색으로 염색한 빽코 머리에 캡을 쓴다. 캡이 붙을 리 만무다.

민이 걱정스런 얼굴로 찬희의 캡을 귀 옆에 붙이려 손으로 누르기 도 하고, 귀를 당겨보기도 한다.

"머리칼이 있어야 핀으로라도 고정시킬 거 아냐. 이럴 게 아니라 순간접착제라도 사다 붙일까?"

찬희는 민의 손을 치우며 킬킬거린다.

"아예 못으로 박겠다고 그래라. 캡 없다고 캡이 안 되는 건 아니잖 아."

민은 여유 작작 부리라며 탈의실을 나간다.

거울 속의 찬희, 초록색 빽코 머리만 아니라면 유니폼은 그럴싸해 보인다. 중세풍을 흉내 낸 커피숍과 그에 걸맞은 하녀는 시간의 태 엽을 감아 손님들을 잠시나마 공작, 백작, 후작으로 만들어준다. 참 으로 그럴 일이다. 옛날에 태어났더라면 시녀나 하인이 아닌, 왕이 나 왕비, 공주가 됐을 거라고 철썩 같이 믿는 사람들에겐 더없이 좋 은 일이다.

찬희는 탈의실을 나와 커피 머신 앞으로 간다. 손님이 없는 탓인지 마로니에공원이 오늘따라 게으르게 퍼져 보인다.

공작도 백작도 후작도 아닌, 그저 그런 세일즈맨 차림의 청년 하나가 마로니에공원 벤치로 가 앉는다. 거래처를 찾기엔 이른 시간이다. 시간을 죽이기 위한 방법이 다양해진 지금, 피시방도 찜질방도 아닌 공원을 찾는 남자라니, 찬희는 청년 준오를 찬찬히 훑어본다.

세탁소에서 막 찾아 입은 듯한 쥐색 양복에 옅은 비둘기색 와이셔츠, 푸른색 줄무늬 넥타이가 그럭저럭 봐 줄 만하다.

준오가 가방을 벤치에 놓더니 신문을 펼친다. 찬희는 준오에게서 눈을 떼지 않는다. 집은 어딜까? 싸이 주소는 뭘까? 설마 아저씨들처럼 식당 물수건으로 얼굴을 닦거나, 아무 데서나 줄방귀를 뀌진 않겠지? 술을 좋아할까 담배를 좋아할까? 왠지 분위기가 카푸치노야. 일루 들어와 카푸치노나 시킬 것이지. 근데 여자친구는 있을까?

민이 찬희를 툭 친다.

"뭘 보니? 저 남자? 예상하고 추측하고 공상하는 거, 다 시간 낭비야. 저 남자, 일주일에 한 번, 꼭 이 시간이면 저기 나와 저렇게 한 시간쯤 신문 읽다 가. 이런 말 하니까 니 공상에 더 불이 붙지? 불 많이 지펴봐라. 좋은 껀껀껀껀수 될지 누가 아냐."

그 말을 기다렸다는 듯이 찬희는 준오에 대한 호기심이 더 동한다. 남자는 한 여자와 헤어졌고 헤어진 그 요일, 그 장소, 그 시간을 찾아 나온 것이다. 아니면 헤어진 여자와 이 날, 이 시간, 이곳에서 다시 만나자고 한 약속을 지키는 중이거나.

상상이 너무 빤한 멜로물인가? 사람들은 빤하다고 욕을 하지만 그 빤한 것을 은근히 즐기기도 한다. 그래서 모든 연애는 다른 옷을 입은 같은 얼굴이다. 자기만의 독특한 사랑입네, 연애입네 정신이 부르트게 주장하는 사람도 실은 그렇게 하고 싶다는 포부이지, 속을 들여다보면 다 거기서 거기다. 거기서 거기라는 사실은 개성파들에겐 모욕 중의 상모욕이 된다. 그들에겐 밥보다, 놀이보다, 차이, 차이가 절대적 가치이기 때문이다.

사랑과 연애에도 분명 차이는 있을 것이다. 그 차이를 안다고 해도 모른다고 해도, 사랑을 하고 연애를 하는 데에는 전혀 지장이 없다. 이 기특한 사실 때문에 사랑과 연애는 그 어떤 진리보다 명이 길다.

아르바이트는 명이 짧다. 그래서 아르바이트인 것이다. 사랑과 연애도 알고 보면 아르바이트 인자를 가지고 있다. 길기도 하지만 짧기도 한, 그 요상한 요철을 지니고 있기 때문에 항상 현재진행형이다. 지나간 사랑을 회상하는 것 역시 현재진행형이니, 사랑과 연애는 늘 젊기만 하다. 종로삼가에 가 보라. 지팡이를 첫째가는 도우미로 삼고 사는 사람들이 진을 치고 있지만, 그들은 늘 뽀뽀를 한다. 제일 좋았던 때와 뽀뽀를 하고, 제일 좋았던 사람과 뽀뽀를 한다. 그 뽀뽀를 영원한 뽀뽀로 만들기 위해 주름진 입술에 새빨간 루즈를 바르고, 머리칼을 까맣게 물들이고, 머리칼보다 살이 더 드러난 머리를 감추려 모자를 쓴다.

마로니에공원 벤치에서 신문을 읽기 시작한 준오에게도 뽀뽀는 있을 것인가. 찬희는 남자에 대한 상상에 빠져 사장이 들어오는 것도 모른다.

"아니, 넌 그게 뭐냐? 지금 그 머리로 손님을 맞겠다고 나온 거냐? 누구 망하는 꼴 보고 싶어서 그래? 당장 관둬! 아무리 요즘 애들이라지만 낯짝 한 번 두껍군."

사장은 사장이다. 머리를 밀었건 초록으로 염색을 했건, 나이트클럽에서 만났다면 오히려 사장 쪽에서 신선하네 깜찍하네 침이 마르게 입치레를 해댔을 것이지만 여기가 어딘가. 사장이라는 업주가 있는 중세시대가 아닌가. 찬희는 시대를 너무 거스른 탓에, 모르쇠로 나간 탓에, 반역죄인이 된다.

찬희는 아무 대꾸도 하지 않고 탈의실로 들어간다. 검은색 미니원피스를 벗고 입고 왔던 찢어진 청바지에 가슴이 푹 파인 티셔츠로 갈아입는다. 싹싹 빌어도 시원찮을 판에 너무도 당당히 옷을 갈아입고, 너무도 무표정한 얼굴로 나온 것이 사장의 화를 돋운다.

"아침부터 재수 없게! 전화 한 통이면 니들 같은 알바 애들, 하느님하고 달려온다. 왜 안 가고 있어? 손님 오기 전에 빨리 꺼져."

찬희는 입가를 비틀며 커피숍 제일 좋은 자리로 가 앉는다.

"왜요? 제 머리가 어때서요? 머리 바꾸는 것도 사장님한테 미리 신고라도 할 걸 그랬나요? 민아! 여기 카푸치노 두 잔!"

순간, 사장 얼굴이 더는 일그러질 수 없게 일그러진다.

"저, 지금부터 여기 손님이거든요? 사장님, 제가 사장님 커피 한 잔 사드리는 거니까 앉으세요. 손님 접대 소홀히 하면 매상 떨어지는 거 잘 아시죠?"

사장이 더는 못 봐주겠다는 듯 테이블을 탁 친다.

"이게 이게! 너 같은 손님 필요 없으니까 당장 나가!"

찬희는 예의 무표정한 얼굴로 사장을 빤히 올려다본다.

"당장 나가고 싶어도 나갈 수가 없거든요? 그동안 일한 급여를 주셔야 나가죠. 민아! 카푸치노 두 잔 거품 잘 내라. 카푸치노는 거품이 생명인 거 알지? 거품 나쁘면 손님 끊긴다아."

사장이 금세라도 찬희를 칠 기세로 찬희 앞에 버티고 선다.

"너 왜 이러니? 손님 받기도 전에 돈을 달라고? 돈 없어. 있어도 못 줘. 나중에 와. 다음 주에 오든 월말에 오든."

사장이 카운터로 가더니 컴퓨터를 켠다. 찬희는 꼼짝도 하지 않고 창 밖을 내다본다.

남자는 신문을 읽는 게 아니라 어디랄 곳도 아닌 데를 보며 꼼짝도 하지 않는다. 사람이 움직이지 않고 견딜 수 있는 시간은 얼마나 될까. 몸이 움직이지 않으면 생각도 멈추게 되는 건 아닐까. 아니, 몸이 움직이지 않는 만큼 생각은 더 많이 움직일지도 모른다. 저 남자의 생각은 어디를 향해 무엇을 찾아가고 있을까.

사장이 울근불근 한 얼굴로 오더니 찬희의 어깨를 잡아 일으킨다. 찬희는 사장의 손에 잡혀 엉거주춤 일어난다. 찬희가 사장의 눈을 똑바로 보며 말한다.

"민아, 이 장면 동영상으로 부탁한다. 업주들이 알바생들 부려먹고 돈 떼먹는다는 뉴스 기억나지? 이왕이면 각도 잘 맞춰라. 그리고 카푸치노 두 잔도."

사장이 찬희의 어깨를 팍 놓더니 삿대질을 한다.

"동영상? 너 지금 누굴 협박하냐? 내 참 뭐 이런 그지발싸개 같은 쌍통이 다 있어? 얼마냐? 너 같이 되바라진 년은 알바도 과분하다. 민아, 카푸치노 빨리 빼서 내쫓아라."

사장이 지갑에서 돈을 꺼내 탁자에 던지듯 놓는다. 찬희는 돈을 집어 하나하나 세어 숄더백에다 넣는다. 찬희의 입가에 뱅글뱅글 웃음이 떠돈다.

"사장님, 장사를 잘 못하시네요. 자본주의 사회에서 이렇게 장사하심 안 되죠. 알고 보니 제가 재벌가의 손녀고 이 건물의 주인이라는 생각은 안 해보셨나요? 세상 물정 알려고 세 준 가게에서 알바 한다…… 뭐 그럴 수도 있지 않겠어요?"

사장이 움찔하는가 싶더니 이내 거품을 문다.

"뭐가 어째? 너 같은 허접 쓰레기가 재벌가의 손녀? 세상 참 좋아졌다. 제멋대로 주둥아리 놀려도 잡아가는 인간 하나 없는 거며 동영상이며…… 재수 없으니까 빨리 꺼지기나 해!"

찬희는 오히려 소파 깊숙이 몸을 집어넣으며 주방을 향해 말한다.

"민아, 사장님이 나하고 차 마실 기분 아닌 거 같으니까 카푸치노는 테이크아웃 잔에다 줘. 한 잔 말고 두 잔."

민이 카푸치노 두 잔을 빼 숩자지 위를 걷듯 찬희에게 가져다준다. 찬희는 소파에서 천천히 일어나 테이크아웃 잔을 들고 마로니에 공원 벤치로 간다.

*   *   *

대학로는 잘못된 지명이 아니다. 크게 배우고 깨우치는 길이라는 뜻은 커피숍에서부터 일러주었으니, 누가 지었는지는 모르지만 아주 잘 지은 지명이다.

찬희는 카푸치노 두 잔을 들고 많이 깨우친 얼굴로, 더 많이 깨우칠 자세로, 준오 곁으로 가 앉는다.

준오가 흘깃 찬희를 돌아본다. 남자가 쳐다본다고 마주 볼 정도로 촌스러운 찬희는 아니다. 찬희는 준오를 보지 않은 채 카푸치노 한 잔을 준오 쪽에다 밀어놓는다. 준오의 얼굴에 이게 무슨 뜻이냐는 물음표가 슬쩍 떠오른다. 예상했던 바이므로 찬희는 카푸치노를 휘휘 저어 마실 뿐 준오를 돌아보지 않는다. 휘핑크림이 찬희의 입가에 허옇게 묻는다.

준오는 어찌해야 좋을지 모를 표정으로 머뭇머뭇 말을 건넨다.

"이거…… 저 마시라고 주는 겁니까?"

말과 표정은 그랬지만 준오는 찬희가 곁에 앉을 때부터 이런 생각을 했다. 지금 작업하러 왔냐? 오냐, 그렇다면 기꺼이 받아주마.

사실, 준오는 이런 작업이 들어오길 기다렸다. 매일 장소를 바꿔가며 돌아다녀봤지만 이렇게 여자 쪽에서 먼저 아는 척하는 건 찬희가 처음이다. 반가운 마음으로 치면 허그를 하거나 두 손을 맞잡고 흔들어도 부족하지만 그렇게 할 수는 없다. 작업이란 처음부터 노골적으로 나가면 안 된다는, 전국의 초등학생도 다 아는 지식을 준오도 알고 있던 터다.

한편, 찬희는 준오와는 다른 생각을 한다. 마셔도 된다는 뜻으로 고개를 끄덕였음에도 남자는 선뜻 커피잔을 잡지 못한다. 이것은 우유부단을 뜻한다. 대시력도 약하고, 상황 파악에 대한 판단력도 저조하다. 저런 남자에게 커피 한 잔의 값이 있을까. 남자는 뽀뽀에 대한 그림에 열중한 나머지 다른 모든 것은 눈에 들어오지 않는 것일 수도 있다. 그렇다면 한 번 부딪혀볼 만하다. 빛바랜 뽀뽀를, 영원히 지속시키려는 저 어리석은 마음의 앵글을, 백팔십도 돌려보는 것도 재미가 꽤 쏠쏠할 것이다.

찬희는 준오에 대한 나름의 설정을 하며 준오 무릎에 놓인 신문을 살짝 곁눈질한다.

"카푸치노엔 왜 거품이 있는지 아세요?"

찬희는 일단 커피로 시작한다. 모든 사귐의 시작은 콩깍지라는 추상성으로 시작해 구체성으로 가게 마련이다. 그런 규칙 아닌 규칙을 따르겠다는 것은 아니지만 준오에 대해 아는 바가 없으므로, 소심한 사람이라는 판단을 내렸으므로, 찬희는 준오가 읽는 신문을 작업의 기초로 삼는다.

준오의 무릎에 봐 라는 듯이 펼쳐져 있는 신문은 스포츠신문도, 조선일보도, 중앙일보도, 동아일보도 아닌 한겨레신문이다. 지하철에서 우연히 집어온 게 아니라면 남자는 어느 정도 자기 색을 가진 사람이다. 찬희의 재빠른 판단이 맞을지 어떨지는 모른다. 준오는 겨우 커피잔만 잡았을 뿐 선뜻 마시질 않는다.

찬희는 입가에 묻은 거품을 쓱 닦아내며 말한다.

"마셔보세요. 카푸치노예요. 커피에 거품을 만들어 얹는 획기적인 아이디어는 왜 생겼다고 생각하세요?"

준오는 그제야 카푸치노를 마시며 생각한다. 누가 커피 달라고 했어? 커피 한 잔 가지고 웬 설교? 좋다. 설교를 하겠다면 나만의 작업 진수로 알량한 설교를 까뭉개주마.

준오가 생각하는 작업의 진수가 무엇인지 모르지만, 찬희도 모르고 이 이야기를 듣는 사람도 모르지만, 하여간 준오는 자신만의 실력을 발휘하겠다고 벼른다.

준오는 듣기에도 생뚱맞은 소리로 응대한다.

"댁은 빨랫비누로 세탁을 하세요 가루비누로 세탁을 하세요?"

커피에서 갑자기 세탁으로 넘어가는 준오의 의도는 찬희 아니라 다른 사람이라도 감을 잡기 어렵다. 답을 몰라 피하겠다는 속셈인지 멋진 답을 준비하기 위한 워밍업인지, 찬희는 순간 머리가 띵 해온다. 그렇다고 빨래를 해 본 적이 없어 모른다고 답하기도 그렇고, 세탁기를 쓴다고 하기에도 좀 그렇다. 찬희는 대답할 시간을 벌기 위해 카푸치노를 마신다.

준오는 찬희의 의도를 알아챘다는 듯 다시 묻는다.

"댁은 빨랫비누로 세탁할 때가 좋으세요 가루비누로 세탁할 때가 좋으세요?"

준오는 세탁하는 방법에서 세탁할 때의 느낌으로 넘어간다. 왜 그럴까. 빨랫비누로 해야 할 세탁물이 있는가 하면 가루비누로 해야 할 세탁물이 있다. 그 정도의 답은 분명 준오가 원하는 답은 아닐 것이다. 혹시 커피와 세탁의 상관관계에 대해 말하고 싶어 하는 것은 아닐까. 그렇다면 대답할 말은 없다. 아니, 모른다.

찬희는 어느새 준오가 하는 말의 방식으로 난관을 헤쳐나간다.

"그렇게 말하는 댁은 다방 커피를 좋아하세요 원두커피를 좋아하세요? 그렇게 말하는 댁은 다방 커피를 마실 때가 더 좋으세요 카푸치노 마실 때가 더 좋으세요?"

준오는 휘핑크림을 한 번 휘~ 저으며 씽긋 웃는다. 아가씨야, 잔머리 굴리지 마. 빨랫비누로 세탁을 하든 가루비누로 세탁을 하든 그게 그거거든? 빨랫비누로 세탁할 때든 가루비누로 세탁할 때든 기분도 똑같거든? 난 커피에 거품이 있든 말든 관심 없다 이 말씀이야. 생각은 이랬지만, 준오는 시치미를 떼며 엄청난 분석이라도 한 양 제법 무게 있게 나간다.

"카푸치노에 왜 거품이 있는지, 빨래할 때 왜 거품이 있는지, 같은 거품이면서 다른 거품인 이유가 무엇인지 생각해 보셨나요?"

역시나, 준오는 커피와 세탁의 상관관계를, 그것도 과학적으로 접근하고 싶어 한다. 물리, 화학, 수학, 지구과학, 이런 과목을 철천지 원수로 삼았던 찬희로선 준오의 말이 벅차기도 하고 한편 존경스럽기도 하다. 그렇다면 이 남자의 정체는? 반듯한 외양과 가방이 아무래도 영업사원이기보다 대학 강사다. 뽀뽀에 대한 추론은 지극히 여성적 시각으로 본 하나의 감성적 장면일 뿐, 남자는 지성을 갖춘, 커피가 한 잔이 아니라 열 잔, 스무 잔, 그 이상의 값을 하는 명품이다.

찬희는 준오의 질문에, 그 정체에, 머리가 뜨끈해진다. 점점 달구어지는 머리를 준오가 더 달군다.

"커피에는 쓴맛 있죠. 약에도 쓴맛이 있죠. 같은 쓴맛이면서도 다른 쓴맛이 나는 이유가 무엇인지 생각해 보셨나요?"

준오는 말하는 자신이 찬희보다 더 뜨끈해진다. 대답할 말이 궁해 아무렇게나 되는 대로 해 본 소리가 이젠 제멋대로 팔다리를 달고 막춤을 춘다. 자신의 말을 진지하게 받아들이는 여자 또한 버겁기는 매한가지다. 커피 값을 뽑겠다는 게 아니라면 이제 그만했으면 싶은데, 다행히 찬희는 준오의 곤혹스러움을 해결해준다.

"커피는 인생의 축소판이죠. 쓰지만 쓰기만 한 건 아니라는 거죠. 쓰기만 하다면 왜 커피를 마시겠어요? 사는 것도 쓰기만 하다면 왜 계속 살겠어요. 커피와 인생은 쓰지만 묘한 쓴맛으로 중독성을 주죠. 그래서 끊지 못하는 거예요.”

대체 이 여자는 뭐지? 머리를 빡빡 밀고 초록으로 염색한 건 단순 날라리가 아니라 자기철학을 가져서인가? 새파란 나이에 커피를 인생과 결부시켜 얘기하는 것만 봐도 여자는 어느 종교에 심취해 있거나, 철학을 전공으로 하는 여자일지도 모른다.

준오는 미처 생각한 적이 없는, 아니 생각 자체를 해 보려 한 적이 없는 주제가 슬슬 힘에 부친다. 허나, 준오에겐 준오만의 위신이라는 게 있다.

“내가 하고자 한 얘기가 바로 그겁니다. 세탁할 때의 거품이나 카푸치노의 거품은 우리 인생이 거품이라는 뜻입니다.”

준오는 자신도 모르게 튀어나온 말에 안도의 숨을 쉬고, 찬희는 준오의 말에 안도의 숨을 쉰다. 행여 산소와 탄소가 만나면 어쩌고, 공기와 질량이 부피에 미치면 어쩌고 하는 단계까지 갔다간 숨소리도 내지 못 할 지경에 숨소리를, 그것도 맘 놓고 크게 쉴 수 있다는 게 그렇게 홀가분할 수가 없다. 홀가분한 김에 더 홀가분해지는 말로 찬희는 작업의 수위를 맞춘다.

“커피의 쓴맛을 우아하고 아름답게 감춰주는 게 거품이죠. 거품 자체에는 맛이라는 게 없지만 왠지 부드럽고 푸근한 느낌을 주잖아요. 그래서 사람들은 거품을 좋아하나 봐요. 거품, 좋아하세요?”

좋다 뿐인가, 사랑한다. 사랑한다 뿐인가, 미워한다. 미워한다 뿐인가, 증오한다. 차지하고 싶지만 차지할 수 없어 애증으로 애걸복

걸해도 노크해주지 않는 그 거품을, 그 누가 깔끔하게 미련 없이 밀쳐낼 수 있을까. 준오는 대화의 질이 질인 만큼, 상대가 상대인 만큼, 거품을 좋아한다는 말은 차마 하지 못한다. 다만, 찬희가 알아채든 알아채지 못하든 객관적인 말로 얼버무린다.

"모든 것엔 거품이 있죠."

준오의 말엔 진실이 들어 있지 않지만 진실을 말한다. 찬희는 진실을 말하는 준오가 더할 수 없이 진실해 보인다. 진실보다 거품이 많은 세상에서 이만큼 진실한 사람을 만나기란 쉬운 일이 아니다.

찬희는 카푸치노를 홀짝홀짝 마시며 한 시간 정도 놀아볼까 하던 생각을 수정한다. 두 시간, 아니 세 시간? 아니 하루 종일이라도 놀아줄 의향이 절로 생긴다.

해는 점심때를 향해 올라가는데 카푸치노 한 잔으론 점심이 해결되지 않는다. 하루 종일을 기약한다면 찬희는 점심은 자신이 사는 게 좋겠다고 계산한다. 점심은 떡볶이나 오뎅, 저녁은 갈비?

찬희는 카푸치노를 다 마신 후 빈 종이컵을 만지작거리며 말한다.

"떡볶이하고 오뎅 먹으러 갈 건데 혹시 뜻이 있나요?"

준오의 눈이 눈에 띄게 흔들린다. 날이면 날마다 보는 게 떡볶이요 오뎅이다. 자면서도 늘러 붙는 게 떡볶이 고추장이요, 코끝에서 떠날 줄 모르는 게 오뎅 냄새다. 무슨 재수 옴 붙었다고 이런 현학적인 주제로 시작한 작업을 그 하잘것없는 음식 아닌 음식으로 요절을 낸단 말인가. 여자는 귀족이라 떡볶이와 오뎅을 찾는 것인가 서민

중의 하층서민이라 떡볶이와 오뎅만 아는 것인가.

찬희는 준오의 표정이 도무지 아리송하다. 귀족 자제분이라 떡볶이나 오뎅을 말하는 여자를 천민으로 치는 것인가, 저 또한 천민이라 떡볶이와 오뎅을 찾는 여자 따윈 거들떠보기 싫다는 것인가.

찬희는 재수정을 해 말아 갈등 끝에 융통성을 발휘한다.

"싫음 마시구요, 시원한 칼국수 국물도 먹고 싶긴 한데 그거나 먹을까…… 생각 있음 따라오시든가."

준오는 칼국수보다 밥이 더 그립지만, 떡볶이와 오뎅만 아니라면 계절과 계급을 초월한 칼국수 정도는 참아줄 수 있다. 더구나 여자가 사겠다지 않는가. 한 끼를 벌면 사시사철 구멍 난 주머니 사정은 그만큼 보충된다는 뜻이니, 이럴 때의 거절은 미덕이 아니라 미련이다. 준오는 머뭇거리는 척하며 찬희를 따라 일어난다.

찬희는 번듯한 음식점이 패션쇼를 하듯 줄줄이 늘어선 길을 걸어간다. 스기야키와 스테이크, 아귀찜과 갈비, 이탈리언 레스토랑이, 간판만으로도 시야를 콕콕 찌른다. 언제쯤이면 거리낌 없이 저런 곳에 들어가 안주인 행세하듯 처억 하니 아메리칸익스프레스 카드로 결제해 볼 수 있을까.

준오는 준오대로 눈을 치고 들어오는 요란한 간판들이 무섭기만 하다. 어깨를 쫘악 펴고 여자 손을 잡아끌며 들어갈 수 없으니 무섭고, 잠자고 있던 침샘이란 침샘은 모두 기지개를 켜고 눈을 부릅뜨니 무섭다.

찬희와 준오는 으리으리한 간판들을 지나고 지나 이런 곳에도 이런 분식집이 있었나 싶은, 코딱지만한 분식점으로 들어간다.

*　　　*　　　*

딱 두 개만 있는 테이블과 벽에 붙은 길고 좁은 테이블 중 어디에 앉을까 고민할 필요는 없다. 두 개의 테이블엔 이미 사람들이 다 찼고, 그들은 모르는 사람끼리 합석을 했는지 말없이 라면과 떡볶이와 잔치국수를 먹는다.

찬희와 준오는 벽에 붙은 긴 테이블로 가 앉는다. 주방에서 나오는 열기와 냄새가 작은 분식점을 달달 볶는다.

준오는 이런 곳이 처음이라는 듯 두리번거리며 말문을 연다.

"인간은 언제부터 밥을 세 끼로 정해 먹기 시작했을까? 왜 꼭 세 끼여야만 할까?"

준오는 독백을 빙자해 어느새 반말을 해가며 친근감을 표한다. 친근감도 좋지만 찬희는 당장 무엇을 먹느냐지 두 끼냐 세 끼냐가 아니다. 표준 체중도 말라깽이로 줄여야 인간대접을 받는 시대라는 걸 준오가 알아서 하는 말인지 몰라서 하는 말인지 찬희는 어려워진다. 그보다 남자는 인간 존재의 원천이 먹는 것에서 출발했다는 점을 문화적 코드로 읽고 싶어 하는지도 모른다. 그렇다면 남자의 상상은 상상할 수 있다.

세 끼를 먹는 것은 산업혁명이 시작되면서부터다. 왕권시대의 고위층은 심심하면 간식이라는 명목으로 이것도 먹고 저것도 먹었겠지만, 그래서 세 끼 네 끼가 되었겠지만, 먹을 게 부족했던 당시의 하층민들은 하루걸러 한 끼, 재수 좋으면 하루에 한 끼, 더 재수 좋으면 하루에 두 끼를 먹었을 것이다. 더구나 전깃불도 없는데 해는 일찌감치 떨어지고 자는 일밖엔 없었을 테니, 하루에 두 끼만 먹어도 적당히 버틸 수 있었을 일이다.

산업혁명이 시작되자 전깃불도 좋아지고 물량도 많아지고, 그에 따라 물건도 시간에 맞춰 출하해야 했을 것이다. 따라서 노동자들의 시간과 에너지는 두배 세배 늘어야 했고 급여 또한 늘었을 것이다. 산업의 발전에 따라 늘어난 노동시간과 에너지와 급여가 끼니 수를 늘렸을 일은 자연스러운 이치다.

머리도 좋게, 잠깐 사이에 여기까지 추론한 찬희는 인터넷 어딘가에서 따왔음 직한, 꽤 수준 있어 보이는 말로 답한다.

"부를 과시하고 싶어졌을 때부터."

준오는 징검다리를 건너뛰듯 훌쩍 뛰어버린 답에 좀체 감을 잡지 못한다. 부를 과시하고 싶어지는 것과 세 끼를 먹는 것이 무슨 관계라고 당연한 일을 부와 연관 짓는단 말인가. 이렇다 하게 반박할 근거도 없이 뭐라 말하기도 달리자, 준오는 괜한 걸 얘기했다 후회한다.

마로니에공원에서처럼, 찬희는 지기 싫어하는 그 성질머리대로 자신이 한 말에 주석을 단다.

"굶는 사람이 더 많았던 시절엔 한 끼라도 더 먹는 게 부자라는 징표였겠지. 너도나도 부자가 되고 싶었을 테니 두 끼가 세 끼로 발전 정착하게 된 게 아닐까? 우리나라만 해도 하루에 다섯 끼를 먹었던 임금도 있다잖아."

준오는 묻기만 하면 가만히 있어도 그럴듯한 답이 나온다는 걸 이제야 파악한다. 초석만 잘 다지면 건축하는 건 그리 어려워 보이지 않는다. 준오는 초석 위에 기둥을 세운다.

"모든 것엔 거품이 있다고 한 말 기억나? 바로 잘 봤어. 세 끼 먹는 것도 거품에서 시작된 거야."

이미 알고 있기나 한 양, 준오의 목소리엔 자신감마저 흐른다. 자신감이 지나치다간 화상을 입을지도 모른다고 우려했는지, 테이블에서 김밥을 먹던 유니폼의 여자가 역겹다는 듯 찬희와 준오를 번갈아 본다. 니들 지금 영화 찍냐? 이딴 분식집에서 뭔 학술발표회?

여자의 시선에 웃돈을 얹듯, 주방장이자 주인인 아줌마가 뭘 시킬 건지 빨리 말하라고 시비 걸 듯 말한다.

찬희와 준오는 말을 하는 내내, 무얼 먹을지 생각하고 생각해 이미 결정을 냈음에도, 그제야 정신을 차린 듯 꾀죄죄한 벽에 붙은 꾀죄죄한 메뉴 종이를 훑어본다. 칼국수엔 반찬이 김치밖엔 나오지 않는다. 같은 값이면 김치 하나 먹는 것보다 이 반찬 저 반찬 나오는 메뉴가 낫다. 더구나 지금 이 분식집은 사우나탕보다 더 덥다. 알몸도 아닌데 칼국수로 땀 뺄 일 있는가. 거기다 아침도 거르고 나온 터라

 그러나 설레는 걸

칼국수보다는 밥이 더 당긴다. 말이야 바른 말이지, 칼국수나 먹으러 갈까 했던 말은 칼국수를 먹겠다는 게 아니라 저렴한 것을 먹겠다는 뜻이 아니었던가.

이러저러한 뜻에 의해 찬희는 콩나물비빔밥을 시킨다. 준오는 해물덮밥을 시키려다 말고 뜻을 바꾼다. 같을 걸로 하겠다고. 왜 그랬을까?

준오는 콩나물비빔밥 소리를 듣자 번뜩, '결혼은 미친 짓이다'라는 영화가 떠오른 것이다. 그 영화의 여주인공이 무척이나 마음에 들었던 까닭이다. 여자들이 왜 콩나물비빔밥을 좋아하는지는 몰라도, 하여간 그 여주인공은 남자를 위해 콩나물비빔밥을 준비한다. 콩나물비빔밥 대신 로또나 사주면 남자들이 더 좋아할 텐데 여자들은 그런 사실을 모른다. 그러나 좋게 보자. 그 영화의 여주인공은 대학 강사보다 로또 같은 남자를 택해 결혼했고, 그 결혼을 종자돈으로 강사 애인에게 로또가 돼 주려 했다. 참 맘에 드는 스토리다. 지금의 이 콩나물비빔밥도 그 영화처럼 로또의 전주곡이 되어줄지 누가 알겠는가. 그렇지, 로또나 되어주렴.

준오는 콩나물비빔밥을 비벼가며 찬희의 허벅지와 가슴을, 찬희 모르게 훔쳐본다. '결혼은 미친 짓이다'에서의 여주인공보다는 좀 떨어지긴 해도 쓰다듬고 만지기엔 그리 부족해 보이지 않는다.

찬희는 콩나물비빔밥을 먹어가며 준오 모르게, 준오의 허벅지와 가슴을 재본다. 여자를 안아주기엔 넘치지도 모자라지도 않다. 그런데 점심을 먹고 나면 어디로 가야 하지? 다시 마로니에공원으로 가긴 싫고 대낮부터 모텔로 직행하기도 뭣하다. 모텔이란 연극이나 영화를 본 다음, 술이나 한 잔 걸친 후에 가야 제대로 된 코스다. 만약 그런 순서로 순서가 이어진다면 비용 분담에 대한 문제가 발생한다. 아무리 남녀평등 시대라지만 똑같이 반반 내기는 억울하다. 세상의 원리는 목마른 사람이 우물을 판다고, 필요를 느끼는 사람이 대야 맞다. 이럴 때 필요성이 급해지는 건 남자 쪽이다. 그 남자라는 사람은, 콩나물비빔밥에 코가 빠져 있을 뿐 여자와의 후일 따위는 기약할 뜻이 없어 보인다. 찬희의 자존심에 슬쩍 줄이 간다.

준오는 밥그릇을 거의 다 비울 때쯤, 콩나물비빔밥의 그 로또를 어떻게 후려 로또다운 로또로 승격시켜 볼까 궁리한다. 뜨거운 물엔 더 뜨거운 물을 부어야 빨리 끓고, 차가운 물엔 더 차가운 물을 부어야 빨리 식는다. 어쨌거나 막연한 로또란 없으니, 없어야 하니, 구체적인 로또로 사실적인 로또를 만들어내는 게 능력이다. 모름지기 모든 것엔 거품이 있다고, 자신도 모르게 뱉어낸 말이 진리 중의 진리가 돼 버린 지금, 그 진리를 믿어보는 수밖엔 없다. 즉, 여자의 자존심이라는 거품, 허영이라는 거품, 욕망이라는 거품, 그런저런 거품들을 건드리면 여자는 거품 속에서 인라인스케이트를 타고 쌩그르르 찾아올 것이다. 자, 이제 작업의 주역이 바뀔 차례다.

찬희와 준오는 분식집을 나온다. 성도 이름도 모르면서, 고조할아버지 때부터 알고 있기나 한 듯, 이젠 어엿이 손까지 잡는다. 곳간에서 인심 난다는 말은 맞다. 밥 한 끼로 이렇듯 스리슬쩍 구렁이 담 넘어가듯 경계를 허물 수 있으니, 세상의 굶는 모든 이들에게 밥 한 끼의 금액을 희사하는 건 뜻깊은 일이 아닐 수 없다.

준오가 로또가 적힌 편의점 앞에 선다.

"밥을 얻어먹었으니 보답을 해야 할 거 같아서 그러는데 로또 어때?"

로또라니? 밥 얻어먹은 것을 친밀감 물씬 나는 로또로 갚으시겠다? 어쩌면 그리 깜찍한 생각을 하시는지. 찬희는 사천 원짜리 밥이 사 억, 사십 억으로 환골탈태하는 장관에 숨이 넘어갈 뻔한다.

준오가 돌아서 지갑을 뒤적거린다. 지난주에 당첨된 오천 원짜리 로또 한 장과 천 원짜리 다섯 장을 꺼낸다. 남자는 로또광? 찬희는 준오가 하는 양을 주시한다.

"기계로 할래 직접 찍을래?"

찬희는 믿기 어렵게도, 유명세로 유명해진 로또 복권이 처음이다.

로또는 아무나 되는 게 아니다. 확률로 따진다거나 점쟁이한테 번호를 받아오는 따위, 동호회를 만들어 여러 장을 한꺼번에 구입해 정보를 교환하는 일, 천일기도 금식기도로 신에게 떼를 쓰는 짓, 꿈자리를 철썩같이 믿어 대출까지 받아 사는 일, 그런 여러 가지 방법을 동원해봐야 웃기지도 않는 개그로 모래성을 쌓는 것이라고 여긴다. 그렇게 애쓴다고 될 것이면 로또는 로또라는 이름을 달 수 없을 것이며 달아서도 안 된다. 로또는 로또 마음대로 주고 싶은 사람에게 주는 것이지, 원한다고 원하는 사람이 가질 수 있는 게 아니다.

이런 부정적인 사고에도 찬희는 이 순간 로또를 사는 준오가 의젓하게만 보인다. 대단히 불가사의한 일이다.

찬희는 조합기의 자비를 구하고, 준오는 자신의 머리에 자비를 구한 다음 편의점을 나온다. 준오는 로또 한 장을 찬희에게 주고 자신의 로또는 돌아서 지갑에 넣는다.

찬희는 준오가 준 로또를 들여다보며 말한다.

"로또는 첨인데 많이 했나 봐?"

찬희의 말에 준오는 자못 심각하게 대답한다.

"매주 해. 한 주도 거른 적이 없어."

남자는 대박을 꿈꾸는 허황된 인간? 아니면, 로또에 관한 범세계적인 시각을 연구하는 연구원? 찬희의 머릿속이 상식의 수준을 넘었다 말았다 하는데, 준오는 카푸치노 때와는 달리 로또와 인간 간의 그 어떤 심오한 주제로 이어가지는 않는다. 다행이다. 그러나 궁금하다. 찬희는 궁금증을 이기지 못하고 만다.

"왜? 로또로 할리데이비슨이나 혼다 오토바이라도 사게?"

준오는 가다 말고 그 자리에 선다. 의아해하는 눈빛이 너무할 정도로 티 없이 맑다.

"오토바이라니? 난 건축학도야. 집 없는 사람들을 위해 사랑의 집 짓기 운동 하는 거 알지? 로또 되면 거기다 몽땅 다 희사하려고 사는 거야."

이렇게 되면 어떻게 되는 것일까. 찬희는 한동안 말을 잊는다. 로또로 대박을 맞아 이혼을 하거나 칼 맞아 죽을까 봐 해외로 도망친다는 애긴 들었어도, 집 없는 사람들을 위해 로또를 산다는 애긴 처음이다. 남자의 뜻은 평생 폐휴지나 줍고 시장 모퉁이에서 생선이나 야채를 팔아 모은 돈을 대학에 쾌척하는 일보다 거룩하다.

찬희는, 한쪽이 너무 착해 보이면 상대적으로 옆에 있는 사람은 악하지 않아도 악해 보이는 것과 비슷한 감정을 느낀다. 오토바이 어쩌고 했던 말은 나는 속물이라고 적나라하게 드러낸 꼴이 되고 말았으니, 선인과 악인의 비교는 쉽고도 간단하다.

순간적으로 치민 감정이 그랬다고 찬희가 계속 그 모드로 나가느냐 하면 그건 아니다. 찬희는 똑똑하다.

"어, 그래? 그런 라이프스타일인 줄은 미처 몰랐네. 잘 됐다. 만약 내 로또가 일등에 당첨되면 나도 집 없는 사람들 집 지어주는 거에 다 내놓을게."

되지도 않을 로또로 별말은 못할까. 만에 하나 한반도가 바닷속으로 꿀꺽 들어가는 그런 일과도 같이 로또가 된다면, 사랑의 집짓기는 없던 일로 하면 그만이다. 온통 썩은 물이 질질 흘러내리는 재개발 아파트에, 그것도 고모라는 사람의 집에 얹혀사는 처지에 남의 집 지어주게 생겼는가 말이다. 로또만 돼봐라. 할머니는 빼고 엄마와 단둘이 멋진 집에서 파릇파릇한 꿈으로 살 작정이다. 그뿐일까. 오늘 쫓아낸 저 대학로 커피숍을 인수해 사장의 코를 납작하게 해

주는 것은 물론, 체인점까지 열어 사업가로 변신하고야 말겠다.

준오는 찬희의 말을 듣자 자신의 로또와 바꾸고 싶은 생각이 간절해진다. 며칠 전 들은 얘기는 로또 주변을 늘 떠돌아다니던 괴소문을 너무나 가깝게, 너무나 확실하게, 너무나 세세하게, 도장을 찍게 해주었다.

고등학교 동창 얘기다. 같은 반을 두 번이나 한 최 모가, 공부는 지지리도 못하고 학생부 주임의 눈에 뜨이기만 하면 얻어터지기 일쑤였던 최 모가, 직장 사장으로부터 생일 선물로 로또를 받았단다. 그런데, 그런데, 그것이, 세상에나, 부럽게도, 배 아프게도, 일등을 먹었단다. 최 모는 당연히, 월급 따위는 팽개치고 연락을 딱 끊고 직장을 관뒀단다. 이런 얘기는 산 사람의 것은 꽝이고 사 준 사람의 것은 일등을 먹었다는, 불안하고도 불길한 정보다.

준오는 아무래도 찬희에게 괜히 로또를 사 준 게 아닌가 속이 탄다. 로또가 일등을 먹으면 준오는 두 번 돌아볼 것 없이 떡볶이와 오뎅이 없는 나라로 사뿐히 갈 계획이다. 그 꿈을 빼앗긴 것인지도 모른다 싶으니 준오는 여간 초조해지는 게 아니다. 이 흉측한 예감을 준오는 어떻게든 해결해보고 싶어진다.

"시간 있어? 난 오늘 야간 강의라 시간 여유가 좀 있는데……."

준오가 모텔을 눈으로 가리킨다. 찬희는 적당히 감동을 먹는다. 자신의 짐작이 맞았듯 로또가 이렇게 맞으면 얼마나 좋을까. 찬희는 빡빡 민 머리를 쓰윽 쓸어 올리며 말한다.

"나, 남자 경험 없는데, 부담스럽지 않겠어?"

준오는 머리칼 없는 찬희의 머리를, 찬희보다 더 다정하게 쓰다듬는다.

"너만 부담스럽지 않다면."

속전속결은 쾌속질주를 타기에 지루하지 않다. 대체 언제 벗는 장면이 나올지 숨죽이며 기다리는 관객을 위해, 그 장면을 기다리다, 딴 생각을 하거나 잠이 들거나 화를 내며 나가버리기 전에, 대본작가는 아슬아슬하게 고! 고!를 외친다.

*　　　*　　　*

찬희와 준오의 직행코스는 시대를 역행하지 않는다. 이 시대를 초음속으로 가는 것만 봐도 그들은 현대인이다. 속도에서만 그런 것은 아니다. 첫 경험인지 끝 경험인지는 몰라도 만난 지 몇 시간도 채 안 돼, 하트가 두 사람에게서 동시다발로 뿅뿅뿅 나온다. 따발총은 구식이 된 지 오래고 하트 모양의 미사일이 쉴 새 없이 불을 뿜으며 쏟아져 나온다. 그 통에 화재경보가 왱왱 울리고 전국에서 불자동차가 몰려들 차비를 한다.

젖가슴을 움켜쥐며, 얼굴을 부벼대며, 숨넘어가게 웃는 것만 봐도 현대인들의 내숭 없는 천진난만이 정점에 이른다. 머릴 왜 그렇게 깎았어? 킬킬. 너 만나려고 깎았지, 깔깔. 집 없는 사람 집 지어주고

싶음 우리 집부터 지어주라, 깔깔. 머릴 파랗게 물들이지 않았음 영
락없는 탁발승이다, 킬킬. 건축학도 아니라고 했음 영락없는 건축공
사장 앵벌이다, 깔깔. 까불래? 킬킬. 그래, 너도 까불래? 깔깔.

긍정적인 웃음이 바닥이 나자, 더 날릴 그 어떤 웃음도 찾을 길이
없음을 깨닫자, 찬희와 준오는 웃는 데도 진력이 난 끝이라 마침 잘
됐구나 하고 마침표를 찍는다.

준오가 찬희의 허리를 키스하듯이 조인다. 몸은 보기만 하라고 있
는 게 아니라 만지라고 있는 것이다. 말로만 하는 광고는 효과가 없
다. 진정 광고의 효과는 몸으로 몸을 말하는 것이어야 한다. 요즘의
광고는 그래서 솔직하고 인간적이다.

지금 준오는 몸으로 광고를 때리는 영상에 머리가 터질 지경이다.
헌데 기이하게도 준오의 입에선 몸의 영역과는 전혀 다른 차원의 말
이 나온다.

“너를 안고 있으니까 미국에 계신 우리 엄마가 생각난다. 엄마 본
지도 꽤 됐거든.”

아니, 여자를 안고 있으면서 엄마 생각이 나다니 이거 마마보이
아냐? 마마보이인지 아닌지는 조금 더 들어보면 나온다.

준오는 자궁에서 함께 착상되려다 헤어진, 그러다 다시 만난 한
쌍의 정자처럼 찬희를 더욱더 뜨뜨뜨겁게 포옹한다.

“엄만 타임 지 문화부 편집국장이야. 아빤 코넬대 정치학과 교수
고. 나만 한심하게 여기서 보따리장수나 하고 있지.”

마마보이도, 한심하게 시간강사를 한다는 것도 아닌, 가계도를 자랑하는 말이라는 건 눈치 없는 사람도 다 알아먹을 소리다.

이에 질세라, 찬희는 준오의 말을 자신의 가계도로 재활용한다.

"너무 기죽지 마. 나도 그런데 뭐. 우리 아빤 대놓고 말하기 어려워 그렇지 이름만 대면 다 아는 국정원 고위관리야. 엄만 국립무용단 수석 무용수였다 지금은 파리 예술원에서 예술 감독하고 있어. 글구…… 나만 이렇게 무명 뮤지컬 배우로 살아."

알고 보면 별스럽지도 않은 걸 별스럽게 얘기하는 사람들이 있다. 부자는 부자라 말하지 않아도 남들이 부자로 알아 모시고, 가난한 자는 가난뱅이라고 말하지 않아도 남들이 가난뱅이로 알아본다. 어렵지 않은 걸 어렵게 말하려니 어려운 거지, 말이란 알고 보면 하지 않아도 될 말이 더 많다. 이러니 접촉사고네 정면충돌이네 난리법석이다. 그러나 찬희와 준오는 접촉사고나 정면충돌은커녕 내가 잘못했어요, 아니, 내가 잘못했다니까요, 하고 서로 양보하느라 싸우는 운전자들처럼 동시에, 사이좋게, 이렇게 말한다.

"그렇구나, 우리의 만남은 운명이었구나."

운명과 운명이 만나면 무엇이 될꼬 하니, 잘하면 열애요, 못하면 원수다. 준오와 찬희의 찬탄이 시간과 경비를 단축하며 급속 진전을 보는데, 그것은 샤워를 하면서부터다.

찬희가 이제 나가자며 샤워실로 들어간다. 준오는 침대에 누워 생각의 편지를 이렇게도 쓰고 저렇게도 쓴다. 오늘 모텔 방값도 여자가 치른 것을 보면 여자는 쿨 하고 집안도 괜찮다. 저런 여자를 잘만 건지면 로또보다 더 나을 수도 있다. 매주 로또 사는 재미로 살긴 하나 안 되었을 때의 그 상실감 절망감이란 산 죽음이다. 매주 생으로 죽기보다 여자 하나 잘 챙기면 그게 로또, 살아 있는 로또가 되지 않을까. 그렇게 하려면 저 여자를 꼬셔야 할 텐데 여자에 대해 아는 게 하나도 없다.

준오는 급히 찬희의 숄더백을 열어 지갑을 꺼낸다. 지갑엔 만 원짜리 네댓 장과 로또 한 장, 교통카드와 주민등록증만 있을 뿐, 그 흔한 신용카드 한 장 들어 있지 않다. 준오는 재빨리 주민등록증에 적힌 찬희의 정체를 들여다본다. 사진과 주소를 시력이 마이너스로 떨어질 때까지 보고 또 봐도 주민등록증에 있는 찬희는 준오의 꿈에 부응하지 않는다. 아니, 이런 미친년이 다 있나. 그 꼬랑내 나는 산동네에 살면서 뭐가 어쩌고 어째? 준오는 로또를 괜히 샀다고, 찬희가 아닌 자신을 미워하고 또 미워하는데, 어느 누구도 그 실수를 책임질 수도, 책임지게 할 수도 없다는 걸 끝내 모른다.

찬희는 찬희대로 샤워를 하며 의심에 찬 추측을 물방울로 터뜨린다. 코넬대고 타임 지고 간에 남자의 말이 어째 믿어지지 않는다. 지갑을 열 때마다 누가 볼까 돌아서는 것도 그렇고, 모텔 방값도 여자에게 떠넘기는 것도 그렇다. 남자의 말인즉슨, 쓸 데 없이 낭비할까 차비 빼곤 강사료 전부를 아프리카 난민을 위한 기금에 보낸다고 하지만, 그러면서 어떻게 모텔로 가자는 사인을 보냈는지 아리송하다.

남자는 대학 강사가 아닐지도 모른다. 깔끔한 양복은 괜찮은 여자를 건져보려고 빌려 입은 것일 수도 있고, 가방 속엔 강의록 대신 성인 만화나 잔뜩 들어 있을지도 모른다. 만약 그렇다면, 그렇다면…… 그래도 할 수 없다. 여기까지 왔는데 어쩌란 말이냐.

찬희는 하나 마나 한 추측을 접고 욕실을 나온다.

"샤워 안 해? 운동량이 많았나 봐. 배고프다. 빨랑 샤워하고 우리 어디 좋은 데 가서 저녁 먹자."

준오는 조금 전과는 달리 아무 대답도 없이 수행인지 고행인지를 십수 년간 한 얼굴로 샤워실로 들어간다.

표정이 꽤 수상쩍다. 찬희는 고개를 갸우뚱거리며 준오의 지갑을 찾는다. 양복 아래위를 이리저리 뒤져봐야 바지 뒷주머니에 있던 지갑은 온데간데없고 가방만 얌전하게 놓여 있다. 가방을 향해 손을 뻗기도 전에 눈에 들어오는 건 비밀번호 잠금장치다. 강의 내용이 비밀잠금장치를 요할 정도의 것이란 말인가? 이상하다, 정말 이상하다…….

그렇게 준오와 찬희는 모텔을 나와 대로변으로 나간다. 준오가 무엇인가 단단히 결심한 투로 말한다.

"로또 일등 되면 나한테 연락할 거지?"

이건 또 무슨 소리람. 좋게 놀다 나와서 하는 말이 고작 로또 타령이라니, 분위기를 깨도 어느 정도지 이건 로또에 미치지 않곤 나올 수 없는 말이다. 그래도 이 정도는 용서해 줄 수 있다.

찬희는 용서하는 뜻에서 준오가 바라는 답을 쾌히 던진다.

"그걸 말이라고 해? 성대하고 가톨릭대에 강의 나간다며. 일등 아나라 오천 원짜리만 돼도 그 대학에 찾아가 너 줄 게. 난민들 기금에 보태라고."

준오는 그럴 게 아니라 지금 주면 더 좋겠다고 말하고 싶은 걸 꾹 참는다. 준오가 조금은 과장되게 손목시계를 들여다본다.

"집까지 바래다줄까?"

찬희의 기분이 은근히 꼬인다. 난민이고 검소도 좋지만 점심도 모텔도 여자 신세를 졌고, 때도 때가 됐으니 밥으로 갚는 건 상식이자 예의다. 갈비는 봐줘서 그만둔다 쳐도 한정식 정도는 기본으로 해야 할 의무가 아닌가. 더구나 근육과 정신을 총정리로 즐겼으면 그다음엔 밥을 먹는 게 당연하다. 저라고 저녁밥 건너뛰고 강의 나갈 일은 없을 게 아닌가. 이건 염치가 없어도 얌체로 없다. 아르바이트해서 푼돈보다 나을 게 없는 돈 받자고 사장과 싸워 겨우 받아낸 돈이다. 그런 돈으로 애먼 놈 밥 사주고 방값 치르고 이번엔 저녁까지 사라면 자살도 과분하다.

찬희는 뒤집히는 속을, 말로 뒤집어서 뱉는다.

"리허설 있어서 극장으로 가 봐야 돼."

리허설은 리허설이다. 양복 빼입고 공원 벤치에 앉아 어물대는 남자와 죽이 맞아 놀아봤으니 리허설이다. 잘릴 걸 예상하고 머리를 밀고 잘렸으니 리허설이다. 인생 바닥을 뒹구는 젊음을 로또로 품어

봤으니 리허설이다. 도처에 리허설이 들뜬 얼굴로 널찍하니 가마니 때기를 깔아놓고 판을 벌린다.

준오는 어쩌자고 눈치코치도 없이, 아니 눈치코치도 없다는 듯이, 벌써 그따위 것들은 졸업했다는 듯이, 극장까지 바래다주겠다고 말한다.

이렇게 나오는 남자한테 아량 내지 배려를 베풀 만한 찬희는 아니다. 찬희는 찬희답게 대꾸한다.

"단원들한테 보이고 싶지 않아."

싸늘한 말투에도 준오는 눈치코치입치턱치도 없이, 눈치코치입치턱치도 싹 없앴다는 듯이, 왜 단원들한테 보이고 싶지 않은지 묻는다. 찬희는 남자이기를 포기한, 도대체 사람이기를 포기한 준오에게 잘라 말한다.

"알 것 없어."

준오는 무슨 생각에선지 밥 얘기는 꺼내지도 않고 자꾸만 바래다주겠다고 우긴다. 찬희는 팩 돌아서서 준오를 사납게 쏘아보며 경멸을 감추지 않는다.

"벌써 귀먹었니? 싫다고 했잖아!"

찬희의 독화살에 준오의 시선은 무섭게 흔들리고, 미토콘드리아는 낱낱이 까발려 찢어지고 갈라지고 뜯어지고 작살난다. 이것만으로는 양이 차지 않는지 찬희는 코웃음, 비웃음, 날웃음을 칠폭 팔폭 구폭으로 두르며 말한다.

"오늘 무지하게 잘 놀았다. 콩나물비빔밥 먹을 때면 니 생각날 거다. 콩나물비빔밥 같은 너를 어찌 잊을 수 있겠냐. 자알 살아라 콩나물비빔밥처럼. 계속적으루다, 영원히."

찬희가 깨진 유리조각의 눈빛을 준오에게 던지며 뒤돌아 간다. 준오는 힘줄이 터져라 주먹을 쥔다. 찬희보다 더 찬, 너무 차서 뜨겁기조차 한 눈빛이 찬희의 뒷목에, 등에, 종아리에, 숄더백에 들어 있는 로또 복권에, 날 서게 꽂힌다.

그림자 거인

로또를 해 본 적이 있는지? 해 본 사람은 알겠지만, 로또는 숫자가 아니다. 천국과 지옥을 감춰둔 요새다. 산타할아버지의 핑크빛 자루를 만들어내는가 하면, 판도라의 상자를 만들어내는, 피타고라스의 수론(만물의 근원은 수)을 상용화한 작품이다. 누구도 잡을 수 없는 그림자로, 누구라도 잡고 싶게 한다. 그 기괴한 장난은 끝이 없어 보인다. 왤까? 그림자 때문이다. 로또가 가진 그림자란, 잡을 수 없지만 마음만 먹으면 잡을 수 있을 것 같은 안타까움을 준다.

그림자 얘기가 나왔으니 말인데, 그림자는 로또만큼이나 숨은 그림을 가지고 있다. 어째서? 라고 의문이 들지도 모르겠다. 그림자란

빛과 물체가 있어야 생기고, 빛과 물체 없는 그림자란 있을 수 없고, 때문에 그림자, 그 자체는 홀로 성립할 수 없다, 고로 그림자엔 숨은 그림 따윈 들어 있지 않다, 라고 말이다.

그렇다면 이런 생각을 해 보는 건 어떨까? 그림자도 그림자를 가지고 있다는 생각은? 비에도 그림자가 있다는 생각은? 그림에도 그림자가 있다는 생각은? 말ㅌ에도 그림자가 있다는 생각은? 더 나아가 생각에도 그림자가 있다는 생각은?

그래서 어쨌다는 말이지? 무슨 얘길 하겠다는 말이지?

그러니까 이런 얘기다. 그림도 자기 그림자를 가지고 있다는 말. 말ㅌ도 자기 그림자를 가지고 있다는 말. 생각도 자기 그림자를 가지고 있다는 말. 결국 그림자도 그림자를 가지고 있다는 말.

그림자는 비록 드러나지 않는다 해도 자기 그림자를 가지고 있다. 물론 비도, 그림도, 말ㅌ도, 생각도, 다 자기 그림자를 가지고 있다. 물체가 아닐지라도, 또는 평면에 불과한 것일지라도, 그것들은 자기 그림자를 던지며 존재한다. 그렇지 않다면 그것들이 존재할 이유가 없다.

저기 저 벽에 걸린 그림만 해도 그렇다. 그림 속의 남자는 세계 끝에 앉아 있다. 벌거벗은 몸으로 등을 돌린 채, 어둠과도 같이 웅크리고 있다. 등이 화폭 전체를 차지한 채 끝 모를 데를 바라본다. 등이며 색이며 분위기가 온통 그림자다. 지독히도 짙고 무거운 그림자다.

그림자는 그림자를 끌고 다닌다. 그림자와 같이 사는 사람에게 찾아가, 그림자로 군림하길 즐긴다. 저길 보라. 그림자는 빛이 없어도 그림자를 드리우며 건재함을 과시한다. 답도 주지 않으면서 답인 체 군다. 너무 어려운 얘기인가? 그래서 궁금하다. 그래서 저 방으로 들어가고 싶어진다. 그래서 만나고 싶은 욕구가 딴딴해진다.

똑똑! 문을 두드린다. 그림자가 주인공 당신에게 문을 연다. 당신은, 결국, 들어가고야 만다.

방 안엔 그림, 그림 속엔 남자, 남자는 나신, 나신이 내보이는 건 등, 등이 보여주는 건 어둠, 어둠 속엔 그림자, 그림자 속엔 남자, 남자는 나신, 나신이 내보이는 건 등, 등은 화폭 전체를 자치한다.

거인이다 거인! 운섭이 거인의 등판을 친다. 꿈틀, 거인의 등이 천천히 돌아선다. 운섭은 한 발짝 뒤로 가 거인의 동태를 살핀다. 뭉실, 화폭 속의 거인이 지구를 밟고 나온다.

거인은, 징그럽게도 크고 시커멓기만 한 거인은, 그 큰 몸체를 끌고 방 안으로 들어온다. 좁디좁은 방 안이 거인으로 꽉 들어찬다.

거인이 구부정하게 고개를 숙인다. 운섭은 거인의 발가락 근처에서 거인을 올려다본다. 거인의 머리꼭대기까지는 한참이다. 그 까마득한 곳에서 깃발이 펄럭인다. 깃발엔 흰 바탕에 푸른색 타원형이 그려져 있고, 타원 속엔 SAMSUNG이라 쓰여 있다. 거인이 푸푸 숨을 쉴 때마다 SAMSUNG이라는 글자가 나부낀다.

운섭은 한 발짝 뒤로 물러난다. 거인이 깃발을 펄럭이며 발 한 짝을 치켜든다. 운섭은 거인의 발을 피해 거인 뒤로 간다. 거인이 운섭을 찾아 두리번거린다. 운섭은 거인의 뒤에 달라붙어서 뒤통수를 올려다본다. 흰 바탕에 푸른색 타원형, 그 속에 들어 있는 H, 그 아래 HYUNDAI라고 쓰인 로고가 번쩍인다.

거인이 그 큰 몸체를 푸푸거리며 운섭을 찾는다. 운섭은 거인의 옆구리로 가 숨는다. 거인이 두리번두리번 방안을 오간다. 운섭은 개미보다 더 작은 몸으로 거인의 발을 피해 거인을 올려다본다. 거인의 이마엔 사람 얼굴 모양의 동그란 LG 로고 패치가 선명하게 붙어 있다.

운섭은 거인 몰래 거인을 타고 기어오른다. 여기저기 숭숭 뚫린 크고 작은 호수. 운섭은 큰 호수를 돌아 작은 호수로, 작은 호수를 돌아 더 작은 호수로 간다. 끝없이 이어지는 호수, 호수의 호수들.

운섭은 호수 앞에 엉거주춤 선다. 호수 속엔 맑은 물 대신, 앙증맞은 물고기 대신, 양복을 잘 차려입은 면접관이 운섭의 눈을 뽑을 듯이 보며 말한다. 이 회사를 지망하게 된 이유가 뭔가. 자네가 가진 게 뭔지 다 털어 보이게.

운섭은 깜짝 놀라 줄행랑을 친다. 호수는 보이지 않고 시커먼 잡풀의 숲이 시야를 가득 메운다. 운섭은 잡풀에 찔려가며, 잡풀을 피해 가며, 걷고 또 걷는다. 가도 가도 끝없는 잡풀, 잡풀의 잡풀들. 운섭은 잡풀 한가운데서 길을 잃는다. 아무리 돌아보고 둘러봐야 길은 보이지 않는다.

느닷없이 잡풀 복판에 텅 빈 곳이 나타난다. 운섭은 그 빈 곳에 발 한 짝을 들여놓는다. 크르르릉 캬아악! 어디서 나타났는지 털 달린 짐승이 동그랗고 새파란 눈알을 번뜩이며 운섭에게 대든다. 너 같은 놈이 어떻게 이 성스러운 외국어의 땅을 밟을 수 있느냐! 제1외국어, 제2외국어, 제3외국어, 매너어, 야생어, 비밀어, 은어, 그런 자격증이 없다면 당장 꺼지렷다!

운섭은 헐떡헐떡 시커먼 잡풀 속을 뛰쳐나온다.

갑자기 펼쳐지는 민숭민숭한 벌판, 벌판의 벌판. 운섭은 벌판 끝을 향해 걸어간다. 식은땀이 목 줄기를 타고 흘러내린다. 가슴팍이 젖고 등판이 젖는다.

벌판 어디쯤인지 모를 곳에서 휘휘 사방을 둘러본다. 벌판 어딘가에서 메아리도 없이 같은 말이 이어진다. 열정은 있나? 끈기는? 노력은? 희망은? 아이디어는? 학력은? 자격증은? 경력은? 성실은? 자, 자, 다시 해보자구. 열정은 있나? 끈기는? 노력은? 희망은? 아이디어는? 학력은? 자격증은? 경력은? 성실은? 어허, 원형탈모증도 없는 걸 보니 노력과 성실에 문제가 많군.

운섭은 귀를 틀어막으며 벌판을 뛴다. 어디까지 뛰었을까. 벌판 끝에 나타나는 산맥, 산맥의 산맥. 산맥 앞에서 운섭은 망연히 서 있기만 한다. 산이 산을 만들고 그 산이 또 하나의 산을 만들고 그 산이 또 다른 산을 만든다. 산들의 연속이 겁이 나며, 피곤하며, 눈이 부시며, 욕심이 난다.

운섭은 바로 앞에 있는 산을 올라간다. 첫 번째 산 정상. 정상 한가운데에 팻말이 꽂혀 있다. 팻말엔 토익 이백오십 점이라는 글자가 전각체로 새겨져 있다.

운섭은 그 산을 내려와 다음 산을 올라간다. 역시 정상에 꽂힌 팻말, 팻말에 새겨진 글자는 토익 삼백오십 점.

운섭은 그 산을 내려와 다음 산을 올라간다. 정상, 팻말, 토익 사백오십 점.

운섭은 그다음 산을 올라 팻말을 읽는다. 토익 오백오십 점.

운섭은 다음 산을 오르다, 오르다, 기어이 떨어지고야 만다.

쿵!

운섭은 한동안 정신을 잃는다. 찬물방울이 톡톡 이마에 떨어진다. 운섭이 눈을 뜬다. 어둡고 습한 동굴, 동굴의 동굴. 동굴 천장엔 석순이 주렁주렁 매달려 있고 그 끝에서 시계추의 움직임처럼 물방울이 톡, 톡, 톡, 떨어진다.

운섭이 부스스 일어나 동굴 속을 걸어간다. 끝없이 이어지는 굽고 좁은 동굴의 길, 길의 길. 울퉁불퉁 불협화음과도 같은 석순, 석순의 석순.

운섭은 동굴의 검은 아가리에 대고 외친다. 으으으…… 으으으…….

내가 누구인지 물었던 말은 단 한마디도 나오지 않고 신음만이 목구멍 가득 들어찬다.

운섭은 다시 한 번 외친다. 으으으…… 으으으…….

무엇 때문에 사는지 알려 달라고 외친 소리는 단 한마디도 나오지 않고 신음만이 목구멍에서 와글거린다.

새벽을 알리는 듯한 하얀 빛이 동굴 안에 서서히 퍼진다. 운섭은 빛을 향해 걸어간다. 동굴 밖 저만치에 높고 푸른 산이 우뚝 서서 장관을 이룬다.

운섭은 산을 향해 동굴 속을 뛴다. 산이 가까이 보일수록 산꼭대기에 꽂힌 깃발이 손에 닿을 듯하다. 깃발이 운섭에게 향기롭게 손짓한다. 저렇게 훌륭할 수가! 저렇게 완벽할 수가! 운섭은 침을 삼키며 깃발이 날리는 산을 향해 달리고 또 달린다.

동굴 끝에 이르자 LG, HYUNDAI, SAMSUNG 로고의 깃발이 운섭의 코앞에서 힘차게 펄럭인다. 운섭은 깃발을 보며, 오직 깃발만 보며 달린다. 달림의 가속이 운섭을 동굴 끝, 절벽 아래로 밀어버린다.

으아아아아아…….

운섭이 떨어지는 동안, 푸른 산과 절벽 사이에서 악성 리플과도 같은 소리가 울려 퍼진다. 자격증도 없이 존재나 찾는 인간에게 맡길 만한 파트는 없군. 전공이 철학이라고 했나? 그럼 부전공은? 아하, 그러니까 부전공도 경영학이 아니라 이 말씀이군. 헌데 왜 이런 델 기웃거리시나? 다른 길도 많은데 그쪽이나 얼쩡거려보시지 않고. 각 잡고 사는 그룹에 편입하려면 가다부터 잡아야지 안 그래?

운섭은 간신히 눈을 뜬다. 호수도, 들판도, 동굴도 보이지 않고 두 평 남짓한 방에 누워있는 몸뚱어리만 보인다. 운섭은 꼼짝도 못한 채 벽에 걸린 그림에서 눈을 떼지 못한다. 사내는 여전히 등을 돌리고 세계 끝에 앉아 있다. 절망을 품고 욕망으로 무섭게 살아, 세상을 등지며 바라본다.

"하나 둘 셋 넷! 하나 둘 셋 넷!"

매일 아침 이 시간이면 나는 소리가 살아 있음을 비극적으로 일깨운다. 운섭은 이불을 뒤집어쓴다. 방음이 되어 있지 않은 방은 문이 닫혀 있으나마나다.

운섭은 가위눌려 축축해진 몸을 한동안 진정시킨 후 일어난다. 칫솔에다 치약을 짜 묻히고 방문을 연다. 맞은편 방에서 조 할머니가 문을 열어놓은 채 아침운동을 한다. 운섭은 소리 나지 않게 할머니의 방문을 닫는다.

욕실로 들어가 문을 잠그고 샤워기를 튼다. 쏴아쏴아, 물소리가 머릿속을 헤집는다. 쏟아지는 물속으로 들어간다. 더운물이 몸을 타고 이리저리 흘러다닌다. 체온과 물이 하나로 녹아든다. 더 바랄 것은 없다. 지금처럼 살아왔으니 지금처럼 살면 된다.

운섭은 비누칠을 하고 몸을 닦는다. 비누거품이 매끌매끌 살갗을 위로한다. 매끄럽게 사는 길은 자격증이 아니라 몸에 붙은 피지와 땀을 닦아내는 비누처럼 사는 것이다. 운섭은 더운물을 맞으며 손으로 비눗기를 문지른다. 욕실 안에 뿌옇게 김이 서린다. 몸의 선은 사라지고 사물은 사물의 옷을 감춘다. 드디어 실루엣의 꽃이 활짝 벌어진다.

운섭은 뿌옇게 서린, 현실과 추상 사이를, 현실이자 추상인 곳을 기웃이 들여다본다.

알록달록한 캡슐 앞에 서 있는 운섭, 운섭이 캡슐을 만져본다. 차갑고 매끈거린다. 캡슐 주변을 한 바퀴, 두 바퀴, 세 바퀴…… 빙, 빙, 빙, 돌아본다. 입구가 보이지 않는다. 캡슐을 조심스레 두드려본다. 울림도 반응도 없다. 혀끝으로 캡슐을 핥아본다. 맛이 나지 않는다. 몇 걸음 뒤로 가 유심히 캡슐을 관찰한다. 알록달록한 게 아니라 색이 없다. 캡슐 가까이로 눈을 들이댄다. 색은 없는 게 아니라 이 색도 저 색도 아닌 색이 한꺼번에 뒤섞여 색이 아니다. 캡슐에 귀를 대본다. 하도 들어 소리 아닌 소리가 돼 버린 소리들이 아프게 기어 나온다. 9급공무원 시험에도 떨어지다니 저런 벼엉신! 경찰공무원 시험에도 떨어지다니 니가 내 새끼 맞냐? 장가를 가려면 취직을 해라, 취직을!

쾅쾅!

욕실 문 두드리는 소리가 난다. 밀어가 되고 싶어 몸을 뒤채던 소리들이 사방으로 흩어진다.

운섭은 수건으로 몸을 닦는다. 빨리 문을 안 열면 똥을 싸버리겠다는 소리가 욕실 밖에서 난다. 운섭이 옷을 입고 욕실 문을 연다. 조할머니가 주먹 쥔 손으로 운섭을 치려 든다. 운섭은 할머니를 피해

방으로 들어간다.

운섭은 거울을 보며 머리를 빗는다. 거울 속엔 벽을 다 차지한 그림이 머리를 빗는 운섭을 덮친다. 운섭은 거울 속에 든 사내를 응시한다. 화폭 가득, 어깨를 잔뜩 안으로 모은 사내가 욕망으로 절망이 된 낯을 키우며 앉아 있다. 사내의 얼굴을 본 적은 없다. 사내는 얼굴 없는 얼굴을 절절히 보여주며 언제까지고 그 자리를 고집한다. 그들먹하게 방안을 차지하고선, 구부정한 등으로, 바윗덩이 같은 침묵으로, 운섭을 거느린다. (그림의 그림자이다.)

운섭은 셔츠를 갈아입고 방을 나온다. 맞은편 조 할머니 방에서 집주인 여자가 머리를 꺼들리며 나뒹군다. 집주인 여자는 형편없이 당하기만 한다. 생수병에서 몰칵몰칵 흘러나오는 물처럼 그렇게 자신을 버린다. 여자의 몸 어디에선가 알아들을 수 없는 소리 아닌 소리들이 애타게 스며 나온다. 으으으, 으으으…….

운섭은 부르르 떨며 집을 나온다. 그렇게 살 바엔 죽어버려라. 죽지도 못하면서 죽어가기만 하다니, 그런 소비는 죽어서나 해라.

운섭은 집을 나와 계단을 내려간다. 통증과도 같은 열기가 운섭의 뒤통수를 친다.

＊　　　＊　　　＊

운섭은 비탈길을 내려간다. 이 골목 저 골목을 내려가다 보면 루핑이나 함석을 덧대 씌운 움막 같은 집들, 쩍쩍 금이 간 블록담의 낮은 집들, 아직도 요꼬로 스웨터를 짜고, 시보리를 만들고, 헝겊 자투리로 속주머니를 만드는 봉제공장의 집들, 집이라 정의할 수 없는 집들이 즐비하다. 산에다 집을 짓고 그렇게밖에 살 수 없는 사연들은 기록에서 추방된 지 오래다. 그들을 위한, 그들에 대한 사전은 아직 없다. 미싱사라는 자격증도, 시다라는 자격증도, 자격증이 돼 주지 못한다.

오토바이들이 바쁘게 언덕길을 오간다. 오토바이의 크기보다 패딩 원단 뭉치의 크기가 큰, 혹은 무엇인지 모를 물건을 잔뜩 실은 오토바이는 적재량을 초과하며 달린다. 오토바이들이 사람과 부딪칠 듯, 오토바이끼리 부딪칠 듯해가며 운섭의 옆을 스쳐간다.

운섭은 고개를 푹 숙인 채 언덕길을 내려간다. 오토바이로 먹고살 자신이 없다. 몸으로 몸을 지탱할 용기도 없다. 그렇다고 몸이 아닌 몸으로 사는 것도 부끄럽다. 어떻게 살아야 산다고 말할 수 있을지 그저 막막하기만 하다.

이 골목에도 거인은 많다. 전신주에 붙어 있는 재단사 구함, 바지 기술자 구함이라는 딱지가, 담벼락에 문패처럼 붙어 있는 봉제사 아이롱사 급구라는 글자가, 거인으로 운섭을 향해 눈을 부라린다.

운섭은 종로 뒷골목에 있는 오래된 건물 사 층으로 올라간다. 매일 출근하는 직장이건만 문 앞에만 서면 숨이 가빠진다. 운섭은 문고리를 잡고 한참이나 서 있다. 가슴이 툭탁거린다. 호흡이 탁하게 쏟아진다. 이래선 안 된다.

사무실 문을 열고 안으로 들어간다. 낯익은 책상, 전화번호가 빼곡히 인쇄된 종이 다발, 전화기 한 대, 볼펜 한 자루, 메모 용지 한 권과 칸막이가 흉기로 찌른다. 운섭은 책상 앞에서 우두커니 선다. 어제도 같고 그제도 같고 오늘도 같고 어쩌면 내일도 같을지 모를 협박장과도 같은 것들, 그중 하나라고 생각하는 운섭, 운섭은 의자에 앉아 전화번호를 누른다.

"안녕하십니까? 저는 해피피아라고 하는 인터넷 정보회사의 심운섭이라고 합니다. 바쁘시더라도 잠시 시간을 내 주시면 좋은 정보를 드릴까 합니다."

시간 없다며 전화가 일방적으로 끊긴다. 운섭은 다른 전화번호를 누른다.

"안녕하십니까? 저는 해피피아라고 하는 인터넷 정보회사의 심……."

전화는 말하는 도중에 끊긴다. 운섭은 다른 전화번호를 누른다.

"안녕하십니까? 저는 해피피아라고 하는 인터넷 정보회사의 심운섭이라고 합니다. 바쁘시더라도 잠시 시간을 내 주시면 좋은 정보를 드릴까 합니다."

중년 여자의 목소리가 계속해 보라고 말한다. 운섭은 얇게 안도하며 말을 잇는다.

"좋은 정보라는 건 재테크에 관한 정보입니다. 재테크의 종류에는 여러 가지가 있습니다만 요즘 같은 인터넷 시대에는 인터넷에다 투자하시는 게 황금알을 낳는 것입니다.”

전화기 저쪽에선 음, 음, 뭘 먹는 소리인지 말대꾸인지 모를 소리를 낸다. 운섭은 하던 말을 계속한다.

“구체적으로 말씀드리면 인터넷에다 상점을 개설하는 것입니다. 사모님도 잘 아시겠지만 인터넷에서 물건을 파는 일은 생각보다 수익성이 좋습니다. 일단 저희 회사를 믿고 상점을 개설하시면 쇼핑몰의 사장님이 되시…….”

중년 여자가 운섭의 말을 중단한다. 운섭은 이미 다른 전화번호를 눈으로 읽으며 상대방의 말을 듣는다.

“목소리가 좋네. 젊은 오빠가 하는 말 잘 알아듣겠는데 나는 그것보다 목소리 좋은 오빠랑 데이트가 하고 싶은걸? 나 만나줄 수 있겠어? 데이트 비용은 물론 용돈도 줄 수 있어.”

운섭은 말없이 전화를 끊는다. 옆 칸에서 장이 고개를 삐죽 들이대며 웃는다. 장의 입술이 어제보다 그제보다 더욱더 반들반들 유리구슬이다.

운섭은 장을 외면하고 다시 전화번호를 누른다.

“안녕하십니까? 저는 해피피아라고 하는 인터넷 정보회사의 심운섭이라고 합니다. 바쁘시더라도 잠시 시간을 내 주시면 좋은 정보를 드릴까 합니다…….”

운섭은 말이라는, 똑같은 모양의, 똑같은 무게의, 똑같은 성분의, 똑같은 포장의 물건을 전선을 이용해 나른다. 얼굴을 알거나 교양이나 취미, 성격을 알 필요가 없다. 이미 생산 포장된 말이라는 물건을 아무 번호나 눌러 배달하면 그뿐이다. 말이라는 게 굳이 사람에게서 나올 것까지도 없다. 그저 그렇게 누군가에 의해 만들어진 말 상품을 전하기만 하면 된다. 말이 사람이 아닌 혀끝에서 나올 수 있나 의심하는 것도 시간 낭비다. 이미 말이라는 바코드를 달고 나가는 이상, 똑같은 말의 반복은, 말이 만들어낸 공산품이다. 줄줄이 컨베이어벨트를 타고 나오는 동어반복이라는 생산품을, 운섭은 통화라는 똑같은 운송차에 실려 보낸다. 말의 물건을 받겠다는 사람은 없는데 주겠다는 사람만 있다. 받고 싶지 않다는데 주겠다고 억지를 쓰는 사람만 있다. 자연의 순리가 뒤집어진다. 드물지만 때론 자연의 순리를 거스르지 않는 사람도 있긴 하다. 말을 받아주긴 하되, 그것도 상품이라고 공짜도 원하고 원 플러스 원을 바라기도 한다.

"인터넷 판매에 관심이 있긴 한데 상점을 개설할 돈이 없다는 게 문제요. 퇴직금은 주식으로 날린 지 오래고 카드도 신용불량에 걸렸고, 집은 경매로 내일이면 넘어가고 남은 거라곤 서울역에서 노숙하는 일밖엔 없소. 젊은이, 나 좀 도와주지 않겠소? 내 꼭 갚을 테니 백만 원만 빌려주지 않겠소? 아니, 백만 원이 많으면 오십, 오십 만원이라도 좋소. 아니, 십 만원이라도……."

운섭은 전화를 끊고 다른 전화번호를 누른다.

"안녕하십니까? 저는 해피피아라고 하는……."

갑자기 말이 막힌다. 막힌다기보다 다음에 나올 말이 튀어나오지 않는다. 이것일까 저것일까 생각하지 않아도, 스스로 알아서 나오던 말이라는 물건이 도무지 꿈쩍도 하지 않는다. 엔진이 멈췄다. 혀끝에 붙은 센서에 에러가 났다. 전화번호를 누르는 것과 동시에 자동으로 튀어나오던 말들이 재갈을 물었다. 재갈을 풀어야 한다. 순탄하게 달릴 수 있게 액셀러레이터를 밟아줘야 한다.

으으으, 으으으…… 갑자기 소리 아닌 소리들이, 진동이나 떨림이라고밖에 지칭할 수 없는 것들이, 저 어딘가에서 자글자글 끓어대기 시작한다. 가슴이 덜컥 내려앉는다. 얼굴이 달아오른다. 누런색 칸막이가 막장의 벽이다. 메모지와 전화번호와 볼펜이 시커멓게 타며 검은 연기를 내뿜는다. 눈을 감았다 뜬다. 모든 것이 뒤죽박죽 엉켜 흐물흐물 뭉그러진다. 눈을 감는다. 으슬으슬 한기가 몰려온다. 두 팔로 가슴을 감싼다. 숙취가 오는 것처럼 속이 더부룩해온다. 책상 위에 엎드린다.

칸막이들이 부서지고 추운 광야가 끝도 없이 펼쳐진다. 휘이잉, 운섭은 광야 속으로 빨려 든다. 몸을 가릴 만한 풀 한 포기 보이지 않는다. 말 같지도 않은 말로 가득 찬 것보다 차라리 허허로운 광야, 벌거벗은 광야가 몸에 맞는다.

비틀비틀 광야를 걸어간다. 뒤에서 무슨 소리 비슷한 게 난다. 거북이 한 마리가 비칠비칠 따라온다. 거북이를 무시하고 앞만 보며 걷는다. 뒤에서 자꾸만 말소리 비슷한 게 난다. 그 자리에 서서 가만히 들어본다.

“안녕하십니까? 저는 해피피아라고 하는…… 으으으, 으으으
…….”

말라빠진 거북이 한 마리가 저보다 더 큰 전화기를 들고 울상이
되어 신음한다. 운섭이 거북이를 번쩍 들어 멀리 내던진다. 광야 끝
에서 거북이의 울음소리가 난다.

“으으, 안녕하십니까? 으으으…… 저는 해피피아라고 하는……
으으으, 으으으…….”

운섭이 거북이 울음소리가 나는 곳을 향해 뛴다. 헐떡헐떡. 거북
이 운섭의 발밑에서 춥게 운다. 울음 끝이 길게 이어진다.

“이런 델 다니느니 사기꾼을 형님으로 모셔라, 으으으…… 이런
델 다니느니 백수를 누님으로 모셔라, 으으으…… 이런 델 다니느니
감옥을 집으로 삼아라…… 으으으, 으으으…….”

운섭은 울고 있는 거북이를 구둣발로 짓밟는다. 그렇잖아도 거죽
만 간신히 붙어 있던 거북이 바스스 부서지며 펄펄 가루로 날린다.
거북에게서 더는 소리가 나지 않는다. 이제야 비로소 소리를 제거했
구나.

운섭은 소리를 장악한 자답게 뻣뻣이 걸어간다. 걸어가는 앞으로
뭔가 날렵한 게 튀어든다. 멈칫 서서 앞을 살핀다. 보이는 건 추운 광
야뿐.

다시 뻣뻣이, 가슴을 뒤로 제치며 걸어간다. 걸어가는 저 앞에서
뭔가 꿈틀거린다. 헐레벌떡 뛰어가 본다. 거인이, 너무 커서 물체로

도 보이지 않는 거인이, 거북이를 끌고 간다. 거인이 거북이의 목줄을 세게 흔든다.

"울어라!"

거북이는 등에 지고 있던 그 큰 전화기를 가볍게 내려 재빨리 전화번호를 누른다.

"안녕하십니까? 저는 해피피아라고 하는……."

누군가 운섭의 등을 탁 친다.

"아니, 왜 그렇게 엎드려 있나? 술이 덜 깼으면 집에서 자야지 여기가 안방인 줄 아나? 오전 건수는 채우고 이러나? 한 건이라도 해야 일당을 채울 게 아닌가."

사장이 거인의 말로 거인의 나라를 일깨운다. 운섭은 멀거니 누런색 칸막이에 눈을 꽂는다. 칸막이 속 저 먼 곳에 있던 거북이는 목줄 없이 광야를 산책했다. 전화기 없이, 거인 없이, 홀로 산책했다. 거북이는 울지 않았다. 울 만한 목청을 가지고 있지 않았다. 거북이는 목소리를 유린당하지 않았다. 유린당할 만한 목젖을 가지고 있지 않았다. 거북이는 목소리를 약탈당하지 않았다. 약탈당할 만한 기관지를 가지고 있지 않았다. 거북이는, 거북이는…….

"점심 먹고 할래?"

옆 칸의 장이 핸드백을 어깨에 멘다. 어깨에 멜 핸드백이라도 있었으면. 장이 어서 나가자고 재촉한다. 어서 나가자고 재촉할 만한 상대라도 있었으면. 장이 속눈썹을 숯덩이로 떡칠한 듯한 눈썹을 깜박이며 오늘 점심은 내가 쏘겠다고 말한다. 점심을 사주고 싶어지는 사람이라도 있었으면.

운섭은 자리에서 일어나 장을 따라 나간다.

*　　　*　　　*

왁스로 윤을 낸 듯한 장의 입술이 쉴 새 없이 맛집을 말한다, 유행하는 옷을 말한다, 헤어스타일을 말한다, 체중감량을 말한다, 새로 나온 화장품을 말한다, 연예인을 말한다, 드라마를 말한다, 친구의 애인을 말한다, 친구 애인의 친구를 말한다, 친구 애인의 친구의 애인을 말한다.

운섭은 말없이 장의 입술에 눈을 둔다. 점심 한 끼 얻어먹은 값치곤 혹독하다.

장은 장밋빛 립스틱을 바르며 그보다 더 짙은 장밋빛으로 말한다. 바람이 불면 신체 중 제일 외로운 부분은 어디라고 생각하니? 사랑은 못 믿을 것이라고도 하는데 그게 정말일까? 사랑하고 섹스하곤 어떻게 다를까? 첫 경험은 언제 누구하고 하는 게 제일 좋을까? 남자의 첫 경험과 여자의 첫 경험은 다르다는데 어떻게 다른 것일까?

운섭은 장을 보다 말고 건너편 빌딩 쪽으로 시선을 돌린다. 장에게 충고한다. 그런 얘기는 들어줄 만한 사람한테 하면 좋지 않겠니? 그런 얘기보다 이런 얘기를 하면 어떻겠니? 물소 떼가 고원에 사는 두꺼비를 정복했단다. 물소 왕이 두꺼비한테 무릎을 꿇으라고 했더니 두꺼비가 멸치들을 몰고 와 난동을 부렸단다. 물소왕국은 멸치 패거리들이 휘두르는 칼에 맞아 피의 왕국이 됐단다. 피의 왕국에선 피를 먹은 연꽃이 피고, 연꽃에선 연꽃을 먹고 자란 카멜레온이 여자아이를 낳았단다. 여자아이는 장밋빛으로 세상을 평정하겠다며 장밋빛 립스틱을 발랐단다. 장밋빛 립스틱은 여자아이를 잡아먹고, 여자아이는 다시 장밋빛이 되기 위해 자판기 커피를 마시며…….

운섭은 장이 뽑아온 자판기 커피를 마시기만 할 뿐 아무 말도 하지 않는다. 장이 운섭을 할끔할끔 쳐다보며 장밋빛 입술을 쉬지 않는다.

"참, 오늘 오전엔 몇 건이나 했니? 기본급이나 깎아 먹지 말아야 할 텐데. 난 아까 어떤 귀먹은 아저씨 하나 건졌어. 그 아저씨한테 기름을 잔뜩 발라서……."

별안간 이것도 저것도 아닌 소리들이, 이것이기도 하고 저것이기도 한 소리들이, 야구공 모양으로 운섭의 목구멍을 틀어막는다. 으으으, 으으으…….

운섭은 질식할 것 같은데, 장의 장밋빛 입술은 나불나불 나비가 된다. 나비가 팔랑팔랑 여기를 날다 저기를 날다 가시 사이로 들어간다. 나비의 날개가 가시에 푹 찔린다. 나비의 날개에서 핏방울이 동글동글 맺힌다. 동그란 핏방울이 떨어지며, 터지며, 운섭의 얼굴로 튀어 올라 중구난방 떠들어댄다.

운섭은 귀를 틀어막는다. 으으, 이런 개나발 같은 일은 계속할 수 없어, 으으으…… 이런 개수작으론 개과천선할 수 없어, 으으으…… 이런 사기극으론 사람이 될 수 없어, 으으으, 으으으…….

운섭은 장의 입술을 뚫어져라 본다. 믿을 수 없는 입술, 믿을 수 없는 소리, 믿을 수 없는 말, 말의 말, 말의 말의 말들…… 말을 수탈하는 자, 말을 강간하는 자, 말로 말을 파괴하는 자! 운섭의 눈에 핏발이 선다. 닥쳐 이년아! 닥쳐! 닥쳐! 닥쳐 이 죽일 년아!

장이 운섭을 보며 그 장밋빛 입술을 혀로 살짝 핥는다. 운섭은 장의 혓바닥을, 입술을, 이빨을, 턱주가리를 죽일 듯이 쏘아본다. 장이 말의 꽃봉오리를 탁 터트리며 웃는다.

"일 끝나고 우리 한잔할래? 내가 쏠게. 나, 요번 달은 기본급 따블이야."

운섭은 종이컵을 와락 구겨 쓰레기통에다 던진다. 장이 발그레 달아오르는 얼굴로 말한다.

"넌 생긴 거 같지 않게 터프하더라. 그게 니 매력이라는 거 아니?"

운섭은 장의 말은 들은 척도 하지 않고 사무실로 향한다. 뒤 어디에선가 자음과 모음이 앞뒤 가리지 않고 운섭을 퍽퍽 친다. 자격증으로 살지 않을 거면 나가라 이눔아, 으으으…… 나갈 거면 호적을 파가라 이눔아, 으으으…… 니가 안 파면 내가 파겠다 이눔아, 으으으…….

소리는 가파르다. 가파른 소리에 섞여 비린내 나는 소리들이 꼬리치며, 내장을 뒤집으며, 디스토마처럼 달라붙는다. 이따 일 끝나고 만나, 으으으…… 난 오늘 늦게 들어가도 돼, 으으으…… 친구네 집에서 자고 간다고 말하고 나왔거든, 으으으…… 책임 같은 거 묻지 않을 게, 으으으…….

숨을 고를 새도 없이, 악어가 입을 따악 벌리며 내는 소리들이, 기세 좋게 운섭을 코너로 몰아간다. 오늘 한 건도 못했다고? 자네 여기 놀러 온 건가 뭔가? 으으으…… 내가 오늘 한 건한 거, 너 줄게, 으으으…… 나 자신으로 살고 싶어 하는 건 세상을 역적으로 살아야 한다는 말인가? 으으으…… 자넨 생각이라는 걸 하고 일을 하는 건가 뭔가? 으으으…… 너 잘리면 나도 여기 그만두고 싶어질 거야, 으으으…… 나를 나로 살게 내버려두지 않는 것들은 왜, 무엇 때문일까? 으으으…… 언제든 나한테 말해, 내 건, 너한테 줄 게, 으으으…….

운섭은 그 자리에서 꼼짝도 못한다. 으으대는 소리들이 딱딱하게 ㄱ으로, ㅁ으로, ㅏ로, ㅡ로 갈라져 몸에 꽂힌다. 꽂힌 낱개의 부호들이 엑스표 표창으로 눈동자를 파먹는다, 정수리를 파먹는다, 손톱 밑을 파먹는다, 신경의 온갖 조직을 파먹으며 팔을, 어깨를, 목을, 두개골을, 무릎을, 십이지장을 조인다.(말의 그림자이다.) 몸이 으으거리는 소리들에 조이며, 조이며, 무겁게, 무겁게, 돌아선다.

운섭은 여전히 장밋빛 입술로 웃고 있는 장에게로 뚜벅뚜벅 걸어간다. 장은 입술을 약간 벌리고 입가엔 장미 뿌리를 심은 채 운섭을 마주본다. 운섭은 그 탐스러운 장밋빛 입술을 향해 주먹을 날린다.

장이 아닌, 입술이 아닌, 날림으로 날아다니는 그 진저리나는 말덩이를 향해 펀치를 먹인다.

*   *   *

운섭은 달리다시피 빌딩에서 내려온다. 파열음과도 같은 소리의 조각들이 길고 가는 몸체로 경중경중 뛰기도 하고 팔락팔락 날기도 하며 쫓아온다. 운섭은 숨이 턱에 차게 뛰고 뛰어 건물 멀찌감치 떨어져 걷는다.

대낮, 사람들이 무심한 얼굴로 대로를 걸어가고 차들은 우왕좌왕 달려간다. 운섭은 정신없이 걷다 그 자리에 선다. 사람들이 질척한 얼굴로 길거리에 쌓아놓은 물건들을 들여다보기도 하고, 다른 한쪽에선 카세트테이프 사세요, 돈 사세요, 외치기도 하고, 또 다른 쪽 헌책방 문턱에선 겨울도 아닌데 겨울비 같은 남자가 지나가는 사람들을 보기도 한다.

운섭은 뒤엉킨 머리칼과도 같은 곳을 지나 길을 건넌다. 사람 키의 두 배만 한 길쭉하고도 퉁퉁한 풍선이, 상점 앞에 서서 유황오리 전문점이라 쓰인 글귀로 선전을 한다. 아아, 저놈의 캡슐! 운섭은 자신도 모르게 풍선을 발길질한다. 유황을 먹고 털이 빠져 민숭민숭해진 오리가 꽥꽥거린다. 자격증 따기 싫음 리어카라도 끌어라 이눔아 꽥꽥, 허우대는 번듯한 것이 빈둥빈둥 밥이나 축내느냐 이눔아 꽥

꽥, 이것도 저것도 하기 싫음 택배로 나가든지 삐끼라도 해라 이눔
아 꽥꽥…….

오렌지색도, 복사꽃색도, 청포도색도 아닌 검은색 질타가 운구행
렬로 줄지어 나온다. 유황오리를 먹으러 들어가는 사람들이, 먹고
나오는 사람들이, 노예의 무리처럼 들락거린다.

운섭은 뒷걸음을 치며 달아난다. 큼지막한 풍선 캡슐이 붕붕 날기
도 하고 데구루루 구르기도 하며 운섭을 따라온다. 유황오리가 날아
간다며 유황오리를 먹던 사람들이, 먹으러 들어가려던 사람들이, 풍
선 캡슐을 잡으러 달려온다.

운섭은 낯선 골목으로 뛰어든다. 유황오리 캡슐이 한 손엔 바른생
활 교과서를, 다른 한 손엔 건강백서를 들고 골목으로 쫓아온다. 그
뒤를 할머니 하나가 건강에 공로 한 유황오리가 없어지면 어떻게 건
강관리를 하느냐며 뜀박질로 따라온다.

운섭은 이 골목을 꺾어 저 골목으로, 저 골목을 꺾어 다른 골목으
로 뛴다. 뛰고 또 뛰어도 캡슐은 따라오고, 캡슐을 존경하는 사람들
도 따라온다.(그림자의 그림자이다.)

운섭은 담벼락에 찰싹 붙어 숨소리마저 죽인다. 유황오리 캡슐이
운섭을 지나치며 꽥꽥거린다. 젊디젊은 놈이 하라는 토익 토플은 관
두고 집을 나가? 꽥꽥. 호적을 파버렸으니 죽어도 연락 같은 건 하지
마라, 꽥꽥. 자네에게 가격을 매긴다면 얼마를 쓸 수 있겠나? 꽥꽥.
자격증은 기본이고 취업 학원에 다녔다는 증명서도 필요한데 그거

있나? 꽥꽥. 왜 사는지, 무엇으로 사는지, 그따위 것에 눈을 돌리면 사람으로 살 수 없다는 것도 모르나? 꽥꽥, 꽥꽥, 꽥꽥…….

사람들이 캡슐을 따라가며 외친다. 잡아라! 저 유황오리에게 표창장을 주게 빨리 잡아라! 오리가 꽥꽥대는 소리, 사람들이 꽥꽥대는 소리, 하도 커서 알아들을 수 없는 소리들이 뒤룩뒤룩 종기를 달고 달려간다.

운섭은 캡슐도 사람도 안 보일 때까지 담벼락에 붙어 있기만 한다. 담벼락에 붙은 얼굴로 갈증이 기어오른다. 목이 탄다. 단내가 목구멍을 태운다. 캡슐의 소리가, 사람들의 소리가, 으으으, 으으으, 운섭을 잡고 늘어진다. 목이 갈리고 두개골이 함몰되고 관절이 꺾인다. 갈증은 더욱더 메마르게 운섭을 볶아친다. 운섭은 물, 물, 물, 물을 찾아 골목을 뛰쳐나온다.

강물, 강물이 운섭 바로 앞에 죽은 듯이 엎어져 있다. 운섭은 그 자리에 주저앉는다. 팔을 뻗어 강물에 손끝을 댄다. 물은 많은데 마실 물이 아니다. 저 많은 물은 어떻게 만들어졌으며, 어디서 왔으며, 누가 마시다 버린 물이며, 누가 마실 물인가.

강물은 흐르지 않고 그 자리, 그 모습으로 가라앉는다. 정물이 된 강물, 운섭은 자리를 옮겨 강가 상류로 간다. 강가 상류에서도 강물은 꼼짝도 하지 않는다. 움직임을 멈춘 강물은 움직이지 못함을 애석해하지 않고, 끝내 아무와도 사귀려 들지 않는다.

운섭은 그림 속의 거인처럼, 어깨를 안으로 잔뜩 모으고 등을 구부린 채 강물을 바라본다. 강물 위엔 백조가 없다. 흰 돛단배도 없다. 구름도 없다. 구름 끝을 거니는 자도 없다. 세계는 절망이다. 로코코 시대는 행복하기만 했었나? 장자가 설파하던 시절은 안전하기만 했었나? 노예선이 번창하던 때에는 부유하기만 했었나?

절망이 날뛰는 시간은 오히려 욕망의 시간. 절망의 거인들은 절망을 침몰시키려 꺼억꺼억 큰소리로 트림을 한다. 등을 돌린 채, 구부정한 등판으로, 묵직하고 어둡게, 절망의 목을 누르고 또 누른다. 절망은 죽어버리고 욕망은 살아나, 절망의 노예선에 올라탄다. 욕망은 독선의 노잡이로 질기디질긴 절망의 머리채를 잡아 강둑으로 끌고 나온다.(생각의 그림자이다.)

강둑으로 왔건만 갈증은 풀어지지 않는다. 몰칵몰칵 생수병에서 흘러나오던 물이 갈증을 더욱 부채질한다.

운섭은 급히 일어난다. 절망의 거인이 되어버린, 하나로 질끈 동여맨 여자의 머리채를 빗질해주고 싶어 손이 근질거린다. 운섭은 절망의 거인이 사는 아파트를 향해 간다.

운섭의 어깨 위로 부슬부슬 비가 내린다. 안개 같던 비가 점차 굵어지며 어둔 밤을 더욱 어둡게 애무한다. (비의 그림자이다.)

운섭은 아파트 분리수거함 앞에서 짙게 깔린 어둠보다 더 어두운 절망과 마주친다. 절망의 키는 하늘을 찌르고, 절망의 무게는 저울의 눈금이 헤아리지 못한다. 알고 보니 절망은 욕망의 속옷. 그 속옷을 찢어야 절망다운 절망을 만날 수 있을 게 아닌가. 운섭은 절망으로 절망을 높이 치켜든 여자의 손을 와락 부여잡는다. 그 위로 화요일의 봄비가 밤을 타고 길게 내린다.

🌿 인간 자격증

운섭의 그림자는 뜨거웠다. 그리고 찼다. 그리고 추상화를 본 기분이었으며, 날도 더운데 스트레스 팍 올려줬으며, 불량식품을 먹은 느낌이었으며, 때 없이 꼬집혔을 때처럼 짜증이 났다.

라고 생각한다면, 앵글을 조금 너그럽게 돌려보는 건 어떨까. 바로 이렇게.

지금은 모진 시집살이로 이혼을 꿈꾸지만 한 달 후엔 호주로 이민을 간단다. 지금은 박쥐처럼 생긴 자식한테 절교를 당했지만 삼 분 후엔 장동건 같은 남자한테서 연락이 올 거란다. 지금은 팀장한테 쪼이지만 내일이면 연봉 빵빵한 회사에서 스카우트해 갈 거란다.

라고 생각하기.

그것은 거인으로 군림하는 그림자를 내 편으로 만드는 모종의 작업이다. 그렇지 않아도 펀드가 깨져 머리가 지끈거리는데 왜 그런 생각 같지도 않은 생각을 해야 하냐고 질책한다면 할 말은 없다. 그렇지만 생각 같지도 않은 생각이 즐거움을 줄 때가 있다는 걸 우리는 몰래 인정하는 바다. 그러니 자신만의 그림자에 주책 부릴 여유를 줘 보자. 사는 즐거움은 배가 될 것이며, 덕분에 보톡스를 맞지 않아도 젊음을 내 단짝 친구로 삼을 수 있을 것이니.

그렇게 사는 사람이 있다. 이분은 우주의 주인공인 양 아주 남다르게 산다. 남이 볼 땐 그렇고 그렇게 사는 걸로 비칠지 모르지만, 이분 자신만은 자신을 대단하다 못해 위대하다고 철썩같이 믿는다. 추상적이 아니라 사실적으로, 대단히 구체적이고 실리적으로 살기에 그 믿음 또한 웬만해선 무너뜨릴 수 없다.

그런데 솔직히 말하면 그분의 그림자는 소심한 편이다. 그러나 기죽지 않는다. 자신의 그림자에 환기통을 달아주었기 때문이다. 덕분에 이분은 누가 자신을 밉게 보든 곱게 보든 아랑곳하지 않는다.

그분이 누구일까? 심 선생님~

여기 심 선생이 '있다.' 그는, 정말, 이 자리에, '있다.' 언제부터? 아까부터. 왜? 심란해서. 어째서 심란할까? 아끼던 책들이 책장 속에 들어 있기 때문. 그것이 어째서 심란한 일이지? 망연히 보기만 해야 하니까. 그럼 망연히 보지만 말고 읽으면 되지 않을까?

심 선생, 그의 눈에는 상실의 아픔이 절절하다. 가까운 살붙이보다 더 가깝고 자신의 몸보다 더 아끼던 책들이 이제는 박제품이 되어 간다. 어느새 이렇게 되었나 세월을 탓하기도, 무능해진 자신을 인정하기도 싫다. 심 선생의 눈가가 축축해진다.

심 선생은 책장을 열고 경제원론을 빼 후루룩 넘겨본다. 언뜻 보기에도 줄 친 부분이 책의 반 이상이다. 이 구절들을 놓치지 않으려 허구한 날 날밤을 새운 적이 얼마나 많았던가. 이 구절들이야말로 불멸의 스승이었으며 지시등이 아니었던가. 심 선생은 연인을 그리워하듯, 오직 자격증을 따겠다는 일념에 젊은 시절을 몽땅 다 바치던 때가 엊그제 같기만 하다.

그렇다. 심 선생은 자격증이다. 누가 뭐래도 자격증이다. 스스로 자격증 중의 자격증이라고 자부하며 살아온 세월만 봐도 심 선생은 자격증이다. 심 선생은 이 오사바사한 자격증 없이는 한 발짝도 외출할 수 없다고 믿고 또 믿는다. 때문에, 하나밖에 없는 아들놈에게 자격증을 따라고 그렇게 입술에 굳은살이 박이게 이르지만 아들놈은 마이동풍이다. 인간이 인간으로 사는 건 자격증이 아니라 영혼이라나. 개뿔, 저승사자한테도 씨알이 안 먹힐 얘길 씨부렁대더니 집을 나가버렸다. 심 선생의 쓰라린 심정은 아들놈의 배신도 배신이지만, 자격증이란 많으면 많을수록 인간대접을 받으며 살 수 있다는 경험에서 비롯된다.

우선 주민등록증부터가 인간대접의 표본이다. 이 자격증이야말로 모든 자격증을 평정한 자격증 중의 자격증이다.

지금부터는 사설이다. 대한한국 국민은 이 자격증이 있어야 투표는 물론 통장도 개설할 수 있다. 거기다 운전면허 자격증, 의료보험 자격증, 신용카드 사용 자격증, 인터넷 이용 자격증 같은 것도 다 이 자격증이 있어야 가능하다. 이 외에 부수적인 자격증이 있다. 한다 하는 기관에 들어갈 때 꼭 있어야 할 출입 자격증이나 외국으로 나들 이 갈 때 있어야 할 여권 자격증, 필드로 나가 골프채를 휘두를 수 있는 회원권 자격증 같은 것은 숨어서 웃을 필요가 없는 자격증이다.

이렇듯 생존과 삶의 질을 좌지우지하는 자격증은 많기도 많은데 다이어트 할 낌새는 보이지 않고 오히려 몸집을 불려 나가는 추세다. 허나 아직 한 가지 없는 자격증이 있었으니, 이 늘어나기만 하는 자격증 전체를 총괄할 수 있는 자격증이다. 모든 자격증을 완벽하게 검사, 통과, 관리할 자격증이 없다는 점이야말로 심 선생에겐 위안이 아닐 수 없다. 머리가 점점 굳어가는 마당에 자격증을 경작해야 하는 또 하나의 자격증이 생긴다면 그야말로 큰일이다.

그렇다면 심 선생이 목매어 마지않는 이 자격증이라는 것의 기원은 어디에 숨어 있을까. 사람이 지구상에 출현한 이후 맨 처음 나온 자격증은 무엇이고 언제였을까. 어느 위대한 누가, 무엇에 근거해 자격증이라는 걸 생각해내고 발급했을까.

가만히 생각해 보니 태어날 때도 죽을 때도 사람들은 자격증을 받는다. 응애응애 나 태어났어요 하고 발버둥칠 때, 오메 아들이네 오메 딸이네 하는 말을 한다. 이것이 바로 아들 자격증이요 딸 자격증이다.

죽을 때도 태어날 때와 동일하다. 이만 가겠다고 둘러선 사람들에게 작별 인사를 하거나 혹은 사는 게 귀찮아 더는 못살겠다고 스스로에게 작별을 고할 때, 이게 바로 죽음의 자격증이다. 너무 애매하다 싶으면 출생신고서나 사망신고서를 떠올리면 분명해진다. 하지만 아담도 출생 신고서를 작성한 적이 없으며, 석가모니도 사망신고서를 동회에 제출한 적이 없으니, 자격증은 서류에만 있는 것은 아니다.

아담이라는 이름이 나왔으니 말인데 모든 자격증은 아담으로부터 시작되었다고 한다. 천지 만물에 이름을 붙인 게 아담이라고 하니 그렇다 치자. 이때 종교상 아담이라는 이름이 귀에 거슬린다면 특정 종교의 아담이 아니라, 인간이라는 보통명사의 아담으로 받아들이면 어떨까. 그래도 언짢다 싶으면 명자, 명칠이, 재희, 재철이…… 등 많은 이름 중 하나를 택해도 좋다. 명자가 처음 나왔으니 알기 쉽고 부르기 쉽게 명자로 해보자.

그러니까 명자는 양팔을 걷어붙이고 사물들에 이름을 주었다. 너는 지금부터 산이다! 넵! 저는 산입니다. 너는 지금부터 바다다! 넵! 저는 바다입니다. 너는 뽕나무다! 넵! 뽕나무. 너는 다람쥐다! 넵! 다람쥐.

이름 없이 그저 그런 사물이던 것이 이름을 얻는 순간 자격을 얻는다. 말하자면 자격증이란 종의 기원으로부터 시작된 것이다. 조금 더 들어가 보면, 너는 선생으로 살아라 선생 자격증, 너는 학생으로 살아라 학생 자격증, 너는 빵으로 살아라 빵 자격증, 너는 자전거로 살아라 자전거 자격증, 이렇게 된다.

알고 보니 자격증의 속성엔 써먹으라는 본분이 들어 있다. 나무로 써먹고, 물로 써먹고, 고기로 써먹고, 인간으로 써먹으라는 말이다. 자격증치고 써먹지 않는 건 하나도 없다. 써먹어라! 이게 바로 자격증이 가진 은밀한 본질이다. 써먹기를 원한다면 원하는 만큼 따는 수밖엔 없다. 그 어떤 모진 비바람에도 철벽이 되어줄 것이며 신분을 보장해줄 것이기 때문이다. 다만, 어떤 자격을 가졌다는 건 가진 만큼 그 사람을 구속한다는 사실을 편안하게 잊어야만 써먹기가 수월해진다.

자격증이 다다익선이 되어버리고 나니 자격증은 아담, 아니 명자의 시대를 깡그리 잊고 까다롭고 거만하고 복잡해졌다. 이 오만방자한 자격증을 따려고 어떤 이는 밤을 새워 공부하고, 어떤 이는 뜻이 맞는 이들과 합숙을 해가며 정보를 얻으려 한다. 또 어떤 이들은 전문학원에서 재수 삼수 사수를 한다. 줄줄이 늘어선 사람들 덕에 자격증의 위세는 해저 구만리보다 해상 구만리보다 깊고 높아졌다. 분명, 어버이의 은혜보다 깊고 높아졌다.

이러한 자격증을 하나도 아닌 삼십여 개를 딴 사람이 있었으니, 바로 심 선생이다. 심 선생은 자격증이야말로 인간의 가장 탁월하고도 빛나는 유산이라고 믿어 의심치 않는다. 이 찬란한 유산을 심 선생의 허락도 없이 누군가가 땄다는 소릴 들으면 심 선생은 그만 배가 아파 화장실을 들락거린다. 눈을 뜨면 오늘은 또 어떤 자격증이

생겼을까 오감과 육신을 총동원해 알아내려는 심 선생에게, 그런 소
식은 비보이자 인격파탄의 총알이 되고 만다.

여기까지는 잘나갈 때의 심 선생이다. 요즘의 심 선생은 왕년의
기개랄지 기상이랄지는 온데간데없고, 벌목해서 밑뿌리만 듬성듬
성 남아 있는 숲처럼 썰렁하기만 하다. 그렇다고 심 선생이 언제 어
느 때나 다 그러냐 하면 그렇진 않다. 자격증이 없는 사람 앞에 서면
심 선생의 기세는 몰라보게 살아난다. 어찌나 속성으로 살아나는지
속성 촬영으로 찍은 식물의 성장보다 빠르면 빨랐지 느리진 않다.
이럴 때의 심 선생은 말도 잘하고 인심도 잘 쓰며 점잔도 잘 뺀다. 면
밀히 따져보면 심 선생은 자격증 없는 사람들 때문에 신 나게 살아
가는 셈이다. 이런 면에서 심 선생은 자격증이 없는 사람들에게 감
사, 또 감사를 해야 하지만 절대 감사하지 않는다. 감사라는 걸 까먹
은 것이다. 따지 못한 자격증이 있고 딸 수 없는 자격증이 자꾸 늘어
나는데 어찌 감사가 껌 값으로 나오겠는가.

심 선생에게도 따지 못한 자격증이 있을까 싶은데…… 있다. 지금
으로선 흔해빠졌다고 볼 수 있는 컴퓨터 관련 자격증이다. 워드프로
세서 자격증은 손가락이 스피드를 따라잡지 못하고, 정보처리기사
자격증은 두뇌가 전문용어를 수용하지 못한다. 한때는 바구미가 깔
겨 쓴 듯한 작은 글씨에다 측면으로 그려진 복잡한 도면도 척척 알
아먹었지만, 지금은 그보다 못한 것도 엄두가 나지 않는다.

이제 심 선생의 최대 라이벌은 자격증을 딴 사람이 아니라 자격증

그 자체다. 특히 IT에 관한 자격증은 심 선생을 좌절로 몰아간다. "훙, 그까이꺼" 하고 따면 될 듯하나 그도 쉽지 않은 것이, 심 선생은 이제 나이에 걸린다. 나이 제한이 있어서가 아니라 굳어버린 나이가 빠르게 차고 나가는 컴퓨터를 도저히 따라잡지 못한다. 따라잡지 못하는 게 아니라 따라가는 것도 버겁다.

이렇다 보니 심 선생은 컴퓨터 애기만 나오면 잘 놀다가도 함구로 일관한다. 미래는 컴퓨터를 잘 다루는 사람에게 있다는 말을 들을 때마다 심 선생은 자신의 무능함에 치를 떤다. 아무리 치를 떨어도 컴퓨터는 심 선생을 빽빽 빡빡 긁어대기만 할 뿐 달래주지 않는다. 그나마 울지 않고 살아갈 수 있는 건 바로 책장에 꽂힌 저 책들과 아직도 액자 속에 의젓하게 좌정하고 있는 자격증이 있어서이다.

심 선생은 경제원론을 책장에 꽂는다. 책장 가득 들어찬 책들이 아련한 추억을 통기타로 연주한다. 전기공사기사 자격 기출문제, 열관리기능사 자격 기출문제, 화물운송론, 부동산관계법, 자동차관계법령 및 관리행정, 법학개론, 직업상담심리학…….

책에서 사람의 온기보다 더 따스한 기운이 스며 나온다. 먹물보다 더 어둡던 심 선생의 눈에 일순 무궁화가 핀다.

"그래도 자격증이야. 눈 씻고 봐도 자격증만 한 게 없어."

듣기에 따라선 처량 맞기도 한데, 심 선생이 이토록 자격증에 연연해 하는 까닭은 저 멀리 소싯적으로 거슬러간다.

그러니까 심 선생은 응애응애 태어났을 때 오메 아들이네 하는 자격증을 받았다. 이는 태어나면 누구나 받는 자격증이니 심 선생만의 자격증이라고 말하기엔 좀 그렇다. 그러나 누구나 다 받는 자격증이라고 해서 자격증으로서의 효력을 발휘할 수 있는 건 아니다. 받자마자 도난을 당하는 자격증이 있는가 하면, 전매에 속수무책으로 당하는 자격증도 있다. 심 선생의 초창기 자격증은 도난도 당하고, 전매도 당하면서 수난에 수난을 거듭했다.

*　　*　　*

심 선생은 어두운 자궁의 터널을 빠져나왔지만 눈을 뜨지 못한다. 갑자기 들이닥친 빛에 놀라 앵앵 앙앙 신고식도 못한다. 이런 사정을 아는지 모르는지 제법 쉰 목소리가 심 선생의 귀를 찢는다.

"오메, 아들이구마! 팔삭둥이라 벤벤치 못할 줄 알았더만 달고 나올 건 죄 달고 나왔구마. 헤헤, 이 고추 좀 보고마. 얼굴보다 더 잘 생겼구마."

제법 쉰 목소리가 심 선생의 고추를 들어 올린다. 심 선생은 최초로 겪는 성희롱에 질려 그만 신고식 하는 것도 뿌리친다. 뱃속 그 이전부터 세상은 요지경 속이라는 가요를 듣긴 했지만, 이렇게 안하무인으로 요지경인 줄은 정말 몰랐다. 심 선생은 독립군 후손답게, 성폭행으로 이어질지도 모를 성희롱에 항거하기로 마음을 굳힌다. 니들이 날 희롱해? 이 인간 심 아무개를, 아직 이름이 없으니 아무개라고 말할 수밖에 없지만, 아무튼 심 아무개라는 인간을 비눗방울보다 더 가볍게 여겨? 두고 봐라. 니들 땀 좀 빼게 해 주마.

심 선생은 신고식은커녕 숨을 딱 멈추는 걸로 묵비권 항거를 결행한다. 심 선생의 예측대로 쉔 목소리를 비롯해 태를 열어준 여인으로 짐작되는 목소리가 진탕 땀나는 목소리로 허둥댄다.

"에구머니, 이 고추가 왜 안 울자?" "에구머니, 부정탔나벼" "에구머니, 우짜면 좋자?" "에구머니, 그때 그 일 때문인겨" "에구머니, 그 일이라문, 우물에 빠져 죽은 년 본 거 말인감?" "에구머니, 그때 우물 속 들여다볼 때 말일씨, 물 위에 둥둥 떠 있는 년이 갑재기 내를 쏴보는 것 같더랑게" "에구머니, 고럼 맞당게, 고것 때문이랑게" "에구머니, 그라문 이 고추 새끼를 우짜면 좋제?" "글씨말여, 지애비도 만주로 가뿐지고 없는디 큰 탈 났당게"

심 선생은 에구머니 어쩌고 저쩌고를 들으며 가갈갈 고골골 웃음이 터져 나오려는 걸 참는다. 심 선생이 숨죽여 웃는 동안 쉔 목소리가 심 선생을 이리 싸매고 저리 싸맨다. 심 선생은 성희롱의 대가는 반드시 치러야 한다는 법칙을 준수하느라, 울음은커녕 손톱 하나 까딱하지 않는다.

쉔 목소리가 심 선생을 안고 밖으로 나간다. 쉔 목소리는 스파이 모양 대문 밖에서 여기저기를 요리 살짝 조리 살짝 둘러보더니 씽씽 쌩쌩 달리기 시작한다. 굵은 밤바람이 쉔 목소리의 비녀를 뽑을 기세로 분다. 바람과 함께 사라지다를 하려고 이러나? 심 선생은 쉔 목소리가 하도 들까불며 달리는 통에 멀미가 난다.

그러길 한참. 쉔 목소리가 어딘지도 모를 곳에다 심 선생을 내려놓는다. 근처에서 한약 냄새가 진동한다. 대체 여기가 어디람? 쉔 목소리는 어디로 내뺐는지 보이지 않고 웬 누렁개가 코를 쿵쿵거리며 다가온다. 심 선생은 이크 무서워라 눈도 감고 숨도 죽인다. 누렁개가 심 선생의 바로 곁에서 캉캉 컹컹 허공을 향해 짖다 심 선생을 보고 짖다 한다. 심 선생은 개 짖는 소리에 그만 고막이 터진다.

응애 응애 응애!

고막이 목구멍이라도 되는지 터진 건 고막인데 울음이 나오는 건 목구멍이다. 심 선생은 앞뒤 없이 그저 울음을 운다. 응애 응애 응애! 개가 싫단 말이야! 응애 응애 응애! 개 짖는 소리가 무섭단 말이야! 응애 응애 응애! 개새꺄 저리 꺼지란 말이야! 응애 응애 응애!

이번엔 두 번째의 누군가가 심 선생을 들어 올린다. 무명옷에서 한약 냄새가 진동한다. 무명옷이 심 선생을 이리 들춰보고 저리 들춰보며 웅얼거린다.

"쯧쯧! 사내놈인데 누가 버렸구만. 아직도 왜놈들 기세가 등등한데 이 아일 키울 사람이 어디 있기나 할까……."

무명옷이 심 선생을 안고 안으로 들어간다. 심 선생은 끄으윽 딸꾹, 끄으윽 딸꾹, 울음의 여운을 남기며 장난을 너무 심하게 친 건 아닐까 하는 마음도 약간 든다. 어쨌거나 심 선생은 만주 어디로 떠난 독립군 아비의 후손인지라, 생의 이상한 첫발도 그런대로 잘 감수한다.

한편, 무명옷은 벌써 철이 난 듯한 이 핏덩이를 어찌해야 할지 그저 난감하기만 하다. 무명옷은 잠시 핏덩이를 보다, 또 잠시 방바닥을 내려다보다, 그다음엔 미닫이문을 보다, 다시 핏덩이를 보다, 그다음엔 천장을 보다, 다시 핏덩이를 보다, 보다, 보다…… 하인을 부른다.

"마당쇠야, 지체 없이 호국사에 가서 수산 스님 좀 모셔오너라."

마당쇠는 명령을 받잡고 단거리주자로 줄달음을 쳐 호국사로 간다. 호국사의 스님은 일이 일인지라, 숨이 넘어갈 듯한 마당쇠에게 물 마실 틈도 주지 않고 밤을 달려 무명옷에게로 온다. 무명옷과 스님은 이건 이리이리 하고, 저건 저리저리 하다며 말을 나눈다.

"이 아인 사내 녀석입니다. 키울 만한 사람 어디 없겠습니까?" "글쎄요…… 갑작스런 일이라…… 업보로다!" "스님께서 업보를 풀어주셨으면 합니다." "그러면 이 아일 절에서 키우라는 말씀이십니까?" "예, 그래 주셨으면 합니다." "그러시다면…… 이 아일 부처님께 보시하는 아이로 키워보겠습니다만……."

심 선생은 태어나자마자 본의 아니게 두 번째로 거처를 옮긴다.

스님 품에 안겨 가면서 심 선생은 문득 귀에 익은 음이 떠오른다. 인생은 나그네 길, 어디서 왔다가 어디로 가는가…… 그래, 이번엔 호국사다. 호국사에서 보시가 될 건지 보시를 받을 건지 모르지만 심 선생은 은근히 기대가 간다. 여염집이 아닌 신앙의 집에선 적어도 성희롱 같은 것은 걱정하지 않아도 될 것이기에 그렇다. 심 선생은 그제야 마음 놓고 단잠에 빠진다.

관세음보살 나무아미타불! 딱딱딱딱!

불경 소리와 목탁 소리가 슈베르트의 자장가보다 더 달콤하다. 심 선생은 나무랄 데 없는 호국사의 업둥이가 되어 콜콜 쿨쿨 잠만 잔다. 스님이 천수경을 아흔아홉 번쯤 읊었을 때까지 잔 다음, 심 선생은 눈을 뜬다. 눈에 뭔가가 들어오기도 전에 짙은 향내가 심 선생의 코를 찌른다. 심 선생은 향내의 진원지를 찾아 두리번거린다. 멀리 갈 것도 없이 바로 곁에 앉은 어느 마님에게서 난다. 심 선생은 벌름 벌름 콧구멍을 폈다 좁혔다 해가며 이 좋은 냄새가 무슨 냄새일까 알아내려 한다. 그렇지, 아카시아 향이로군. 심 선생은 태어나서 처음으로 아카시아 향을 맡는다. 심 선생이 아카시아 향에 들입다 취하는 바로 그때, 세 번째의 손길, 즉 아카시아 향을 듬뿍 뿌리는 마님이 심 선생을 쓰다듬는다.

"스님, 제가 출산 경험은 없지만 이 아일 데려다 키우면 어떻겠습니까? 남편 삼년상도 다 치렀고 앞으로 개가할 생각도 없으니 이 아일 키우는 것을 낙으로 삼으며 살고 싶습니다."

이런 참! 보시가 이젠 낙으로 바뀐다. 보시도 낙도 알고 보면 하나의 샘, 아옹다옹 보시 따로 낙 따로 따질 것 없다. 뜻이 그러시다면 그렇게 하세요.

아카시아 마님이 이심전심을 알아보고 토닥토닥 심 선생을 어른다. 심 선생은 토닥여준 답례로 방긋 웃어준다. 채송화의 웃음에 아

카시아 마님은 봄바람에 할랑대는 연분홍 치마 결로 심 선생을 안는
다. 스님은 아카시아 향처럼 말하는 아카시아 마님에게 고무적인 말
을 한다.

"버려진 생명 하나를 키우는 것이야말로 부처님께 큰 보시를 하
는 겁니다. 이 아이의 사주를 보니 중 장년엔 자격증을 많이 따 마님
께 업두꺼비가 되어 줄 것으로 나왔습니다."

심 선생은 일찌감치 자격증을 확보하긴 했는데, 마님께 업두꺼비
가 되어줄지 말지는 아직 다 안 살아봐서 모른다.

어쨌거나 심 선생은 세 번째 운명의 수레를 타고 절 밖으로 나간
다. 아카시아 마님은 벌써부터 금이야 옥이야 심 선생을 안고 산길
을 내려간다. 얼마쯤 내려갔을까. 갑자기 아카시아 마님은 겁도 없
이, 탯줄에 피딱지가 그대로 붙어 있는 심 선생을 길바닥에 내려놓
는다.

"애기야, 쬐매 참고 기대리거라, 내 후딱 다녀올탱게. 오줌보가 터
져 죽겠구마."

고상해 보이는 마님도 참을 수 없으면 방뇨를 해야지 별수 없다.
생리현상이 거룩해지는 순간은 바로 이럴 때라는 사실을, 심 선생은
일찌감치 터득한다.

아카시아 마님은 흙길 위에 심 선생을 내려놓더니 길옆 숲으로 들
어간다. 행여 누구라도 있으면 어쩌하나 일단 주위를 살핀다. 산삼
을 캐러 온 남정네나 꿀벌을 치는 사내가 벌통을 점검하러 왔으면

숨을 만한 곳부터 물색해야 하기 때문이다.

아카시아 마님은 아무리 둘러봐도 사람의 그림자 비슷한 것도 보이지 않자 이번엔 오줌 눌 자리를 찾는다. 요기쯤에서 눌까 조기쯤에서 눌까 둘러보는데, 요기는 요래서 마땅치 않고 조기는 조래서 마땅치 않다. 아카시아 마님은 지관을 능가하는 시선으로 수풀 속을 헤집어본다. 오줌 한 번 누려는데 이다지 풍수지리를 따질 필요가 있나 싶지만, 있다. 매사에 여자가! 여자가! 여자가! 소리를 여자 수보다 더 많이 듣고 살아온 아카시아 마님인지라 그렇다.

아카시아 마님은 요기에 앉아 엉덩이를 까려다 말고 얼른 치마를 내린다. 바로 앞 풀숲 위에서 왕거미가 아카시아 마님을 흘겨본다. 아카시아 마님은 사타구니에 있는 엽전만 한 점을 왕거미가 보고 동네방네 떠들어댈지도 모른다고 생각하자 걸음아 날 살려라 달아난다.

이번엔 천혜의 요지와 다를 바 없는, 약간 움푹 팬 모래구덩이가 나타난다. 아카시아 마님은 모래구덩이에 온통 마음을 빼앗긴다. 오마, 나를 위해 고조선 때부터 만들어진 친환경 뒷간이네. 오줌 누다 들켜도 떨어진 가락지를 줍는 것이라 말해도 되니 이 얼마나 좋아.

그런데 어쩐 일인지 아카시아 마님은 엉덩이를 까려다 말고 또 치마를 내린다. 양발 사이로 여왕개미가 일개미 병정개미 삼 개 중대를 이끌고 유격훈련을 한다. 아카시아 마님은 질겁하고 모래구덩이에서 나온다. 여자가 여왕개미를 건드렸다간 후손에 후환이 간다. 아카시아 마님은 십 보 이십 보 후퇴하여 멀찌감치 떨어진 나무 아래로 간다.

나무 주위엔 아무리 둘러봐도 왕거미나 개미사단은 없고, 가지가 찢어지게 매달린 아카시아 꽃이 오줌 눌 분위기를 몽환적으로 두른다. 아카시아 마님은 그제야 요강에 앉아 누듯 느긋하게 눈다. 하도 오래 참았던 오줌인지라, 왜군이 코앞에서 얼쩡댄다 해도 도망가지 못할 정도로 하염없이 나온다. 아카시아 마님은 세월아 네월아 여름이 가고 가을이 가고 겨울이 올 때까지 찔끔찔끔 눈 다음 나무 밑에서 일어난다.

방광이 시원해져서 그런지, 가지마다 매달린 아카시아가 외로운 속내를 환장하게 뒤집는다. 아카시아 마님은 늘어진 아카시아 꽃 한 덩이를 따 냄새도 맡아보고, 한 잎 한 잎 떼어 씹어보기도 한다. 또 한 덩이를 따 저고리 앞섶에 꽂아보기도 하고, 또 한 덩이를 따 버선 코에 올려놓고 살짝 들어보기도 한다. 아카시아 마님은 혼이 빠지게 아카시아가 되어 하느적하느적 숲을 나간다.

아카시아 향이 아카시아 마님의 콧속에 우거진다. 우거진 아카시아 향에 취해 아카시아 마님은 사춘기 이전의 아동기로 아랫마을까지 내려간다. 아랫마을 어귀에서 등에 아기를 업은 아낙이 걸어온다. 오마, 우리 애기! 이 일을 우째! 아카시아 마님은 오던 산길을 되짚어 옷고름이 풀어져라 치맛단이 뜯어져라 뛰고 또 뛴다.

심 선생은 아카시아 마님이 이제나 올까 저네나 올까 눈이 빠지게 기다린다. 눈을 감고 기다려도 아니 오시고, 동요 스무 곡을 다 불러

레퍼토리가 떨어지도록 아니 오신다. 아카시아 마님이 연애편지를 쓰나 왜 이리 안 오지? 기다리는 아카시아 마님은 오지 않고 아카시아 향기만 미어터진다. 심 선생은 산 전체로 울려 퍼지는 아카시아 향을 덮고 스르르 잠에 빠진다.

누군가가 심 선생을 번쩍 들어 올린다. 심 선생은 잠에 취해 아카시아 향에 취해 눈을 뜨지 못한다.

느닷없이 어디선가 간장 전 내 같기도 하고 메주 뜨는 냄새 같기도 한 냄새가 심 선생의 여린 감각세포를 사정없이 후빈다. 그제야 심 선생은 노곤해졌던 눈을 반짝 뜬다. 어라? 여기가 어디지? 아카시아 마님은 없고 청국장 냄새인지 인분 냄새인지 모를 냄새만 지독히도 난다. 아카시아 마님이 맛이 갔군. 심 선생은 가만히 투덜거리며 땟국 냄새가 진동하는 곳을 둘러본다. 다 둘러보기도 전에 퀴퀴한 목소리들이 수군수군 쑥덕쑥덕 귀엣말을 나누는 소리가 들린다.

"산에서 내려오다 우연히 주웠어. 사내놈이야. 아무도 본 사람이 없으니 어따 팔아도 잡혀갈 일은 없을 거야. 애가 어찌나 순한지 울지도 않아" "어따 팔 건데?" "글쎄…… 뙤놈한테 팔까 기생집에다 팔까?"

저런 진상들! 저게 산적 떼야 인신매매단이야? 심 선생은 보시하는 것도 어느 정도지, 갈팡질팡 제멋대로 놀아나는 작자들이 싫어진다. 네 번째로, 심 선생은 이제야말로 방황하는 게 끔찍해진다.

이때 심 선생의 뇌리를 강력 스프레이로 치지직 뿌리는 말이 있었으니, 장난이 운명을 바꿔 놓는다! 그와 동시에 심 선생은 자신이 한 일은 자신이 책임져야 한다는 각오이자 좌우명을 절로 습득하게 된다.

이렇게 해서…….

심 선생은 자신의 운명이라 할지라도 장난치지 못하게 할 그 어떤 것으로 묶어 둬야겠다고 다짐한다. 그 어떤 것이란 확실하게 자신을 증명해 줄 자격증이다. 그런 자격증만 있었더라도 이런 무지막지한 리얼 스토리의 주인공이 될 일은 없었을 터이니 말이다. 자의가 됐든 타의가 됐든 자격증이란 얌전하게 살아갈 수밖에 없게 하는 인증이라는 걸, 심 선생은 첫 번째 자격증을 받자 알아챈 것이다.

＊　　＊　　＊

그렇게 저렇게 심 선생은 만 십칠 세를 맞이했다. 심 선생의 고단한 마음을 알았는지 주민등록증을 발급하겠다는 방이 나라 전체에 붙었다. 으허허허! 내 너를 기다리느라 앉은뱅이가 될 뻔했노라!

심 선생은 동회 문이 열리기도 전에 달려갔다. 탄생과 더불어 호되게 당했던 그 박탈의 아픔을, 주민등록증은 몇 백 배로 갚아주었다. 살맛 났다. 쥐뿔도 모르고 울음을 울어주지 않아, 스스로 역경의 덫을 쳤던 그런 과거는 물 건너갔다. 유년 시절의 뼈아팠던 징크스를 딛고 일어섰다는 사실만으로도 심 선생은 해방감과 승리감을 동시에 거머쥐었다. 이름 하여 인간승리!

성도 이름도 늘 의심하던 유배지에서 나오자 심 선생은 감격의 도가니에 빠졌다. 결코 나오고 싶지 않은, 나오기 싫은 도가니였다. 영원히 악몽의 시간만 이어질 듯했던 그 억센 줄은 이제 아듀, 아듀였다.

심 선생은 주민등록증을 받자 주민등록증이 해지도록 보고 또 봤다. 손으로 쓸어보고, 눈으로 핥아보고, 그것으로도 양이 안 차 생각만 나면 주민등록등본까지 떼어봤다.

심 선생이 주민등록증을 볼 때면 주민등록증은 심 선생에게 이렇게 말했다. 어험, 너는 한국인이다. 너는 남자이며 성인이다. 너는 이것만 가지면 불심검문에 걸려도 살아남을 수 있고, 이 딱지 한 장만 있으면 외상술도 마실 수 있다. 두 번 다시 불장난 같은 건 꿈도 꿀 수 없게 해 주는 것은 물론, 죽을 때까지 완전하게, 완벽하게 보호해 줄 것이다. 앞으로도 나만 한 보호자를 만나긴 어려울 것이니 잘 모시도록 하여라.

예, 알겠습니다, 예, 예, 알겠습니다. 심 선생은 주민등록증의 말씀을 매일, 매시간 전두엽에다 새겼다. 전두엽에 새길 공간이 없어질 때까지 새겼지만 그것만으론 허전했다. 주민등록증의 말씀이 사실인지 아닌지 확인하고픈 마음이 사후 사백 년까지 이어질 듯 폭폭 끓었다. 아, 이러면 안 되지, 아니 되지. 이렇게 달래고 저렇게 달래도 주민등록증의 정체성을 알고픈 마음은 불면증까지 애첩으로 모시고 왔다. 에에라 좋다, 하면 될 거 아냐? 자, 술집으로 가자.

결국, 의구심의 포로가 된 심 선생, 주민등록증에게 당신도 한 잔,

나도 한 잔, 당신도 원 샷, 나도 원 샷으로 마시고 또 마셨다. 부어라 마셔라가 어느 정도 진행되자 술잔도 비고 안주도 떨어졌다. 그제야 심 선생은 때가 왔다는 것을 알았다. 주민등록증의 말씀의 진위를 가릴 중요한 때가.

심 선생은 술값 대신 주민등록증을 내밀었다. 술집 주인의 얼굴이 일그러졌다. (지금 같으면 신용카드를 요구했겠지만, 당시만 해도 신용카드라는 게 없었으니, 입고 있던 다 떨어진 군용 점퍼라도 감사히 맡아야 할 판이었다.) 심 선생의 가슴 복판으로 낙뢰가 떨어졌다. 그래도 할 수 있나? 이 생각을 심 선생과 술집 주인이 동시에 하는 순간, 술집 주인은 주민등록증에 들어 있는 얼굴과 심 선생의 얼굴을 번갈아 보더니 고개를 끄덕.

심 선생은 일차 관문을 통과하자 술집에서 나왔다. 주민등록증의 말씀은 사실이었으며 그럴 수 없이 건실했다. 심 선생은 꾸역꾸역 웃어댔다. 웃어도 웃어도 더 웃고 싶었다. 이렇게 웃다 쿠루(kuru, 이 병에 걸리면 안면근육을 제어할 수 없게 돼 죽을 때까지 웃는 표정을 짓는다고 한다.)에 걸리는 건 아닌가 의심이 싹틀 찰나, 심 선생은 웃음을 거두고 다시 술집으로 갔다.

"여기 술값 있습니다. 내 주민등록증 주십시오."

이리하여 심 선생은 기분 좋다는 이유에서 한 잔, 안심이 된다는 이유에서 또 한 잔, 잠시나마 주민등록증의 말씀을 시험한 죄를 무마하는 차원에서 또 한 잔…… 한 잔, 한 잔, 늘어버린 한 잔이 셀 수 없이 많아져 갔다. 이때부터 심 선생은 주당이 된다.

각설하고, 한 번의 시험을 무사히 통과하자 심 선생은 좀 더 난이도가 높은 시험에 도전해 보고 싶어졌다. 해서, 주민등록증을 내보이고 여권도 발급 받았다. 드디어 국내를 벗어난, 글로벌 스탠더드인 신용장이자 자격증을 딴 셈이었다. 여권에 도장 한 번 찍어보는 게 소원이지만 그건 차후의 일이었다.

심 선생은 여권을 발급받자 자격증이 다른 자격증을 가져다주는, 그 리듬의 맛에 중독되어 갔다. 그래, 자격증이란 자격증은 모조리 따자.

이리하여 심 선생은 머리에 띠를 둘렀다. 무선통신 기능직 자격증, 건축기사 자격증, 환경관리사 자격증, 원동기 기능사 자격증, 소방설비기사 자격증, 직업상담사 자격증, 요리사 자격증…….

알고 보니 자격증의 종류는 셀 수 없이 많았다. 살아가려면 이런 자격증들이 다 필요한지는 모르겠지만, 심 선생은 자격증을 따기 위해 생사에 돌입했다. 즉, 끼니를 걸러가면서도 황학동 헌책방을 뒤져 자격증에 관한 책을 사기도 하고, 밤을 꼴딱 새워가며 교재를 달달 외우기도 했다. 정보를 얻기 위한 것이라면 충치 냄새를 역하게 풍기는 사람의 입에도 귀를 갖다 대고, 습관적으로 귀지를 파내는 사람의 귀에도 입을 갖다 댔다.

조경기사 시험이 있는 날이었다. 심 선생은 책상 위에다 주민등록증을 꺼내놓았다. 시험 감독관이 주민등록증과 심 선생의 얼굴을 대조했다. 오케이, 통과.

이제 자격증은 심 선생에게 고질의 쾌감을 주는 전지전능의 말씀으로 거듭났다. 그 유쾌하고 인정 많은 자격증을 모시기 위해 심 선생은 자격증을 따는 족족 액자가게로 달려갔다. 액자가게에선 심 선생이 오면 또 자격증을 땄나 보다 하고, 없던 멤버십 할인도 새로 만들어 해주었다.

심 선생은 자격증이 든 액자를 위패 모시듯 벽에 걸어두었다. 안광을 번뜩이며 보고 또 보아도 액자에 든 자격증은 물리지 않았다. 오래전에 따, 지금은 무용지물이 된 자격증마저 구닥다리로 보이는 게 아니라 신천지로 보였다. 그쪽 계통에선 이미 자격증 킬러라는 별명까지 나돌았다. 그 말의 무게를 달아 도장을 콱 찍어 액자에 넣어두고 싶지만 아쉽게도 과학이 거기까지는 미치지 못했다.

자격증 킬러라는 소문이 돌자 어떤 사람이 심 선생을 만나고 싶다고 전해왔다. 심 선생은 그 사람을 만나러 다방으로 갔다. 줄무늬 티셔츠를 입은 남자가 심 선생을 보고 반색했다. 반기는 농도로 보면 익히 잘 아는 사이여야 맞는데, 심 선생은 줄무늬 티셔츠가 도무지 누구인지 생각나지 않았다.

줄무늬 티셔츠가 심 선생의 기억을 자극했다.

"심 선생님, 저…… 부탁이 있어서 이렇게 뵙자고 했습니다. 사례는 섭섭지 않게 해 드릴 테니 다음 달에 있을 위험물관리 자격시험에 대신 출석해 주실 순 없겠습니까?"

맹랑한 소리다. 맹랑하기만 한 게 아니라 정신이 나가도 한참이나 나간 소리다. 자격증은 오직 심 선생만의 출입을 허가하는 불단이며 신전이며 성지다. 성선설을 능가하는 그런 자격증의 자존심을 짓밟아도 유분수지, 이건 날강도 떼강도보다 더한 강도질이다. 심 선생은 더 들어보고 말고 할 것도 없이 그 자리를 떨치며 일어났다.

그 후, 심 선생에겐 자격증 킬러라는 명예 있는 별명 외에 심고고, 심거만, 심교만, 심한심, 심쫌팽, 심먹통, 심꼴통, 심밥통이라는 불명예가 따라붙었다. 당연히, 심 선생 본인은 그런 쥐똥만도 못한 말이 자신을 일컫는 말인지는 알지 못했다.

이 괴팍한 별명이 맞나 안 맞나 알고 싶었는지, 또 다른 사람이 심 선생에게 접근했다. 오는 사람 막지 않고 가는 사람 잡지 않는다고, 심 선생은 만나고 싶다는 사람은 언제든 만났다.

대문니 하나를 금으로 해 박은, 얼굴이 번들번들한 남자가 심 선생에게 말했다.

"심 선생님 소문은 익히 들어 잘 알고 있습니다. 대리시험을 거절하는 것으로도 유명하다지요. 저는 대리시험을 쳐 달라는 도둑놈은 아닙니다. 이왕 따신 자격증, 이용해 보시라는 제안을 드리고 싶어 이렇게 만나 뵙자고 한 겁니다."

지금이야 이 말이 무슨 말인지 척 하면 감 떨어지는 소리라는 걸 알았으련만, 또한 왜 그런 제의가 들어오지 않나 짧고 굵은 목이 기린목이 되었으련만, 당시의 심 선생은 처음 들어보는 소리인지라 어안이 벙벙했다. 자격증으로 뭘 이용할 수 있다는 말이긴 한데, 그 많은 자격증을 일일이 어디다 이용해보라는 말인지 알 수 없었다.

그 의문을 대문니는 싹싹하게 설명했다.

"제가 알기론 아직까지 이런 일은 한 번도 없었습니다. 아마 심 선생님이 처음이지 싶습니다만. 다름이 아니라…… 심 선생님이 따신 그 자격증, 그걸 필요로 하는 사람이 있다 이겁니다. 그 사람한테 자격증을 빌려주시면 그 사람이 매달 고정적으로 사용료를 지불해 줄 것입니다. 어떠십니까? 아주 좋은 기회인데 해보시겠습니까?"

자격증을 빌려주면 돈을 주겠단다. 돈을 줄 게 아니라 자격증을 따면 될 터인데 어째서 그 사람, 손해나는 짓을 하려는지 알다가도 모를 일이었다. 이렇든 저렇든 심 선생은 내키지 않았다. 돈이 궁한 건 사실이었지만 그렇다고 처녀지와 다를 바 없는 자격증을 얼굴도 모르는 놈한테 주긴 싫었다. 그건 자신만의 자격증이었다. 내가 네가 될 수 없고 네가 내가 될 수 없게 하는, 불장난을 금지된 장난으로 선포하고, 갈팡질팡하는 인격을 하나로 쐐기 박는 헌장이었다. 그런 기막힌 것을 두 눈 멀쩡히 뜨고 함부로 내돌리고 싶진 않았다.

심 선생의 생각과는 달리 이놈 저놈이 와서 심 선생을 쑤셔댔다. 자격증으로 돈을 벌 수 있다는데 왜 마다 하냐, 자격증으로 자기 사업을 하는 것도 아니면서 왜 자격증을 썩히느냐, 써먹으라는 자격증이지 모셔두라는 자격증이냐, 옛날에 딴 자격증들은 점점 써먹을 데가 없어진다, 정보처리기사 자격증을 따라, 그거 없으면 지금까지 딴 자격증들은 다 휴짓조각이 된다…….

그렇거나 말거나 심 선생은 그런 말들을 설왕설래로 내치고 자격증을 내놓지 않았다. 자격증 입장에선 써 먹어줘야 본분을 다하는 일이 되겠으나, 심 선생은 쇄국정책을 풀지 않았다.

이렇듯 일심단결로 꿋꿋이 버티기만 하던 심 선생에게도 위기는 왔다. 달도 차면 기운다고, 펄펄 팔팔 뜨겁게 끓어오르던 열정은 더 끓어오르지 않았다. 최고치의 온도로 끓어올랐던 탓에 더 올라가고 말고 할 열이 없기도 했거니와, 마침 새로 등장한 인터넷에 관한 자격증은 고체온의 심 선생을 저체온의 심 선생으로 둔갑시켰다.

또 하나, 심 선생의 열정이 시들새들해진 데에는 심 선생 자신도 인식하지 못했을 그런 자격증이 있다. 이 자격증으로 말할 것 같으면 소망의 자격증이자 원한의 자격증이다. 아무리 사모하고 때론 무시를 해봐도 딸 수 없는 난공불락의 자격증, 이름도 탐나는 교장 자격증이다. 이 교장 자격증이야말로 한눈 한 번 안 팔고 오직 한길로 걸어온 교사가 아니곤 마음만 먹는다고 딸 수 있는 성질의 것이 아니다. 대기업 회장도 교장이 되고 싶다고 될 수 있는 게 아니며, 자격증이란 자격증을 깡그리 싸들고 가 맞바꾸고 싶다고 해도 바꿀 수 없는 게 바로 이 교장 자격증이다. 이런 판국이니 심 선생은 교장 자격증을 일방통행으로 짝사랑하게 되었다. 스토커가 되지 않은 것만으로도 사회의 불안요소 하나를 보태지 않았다는 게 그나마 다행이라면 다행이다. 알고 보면 이것도 다 자격증이 가르쳐준 교훈을 열심히 공부했기에 가능했던 일이다.

더 딸 게 없는 자격증, 따고 싶어도 딸 수 없는 자격증, 이거야말로 심 선생에겐 비극이자 금단 현상이다.

금단 현상이라는 절벽에 서서 한숨과 좌절의 나날을 보내던 어느 날, 이렇게 살 순 없다는 생각이 심 선생을 만신창이가 되도록 두들겨 팼다. 심 선생은 죽사발이 된 몸과 마음을 어지간히 추스른 후 대문니에게 연락했다.

"원하는 자격증을 빌려드리겠습니다."

대문니는 선서 내지 독립선언문을 낭독하듯 말하는 심 선생을 덥석 껴안았다.

"생각 자알하셨습니다. 그동안 그렇게 괄시를 하시더니만. 그런데 마음을 바꾸시게 된 계기가 무엇인지……."

심 선생은 대답하지 않았다. 인생무상, 삶의 회의라는 무덤 속을 수만 번 왕복했다는 사실을, 어찌 통속을 일삼고 벗 삼는 자에게 누설할 수 있으랴. 대신, 심 선생은 언제 어떤 자격증을 가져다주면 되겠냐고 물었다. 대문니는 그 번들번들한 얼굴에 벌쭉 웃음을 실어가며, 모월 모시에 모 자격증이 필요하다고 말했다.

대문니는 기분 좋다며 심 선생을 술집으로 잡아끌었다. 심 선생은 대문니가 주는 대로 술도 마시고 여자도 안았다. 생각하기 나름이라, 심 선생은 이게 다 자격증이 하사한 선물이라고 마음을 돌렸다. 그렇게 생각하니 세상만사가 수월해졌다. 쇄국인지 봉쇄인지를 일시에 걷어치우고 노세 노세 늙었지만 노세가 끗발 좋게 다가왔다.

이렇듯, 심 선생은 비극의 금단 현상을 놀이 현상으로 바꿀 줄 아는, 유쾌한 사나이가 되어 갔다. 노는 것에 세련미가 붙자, 심 선생은 더욱더 놀고 싶어졌고 놀아야만 했다. 왜냐. 자격증의 본분을 세워 주기 위해서라도 그렇게 길을 틀어야만 했다.

심 선생은 대문니에게 견해이자 의견이기도 하고 제안이기도 한 말을 했다.

"학이시습지를 했으면 실천하는 게 마땅하겠지요. 배운 자격증은 써먹을 때라야 비로소 가치가 있는 법입니다. 학이시습지 불역열호 아라…… 이게 바로 자격증의 생명이 아니겠습니까. 나, 자격증 많은데 어디 써먹을 데 없겠습니까? 주선해 주시면 수고비를 드리겠습니다."

대문니는 심 선생의 말을 듣자, 말씀도 달변이신 데다 화통하기도 하다며 더 좋은 술집으로 안내했다. 심 선생은 더 좋은 술을 마시고 더 젊은 여자와 놀았다. 이러니저러니 해도 이게 다 자격증이 베푸는 은덕이었다.

심 선생이 자격증이 주는 은덕을 누리고 끌어안고 뒹군 다음 술집을 나올 때 대문니가 술이 확 깨는 소리를 날렸다.

"심 선생님, 요즘 막 컴퓨터가 부상하기 시작합디다. 앞으론 컴퓨터 자격증이 아니면 행세하기 어려울 겁니다. 이제야말로 그거 따실 차례입니다. 그거 못 따면 이런 대접도 끝장입니다."

　　　　　　＊　　　＊　　　＊

　이십여 년 전에 들은 얘기가 지금 막 들은 말처럼 심 선생의 귓전을 때린다. 심 선생은 인터넷은 어찌어찌 뒤질 줄 알지만 컴맹을 면한 건 아니다.

　심 선생의 컴맹 괴로움은 요란하다. 매스컴에선 컴퓨터할 줄 모르는 사람들을 무슨 매국노 말하듯 컴맹 컴맹 싸잡아 댄다. 그럴 때마다 심 선생은 남모르게 죄의식마저 느꼈던 터다. 컴맹이라는 말에 반드시 따라붙게 마련인 탈출과 극복을, 심 선생은 탈출하지 못했고 극복하지 못했다. 마우스로 아이콘을 꾹꾹 눌러보는 정도야 할 줄 알지만 그렇다고 컴맹을 탈출하고 극복한 것은 아니다. 심 선생은 본인 스스로가 홈페이지는 만들 정도가 되어야 컴맹을 면한 것으로 안다. 홈페이지에 넣을 내용이야 있거나 말거나, 새로 나온 가전제품을 들여놓듯 번쩍번쩍 윤이 나는 홈페이지를 제작해 나 홈페이지 있다고 큰소리쳐 보는 게 원이다.

　'즐겨찾기'조차 할 줄 모르는 심 선생으로선 홈페이지는 고사하고, 바이러스가 초대받지 않은 손님으로 찾아왔을 땐 어디서 어떻게 손을 써야 할지도 모른다. 바이러스님이 알아서 나가주시는 것만이 살길인데, 바이러스님이 어디 그렇게 맘 좋은 분이시던가.

　심 선생은 백신 소리는 들었지만 고놈의 것을 병원에 가서 맞아야 하는지, 대형 마트에서 오만 원어치 이상 물건을 사면 주는 쿠폰에 들어 있는지, 아니면 스팸메일에서 퍼오는지, 전혀 알지 못한다. 이리하여 가슴 아프게도 심 선생은 홈페이지와 바이러스에 강도 높은 열등감을 주체할 수 없이 받고 있었다. 홈페이지를 만드는 것은 있지도 않은 가족과 스위트홈을 만들라는 격이요, 바이러스를 초전박살 내는 것은 레이저 총으로 하늘에 뜬 별을 빵! 빵! 빵! 맞추라는 격이다.

사정이 이렇다 보니 심 선생은 컴퓨터를 볼 때마다 컴맹 괴로움에 요리 뜯기고 조리 뜯긴다. 전성시대를 누렸던 거친 호흡은 어디 가고 이제 푸푸거리는 한숨만이 심 선생의 단골손님이다.

심 선생은 컴퓨터에서 고개를 싹 돌려 자격증 액자에다 애정 어린 눈빛을 던진다.

"이러니저러니 해도 쫑이야. 눈 씻고 봐도 쫑만 한 게 없어."

심 선생은 울컥대는 심사를 가누지 못한다. 그 옛날, 단골로 다니던 황학동 헌책방이 그리운 술집 모양으로 눈에 어른거린다. 주인이 바뀐 다음 한 번 가 보긴 했지만 주인이라는 작자는 사람이 오는지 가는지 뾰루퉁하니 있기만 했다. 그 꼴도 보기 싫었던 차에 딸 자격증도, 딸 시력도 떨어져 그쪽과는 거래를 끊었다.

심 선생의 심기가 계속 언짢은 이유는 또 있다. 자격증을 볼 때마다 집을 나가 죽었는지 살았는지 소식을 끊고 사는 아들 녀석이 생각나서다.

아들놈은 집을 나가며 불침을 놓듯 말했다.

"호적을 파시겠다면 파세요. 자격증을 따면 밥 먹고 살긴 쉽겠죠. 하지만 전 아버지가 아닙니다. 이왕 따실 거면 영혼의 자격증 좀 따 보세요."

호적이라는 게 땅에 묻어두는 것이라 툭하면 판다고 하는지, 아니면 한 번 박히면 요지부동 파낼 수가 없는 것이라 판다고 하는지는 모르나, 사람들은 걸핏하면 호적을 파라, 파겠다, 입에 거품을 문다. 이 말이 무시무시한 결단과도 같이 최후통첩으로 작용하는 것만 봐도 호적을 판다는 말은 돌이킬 수 없는 결별의 선언임엔 틀림없다.

이러니 심 선생이 발을 구르며 화를 내는 것도 무리는 아니다. 거기다 신도 노할 영혼의 자격증을 운운하니, 심 선생은 기어이 아들을 후려치고야 말았다. 자격증만 있으면 허접한 인간도 선생님 소릴 듣고 사는데, 그걸 마다하는 자식 놈이야말로 가슴을 치고 땅을 치고 호적을 파도 시원치 않았다.

에에라 미친눔아! 아들 생각에 심 선생은 와락 배낭을 집어 든다. 산에 가서 바람을 쐬든 떡볶이 아줌마한테 가서 기분전환을 하든 도저히 배겨날 수가 없다. 심 선생은 배낭을 걸머지다 말고 벽에 붙어 있는 글귀로 눈이 간다. 자격증만이 살길이다!

그래도 역시 자격증이라, 심 선생은 사십 년 넘게 한 습관대로 벽에 붙여 놓은 글귀에 대고 허리를 구십 도로 꺾는다.

이때다 싶게 팽이 자격증이 들어 있는 액자 위로 날아가 앉는다.

"나는 공인중개사 자격증 없어! 자동차 관리사 자격증도 없어! 감정평가사 자격증도 없어!"

심 선생은 팽이 까부는 소리를 듣지 못한 채 두 팔을 홰홰 저으며 파리를 쫓아낸다. 팽은 심 선생의 머리 위로 날아가 머리카락을 간질이다 벽에 써 붙인 글귀로 날아간다.

"그래도 나는 날지만 너는 날지 못해!"

팽은 글귀에게인지 심 선생에게인지 모를 말을 뱉는다. 심 선생은 점점 빠른 속도로 두 팔을 휘저으며 파리를 쫓아내려 안간힘을 쓴다. 팽은 액자 한가운데로 가 볼록하니 똥을 싸며 빽빽거린다.

"컴짱이 되고 싶음 컴맹 자격증부터 따! 그 자격증 내가 줄게! 푸핫핫핫!"

팽이 말이 되는 소리인지 안 되는 소리인지 모를 소리를 지껄이지만, 심 선생은 팽을 쫓아다니느라 진땀이 나고 정신이 혼미해진다. 팽은 혼자 놀기 아까워 죽겠다며 쌕을 부른다.

쌕이 쌕쌕거리며 심 선생 쪽으로 달려온다. 심 선생은 백주에 이게 웬 쥐새끼인가 하고 아예 배낭을 내려놓고 달려든다.

쌕은 자격증이 들어 있는 액자 밑을 찍찍 쨱쨱 뜀박질을 하다 액자를 향해 점프를 하다 곡예에 가까운 재주를 부린다. 심 선생은 행여 자격증 액자가 떨어질까 가슴이 내려앉는다. 그렇거나 말거나 쌕은 장대높이뛰기 예행연습을 하듯 액자를 향해 깡충 껑충 뛰어오른다.

보다 못한 심 선생, 액자를 떼어 아예 바닥에 내려놓는다. 쌕이 옳다구나 하고 액자로 달려들자, 심 선생은 이런 쥐새끼! 이런 쥐새끼!

쥐나 나버려라! 하며 손을 번쩍 치켜든다.

그 순간을 놓칠세라 팽이 심 선생의 눈두덩을 물어뜯는다. 심 선생은 쌕을 치려던 손으로 자신의 눈두덩을 친다. 심 선생의 눈이 팽글 돈다. 팽은 쌕이 액자를 물어뜯는 걸 보자 팽팽 날아올라 심 선생을 교란시킨다. 눈앞을 핑핑핑 왔다 갔다 하는가 하면, 콧구멍 속으로 들어갈 듯 말 듯해가며, 귓속의 삼 분의 일을 들어갔다 나왔다 하기도 한다.

심 선생이 부지런히 자신의 눈이며 코며 귀를 때리는 동안, 쌕은 액자를 물어뜯다 말고 투덜거린다.

"얼래? 뭔 놈의 자격증이 이리 세다냐? 유리곽에 들어 있어서 그런지 이빨로도 안 뚫린다야."

팽이 팽팽 팽그르르 돌며 킬킬거린다.

"자격증이란 원래 그런 거여. 우리 실컷 놀았으니 이제 그만 가자. 놀아보니 이 짓거리도 시시한데 머."

팽이 쌕의 등에 올라탄다. 쌕은 팽을 업고 날씬하게 달아난다. 그 동안의 연합전선을 예쁘게 마쳤다는 흡족함이 팽의 날개에, 쌕의 꼬리에, 무지개로 물결친다.

심 선생은 액자를 원래 있던 자리에 걸며 가슴을 쓸어내린다. 그렇게 하는 것만으로는 결례임을 아는지라, 양은대야에다 삶아 말린 뽀얀 수건으로 닦고 또 닦고, 구십 도 절로 경의를 표한다.

이윽고 심 선생은 배낭을 메고 산으로 간다.

🍃 쇼핑 스쿨

자격증 때문에 속상한 적은 없었는지? 써먹는 자격증보다 묵히는 자격증이 더 많다고 생각한 적은? 그래서 불만이라면 불만을 거두세요. 왜냐. 우리의 심 선생도 먹고살아야 하니까.

이에 반해 써먹는, 혹은 써먹을 자격증이 많다면? 약간은 고려해보길 권하겠어요. 왜냐. 우리의 심 선생과 경쟁 관계가 될 터인즉.

요즘엔 편의점에서도 외제 차를 판다고 한단다. 그렇다면 자격증도 팔지 않을까? 천만에. 발에 차이는 게 자격증 같지만, 아직은 재래시장에서도, 편의점이나 백화점에서도 팔지 않는단다.(물론 구매 주문을 넣은 적이 없어서이겠지만.) 이것이야말로 자격증만의 고유번호이자 생존전략이다.

그러한 자격증의 CEO 격인 심 선생이 산으로 간단다. 산에 가서도 그 고유번호를 써먹겠다는 건 아닐까? 그런지 아닌지는 조금 더 두고 보면 나온다.

심 선생이 자리를 뜨니 어째 좀 시들해진다. 든 자리는 표가 없어도 난 자리는 표가 난다는 말처럼, 심 선생이 떠난 자리가 좀 빈 듯도 하여라.

냉정한 얘기겠지만, 냉정하게 얘기하겠다. 빈자리란 없다. 본인이 없으면 회사가 안 돌아가는 줄 알거나, 집안 꼴이 말이 아니게 될 거라고 생각하는 사람은, 제발 걱정하지 마시길. 이 없으면 잇몸이라는 말을 들이대지 않아도, 세상은 둥글고, 둥근 만큼 돌아가고, 돌아가는 만큼 부재란 없다.

심 선생이 떠나기 무섭게 그 자리는 채워진다. 그리고 잘 돌아간다. 둥글게 둥글게 짝! ♪ ♬ 빙글빙글 돌아가며 춤을 춥시다 짝! ♪ ♩ 손뼉을 치면서 짝! ♬ ♩ 노래를 부르며 짝! ♬ ♩ 그렇게 돌아간단다. 링가링가링으로 잘 돌아간단다. 그러니 섭섭해 하지도 말고, 아쉬워하지도 말고, 채워진 자리를 미워하지도 말고, 삐쳐서 내뺄 궁리도 하지 마시길.

심 선생의 자리를 즐겁게 대신할 사람은 심 선생 못지않다. 잠시도 가만히 있지 않고 둥글게 사니, 너도 둥글어지고 나도 둥글어진다. 그래서 하는 말. 이 사람의 자격증은 단연 둥글래. (이런 말 했다는 건 이 분에겐 비밀로 해 주세요. 왜냐. 이분은 둥근 것과 뚱뚱한 것을 동일시하며, 그래서 대단히 싫어한답니다.)

말하는 동안 그 사람이 요기 요 앞까지 왔다. 저 사람은 누구? 과연 심 선생의 부재를 부재로 만들지 않을 확실한 사람?

그 이름도 유명한 김연실이 나온다. 김연실이야말로 대한민국의 아줌마다. 노골성의 대표 주자이자, 기피 대상이자, 탐욕스러움의 상징이 되고 만 아줌마라는 이름을, 이름값으로 톡톡히 매겨놓은 장

본인이다.

저 김연실을 보라. 조 할머니의 아파트를 나온 김연실, 팔이며 다리며 몸의 모든 근육이 땅기도록 부지런히 걷는다. 어디를 저리 바삐 가시나? 심 선생을 따라 산으로? 아니, 저 차림으로 산을? 옳지, 그렇구나, 백화점을 가는 모양이구나.

김연실의 오늘 스케줄에는 약간의 차질이 있다. 오전엔 찜질방이요 오후엔 백화점인데, 오늘은 시어머니에게 스콸렌이며 저울이며, 효도선물을 한답시고 황학동시장을 누비느라 찜질방 갈 시간을 놓친 것이다. 누구는 하루도 책을 안 읽으면 혀에 바늘이 돋는다고 했지만, 김연실은 하루도 찜질방을 가지 않으면 혀에 바늘이 돋는 게 아니라 몸과 정신에 두드러기가 난다.

이런 김연실이 찜질방을 접고 이곳 백화점에 얼굴을 들이민 것은 이 시간쯤이면 항상 들르는 곳이기 때문이다.

김연실은 여기 백화점에선 사모님으로 불린다. 그 사모님은 백화점에 와서도 여기저기를 들르지 않는다. 들르지 않는 정도가 아니라 기웃거리지 않을뿐더러 거들떠보지도 않는다.

그렇다면 김연실은 왜 매일 백화점엘 가는가? 매장을 가지고 있어 하루 매상을 체크하려고? 아니면 백화점 간부이거나 사장님이라서? 그도 아니면 백화점이라는 장터에서 온갖 것이 요리 꼬고 조리 꼬며 간드러지게 웃는 분위기를 탐해서? 혹시 눈뜨고 코 베이는 맛을 보고 싶어서는 아닐까?

백화점 관계자들이 들으면 기분 나쁘겠지만, 백화점은 천하가 다 아는 비밀을 가지고 있다. 손님들은 이 비밀을 알면서도 모르는 척 백화점을 다닌다. 비밀이란 별것도 아니다. 눈 코 베여도 좋다, 맛만 좋으면 된다는 마음을 심어주는 게 비밀 아닌 비밀이다. 백화점이 유통계의 천황 자리를 거머쥘 수 있었던 것은 바로 이런 예민한 후각을 잘 갈고닦아서이다.

백화점이 눈 코 베이는 맛을 주기 위한 작전 중 하나는, 일 층에는 화장실을 만들지 않는다는 점이다. 일 층 화장실에서 볼일만 보고 쏙 가버리면 눈 코 베이는 맛을 톡톡히 보여줄 기회를 놓치게 된다.

다른 하나는, 절대로 창문을 만들지 않는다는 점이다. 지금 막 눈 코 베이는 맛에 도취될까 말까 할 무렵, 창을 통해 밖을 보게 되면 집 생각 애인 생각에 도중하차하기가 십상이다. 시간이 가는지 서는지 몰라야 안내방송으로 내쫓을 때까지 눈도 베이고 코도 베이는 맛에 흠뻑 취할 수 있게 된다.

날이면 날마다 눈 코 베이는 맛을 자청하는 김연실, 백화점 근처에만 오면 자연스레 콧구멍이 빵빵해진다. 빵빵하다 못해 빵 터지게 내버려둔 채 콧대만 잔뜩 세운다.

김연실은 에스컬레이터를 마다하고 항상 엘리베이터를 탄다. 아무 생각 없이 타는 게 아니다. 콧대가 높아지면 인체구조상 생리구조상 눈이 저절로 아래로 내리깔리게 마련이다. 그런 관계로 김연실은 절대 에스컬레이터를 타지 않는다. 여기저기 들를 것도 아니고 불난 호떡집 구경하자는 것도 아닌데, 한 번 갈아타고 두 번 갈아타고 세 번, 네 번…… 높아진 콧대와 내리깐 눈으로 그렇게 여러 번 갈아타다 보면, 높은 굽의 구두가 아니더라도 고꾸라질 위험이 크다. 김연실은 다른 곳에선 몰라도 백화점에서만큼은 절대 안전 불감증이 통하지 않는다. 아니, 그와 정반대로 안전주의자의 왕고참이다.

약간 우습기도 한 또 하나의 이유가 있는데 그것은 차별화이다. 남이야 알아주든 말든, 김연실은 이런 자부심을 안고 엘리베이터를 탄다. 니들은 에스컬레이터를 타니? 층층마다 들러 그렇고 그런 잡다한 쇼핑을 하니? 많이들 해라. 난 딱 하나, 나만의 전문 쇼핑을 하러 전문 층에서 내린단다…….

역시나, 김연실이 엘리베이터에서 내린 곳은 수입명품만 전문으로 취급하는 층이다. 엘리베이터에서 내리자 김연실은 내리깐 눈을 더욱 내리깔며, 더불어 콧대가 백화점 천장을 뚫고 토성까지 갈 기세로, 수입명품 매장을 순회한다.

수입명품 매장이 있는 곳이야말로 김연실에겐 쇼핑의 이상향이 아닐 수 없다. 일단은 오가는 사람이 적어서 쾌적한 공간을 사뿐사뿐 누릴 수 있어서이다. 그것은 사모님 소리를 듣는, 계급과 차원을 같이 하는 여사들과 조용조용 그림 같이 다닐 수 있다는 걸 뜻한다.

김연실은 환경이 사람을 만든다는 학설을 뒷받침하기 위해 본보기로 태어난 사람인지도 모른다. 이곳에만 오면 김연실은 자신도 모르게 고상한 척, 조금은 우아한 척, 태어날 때부터 귀족 유전인자를 받은 양 거드름을 피운다. 여관급 모텔을 운영하는 게 특급호텔을 경영하는 수준으로 급부상한다. 영감탕꾸라고 깔보던 남편도 마하 시속으로 원로급 시인으로 둔갑한다.

이렇듯 자신을 잊을 수 있게, 그것도 완벽하게 잊을 수 있게 해 주는 이곳이야말로 김연실에겐 환상의 고장이 아닐 수 없다.

그렇게 여기는 또 하나의 이유는 말 그대로 수·입·명·품이라는 점이다. 고가로, 한정된 수로, 명성을 떨치는 바로 그 수·입·명·품을 마음만 먹으면 살 수 있다는 게 그렇게 좋을 수가 없다. 이 말을 역으로 하면 마음을 안 먹으면 안 살 수도 있다는 말인데, 김연실이 샀는지 안 샀는지는 다음을 보면 나온다.

김연실이 이곳을 쇼핑의, 아니, 생활의 낙원으로 치는 까닭은 여러 가지다. 그중 결정적인 이유는 매장 직원들이 김연실을 어머니로 이모로 알아 모신다는 점이다. 덕분에 김연실은 여기서도 어머니, 저기서도 이모, 어머니와 이모를 대량 복제하는 사람이 되고 만다.

이 역시 김연실에겐 기쁘고 즐겁고 돌아버리게 흐뭇한 한 일이 아닐 수 없다. 여관급 모텔에서 듣는 어머니나 이모와, 이곳 수입명품 매장에서 듣는 어머니나 이모는 격이 달라도 한참이나 다르다. 그렇다고 이곳 매장 직원들이 김연실을 어머니나 이모로 불렀느냐 하면 그렇지는 않다. 깍듯하기로 치면 깍두기보다 더 깍듯하게 사모님이라 부른다. 그러니까 어머니나 이모라는 호칭을 받았다는 게 아니라 그 정도의 정서로 통했다는 말이다. (여기서 밝혀둘 게 있다. 김연실이 처음부터 사모님 소리를 들은 건 아니다. 매장 직원들은 처음엔 고객님이라고 불렀다. 그 호칭은 너무나 대중적이고 일반적이어서 김연실의 마음을 채워주지 못했다. 이에 김연실은 고객님보다는 사모님 소리가 듣기 좋다며, 반강제에 가까운 요구를 했고, 그렇게 해서 간신히 얻게 된 호칭이 사모님이다.)

이런 연유에서 김연실은 수입명품 매장을 자기 몸보다 더 아낀다. 명품을 사랑하는 모임, 즉 명사모 내지 수입명품을 사랑하는 모임, 즉 수사모가 있는지 없는지 몰랐기에 망정이지, 만약 있다는 걸 알았다면 양말발로 뛰쳐나가 왕언니가 되겠다고 설쳐댔을지도 모를 일이다.

그런저런 밑그림을 깔고 있는 김연실, 첫 번째 매장을 쓰윽 쳐다보며 지나간다. 두 번째 매장도 쓰윽 쳐다보며 지나간다. 세 번째 매장도 쓰윽, 네 번째 매장도 쓰윽, 다섯 번째도, 여섯 번째도 쓰윽, 쓰윽, 쓰윽…….

김연실은 마지막 매장에서 다시 시작한다. 다람쥐 쳇바퀴로 돌며 매장 안에 있는 직원들이 얼마나 존경 어린 시선으로 우러러보는지 마는지 체크한다. 오늘은 약속이나 한 듯 어째 다들 별로다.

매장마다 한두 사람이 서성이거나 물건을 골라 셈을 치른다. 서성이는 사람 중에 김연실도 끼어 있건만, 매장 직원들은 김연실만 빼곤 다 보이는 듯이 군다. 김연실의 기분이 야금야금 나빠지기 시작한다. 아쉬울 때는 사모님 사모님 해가며 치마꼬리를 졸졸 따라다니더니 지금은 투명인간 취급을 한다. 김연실은 기분이 서서히 꼬이고 뒤틀어진다. 그냥 가자니 어쩐지 뒤통수가 근질거리고 매장 안으로 들어가자니 반겨줄 것 같지도 않다.

김연실은 이래저래 언짢다 못해 구겨지고, 구겨지다 못해 사나워진 얼굴로 세 번째 매장 앞에 선다. 윈도에 진열된 스웨터를 괜히 노려보기도 하고 매장 안의 미스 유를 흘깃거리기도 한다. 미스 유가 본 척도 하지 않자, 김연실은 오늘의 타깃으로 미스 유를 찍는다.

김연실은 매장 안으로 들어가 짐짓 윈도에 진열된 스웨터를 본다. 다른 때 같지 않게 미스 유가 다가오지 않는다. 김연실은 매장 안에 걸린 블라우스 쪽으로 간다. 미스 유가 아는 척하지 않는다. 김연실은 매장 제일 안쪽으로 가 바지를 들춰본다. 미스 유가 본 척도 하지 않는다. 아니, 조것이 달거리를 하나 와 저 모양이제? 김연실은 다시 윈도에 진열된 스웨터 쪽으로 간다.

미스 유가 마지못해 김연실 쪽으로 천, 천, 히, 아주 천, 천, 히, 다가온다.

"사모님 나오셨어요?"

말하는 투가 맞선 보다 퇴짜 맞은 꼴이다. 그렇다고 물러날 김연실인가? 김연실은 높은 콧대에서 나오는 입체음향을 거침없이 내뿜는다.

"어-엉 그래애, 저 스웨따 어디 거제?"

미스 유가 매장 밖에서 물건을 보는 손님을 쳐다보며 대꾸한다.

"이태리젠데요."

김연실은 어떤 사이즈가 있냐고 묻는다. 미스 유는 원 사이즈밖에 없다고 말한다. 김연실은 보기 좋을 정도로만 이마를 찌푸린다. 미스 유는 김연실의 찌푸린 얼굴을 보지 않고 매장 밖에 서 있는 손님에게로 나가려 몸을 튼다. 김연실은 보기 좋을 정도로만 찌푸렸던 이마를 보기 괴롭게 찌푸린다. 물건을 살 사람과 구경만 하고 갈 사람을 구분하지 못하고 건방을 떠는 미스 유가 영 거슬린다. 김연실은 나가려는 미스 유를 잡는다.

"아니, 여긴 올 때마다 싸이즈가 와 하나밖에 없제? 여러 개 좀 갖다 놓을 수 없나?"

미스 유는 들은 척도 하지 않고 매장 밖에 있는 손님에게로 간다. 김연실은 더는 참지 못하고야 만다.

"미스 유야! 저 스웨따 구구 싸이즈 없나?"

미스 유는 잠시만 기다려 달라고 말하면서 매장 밖에 있는 손님에게 안으로 들어오라고 말한다.

손님이 안으로 들어오자 미스 유는 김연실이 찜해놓은 스웨터를 손님에게 들어 보인다.

"사모님, 이 스웨터는 아기 캐시미어로 만든 거라 감촉이 다르답니다. 먼저 가져가셨던 니트와는 비교가 안 될 거예요. 사이즈도 원 사이즈라 사모님처럼 날씬한 분이 아니면 입고 싶어도 못 입는답니다. 컬러며 사이즈며 사모님께는 맞춤이죠. 딱 한 장 들어온 건데 입어보시겠습니까?"

미스 유의 음성이야말로 아기 캐시미어다. 김연실에게 대하던 목소리와는 전혀 다른 목소리에 김연실은 질투심으로 눈이 먼다. 손님이 김연실이 포획물로 잡은 스웨터를 가슴에 대 본다. 김연실의 질투심은 이제 손님에게로 가 꽂힌다. 손님의 아래위를 싹싹 훑어보며 김연실은 목청을 높인다.

"미스 유야! 저 스웨따 구구 싸이즈 없나?"

미스 유는 김연실에게 잠시만 기다려 달라고 말하면서, 손님에게 스웨터를 입어보라고 권한다. 손님이 스웨터를 들고 탈의실로 간다. 아니, 깜도 안 돼 보이는 저것이 감히 내 스웨따를? 김연실의 눈에 불이 붙는다.

"미스 유야, 저 스웨따 나가 고른 긴데 와 저 사람한테 빼돌리제?"

불붙은 김연실의 눈에 쌍심지가 돋고, 쌍심지가 삼지창 사지창 오지창으로 변해도 미스 유는 눈 하나 깜짝하지 않는다.

"사모님께서 사시겠다고 말씀하신 건 아니잖아요. 저 손님이 맘에 있어 하시니까 입어보시라고 한 것뿐이에요. 그리고 사모님한테 맞는 사이즈도 아니구요."

미스 유가 오늘따라 쌀쌀맞다. 매일 출근하는 매장에서 이런 대접을 받다니 이건 스타일을 구기는 정도가 아니라 업신여김이다. 업신여김뿐이랴, 무시이며 깔봄이며 명예훼손이며 하극상이다. 하극상은 어떻게 처리하라고 배웠나. 머뭇거릴 것 없이 단칼이다. 저렇게 사모님한테 엉기는 싹은 뿌리도 남기지 않고 단칼에 없애야 후환이

없다. 사모님의 본때는 이럴 때 쓰라고 있는 것이지 참으라고 있는
게 아니다.

김연실은 배알이 꼬인 그대로, 단칼과 장도와 은장도를 휘이익 소
리 나게 뽑는다.

"잔소리할 것 없다. 저 스웨따 포장해라."

미스 유의 눈이 휘둥그레진다. 김연실은 칼의 맛을 톡톡히 보았다
고 실토하는 미스 유가 그럴 수 없이 고소하다. 칼의 맛은 바로 이것
이다. 언감생심, 사모님을 우습게 보면 제거 당할 수밖에 없는 맛이
다. 신맛 쓴맛 짠맛 매운맛 밥맛 찜맛이 아니라 반성의 맛이다. 이 맛
만큼 인생을 다시 배우게 하는 건 없다. 자신을 되짚어보고 회의하
는 가운데 죽도록 시고 아프고 쑤시기를 체험하면서, 인생의 참맛을
알게 되는 것이다. 인생의 참맛이란 어떤 맛이냐, 묵은 장맛보다 더
깊은맛이다.

미스 유가 묵은 장맛보다 더 깊은맛의 음성으로 말을 더듬는다.

"사모님, 저…… 저 물건은 값이 좀 나가는 건데요…… 그리고 사
모님 사이즈도 아니……."

김연실은 미스 유의 말을 싹둑 자른다. 뭐든 한꺼번에 하면 체하
게 마련이다. 미스 유가 인생을 한꺼번에 배워 한꺼번에 성숙된 모
습을 발휘하면, 조로 현상으로 애늙은이가 될 우려가 있다. 김연실
은 그동안의 우정도 있다 보니 미스 유의 겸손해진 태도가 감격스럽
기보다 걱정스럽다. 하지만 김연실은 콧대에 든 바람을 빼지 못한

다. 아니, 빼지 않는다. 터를 닦아온 곳에선 다른 얼굴이 되면 잡아먹힌다. 가식으로 길들었으면 가식으로 나가야 하고, 허풍으로 길들었으면 허풍으로 나가야 살아남는다. 여관급 모텔에서 아무리 친절 봉사로 한평생을 살아온 김연실이라 해도 여긴 여관급 모텔이 아니다. 백화점이며 백화점 중에서도 사시사철 세일에 버금가는 옷을 파는 상설매장이 아닌 명품관이다. 명품관에선 명품관에서만 통하는 말투와 몸가짐이라는 게 있다. 즉, 김연실의 몸무게 열 배쯤 되는 무게로 나가야지 그렇지 않으면 대접은커녕 푸대접 받기가 십상이다.

"됐다. 값이 문제가. 내 입을 게 아이라 동생 사주는 기다."

관을 짜놓고 온 것일까 묘비명을 쓰다 온 것일까. 날이면 날마다 이 매장 저 매장에 들러 들입다 인사만 받거나, 입어보기만 하거나, 만지작거리기만 하던 아줌마가, 오늘은 값도 안 물어보고 산다. 미스 유는 다소곳이 포장을 하면서도 오늘이 세상의 종말이라는 바로 그날이 아닐까, 당장 YTN 뉴스라도 봐야 하는 건 아닐까 염려한다.

"사모님, 포장 다 했습니다. 삼백만 원인데 카드로 하실 건가요 현금으로 하실 건가요?"

쒸이익- 쾅! 어디서 날아오는지 모를 바주카포 탄알이 김연실의 명치에 와 박힌다. 아찔, 어찔, 휘청, 아찔, 어찔, 휘청. 방공호를 찾을 새도 없이 김연실은 그 자리에서 죽…… 어야 맞다. 명치를 간수하는 법을 배운 적이 없으므로, 방탄복을 입어보기는커녕 본 적도 없으므로, 그저 쓰러져 죽어야 제대로 된 각본이다. 그러나 여기가 어디더냐. 수입명품관, 모두가 선망하지만 모두의 것이 될 수 없는 명품관이 아니더냐. 명품관에서의 사모님이 바주카포 탄알을 맞았기로서니 사모님의 본분을 잊을 수는 없다.

김연실은 미스 유가 눈치라도 챌까 마른침도 못 삼키고 카드로 결제하겠다고 말한다. 미스 유가 일시불로 할 것인지 할부로 할 것인지 묻는다. 명품을 사는 사모님이 현금다발은 아니더라도 쪽팔리게 할부로 끊을 수는 없다. 김연실은 일시불을 선언한다.

김연실은 눈 코 베이는 맛을 홍수 나게 본 다음 명품관을 나온다. 심장박동수가 늘고 혈압이 오르고 뒷골이 뜨끈하고 호흡곤란 증세가 온다. 그럼에도 김연실은 자신의 집, 여관급 모텔을 간신히 찾아 돌아온다.

*   *   *

접수실로 들어오자마자 김연실은 박카스부터 마신다. 심장박동수가 줄지 않는다. 다시 한 병을 따 마신다. 혈압도 뒷골이 뜨끈뜨끈한 것도 호흡곤란증세도 여전하다. 거기다 두통에 열까지 오른다. 이건 괴질이다. 괴질이 감히 천하무적 김 사모님에게 도전장을 내밀다니 묵과할 수 없다. 묵과뿐이랴, 사살의 대상이다. 사살도 곱게 해선 안 된다. 공개처형으로 개망신을 준 다음 삼대까지 싸그리 없애야 한다. 묘를 파헤쳐 뼈라도 끄집어내 부수고 갈아 구더기한테 뿌려도 시원치 않다.

김연실은 빠드득 뿌드득 이를 갈며 괴질과 사생결단할 결심을 굳힌다. 제아무리 잘나고 독한 괴질일지라도 찜질방 열기로 지지면 살아남기는 어려울 것이다. 지금까지 입소문을 탄 정설로 봐도 그렇고 그쪽으로 믿음이 쭉 뻗치는 것만 봐도 그렇다.

김연실은 냉큼 목욕 가방을 집어 든다. 목욕 가방을 팔에 끼고 신발을 신는 순간 하나의 의문이 생긴다. 이 시간까지 찜질방에 남아 있는 여편네들이 있으려나 몰라, 찜사모 팬들이 있어야 괴질의 부관참시도 가능한데 그럴 수 있으려나 몰라, 팬도 없는 공연을 하러 시간과 돈만 낭비하러 가는 건 아닌지 몰라. 몰라 몰라에 생포 돼 김연실의 의구심은 라면 붇듯 팅팅 불어터진다. 그냥 있자니 괴질이 새끼에 새끼를 치며 무한 자손증식 할 것 같고, 땀을 뻘뻘 흘리며 가봤자 찜사모들이 없을 것 같기도 하다. 김연실은 김연실답지 않게 현실을 너무 어렵게 생각하는 통에 삼차 방정식을 푸는 것도 아니요, 미적분을 푸는 것도 아닌데 시간만 흘려보낸다.

잡생각의 회전이 올 스톱하는 바로 그때, 그 충격으로 인해 김연실의 눈에 쇼핑백이 들어온다. 괴질에 원인을 제공한 건 다름 아닌 저 쇼핑백이다.

김연실은 목욕 가방을 팽개치고 쇼핑백을 연다. 누가 간도 크게 평화시장에 내놓아도 팔릴까말까 한 스웨터에다 삼백만 원이라는 딱지를 붙였는지, 그런 스웨터를 누가 간에다 허파까지 뒤집어져 벌컥 사왔는지, 김연실은 도무지 믿어지지 않는다. 감성이 별로인 김연실도 이때만큼은 소름이 끼치고 우당탕탕 가슴도 뛰고 팔다리도 떨린다.

김연실은 문갑 서랍에 고이 모셔두었던 우황청심환을 꺼내 으적으적 씹는다. 우황청심환도 거금 삼백짜리 스웨터를, 스웨터라기보다 감히 근접할 수 없게 된, 인격의 탈을 쓴 돈 덩어리를 소화해내지 못한다.

어쨌거나 사 온 거니 입어나 보자. 김연실은 올 하나라도 다칠까, 고무장갑이라도 끼고 입어 봐야 하는 건 아닌지, 새로 산 크리스털 그릇을 다루듯 조심조심 걸치고 거울 앞에 선다.

스웨터가, 재산의 일부라고 해도 시원찮을 삼백만 원이, 김연실을 토해낸다. 스웨터만의 독특한 성질, 신축성이라는 것에 실낱같이 걸었던 기대는 졸지에 삼풍백화점 붕괴가 된다. 김연실은 망연자실에다 실망과 분노에 겹겹이 둘러싸인다.

마냥 그렇게 있기만 하던 김연실, 스웨터 앞섶을 안쪽으로 바짝 당겨본다. 스웨터가 찢어지지 않는 게 다행이다. 김연실은 그 자리에 털썩 주저앉는다. 옷이 작은 것인지 자신의 몸이 큰 것인지, 순간 김연실은 우주를 떠난다.

김연실은 삼백짜리 옷과 자신이 이렇게도 궁합이 맞지 않나 신세 한탄마저 한다. 계속해서 신세 한탄만 하고 있다간 그게 취미가 될지도 모르는지라, 김연실은 실리주의자답게 원통 분통을 작대기 분지르듯 분지른다. 실컷 두들기고 패다 보니 솔솔 향기 나는 타개책이 튀어나온다. 김연실은 재빨리 스웨터를 벗어 쇼핑백에다 넣은 다음 씨근씨근 찜질방으로 향한다.

김연실을 보자 찜질방의 대리인이라 해도 좋을 아줌마 숙이 반긴다.

"사장님 왜 이제야 오셨세요? 무슨 일 났는가 했네. 우덜은 지금 막 일어날라고 했는데."

오늘만큼 찜사모들이 사랑스러웠던 때가 없었다. 이만한 팬클럽이면 괴질을 퇴치, 박멸, 난도질로 공개처형하기엔 부족하지도 넘치지도 않는다.

김연실은 숨을 고를 새도 없이 매점 아줌마에게 소리친다.

"아줌마! 여기 캔 하나씩 돌리라. 내 급히 왔더만 숨이 칵 막힌다. 아참, 젤 비싼 걸루다 돌리라."

찜사모 오인방 경, 자, 희, 영, 주가 일어나려다 말고 그 자리에 앉는다. 김연실은 어미닭이 병아리를 보는 듯한 눈길로 오인방을 둘러본다. 오인방은 무슨 일이 났기에 이제야 왔냐고 묻는다. 김연실은 무슨 일이라는 게 뻔한 일이 아니겠냐고 대꾸한다.

숙이 김연실이 말하는 뻔한 일이라는 걸 대변한다.

"에구, 김 사장님은 착하기도 하시지. 또 시어머니한테 다녀왔구만요."

경, 자, 희, 영, 주가 김연실 앞으로 다가앉는다. 김연실은 캔 음료를 따며 말한다.

"착하긴, 내 복이 이거구마 하는 거제. 내 아니문 우리 할마시 누가 돌보겠나.”

경, 자, 희, 영, 주는 의견일치라도 본 듯 하나같이 입을 모은다.

“우리 김 사장님은 요즘 세상에 보기 드문 효부세요. 누가 우리 김 사장님 효부상 받게 추천해 줄 수 없나.”

오인방이 서로를 돌아보며 김연실을 추켜세운다. 김연실은 기쁘다 못해 기절하고 싶어진다. 이런 분위기로 나아가다 보면 괴질을 근절하는 건 시간문제다. 김연실은 시어머니에게 생식이며 스콸렌을 사다 준 일을 대하소설 풀어놓듯 장황하게 늘어놓는다.

대하소설을 끝낸 김연실, 이젠 그 끝심을 이용해 이 말 저 말을 주워섬긴다.

“낼이 일요일이제? 야야, 우리 찜사모 칠인방 말이다, 낼은 다른 찜질방으로 원정 가자. 여 말고 아주 좋은 데를 내 알고 있다. 매일 오는 델 일요일에도 온다는 게 좀 그렇지 않냐? 경아야, 희야, 니들은 어떻노?”

느닷없이 표적이 된 경과 희는 서로를 쳐다볼 뿐 아무 대꾸도 하지 않는다. 숙이 김연실과 경과 희를 번갈아 보며 그렇게 하자고 말한다. 자, 영, 주가 보일 듯 말 듯 고개를 끄덕인다.

김연실은 팬들의 호응에 버쩍 기운이 난다. 삼백짜리 애물단지를 누구한테 떠넘길까 오인방을 찬찬히 훑어보는데, 김연실의 시선을 골고루 받고 있던 경, 자, 희, 영, 주가 시계를 흘끔거린다. 참다못한 경이 엉덩이를 반쯤 들어올린다.

"김 사장님, 말씀 중에 일어나서 죄송한데요, 저 오늘 밤에 제사가 있어서 이만……."

경의 말에 기회는 이때다 싶게 너도나도 일어난다. 자는 부부동반 모임이 있다고 하고, 희는 반상회를 자기 집에서 하기로 되어있다고 한다. 영은 시골에서 시부모님이 올라와 계신다고 하고, 주는 휴가 나온 아들 밥해줄 시간이 다 되었다고 한다. 김연실은 오인방이 신발장 앞으로 가기 전에 매점 아줌마를 부른다.

"아줌마! 여기 식혜하고 미역국 한 대접씩 돌리라. 그라고 또 뭐 맛있는 거 없나. 돈은 걱정 말고 팍팍 돌리라."

오인방은 반쯤 들었던 엉덩이를 도로 내려놓는다. 음식 못 먹어 굶는 세상은 아니라지만 그래도 얻어먹는 음식은 또 다른 재미다. 더구나 누가 사는 음식을 먹어가며 이런저런 가십거리를 듣고 씹는 것은, 좋은 고기의 육질을 오래오래 씹어가며 음미하는 바로 그 재미인 것이다.

오인방이 식혜며 미역국을 먹기 시작하자 김연실이 슬그머니 쇼핑백을 연다.

"야야, 니들 말이다, 이 옷 좀 보거라. 이거이 얼마짜린 줄 아나. 이거이 말이다, 삼백만 원짜리다."

크헉! 경과 희는 미역국을 먹다 말고, 희와 주는 식혜를 뜨다 말고, 김연실과 스웨터를 번갈아 본다. 이를 전혀 알지 못한 김연실은 스웨터를 들어 경의 몸에다 대본다. 경은 경기가 일어날 표정으로 먹던 미역국을 도로 뱉는다. 김연실은 푸근한 성우의 음성으로 경에게 한 번 입어보라고 한다. 경은 삼백짜리를 어찌 입어보겠냐며 손사래를 친다. 김연실은 삼백 아니라 삼천이라도 어울리면 입을 수 있는 게 아니냐고 말한다. 경은 김 사장님이나 그렇지 제 형편은 그렇지 않다고 말한다. 김연실은 사라는 게 아니라 그냥 입어보라며 경의 손에 스웨터를 쥐어준다.

경은 스웨터를 희에게 넘겨주며 희가 입으면 제격일 거라고 말한다. 희는 나보다는 주가 입어야 더 어울릴 것이라며 주에게 넘긴다. 주는 도망치듯 일어나 식혜 그릇을 매점에다 주며 나보다는 영이 나을 것이라고 말한다.

김연실의 삼백만 원짜리 스웨터는 여기서도 저기서도 정착하지 못한다. 이 손과 저 손을 타기만 하는 삼백만 원을 보자 김연실의 속은 모닥불 타듯 타닥타닥 타들어 간다. 보다 못한 김연실, 심술을 부리듯 스웨터를 낚아챈다.

"니들 참 우습네. 나가 니들한테 이거이 팔아묵을라꼬 그라는 줄 아는가 보제. 하, 참, 그거이 아이다. 내 여동생이 이때리 갔다 오문서 나 입으라꼬 사왔다. 그 아 말이 살 빼서 폼나게 입으라꼬 일부러 작은 거 사왔다 카더라. 내한테 이런 싸이즈가 가당키나 하나. 그래 니들 생각이 나서 가져와 본 거제. 괜히 겁들 먹고 이리 수선을 피우나."

김연실이 눈을 착 내리깔고 스웨터를 접어 쇼핑백에다 넣는다. 생각할수록 미역국 값이 아깝고 식혜 값이 아깝다. 음식값만 아까운 게 아니라 잠시나마 기대를 걸었던 마음이 아깝다. 물거품이 되고 말 줄 알았으면 스웨터는 물론 찜질방엔 오지도 않았다. 오인방이 가기 전에 도착하려고 숨이 턱에 닿게, 아니 턱을 치고 머리 꼭대기를 치도록 달려왔건만 누구 하나 받아주지 않는다. 아무렇지도 않은 척 쇼핑백을 아물고 있지만 김연실은 내내 부아가 치민다. 마침내 사라질똥 말똥했던 괴질이 다시 도지기 시작한다.

이런 김연실의 속내를 눈치챈 숙이 찜사모 대표로 나선다.

"김 사장님, 내 보기엔 이 스웨타 주인은 다른 사람 아닌 우리 김 사장님이네요. 색깔이며 크기며 김 사장님이 아니면 어울릴 사람이 없세요. 우덜 앞에서 한 번 입어나 보세요."

숙이 달콤새콤으로 김연실에게 입을 발라도 괴질은 사라질 뜻이 없어 보인다.

"됐다. 이제 그만들 가 봐라. 볼일 많다고 했제?"

오인방은 머쓱한 표정으로 숨소리도 내지 못한다. 숙이 오인방에게 가라는 손짓을 한다. 오인방이 목욕 가방을 챙겨 들고 나 살려라 꽁무니를 뺀다.

숙이 사흘 굶은 시어머니 상을 하고 있는 김연실에게 바짝 다가앉는다.

"사장님, 너무 섭섭히 생각 마요. 이 옷은 김 사장님 말곤 입을 사람이 없어 보여요. 물건값도 값이지만 사장님 피부색이나 점잖은 분위기가 영락없이 이 옷하고 천생연분이라요. 일단 입어나 보세요.

내 봐서 괜찮다 싶으믄 남자친구 하나 소개시켜 줄라고 그라는데……."

남자친구? 김연실의 눈이 화등잔만 해진다. 말이 그럴듯해 남자친구지 애인이라는 말인데, 그 애인을 소개시켜주겠단다. 가뭄에 단비이며 단비 중의 꿀 단비인 말씀이다. 꿀 단비가 김연실의 가슴에 콩닥콩닥 두근두근 밭을 갈고 이랑을 만든다. 저 밭에다 참깨를 심을까 들깨를 심을까. 참깨만 심으면 심심할 것이고 들깨만 심으면 들치근할 것이니 에에라 참깨에다 들깨에다 땅콩까지 심어버리자. 나이 오십인 여자에게 애인이 있으면 가문의 영광이라는 말도 있지 않은가. 오십을 넘어 육십 중반인 나이에 애인을 둔다는 건, 가문의 영광을 넘어 인터넷 인기 검색어 일위를 차지할 대사건이다. 김연실은 두방망이질하는 가슴을 애써 누르며 스웨터를 꺼내 입는다.

"하이고, 사장님, 삼백이 다 뭐요? 사장님이 입으니까 삼천으로 보여요. 품이 쬐매 좁은 듯해 보여도 요즘 유행이 그렇잖아요. 젊은 애들만 실밥 터지게 입으란 법이 어디 있어요. 김 사장님은 연세보다 이십 년은 더 젊어 보여 그라나 딱 임자구만요."

괴질은 이것으로 끝. 잠시나마 괴질인 줄 알았던 것은 기쁨조였으며, 거금 삼백만 원이던 것은 이깟 삼백이 된다. 박팔봉의 연애질만 뒤치다꺼리했지 이렇게 좋은 일이 생길 수 있을 줄은 돌아가신 친정어머니도 알려주지 않았다.

김연실은 바야흐로 삼천을 뒤집어쓰고 애인을 벌러 나갈 요량이다. 너만 주인공이냐? 나도 주인공이다. 이것이 다 삼백을 투자해서 얻어낸 결과이다 보니 김연실은 이제야말로 눈 코 베이는 맛에 취한다. 일찌감치 이런 맛을 알았더라면, 일찌감치 저 숙이 애인을 소개시켜준다고만 했어도, 괴질에 시달리진 않아도 되었을 일이다. 에이, 숙이랄 년, 와 이자서야 내를 요리 기분 좋게 하는 거제? 앙큼한 년 같으니라고.

김연실이 스웨터를 입고 뱅그르르 한 바퀴 돌아본다. 숙은 침이 마르게 입치레를 하다, 하다, 캔 바닥에 남아 있는 음료수를 탈탈 털어 마셔가며 김연실을 띄운다. 김연실은 앞섶이 옆구리에 달라붙는 것도 모르고 눈 코 베이는 맛의 후유증까지 덥석덥석 집어먹는다.

*　　*　　*

우람한 체격의 김연실, 가눌 수 없이 휘청거린다. 마약을 먹어도, 폭탄주를 마셔도, 이런 아름다운 취기는 만날 수 없으리라. 고체중, 고유가만 빼고 높을 고의 고화질, 고농축, 고수익의 모든 고고고고의 질들이 김연실을 산채로 집어삼킨다. 한마디로 아까운 게 없다. 숙이 일을 성사시켜준다면 일 년 내내 모텔 방 중 제일 좋은 방을 반값에 빌려줄 참이다. 방만 아니라 밥까지도 제공해 줄 의향이 있다.

김연실은 새삼 박팔봉의 짓거리가 생각난다. 그럴 때마다 알게 모르게 당했던 그 수모며 치욕감은, 명품 매장 순회공연이 없었다면 참아내지 못했을 일이다.

이제 사정은 달라졌다. 넓고 드넓게 펼쳐진 또 하나의 세계가 두 팔을 있는 한껏 벌리고 어서 오시라고 기다린다. 오대양 육대주, 아니 그 이상이 다 김연실의 것이 될 차례다. 과거는 흘러갔다. 틀림없이 과거는 과거로 매장되었다.

김연실은 과거와 현재를 떠올리며 흑백과도 같이 가를 수 있는 이 판이한 세계로 인해 그저 몸살기만 난다. 박팔봉 같이 시시껄렁한 인간도 애인을 떨어뜨리는 날이 없는데, 사장님 사모님 소리를 부지기수로 듣는 자신이 어째서 그렇게 변변치 못하게 살아왔는지, 생각할수록 아까워 죽을 지경이다.

숙이 마음에 드는 애인만 만나게 해준다면, 숙이 백내장 녹내장 들 때까지 은인으로 모실 작정이다. 그것만으로는 서운하다. 중요한 사람 서열 일 순위에 놓고, 칠순잔치 때에는 한복도 똑같은 걸로 한 벌 해 입힐 요량이다.

김연실은 접수실에 누워 꼬무락꼬무락 생각에 잠겼다가 뇌성벽력을 맞는다. 애인을 만나려면 첫째 외모가 받쳐줘야 하는데, 이 거구를 어찌 해야 좋을지 기가 막힌다. 전신 거울에 몸을 들이대고 이리 보고 저리 봐도 레슬링 선수다. 아직 스모 선수까지 가진 않았지만 잘 봐주어도 역도 선수다.

김연실은 땅이 꺼질지 하늘에 구멍이 뚫릴지 모를 한숨을 내리쉰다. 한숨을 쉰다고 지금까지 차곡차곡 저축해둔 살이 한숨에 날아갈

리는 만무다. 무찌르자 살덩이, 베어버리자 살덩이, 혹은 말려버리
자 살덩이로 저주를 퍼붓는다 쳐도, 이미 단단하게 자리 잡은 살이
죄송하다고 물러날 일도 없다. 체구가 크면 얼굴이라도 작아야 그나
마 위안이 되겠으나, 얼굴은 어디부터 봐야 할지 모를 정도로 축구
장이다.

거울 속의 김연실, 얼굴을 약간 오른쪽으로 돌려본다. 그래 봐야
농구장이다. 다시 왼쪽으로 돌려본다. 역시 배구장. 전부 해서 몇 헥
타르를 깎아내야 탁구공이 될지 알 수 없다. 치사하고 더러운 일들
을 겪으며 나이 육십을 넘겼건만 이렇게 한숨으로 좌절의 맛을 본
적은 없다. 대체 이놈의 세상은 어찌 되어가려고 젊고 날씬하고 예
쁜 여자들만 인간대접을 받는지, 역사는 지금의 이 부조리를 하나도
빠짐없이 꾹꾹 눌러 적어놔야 한다.

남자하고 뻔질나게 모텔을 들락거리는 여자들도 다 쭉쭉 빠지고
반반하기만 한 건 아니다. 요리 틀어지고 조리 틀어진 여자들도 쌔
고 쌨다. 팔등신만이 남자를 차지할 수 있다면 결혼도 불륜도 다 팔
등신들만의 잔치다. 세상이 그런 것이라면, 그런 공식으로만 돌아간
다면, 세상은 썩어빠진 판자가 될 것이며, 되어야 마땅하다.

김연실은 실로 오랜 시간 청승을 떨며 세상에 대한 분석가의 분노
를 멈추지 못한다. 외모가 받쳐주지 않으면 나이라도 보충해 주면
좋으련만, 나이는 드는 것만으로도 소름 끼치는 환갑 중반이다. 박
팔봉은 무슨 재주로 칠순을 바라보는 그 나이에도 여자를 섭렵하는

지, 더구나 돈도 없이 그렇게 할 수 있는지, 그 노하우가 미스터리다.

이렇든 저렇든 당장이 문제다. 숙이 그쪽 남자와 연락해 조만간 만남을 주선하겠다고 했는데 연락이 돼도 큰일이다. 운동장만 한 몸을 좋아할 남자란 있을 것 같지 않고, 더구나 나이 먹고 예쁘지도 않은 여자를 좋다꾸나 할 남자는 팔순의 할아버지가 아닌 다음에야 없지 싶다. 설마 숙이 그런 노인네를 소개시켜주려는 것은 아니겠지만 내심 불안한 것도 사실이다.

끝내 김연실은 전화기 앞으로 다가앉는다.

"야야, 나, 김 사장인데, 그 사람 말이제, 내한테 소개시켜주겠따꼬 한 그 애…… 아이, 남자친구 말이제, 어떤 여자를 좋아하제?"

숙은 김연실의 말에 아연해진다. 삼백만 원짜린지 삼천 원짜린지 모를 옷을 들이대는 김연실을 떼어내자고 한 소리를, 김연실이 곧이곧대로 듣다니 이거야말로 큰일이다. 숙은 입에서 나가는 대로 말한다.

"뭐 까다롭게 구는 사람은 아니요. 그냥 뭐…… 여자다운 여자를 좋아하요."

김연실은 여자다운 여자라는 소리에 그만 입을 다문다. 자신이 생각해도 여자다운 여자하곤 상당히 거리가 먼데 어떻게 여자다운 여자로 변신할 수 있을지 앞이 캄캄하다.

김연실은 나이를 물어볼 엄두도 못 내고 전화를 끊는다. 하늘이 내려준 기회를 도로 반납하자니 거금 삼백만 원짜리 스웨터가 팔팔 뛸 것이고, 남편 대신 죽어라 가장으로 일만 한 죄가 한을 풀어 달라고 아우성칠 것이다. 생각해 보면 박팔봉만이 이성과 사귀는 걸로 대인관계의 폭을 넓힐 수 있는 건 아니다. 후진 모텔이지만 생계를 도맡아 온 여인네도 아롱아롱 새록새록 단꿈을 꿀 수 있으며, 그 꿈을 실현시킬 자격이 있다.

이렇듯 필요충분조건이 아귀가 딱 맞게 떨어지자 김연실은 자리를 박차고 일어난다. 대체 대한민국 아줌마 김연실에게 어려울 게 무엇이란 말인가. 남들도 다 하는 일을, 남들 하는 대로 밀어붙이면 될 게 아닌가.

김연실은 일단 체중조절부터 들어간다. 아침을 굶고 저녁을 굶고 점심을 굶고, 아침인지 점심인지 저녁인지 모를 끼니들을 팍팍 굶어제친다. 먹는 것과는 지옥으로 삼고 땀을 빼는 것과는 지기지우로 사이를 튼다.

찜사모들은 하루아침에 변한 김연실을 보고 왜 저렇게 하는지 모르겠다고 수군거린다. 보다 못한 숙이 김연실에게 귀띔한다.

"김 사장님, 무신 살을 뺄라고 그라는지는 모르겠지만 그러다 씨러지요. 남부러울 것 없이 사는 사장님이 어느 날 갑재기 씨러지문 누구 좋은 일 시키겠세요? 살을 빼도 우리 나이엔 천천히 빼는 게 약이라요. 그래야 주름살도 덜 생기요."

김연실은 그렇지 않아도 현기증이 나서 죽을 판인데, 뻔히 아는 얘기를 충고랍시고 해주는 게 더욱더 현기증이 난다. 어쩌고저쩌고 쫑알쫑알 떠들어도, 김연실은 결행한 프로젝트는 끝까지 불사항전으로 밀고 나가겠다고 다시 한 번 결심한다. 지금은 공습경보에 전시상황 체제로 돌리는 중이다. 그 프로그램을 말 몇 마디에 변경·철수시킬 정도라면 시작도 하지 않았다. (이쯤 되면 단순히 살을 빼는 차원이 아니라 프로젝트가 맞다. 그 프로젝트는 좀 더 구체적으로 진행된다.)

김연실이 마음을 다잡는데 희가 반쯤 죽어가는 김연실에게 말을 건다.

"사장님, 사장님처럼 갑자기 살을 빼면 피부가 확 늙어요. 돈도 많으신데 다이어트 클리닉에 가 빼세요."

주가 희가 한 말에 하나를 더 보탠다.

"사장님, 어제보다 주름살이 눈에 띄게 늘었어요. 며칠 전만 해도 환갑이 넘었다곤 믿어지지 않았는데 지금은 칠순이 넘었다고 해도 믿어질 거예요."

이런 세상에, 환갑이라는 단어 자체도 징글맞게 싫은데 거기다 칠순이 넘어 보인다니, 몸과 마음이 자빠지고 고꾸라져 사망한다.

정이 희와 주가 한 말에 둘 셋을 더 보탠다.

"아이, 속상해라. 우리 사장님이 이렇게 꼬부랑 할머니가 되다니 마음이 아파 견딜 수가 없네. 다른 찜질방 순례하는 것도 못하고……."

이토록 언어도단을 능가하는 말에도 김연실은 아무 대꾸도 하지 못한다. 영양실조가 급작스레 김연실의 청각 및 각종 감각을 장악한 탓이다. 말도 말로 들리지 않고 사람도 사람으로 보이지 않는다. 그

럼에도 김연실은 두려워하거나 떨지 않는다. 솜털 하나 까딱할 수
없는 이런 기분이 연약한 사람들만이 느끼는 바로 그런 것이라면,
백 번 천 번을 느껴도 좋다. 아니, 느끼고 싶다. 아니, 느껴야 한다.
난생처음 느껴보는, 전신이 아득하면서도 아늑하게 떨어지는 이 기
분이야말로 절대 싫증 나지 않을 느낌이며 돈 주고도 못 살 귀하고
귀하신 기분이다.

김연실은 처음이자 마지막이 될지도 모를 이 묘한 기운 속에서 이
런 포부를 가져본다. 그래, 바로 그기야. 살도 빼고 성형수술도 하문
항상 이런 기분으로 살 수 있을 기다. 김연실은 가물가물 정신을 잃
어가면서도 끝까지 그 포부를 놓지 않는다.

*　　*　　*

그날 이후 김연실은 찜질방 근처엔 얼씬도 하지 않았다. 아니, 갈
수 없었다. 좀이 쑤셔 체머리를 흔들며 길바닥으로 뛰쳐나갈 위기가
여러 번 있었지만, 김연실은 용케도 접수실에 틀어박혀 바깥출입을
끊었다. 왜냐. 그동안 재건축에 가까운 리모델링을 했고, 리모델링
중에서도 성형수술이었으며, 성형수술 중에서도 턱을 깎는 대공사
를 했다.

얼굴 면적이 줄긴 했지만 김연실이 정한 수준에 미치려면 턱도 없
었다. 자신의 한쪽 손바닥을 펴보이며 그만한 넓이로 줄여 달라고

하니 어느 정신 나간 의사가 그 야무진 꿈을 만족시켜 줄 수 있었겠
는가. 의사는 그 나이에 멀쩡한 얼굴을 기형으로 만들겠다는 거냐고
지당하고 타당하고 마땅한 얘기를 했다. 김연실의 꿈은 일언지하에
거절당했고, 김연실은 이루어질 수 없는 꿈을 이루어질 수 없는 사
랑으로 끝끝내 간직하게 되었다.

희망의 면적까지 가진 못했지만 줄긴 줄었으므로 김연실은 과거
를 졸업한 셈이다. 졸업을 했다고 단박에 바깥출입을 할 수 있는 건
아니다. 퉁퉁 부은 얼굴은 예전의 얼굴보다 더 커져 시간을 인내로
달여 먹어야 한다는 교훈을 던져준다. 하루라도 백화점과 찜질방을
돌지 않으면 살 수 없었던 김연실도 이번만큼은 어쩔 수 없이 징역
살이를 한다.

찜사모들이 둘러앉아 호호거리는 장면이 눈에 어른거릴 때면 피
가 바짝바짝 말라 혈관이 달라붙는 느낌마저 든다. 그 화기애애한
자리에 자신이 빠져 있는 데도 자전과 공전이 계속된다는 건 필시
은하계가 실성을 했거나, 치매로 장거리를 뛰고 있거나, 무게 중심
을 잃었거나, 대대적인 파손이 나지 않고서야 있기 어려운 일이다.

자연의 섭리에 반감이 갈수록 김연실은 뒷방 늙은이가 된 듯 처량
맞고 외롭기만 하다. 그것도 전직 의사나 변호사나 교수를 했던, 일
명 브랜드 뒷방 늙은이가 아닌지라, 찾아오는 이 없이 방콕으로 있
으려니 외로움이라는 바이러스는 맹공을 퍼부으며 돌연변이를 해
가며 장기투숙을 한다. 이렇듯, 바이러스라는 게릴라는 스스로 이동

하지 못하나 숙주를 타고 전 세계를 돌아다닐 수 있다는 것을 김연
실을 통해 여실히 보여준다.

김연실은 지금 외로움 바이러스에 감염돼 너무너무 적적하고 너
무너무 황폐하다. 손님들한테 방 열쇠나 주고 돈을 받는 것 외엔 할
일이 없는 김연실은 죽치고 앉아 죽만 먹어가며 하루해를 보낸다.
흰죽, 잣죽, 야채죽, 전복죽, 해물죽, 깨죽, 브로콜리죽, 녹두죽, 새우
죽, 호박죽, 대게살죽, 소고기버섯죽, 팥죽, 생굴죽…… 죽이라는 죽
은 다 섭렵하면서 깎은 턱뼈가 자리 잡길 기다리는데, 일 년은 도무
지 쉬이 올 것 같지 않다. 다혈질의 김연실로선 일 년이 지나야 턱뼈
가 가라앉는다는 말은 안 들으니만 못하고 모르니만 못하다. 그 긴
긴 세월을, 금단의 집을 그리워하며 죽과 외로움으로 싸워 살아남아
야 한다는 건 자수성가한 김연실에게도 쉬운 일은 아니다.

생각 끝에 김연실은 한 가지 소일거리를 찾긴 찾았다. 자존심이
밥 먹여주는 게 아니라는 걸 체득한 후, 김연실은 찜사모에게 전화
거는 걸 낙의 낙으로 삼기 시작했다.

"야야, 나, 김 사장인데, 오늘 찜질방에서 뭐 먹었제? 어젠 누가 음
료수 샀제?"

"야야, 나, 김 사장인데, 새로 들어온 회원 있나"

"야야, 나, 김 사장인데, 주하고 희하고 체중 많이 줄었다 카는데
을매나 줄었제?"

"야야, 나, 김 사장인데, 어젠 몇 시까지 있다 갔제?"

찜사모들은 휴대전화기의 배터리가 닳도록 김연실의 전화를 받는다. 참다못한 찜사모들, 비상대책회의를 연다. 회의의 내용은 이렇다. 이대로 가다간 김 사장의 전화병이 더 깊어질 것이 분명하다, 찜사모들을 잊지 못해 상사병이 난 모양이니 얼굴을 보여주자.

이 결론에 만장일치를 보자 찜사모의 대모인 숙이 김연실에게 전화를 건다.

"김 사장님, 우리 찜사모 육인방덜이 사장님한테 병문안 가려요. 무신 수술을 했길래 아즉도 나오지 않고 그리 계신지 우덜이 너무 무심했세요. 호텔 이름하고 위치 알려주시문 당장 찾아가 볼라요."

호…… 호텔이라니, 호텔이라니. 김연실의 가슴은 천길만길로 떨어진다. 말이 좋아 모텔이지, 외부며 내부는 쌍팔년도에 인수한 그대로 수리 한 번 하지 않아 웬만한 여관만도 못하다. 그런 모텔을 호텔로 찾아오겠다니 난감함이 깊이를 잴 수 없을 만큼 깊게 팬다. 그러나 김연실이 어떤 김연실이던가. 뻘짓만 해대는 박팔봉을 상대로 갈고닦은 실력이 만만치 않은지라, 이론의 법칙을 뛰어넘은 응답이 즉각 튀어나온다.

"하이고야, 고맙기도 하제. 내 그리잖아도 섭섭했제. 그란데 말이제, 지금 여기 수리하느라 머리가 터질 지경이라. 그래 내 지금 제주도에 있는 콘도로 갈라꼬 막 채비 채리는 중이다. 말은 고맙지만 나중에 보자."

김연실은 전화를 끊고 가슴을 쓸어내린다. 이렇게 나가다간 앞으로 전화 걸기가 녹녹치 않을 낌새다. 당분간 전화 걸기를 쉬어야겠지만 그도 쉽지만은 않다. 전화 걸기는 이미 체질화되어 체질을 개선해야만 고칠 수 있을까 말까한데, 지금 와서 체질을 개선한다는 건 식칼 대신 돌도끼를 쓰라는 얘기고, 우주왕복선을 타고 달나라로 가 고래를 생포해 오라는 말과 동급이다.

김연실은 이렇게도 저렇게도 못한 채 꼴딱 하루를 보낸다. 하루가 갔다고 해서 전화 걸기 중독증이 가라앉았다거나 사라진 건 아니다. 오히려 전화기를 들었다 놨다 들었다 놨다 횟수만 더 잦아지는데, 한 번 들을 땐 숙의 얼굴이, 두 번 들을 땐 경의 얼굴이, 세 번 들을 땐 희의 얼굴이 떠오른다. 그 얼굴들이 떠오르는 와중에 한 번도 거르지 않고 떠오르는 얼굴이 있었으니, 바로 숙이 소개시켜주겠다던 남자의 얼굴이다. 김연실은 남자의 얼굴을 본 적이 없으므로 그저 자기식대로 흑기사를 그릴 뿐이다. 막연할수록 신비감은 더해지는 법, 김연실은 이 신비로운 흑기사가 아직 그대로 있는지 점점 안달이 난다. 이 궁리 저 궁리 끝에 김연실은 유선전화기 대신 휴대전화기를 든다.

"야야, 나, 김 사장인데, 잘 지내고 있제? 여긴 제주도다. 여 오니 공사 따문에 시끄러웠던 게 없어져 살 것 같다. 야야, 숙아, 거시기…… 그 남자 말이제, 잘 지내고 있겠제? 그 남자, 어떤 여자를 좋아하제? 말하자문…… 얼굴이 동그랗다든지 계란형이라든지 몸매가 통통하다든지 말랐다든지…… 그런 거 말이다."

숙은 당장 언제 어디서 남자를 구해야 할지 기가 막힌다. 숙이 어물쩍 둘러댄다.

"사장님 같은 분을 좋아하요. 살집도 좀 있고 넉넉한 품성에
다…… 아모튼 그분, 사장님을 만나고 싶어 기댈리구 있세요. 사장
님한테서 만나자는 연락이 오면 제까닥 나갈 준비가 돼 있다 해요."

김연실의 외로움 바이러스는 일시에 자취를 감춘다. 흔적도 남기
지 않고, 기약도 없이 싹, 싹, 싸그리 없어진다. 열나절 찜사모 육인
방한테 전화를 걸어봤자 그게 그 소리다. 이렇게 행복을 더블 상품
으로 받을 줄 알았다면 진작 물어볼 걸 그랬다는 생각이 절로 든다.

그 기운을 연장하여 김연실은 거울에 대고 말한다. 나 같은 여성
이락 했제? 살집도 있고 품성도 넉넉하고? 나가 연락하기만 고대한
다꼬 했제? 연락만 오면 제까닥 나올 준비가 되어 있다꼬 했제?

김연실의 입가에 모락모락 아지랑이가 핀다. 요 얼굴로 뭇 사내를
홀려 사랑을 받고 사랑을 나눈다…… 생각만 해도 정수리부터 발가
락까지 오소소 소름이 끼친다. 박팔봉의 사랑 같은 건 사랑이 아니
다. 삼류, 사류, 오류, 하류, 싸구려, 찌꺼기, 아니 그보다 못하다.

김연실은 자신의 몸을 두 팔로 부둥켜안고 사랑을 속삭이다 말고
번뜻 정신이 든다. 만날 남자는 무엇을 하는지, 나이는 몇인지, 어디
서 누구와 사는지, 아는 게 하나도 없다. 그런 게 사랑의 조건이 될
순 없지만 김연실은 그 남자의 것이라면 무엇이든 알고 싶다. 김연
실이 다시 숙에게 전화를 건다.

"야야, 나, 김 사장인데, 저그 말이제…… 그 남자 말이제…… 뭐

하는 사람이제? 나이는 몇이제? 이름은 뭐제?"

숙은 숙박업을 하는 사람이 저토록 순진한 것인지, 아니면 순진한 척을 하는 것인지 종잡지 못한다. 어찌 됐든 어떤 남자라도 물색해 놓지 않으면 안 될 형편인 것만은 틀림없다. 숙은 아무렇게나 생각나는 대로 말한다.

"그분은 퇴역장성이라요. 얼마 전에 전역했는데 나이는 사장님 또래지 싶어요. 사장님보다 네댓 살 아래로 보이드만요. 어쩌면 그 나이일지도 모르겠세요. 사장님처럼 즘잖은 분이 되놔서 물어보기가 뭣하드만요. 이름은…… 아니, 이럴 게 아니라 만나서 직접 통성명 하문 더 좋지 않갔어요."

이 정도의 말에 충족할 김연실이 아니다. 한 시간도 못 돼 김연실은 또 숙에게 전화를 건다.

"야야, 나, 김 사장인데, 나는 말이제…… 그렇게 젊고 많이 배우고 즘잖은 사람이 좋드라. 나 말이제…… 지금 살 많이 뺐다. 얼굴도 고와졌고. 그 퇴역장성이라는 분 말이제…… 나 만나도 실망 안 할끼다."

김연실의 정신 저 어디에서 피어났는지 모를 그리움의 포자는 삼십 분도 채 안 돼 따끈따끈 발효한다. 발효된 포자가 전선을 타고 숙에게로 날아간다.

"야야, 나, 김 사장인데, 숙아, 나이를 거꾸로 먹는 것 같은 기분 아나? 그 퇴역장성 말이제…… 그 퇴역장성 말이제…… 혼자 사나?"

숙은 제주도라 그런지 말소리가 잘 안 들린다고 소리친다. 김연실은 휴대전화기에 귀를 바짝 붙이곤 목청을 높인다. 숙은 안 들린다며 여보세요 여보세요만 외치다 휴대전화기를 닫는다. 김연실이 다시 숙에게 전화를 건다. 전원이 꺼져 있다는 메시지가 나온다.

숙은 찜질방을 나가며 배터리를 끼운다. 배터리를 끼우자마자 김연실의 전화가 온다. 숙은 이런 미친 여편네 하고 중얼거리며 전화를 받는다. 김연실의 그리움의 포자는 어느새 해바라기만큼 커져 몰캉몰캉한 화음을 뽑아낸다.

"야야, 나, 김 사장인데, 숙아, 니 사랑이 몬지 아나. 하! ……거시기 그 퇴역장성 말이제…… 지금은 만날 수 없지만 멧 달 후엔 만날 수 있다. 내 날 잡으까?"

🌰 형사 콜롬보

김연실의 사랑 타령을 보니 소포클레스의 안티고네에 나오는 대사가 떠오른다.

"에로스여, 싸워 이길 수 없는 이여, 불사의 신들 중 누구도 피하지 못하며, 인간들 중 누구도 못 피하며, 그대를 지닌 자는 광란하도다."

위의 말을 인용하지 않아도 사랑만큼 총천연색인 것도 드물다. 그런 의미에서 이제부터 사랑에 관한 수업을 무료로 시작해보겠다.

사랑이라는 말처럼 고전과 현대를 아우르는 말도 없다. 미래까지 담고 있으니 사랑이라는 말은 그 어떤 말보다 최고의 용량을 과시한다. 요즘처럼 조금 길다 싶은 단어나 표현은 반 토막을 내거나, 앞뒤만 붙여 신조어로 쓰는 것을 생각하면, 사랑이라는 단어가 짧은 것은 다행이 아닐 수 없다. 수시로 써야 할, 또 쓰고 있는 그 단어가 길거나 발음상 어렵다면, 잘 사귀다 헤어지는 경우도 없지 않아 있을 것이다. 기니까 생략하고, 발음이 어려우니 생략하고, 그래서 어이 귀찮다 하고 생략하니, 사랑하는 사람들은 무드 없는 사랑에 질려 헤어지게 된다는 말.

그런 이유로 사랑에 빠진 사람들은 그 불타는 마음을 대신해 줄 말을 찾아, 조랑말도 타고 낙타도 타고 타조도 타면서 오직 사랑을 사랑으로 표할 단어를 찾아 의지가지없는 고아처럼 떠돌아다녔다. 그래서 발견해낸 게 '사랑'이라는 단어다. 이러니 사랑을 우습게 보면 안 된다.

무료수업을 한 김에 부가서비스 하나만 더. 간단히 말해 사랑은 자국이다. 김연실이 사랑 타령을 하는 것은 자국 때문이다. 사랑이 만들어내는, 예측불허의 그 오묘한 자국을 만지거나 보거나 만들고 싶어서이다. 이때 자국이란 흔적을 말하는 데, 그 흔적이란 무엇인가가 건드렸기에 나타나는 현상이다. 이렇게 말하면 재미가 한참이나 떨어진다.

다시 시작.

사랑은 한여름, 느닷없이 쏟아지는 우박이다. 우박을 맞은 채소들은? 자국이 생긴다. 뻥뻥 뚫리기도 하고 찢어지기도 한다. 이때 사람들은? 호들갑을 떤다. 호들갑을 떨 만도 하다. 우박은 아무 때나 오는 임이 아니시다. 맞고 싶다고 자기 발로 찾아와 자수하는 분도 아니시다. 우박은 뜬금없이 와야 우박이 되는 것이다. 잘 아시겠지만 사랑이 그렇다는 얘기.

사랑에 관한 수업은 이쯤에서 덮겠다. 무료를 너무 세세히, 친절하게 하면 진짜 무료가 되므로.

말을 마치려는데 문득 어떤 사람이 생각난다. 그 사람에게 이런 질문이 던지고 싶어진다. 사랑의 자국을 본 적이 있나요? 겪을 수는 있어도 볼 수는 없는 게 사랑의 자국이 아닐까요?

그런데 참 말도 안 되는 얘길 해야겠다. 무슨 자국인지는 모르지만 자국을 찾아 자국으로 사는 사람이 있다. 그 사람의 자국은 끝이 없다. 끝이 없는 만큼 그 사연은 빌빌거리지도 않고 누르팅팅하지도 않다. 그런데 그의 자국을 아는 사람은 아무도 없다나? 어떤 자국이기에 모두가 다 모른다는 걸까?

발자국을 좋아해 발자국만 찾아다닌 남자가 있었단다. 그가 식음

을 전폐하고 찾아 나선 발자국은 흔히 볼 수 있는 발자국은 아니었
단다. 시조새의 발자국이나 고대 이집트 관료의 발자국이 아니었을
까 싶지만 그것도 아니란다. 믿거나 말거나, 항간엔 그가 발자국을
찾아 동서남북 유라시아 미주대륙 오세아니아를 비롯해 저기 저 남
극과 북극, 열대우림까지 다녀왔다는 소리가 떠돈다. 이런 미심쩍은
남자가 있을까 싶지만 있단다.

그러면, 오직 발자국을 찾아 발자국을 남기며 돌아다녔다는 그 사
나이는 대체 누구이며, 왜 그런 짓을 하는지 은근슬쩍 궁금해진다.

수상쩍은 그의 발자국 찾기는 철을 지나고 해를 거듭해 지금까지
이어진다. 그가 찾는 발자국이 어떤 발자국인지는 그 누구도 아는
바가 없다. 다만, 발자국에 관한 것이라면 시간과 장소와 대상을 마
다하지 않는다는 점만 알 뿐.

그의 정체는 그가 찾는 발자국만큼이나 뚜렷하지 않다. 전설로 떠
도는 인물이 아닌, 오늘도 어디쯤엘 가면 만날 수 있는 현존 인물인
데 그의 이름을 아는 사람은 없다. 그의 이름을 두고 본명이라는 둥
가명일 거라는 둥 아니면 별명이거나 예명, 필명일지도 모른다는 소
리가 있지만, 그가 절엘 다니지 않는 걸로 봐 법명은 아닌 게 확실하
다. 성당에 다니는 것도 아니니 세례명도 아니다. 인터넷이라는 자
유국에서 쓰는 아이디라는 여권이자 비자의 이름일 수도 있으나, 그
는 인터넷을 해 본 적이 없고 인터넷이라는 게 있는 줄도 모르니 그
것도 아니다.

그는 누가 이름을 물어볼 때면 콜롬보라고 대답한다. 콜롬보? 콜롬보라…… 그렇지, 콜롬보라면 익히 들어온 이름이다. 국적을 초월한 저 유명한 형사의 이름이자 형사라는 보통명사를 고유명사로 착각하게 만든 엄청난 위력의 이름이기도 하다.

자칭 콜롬보라 부르는 이 남자는 어째서 자신의 이름을 그렇게 부르는지 알 수 없다. 단순히 콜롬보라는 형사가 좋아서 그렇게 부르고 다닌다면, 그는 전·현직 형사이거나, 아니면 형사의 끄나풀로 산한풀이로 그렇게 부르고 다닐 수 있다.

아무튼 영화에 나오는 콜롬보는 약간 구부정한 어깨에 작달막한 키, 늘 구겨진 트렌치코트를 걸치고 회색빛 도시를 어슬렁거린다. 자칭 콜롬보라 하는 이 남자 역시 형사 콜롬보 못지않은 개성파다. 형사 콜롬보가 구부정한 어깨라면, 이 남자 콜롬보는 구부정한 콧대에 마른 키다. 트렌치코트가 형사 콜롬보의 인식표라면, 이 남자 콜롬보는 짙은 선글라스가 인식표다. 형사 콜롬보가 한 손엔 시가를 다른 한 손엔 작은 수첩을 꺼내 적을 때, 이 남자 콜롬보는 옆구리에 늘 두꺼운 노트를 끼고 다니며 적는다. 형사 콜롬보가 어벙한 표정으로 옆집 아저씨처럼 군다면, 이 남자 콜롬보는 예리하게 사물을 관찰 파악하는 눈빛으로 일관한다. 그 눈빛이 얼마나 뾰족하던지 사물을 응시할 때면 눈으로 수를 놓고 글자를 쓴다고 해도, 또는, 이미 완성된 수나 쓰인 글자가 조각조각 분해된다고 해도 믿을 만하다.

검정 점퍼에 청바지를 입은 콜롬보가 지하도에서 올라온다. 콜롬보는 지하도 입구에서 잠시 각목 모양으로 서 있는다. 새까만 선글라스 속에선 눈동자 굴러다니는 소리가 쉴 새 없이 난다.

콜롬보는 그 자리에서 약 일 분간 서 있다 오른쪽으로 몸을 튼다. 그의 동작은 눈빛 못지않게 날카롭고 기중기보다 무겁다.

한때 콜롬보는 이런 날카로움과 중량감을 함께 지녔다는 이유만으로 한 여자에게 매력의 시조가 된 적이 있다. 그 시절의 콜롬보는 콜롬보의 르네상스라 명명해도 손색이 없다. 지금도 그 나이에 청바지를 벗어본 적이 없으니 젊음은 그의 것이다.

젊다고 해서 그가 젊었는지 늙었는지는 알 수 없다. 그의 이름을 정확하게 아는 이가 없듯, 나이 또한 몇인지 아는 사람이 없다. 나이가 아닌 외모에서 풍기는 분위기로 젊었다거나 늙었다고 말할 수도 있겠지만, 이 또한 알 수 없다. 콜롬보는 늘 무표정한 얼굴에 선글라스를 끼고 다닌다. 때문에 얼마나 늙었는지 젊었는지 꼬집어 말하기가 어렵다. 세수할 때는 벗겠지만 세수하는 걸 보지 못했으니 이 또한 모르는 일이다. 잘 때나 화장실 갈 때는 벗겠지만 그럴 때의 콜롬보를 본 사람도 없고 몽타주로 그려놓은 것도 없으니 딱히 뭐라 말하기가 곤란하다.

한마디로 그의 나이를 얘기할 수 있는 건 하나도 없다. 콜롬보가 문을 열고 세상 밖으로 나올 때는 항상 선글라스 차림이니 동네 슈퍼마켓 아줌마도 그의 나이를 알지 못한다. 말하자면 콜롬보의 나이는 선글라스 속에 들어 있다. 나이뿐인가. 표정 또한 선글라스 속에 들어 있으니 알 수 없긴 매일반이다. 모 대통령처럼 잔인함과 너그러움이 새까만 선글라스에 들어 있는지, 존 웨인처럼 광활한 서부에서 자외선도 차단하고 멋도 내면서 총싸움을 한 이력이 들어있는지, 그것도 분명하지 않다.

그러니까 지금의 콜롬보는 선글라스를 빼면 콜롬보가 아니라 해도 누구 하나 트집 잡지 못한다. 오히려 말 잘했다고 정가에서 몇 퍼센트 할인해줄지도 모른다. 콜롬보가 선글라스를 벗는다면 알아볼 사람이 아무도 없기에 그렇구 말구다.

그리하여 콜롬보의 선글라스는 난제 중의 난제가 되어버렸다. 수학에서 난제 중의 난제로 이름을 떨쳤던 '페르마의 마지막 정리'도 삼백 년간 난공불락으로 남아 있다 천구백 구십 년대 중반에야 풀렸다고 하니, 콜롬보의 선글라스 난제는 그보다 더하다. 아직도 이런저런 상상을 입씨름으로 하게 하니 안 그런가?

입씨름을 요약하면 이렇다. 태어날 때 산파가 씌워주었다지? 무슨 소리! 콜롬보 엄마가 선글라스를 끼고 젖을 물리고 있었는데, 그때 아기 콜롬보가 엄마 선글라스를 빼앗아 쓴 게 시초가 된 거라구. 말도 안 되는 소리! 콜롬보 아빠가 안경점을 했는데 안 팔리는 선글라스를 태어난 기념으로 씌워준 거야. 그 보복으로 지금까지 쓰고 다니는 거고. 흐흥, 다들 동화를 쓰는군. 콜롬보는 애꾸야. 그걸 감추려고 쓰는 거야. 어허, 모르는 소리! 눈이 하도 예뻐서 누가 파갈까 봐 쓰고 다니는 거라구. 내가 당사자한테 직접 들었다니까!

이런 얘기의 주인공이 된 콜롬보, 지하도 입구에서 오른쪽으로 걸어간다. 콜롬보의 보폭은 정확히 오십 센티미터다. 콜롬보는 좌우를 둘러보는 법도 없이 곧장 앞으로 간다. 저렇게 앞만 보고 가다 길거리에 진열해 놓은 물건들을 쓰러뜨리면 어쩌나, 그래서 억울하게 물건 값을 물어내기라도 한다면 어쩌나, 그 일로 시비가 붙어 맞고소까지 가면 어쩌나, 그러다 꼭 봐야 할 사람도 놓치거나 알아보지 못하면 어쩌나, 어쩌나, 어쩌나…… 옆에서 보는 것만으로도 어쩌나 싶다.

사람이란 아무리 선글라스 속에서 눈동자가 닳도록 굴린다 해도 정확히 백팔십 도를 보지 못한다. 고개를 잔뜩 빼고 돌아봐도 삼백육십 도까지 완전히 볼 수 있는 사람은 없다. 그런데 어쩌자고 저 지경으로 부러질 듯 앞만 보고 걷는지, 보는 사람 심정도 좀 헤아려주었으면 한다.

인체 공학적인 면과 감각 감성의 사실에서도 콜롬보의 고정된 시선은 고려해 볼 만하다. 사람의 목이란 돌리라고 있는 것이다. 이것도 보고 저것도 보라는 뜻에서이다. 이것도 보기 싫고 저것도 보기 싫은데 왜 이것도 보고 저것도 보라냐고 따지면 할 말은 없다. 그러나 돌리게끔 되어 있는 목이 있는 한, 이것도 보고 싶고 저것도 보고 싶게끔 되어 있다. 즉, 보고 싶다는 본능이 목을 누르면 목은 저절로 돌아가 이리 보고 저리 보게 된다는 말이다. 목을 다쳐본 사람이라면 돌리고 싶은 만큼 돌려 볼 때에야말로 진짜 봤다는 충족감과 함께 내 목이 내 목이라는 사실을 비로소 실감할 수 있을 것이다.

콜롬보도 이러한 목을 가진, 아주 건강한 목을 가진 사람인데, 어쩌자고 보고 싶다는 본능을 묵살할 수 있는지 의문이다. 세상과 담을 쌓고 살겠다는 건지 자신 외엔 관심이 없다는 건지 알 수 없다.

목은 신체의 레이더이자 이웃도 돌아보라는 상징적 의미이기도 하다. 이를 염두에 두면 콜롬보는 저밖에 모르는 밉살스런 인간일지도 모른다. 갖가지 해석과 분석과 소문이 난무해도 콜롬보는 죽어라 고개를 돌리지 않는다. 이러한 콜롬보의 행동양식에 대한 논문이 아직까지 없는 걸로 봐, 입원을 요할 질병 내지 전염병은 아닌 모양이다.

콜롬보가 선글라스를 쓰는 이유가 앞만 보겠다는 것이라면, 분명 그렇게 작정하게 된 원인 또한 있을 것이다. 언제부터 좌우를 돌아보지 않고 볼 것만 보겠다는 식으로 살아왔는지, 이런 자를 매력의 시조로 여기던 여자는 시력이 형편없었던 건 아닌지, 새삼 추리의 더듬이가 쪽쪽 곤두선다. 취향이 각각인 세상인지라 반말과 명령조로 강연하는 강연자를, 그렇기 때문에 존경한다며, 그렇기 때문에 섬기고 싶다며, 죽기 살기로 따라다니는 사람도 있는 걸 보면, 시력 타령은 한갓 심심해서 던져본, 말 축에 끼지도 않는 말에 속할 것이다.

듣자 하니, 이 같은 콜롬보에게도 분명 여자가 있긴 있었다고 한다. 그 여자가 콜롬보를 매력의 시조로 생각했는지는 잘 모르겠으나 콜롬보는 그렇게 믿는 눈치다. 그 여인과 콜롬보가 결혼을 했는지 동거를 했는지는 분명하지 않다. 더 분명치 않은 것은 어떻게 살았는지에 대해서이다. 싸우며 살았는지 사랑하며 살았는지, 싸우다 사랑하다 그게 지겨워 행복하게 살았는지도 알 수 없다. 콜롬보의 두꺼운 노트를, 콜롬보가 똥을 눌 때 몰래 뒤져본 사람의 말에 의하면, 콜롬보와 그 여인은 행복하게 살았다고 한다. 너무할 정도로 행복하게 살았단다. 그렇게 사는 걸 진정 행복이라 말할 수 있다면 말이다.

*　　*　　*

만약에, 행복이 영원히 지속되는 것이라면 행복이라는 말은 세상에 있을 이유가 없어야 맞다. 만약에, 콜롬보가 영원히 행복했다면 발자국을 찾아 삼천리 방방곡곡을 누비지 않아도 되었을지 모른다. 만약에, 콜롬보의 행복이 계속되었더라면 선글라스를 쓰지 않았을 수도 있다. 무리한 추측일지도 모르지만 지금의 콜롬보는 행복하지 않다. 눈은 없어져도 선글라스가 없어지면 안 되는 것으로 사는 것만 봐도 그렇다. 그래서 무리한 추측이다.

어쨌든, 콜롬보는 그 여인이 사라진 세상이 보고 싶지 않았다. 그녀와 살던 시절이 하도 행복했기에 콜롬보는 행복이라는 말도, 행복을 담고 있는 세상도 필요 없던 때가 있었다.

행복, 그 불안한 녀석을 콜롬보는 오래 간수할 수 없었다. 행복은 간수한다고 진득이 붙어 있을 녀석이 아니다. 긴 듯 아닌 듯, 지루한 듯 편안한 듯, 그렇게 알 듯 모를 듯 있다가 변덕이 나면 어느새 쌍날개 겹날개를 펴고 훠이훠이 날아가는 게 행복님이시다. 이런 예민파 행복님을 부여잡고 오래 있어 달라고 애원한들 있어줄 행복님이 아니시다. 길게 머물면 그건 행복이 아니라 권태라는 주홍글씨가 된다는 걸, 행복님은 너무나 잘 아신다. 해서, 행복님은 행복님의 전통과 명예, 긍지와 권위를 위해 사람들이 자는 틈을 이용해 야반도주를 한다.

콜롬보가 행복을 오래 간수할 수 없었다고는 하나, 그것은 남 말하기 좋아하는 말전주꾼들이나 하는 말이지 콜롬보 입장에선 행복했었다. 권태라는 오명을 뒤집어쓴 행복이 아니라 말 그대로 행복인 행복으로 행복했었다.

콜롬보에게 행복을 행복으로 주던 여인은 이제 세상에 없다. 그 여인이 없는 세상은 세상이 아니다. 세상 아닌 세상을 맨눈으로 사는 것은 벌거벗고 대로를 다니는 것과 다를 바가 없다. 콜롬보는 그 여인이 없어지던 날부터 선글라스라는 갑옷으로 무장한 채 살아간다.

혼자, 선글라스를 끼고 세상 속을 걸어가는 저 콜롬보를 보라. 걸음새는 허리나 팔뚝에까지 각반을 찬 듯하고, 짧게 깎은 머리에 검정 점퍼, 새까만 선글라스는 아직도 군정시대인가 착각할 만하다. 저토록 몸 전체를 깁스하고 다니는데도 넘어지거나 다치지 않는 걸 보면 어둠에 길든 게 분명하다. 이는 짐작의 말인데, 짐작이 맞는지 안 맞는지는 두고 봐야 알 일이다.

콜롬보는 앞으로 삼 미터 정도 가자 왼쪽 골목으로 몸을 꺾는다. 이 말을 그냥 흘려보내면 앞으로 계속되는 콜롬보의 이미지가 제대

로 잡히지 않는다. 해서 부득이 부연설명을 하면 이렇다. 콜롬보는
영화 콜롬보의 형사가 아닌 고로, 골목을 꺾어 들어갈 때도 늘쩍지
근한 몸놀림이 아닌 절도 백 점의 자세로 나간다. 좌로 앞으로잇 잣!
우로 앞으로잇 잣! 마치 제식 훈련 하듯 딱딱 부러지는데, 그렇게 하
고도 몸이 부러지지 않고 공기가 부러지지 않는 게 신기하다. 하긴,
공기라는 게 부러지는지 안 부러지는지 절대 보여주지 않으니 그것
은 공기가 우리에게 주는 은총이 아닐까 싶다. 저렇듯 뼈가 부러질
듯이 걷는 콜롬보 같은 사람이 있을 때마다 공기가 아야, 아파! 아야,
아파! 하고 신경질을 부리면, 우리는 귀마개를 사다 쟁여놓으려 강
남의 재건축 아파트를 사 두어야 할 판이니 말이다.

걷는 것만으로도 동토인 콜롬보, 왼쪽 골목으로 들어섰다 다시 오
른쪽으로 접어든다. 오른쪽 어귀엔 과일가게, 야채가게, 건어물가게
들이 늘어서 있다. 똑바로 앞만 보고 걸어도 선글라스 속의 눈동자
는 오른쪽으로 째지고 왼쪽으로 째진다. 그 부지런한 눈동자가 과일
가게며 건어물가게를 놓치지 않는 건 두말하면 잔소리다. 특히 세
번째 과일가게와 네 번째 건어물가게는 콜롬보가 예의 주시하는 가
게다.

콜롬보는 세 번째 과일가게 앞에서 잠시 멈춘다. 오늘은 남자 주
인이 아닌 여자 주인이 가게를 지킨다.

한때 콜롬보는 이 과일가게를 단골로 잡아 사과며 참외를 사다 먹
은 적이 있다. 목숨보다 더 아꼈던 바로 그 여인, 창숙에게 사과도 한

봉다리, 참외도 한 봉다리, 배도 한 봉다리, 포도, 감, 귤…… 등등, 과일이란 과일은 햇것으로 나오기 무섭게 한아름 사다 창숙에게 안겼다. 안기기만 했나? 손수 깎아 입에 넣어주고 다 씹기를 기다려 다시 한 개를 찍어 입에 넣어주었다. 변태가 아니었기에 씹어 넣어주진 않았지만 아무튼, 콜롬보는 창숙이 먹는 모습을 보는 것만으로도 행복했다. 오히려 행복이 콜롬보를 너무, 너무, 시샘했다.

창숙은 과일 중에서도 유난히 복숭아를, 그것도 이 가게에서 파는 수밀도를 제일 좋아했다. 그러니 콜롬보가 이 골목에 들르면 반드시 사 갈 수밖에. 콜롬보는, 수밀도가 든 봉지를 받아들며 팔짝팔짝 좋아했던 창숙을 번쩍 안아주던 때가 바로 어제 일로 떠오른다.

지금은 복숭아 철도 아니거니와 복숭아 철이라 해도 사다 줄 사람이 없다. 콜롬보는 한눈에 과일가게를 훑어보며 두꺼운 노트에다 뭔가를 끼적거린 다음 건어물가게 쪽으로 간다.

이 가게 역시 콜롬보가 때때로 이용하던 가게다. 이 골목에 볼일을 보러 올 때면 콜롬보는 반드시 이 가게에서 오징어를 샀다. 창숙은 다른 곳이 아닌 이 가게에서 파는 울릉도 오징어를 무척이나 좋아했다. 콜롬보가 창숙에게 오징어를 뜯어주면, 창숙은 콜롬보의 허벅지를 베고 누워 아잉 맛있어 호호호, 아잉 좋아 호호호, 하며 먹었다. 텔레비전을 보며, 때론 콜롬보의 목울대를 간질이며, 혹은 거기를 살짝 잡았다 놓으며, 그렇게 어린애처럼 장난을 쳐가며 먹었다. 콜롬보에겐 가장 행복했던 순간이다.

콜롬보는 오징어를 사는 대신 건어물가게 안을 살핀다. 가게 주인은 없고 남자종업원이 무얼 찾느냐며 다가온다. 콜롬보는 아무 대꾸 없이 노트에다 뭔가를 적은 다음 마지막 건어물가게를 낀 골목으로 꺾어든다.

이 골목은 과일가게며 건어물가게가 늘어서 있던 골목과는 판이하다. 경차 한 대가 겨우 지나갈 수 있을까 말까 한 폭이다. 콜롬보 옆으로 물건이 잔뜩 든 종이박스를 손수레에 얹어 밀고 가는 사람, 커다란 비닐봉지가 찢어져라 옷가지들을 넣고 가는 사람, 빈손으로 한들한들 걸어가는 사람, 뭐 좋은 물건이 없을까 두리번거리며 걸어가는 사람, 사람들이 연방 콜롬보 곁을 지나간다. 콜롬보는 옆으로 비켜섰다 앞으로 빠져나갔다 하며 좁은 골목을 걸어간다. 이십여 년 전이나 지금이나 이 골목은 달라진 게 없다.

콜롬보는 골목을 빠져나오자 바로 앞의 조금 넓은 길을 가로지른다. 가로지른 길 바로 맞은편에 있는 골목으로 들어가 잠시 숨을 고른다. 이 골목은 경차도 들어올 수 없는, 한 사람이 지나가야 맞은편에서 오던 사람이 갈 수 있을 정도로 좁다. 창숙을 만난 곳도 바로 이 골목이다.

이십여 년 전, 콜롬보는 이 골목으로 들어섰다 우연히 창숙과 부딪쳤다. 콜롬보는 그날을 똑똑히 기억한다. 하늘은 잔뜩 흐렸고, 싸락눈은 내리고 있었으며, 바람은 귀신의 울음소리로 을씨년스럽게 불어댔다.

창숙은 옷에 달 스팽글을 가지러 이 골목을 뛰어가는 중이었다. 골목은 약간 경사가 졌었고, 바닥엔 겨우내 쌓인 눈이 얼음판이 되어 있었다. 창숙은 거울보다 더 반들반들해진 얼음판에서 미끄러졌다. 마침 창숙이 지나가길 기다리고 있던 콜롬보 앞이었다. 창숙은 얼결에 콜롬보의 발목을 잡았고, 콜롬보는 그런 창숙을 잡아주었다.

창숙은 콜롬보가 일으키려 하자 불에 덴 듯 비명을 질렀다. 코끝이며 볼때기가 발갛게 얼어 있었다. 콜롬보가 창숙을 부축하며 일어나 보라고 말했다. 창숙은 콜롬보를 똑바로 보지 못한 채 걸을 수 없다는 말만 되풀이했다. 콜롬보는 아무래도 발목이 접질린 거 같으니 병원에 가는 게 좋겠다고 했다. 창숙은 아니라며 잘 만지면 나을 수 있을 테니 미안하지만 자신이 있는 곳까지 데려다 달라고 말했다.

콜롬보는 창숙을 둘러업었다. 콜롬보가 걸을 때마다 창숙의 발끝이 콜롬보의 옆구리에서 건들댔다. 창숙은 얇은 덧버선에 여름용 슬리퍼를 신고 있었다. 콜롬보의 마음이 그럴 수 없이 짠했다.

콜롬보는 창숙이 일러주는 대로, 미로와도 같은 골목을 한참이나 걸었다. 그렇게 이리저리 돌아가자 옷감을 전문으로 파는 건물이 나왔다. 창숙이 그 건물 이 층으로 올라가야 한다고 말했다.

이 층엔 옷감을 필로 감은 길쭉한 덩이들이 가게와 가게 사이를 울타리로 두르며 촘촘히 들어서 있었다. 창숙이 그중 한구석을 가리켰다. 옷감 파는 가게 옆에, 있는지 없는지도 모르게 딸린, 아주 작은 공간이었다. 그곳엔 재봉틀 하나가 달랑 놓여 있었다.

콜롬보는 재봉틀 의자에 창숙을 앉혔다. 창숙이 지나가는 커피 아줌마를 불러 커피 한 잔을 주문했다. 콜롬보는 재봉틀 하나가 전부인 창숙의 직장에서 창숙이 사준 커피를 마셨다. 태어나서 가장 맛있는 커피였으며 가장 가슴 아픈 커피였다.

이 골목, 이 자리로 올 때마다 콜롬보는 가슴이 오그라든다. 다른 길로 돌아갈 수도 있지만 콜롬보는 그렇게 하지 않는다. 창숙을 되살릴 수 있는 모든 것, 그것은 과거지만 바로 현재, 바로 지금이기에, 그게 무엇이 됐든 어떻게 가슴을 도려내든 피하지 않는다.

콜롬보는 내복이며 파자마를 파는 골목 중간쯤에서 왼쪽으로 꺾인 골목으로 들어간다. 다시 오른쪽으로 꺾어 양산이나 우산, 우비 같은 것을 파는 골목 어귀에 있는 지하상가로 내려간다.

지하로 들어가서도 콜롬보는 선글라스를 벗지 않는다. 단추 파는 가게들만 있는 가게를 하나씩 둘러보며 노트에 또 무엇인가를 끼적거린다. 그런 다음 옆 가게로 간다. 여느 때보다 훨씬 서릿발 선 눈이 단추가게 주인을 꿰뚫는다. 강호동을 삼 분의 이쯤 닮은 가게 주인은 콜롬보를 보자 바닥에 침을 탁 뱉더니 고개를 돌린다. 보나 마나 들으나 마나 늘 하는 소리가 뒤통수에서 삐져나온다. 저 미친 새끼가 온 걸 보니 오늘 마수는 글렀군. 이를 알 리 없는 콜롬보는, 알아도 끄떡하지 않을 콜롬보는, 감시대상 일 호는 여전하다, 라고 노트에 쓴다.

그다음 옆 가게. 오십 대 중반을 훨씬 넘긴 듯한 안경 낀 남자가 무얼 찾느냐고 묻는다. 이곳 가게 주인들은 콜롬보가 물건을 사지 않는 사람이라는 걸 뻔히 알아, 콜롬보가 오면 오나 보다 가면 가나 보다 한다. 그런데 이 가게 주인은 속이 없어서 그런지 짓궂어서 그런지 콜롬보가 올 때마다 알은체를 한다.

콜롬보는 남자의 목소리를 유심히 듣는다. 목소리가 맞는 것 같기도 하고 아닌 것 같기도 하다. 콜롬보는 선글라스 속에서 눈을 굴리며 남자를 쏘아 본다. 날 선 눈길이 무얼 찾느냐는 목소리를 조각낸다. 콜롬보는 노트에다 잠정적 감시대상이라고 쓴다.

그다음 가게. 보통 체격에 면도칼로 찍 그어놓은 듯한 눈을 가진 남자가, 저 또라이는 죽지도 않고 또 왔군, 하는 표정을 여실히 드러낸다. 그런 것을 아는지 모르는지 콜롬보는 노트에다 감시대상 삼호는 철저히 봐 둘 것, 이라고 쓴다.

콜롬보는 단추가게를 일일이 살피며 인상착의를 적고 또 뭔가를 적으며 한나절을 돌아다닌다. 그래 봐야 의심이 가는 남자는 몇 안 된다.

단추가게들을 끝내고 이번엔 실가게들이 연이어 있는 곳으로 간다. 단추가게에서와 마찬가지로 실가게를 꼼꼼히 살펴보는 콜롬보. 여기서도 콜롬보는 실가게라기보다 실 가게 주인들을 살핀다. 혐의가 있어 보이는 남자 몇을 찍은 다음, 콜롬보는 두꺼운 노트를 옆구리에 끼고 지하상가를 나온다.

콜롬보는 안감 파는 가게와 지퍼 파는 가게를 마저 들른 후 지하철로 간다. 의심이 가는 몇몇 남자를 기억해 두긴 했지만, 문제는 증거가 없다는 점이다. 증거 없이 의심만으로 혐의자들을 닦달할 순 없다. 자칫하다간 명예훼손죄로 걸려들 수도 있다는 걸 콜롬보 역시 잘 안다.

콜롬보는 어떤 방법으로 증거를 찾아내야 할지 다시 한 번 생각을 정리한다. 증거라는 게 나 여기 있다고 말할 것도 아니고, 혐의자들이 자기 발로 걸어와 자백을 할 것도 아니다. 법에 의뢰한 적이 없으니 공소시효를 따질 것까지도 없다. 이번에도 콜롬보는 항상 내린 결론을 재탕으로 내린다. 현재로선 최선책이자 최대 난점이기도 한 방법, 즉 시간이 걸리더라도 스스로 알아내는 길 외엔 없다는 것.

벌써 이십여 년이 넘도록 콜롬보는 누구한테도 도움을 청하지 않고 혼자 이 길을 간다.

생각해보면 창숙만큼 착한 여자도 없다. 단 한 번도 면사포를 쓰게 해달라고 졸라댄 적이 없고, 혼인신고만이라도 해달라고 매달린 적도 없다. 때가 되면 눈이 오고 비가 내리듯, 창숙은 자신에게 주어진 몫을 묵묵히 해냈다. 그 흔한 바가지도 긁은 적이 없고, 하루 종일 일에 치이던 날도 잠자리를 거부한 적이 없다. 일감이 오면 밤을 새워서라도 재봉틀을 돌려 옷을 수선했고, 시간에 맞춰 식사 준비도 했다. 창숙은 세상을 거스르지 않은 착한 여자였으며 자연과도 같은 여자였다.

그렇게 착한 창숙이 교통사고를 당하다니 콜롬보는 믿을 수가 없다. 아니, 믿지 않는다. 창숙을 기쁘게 해 줄 양, 운도 떼지 않고 혼인신고를 하러 간 날, 하필이면 바로 그 시간에 교통사고를 당하다니 드라마도 이런 드라마가 없다. 그것도 뺑소니차에 치였다고 하니 알아낼 길도 막막하다. 창숙이 살아 있다면 지금쯤 콜롬보는 선글라스 대신 장성한 자식을 앞에 두고 효도를 받고 있을지도 모른다.

콜롬보는 지그시 어금니에 힘을 준다. 창숙의 결백을 위해서라도 범인을 찾아내는 일은 그만둘 수가 없다. 사건의 공소시효는 있어도, 창숙의 순결한 이름을 회복시키는 일엔 공소시효가 없다. 사고가 난 날 바로 연락만 받았어도 이렇지는 않았을 것이다. 그것도 모르고 창숙을 찾아 몇 날 며칠 돌아다닌 걸 생각하면 지금도 눈이 튀어나온다. 저녁 준비를 하러 가겠다며 나간 게 마지막이 될 줄 알았다면 혼인신고고 뭐고 같이 따라갔을 일이다. 억울하게 죽은 데다 억울한 누명까지 쓴 창숙을 생각하면 콜롬보는 자다가도 벌떡 일어난다. 범인을 찾기만 하면 다리미로 지져서라도 실토를 받아내겠다고 거듭 맹세해보지만, 그 범인이라는 자는 어디서 뭘 하는지 꿈에조차 나타나지 않는다.

콜롬보는 지하철에서 내려 이 번 출구로 나간다. 콜롬보의 발걸음은 조급하거나 게으르지 않다. 차례차례 순서대로 입장하듯 보폭과 속도는 자로 잰 듯 정확하다. 죽는 날까지 밝혀내고야 말 이 일은 서둘다고 될 일이 아니다. 시간이 문제가 아니라 얼마만큼 정확하고 치밀하게 알아내느냐가 관건이다. 티 없이 천진한 어린 양 창숙에게, 어째서 그런 일이 벌어졌는지 콜롬보는 지금도 받아들이지 못한다.

창숙은 손님이 옷을 잘못 수선했다고 화라도 낼라치면, 차분한 얼굴로 죄송하다며 손해배상을 해주겠다고 말했다. 단추며 실이며 지퍼가 떨어지면 말없이 동대문시장이나 남대문시장으로 나가 자재를 구해왔다. 또한 콜롬보가 원하는 것이라면 그게 어떤 게 되었든, 말하기도 전에 알아서 척척 다 해주었다. 창숙은 착하고 순하고 부지런한 여인이었다.

그런 창숙이 뺑소니 교통사고를 당하다니, 이건 하늘이 땅이 되고 땅이 하늘이 되는 일이다. 이렇듯, 있을 수 없는 일을, 있을 수 없는 일로 되돌려주기 위해 콜롬보는 전 생애를 건다. 콜롬보는 콜롬보가 아닌 사람으로 살라 해도 살 수 있지만, 창숙의 일은 그렇지 못하다.

콜롬보는, 누군가가 자신과 창숙의 사이를 질시한 나머지 창숙을 교통사고로 가장해 죽인 다음 뺑소니로 처리했다고 여긴다. 아니면 창숙을 납치해 지금까지 가둬두고 있거나. 이미 화장해 뼛가루를 뿌렸다는 연락은 받았지만 콜롬보는 그 말을 믿지 않는다. 결혼식을 치르지 않고 산 사이라지만 사실혼이라는 게 있다. 이런 마당에 자신이 아닌 다른 누가 제멋대로 창숙을 장례 치르고 화장할 수 있는지 도저히 납득이 가지 않는다.

더구나 창숙이 죽던 바로 그날은 콜롬보 자신의 아이를 임신했다는 사실을 안 날이다. 그래서 더 늦기 전에 법적인 부부로 승인을 받으러 간 것이다. 창숙의 본적을 몰라 그냥 되돌아 나오긴 했지만, 동회 업무가 끝나는 시간만 아니었다면 틀림없이 하고야 말았을 일이다.

창숙이 사라진 지 이 주일쯤 되었을 무렵, 늙수그레한 목소리의 남자가 창숙의 소식을 알려왔다. 곧이곧대로 믿기엔 석연치 않은 얘기였다. 어쩌면 그 사내가 범인일지도 몰랐다. 콜롬보는 그 사내의 목소리와 그때 들었던 내용을 토씨 하나 빠뜨리지 않고 기억한다.

"에…… 창숙 씨 아는 사람 되시오? 에…… 어떤 사람이 부탁해서 전화하는 거요. 에…… 창숙 씨는 뺑소니차에 치여 죽었다고 그럽디다. 벌써 화장해 뿌렸으니 그리 알라고 전해 달라고 합디다."

전화는 콜롬보가 대꾸할 새도 없이 끊어졌다. 콜롬보는 전화기를 내동댕이친 채 며칠간 부썹을 못했다. 어떤 놈이 장난 전화를 건 것은 아닐까. 찾아내기만 하면 숨통을 끊어놓든 포를 뜨든 손 가는 대로 하고 싶었다. 감히 어느 누가 자신의 창숙을 교통사곱네 화장입네 말할 수 있는지, 생각할수록 치가 떨렸다.

그러나 창숙은 돌아오지 않았다. 장난 전화라면 창숙이 돌아와야 맞지만, 창숙은 한 달이 가고 두 달이 가고, 일 년, 이 년, 해가 바뀌도록 오지 않았다. 콜롬보는 전화를 기다리느라 화장실조차 마음대로 가지 못했다. 창숙은 죽지 않았다. 짐승 같은 놈에게 붙잡혀 있을 수도 있었다. 그렇다면 놈이 한눈을 파는 사이 몰래 전화를 걸거나 탈출해 올지도 몰랐다.

창숙도, 창숙의 전화도, 대신 전화를 걸었다는 늙수그레한 남자의 전화도, 두 번 다시 오지 않았다. 콜롬보는 생지옥 속에서 핏발 선 마음을 추스르지 못한 채 드디어 선글라스를 끼고 길거리로 나섰다.

콜롬보는 이 번 출구에서 나와 곧장 앞으로 간다. 이백여 미터쯤 가다 그 자리에 선다. 도로에서 주택가로 꺾이는 언덕진 골목 아래에 떡볶이 포장마차가 서 있다. 콜롬보는 창숙이 곧잘 사먹던 떡볶이와 오뎅이 생각난다.

비가 질척질척 오는 날이면 창숙은 떡볶이와 오뎅을 사 오곤 했다. 비 오는 날은 집에서 부침개를 해 먹어야 제격인데 그렇게 하지 못하니 이거라도 먹을까 해서 사 왔다며, 사 온 떡볶이와 오뎅 봉지를 풀곤 했다. 그랬던 창숙은 어디서 떡볶이와 오뎅을 먹고 있을지, 아니면 먹고 싶어도 먹지 못하고 있을지, 콜롬보는 가슴이 찢어진다.

콜롬보는 떡볶이 포장마차 안으로 들어간다. 세월이 흘렀어도 떡볶이 포장마차는 콜롬보와 창숙과의 관계처럼 변하지 않은 모습 그대로다.

떡볶이 아줌마가 콜롬보를 흘깃 보는 듯하더니 오뎅 국물에다 육수를 붓는다. 콜롬보는 예의 그 무표정한 얼굴로 간이 의자를 끌어다 앉는다. 떡볶이 아줌마는 콜롬보에게 뭘 먹겠냐고 묻지 않는다. 늘 하던 대로, 떡볶이 일 인분과 오뎅 한 꼬치를 담아 콜롬보에게 내민다.

콜롬보는 떡볶이를 먹으며 검정 점퍼에서 사진 한 장을 꺼낸다. 떡볶이 아줌마는 그런 콜롬보를 못 본 척, 떡볶이 판에다 물을 조금 더 붓더니 휘휘 젓는다. 콜롬보는 떡볶이 아줌마에게 사진을 건네며 이 여자를 본 적이 있냐고 묻는다. 떡볶이 아줌마는 사진을 건성으로 보며 본 적이 없다고 대답한다. 콜롬보는 창숙의 사진을 다시 점퍼 속에다 넣는다.

포장마차 안으로 아줌마 둘이 들어온다. 숙과 희는 떡볶이와 오뎅을 시키며 혼자 떡볶이를 먹고 있는 콜롬보를 훑어본다. 짧은 머리에 검정 점퍼, 새까만 선글라스를 끼고 떡볶이를 먹는 남자가 기묘하기 짝이 없어 보인다. 와인 잔이나 커피 잔을 들고 있어야 어울릴 것 같은데, 남자는 오뎅 국물이 든 종이컵을 홀짝인다.

숙과 희는 눈으로 콜롬보를 가리키며 입술을 삐죽 내민다. 떡볶이 아줌마는 멍한 눈으로 지나가는 사람들 쪽만 쳐다보고, 숙은 이쑤시개로 떡볶이를 찍으며 부지런히 콜롬보의 아래위를 흘끔거린다. 나이를 짐작할 순 없지만 청바지에 선글라스를 낀 폼이 그리 천해 보이지 않는다. 혹시 화가나 영화감독은 아닐까?

숙이 희의 옆구리를 찌르며 콜롬보를 곁눈질로 가리킨다. 희가 고개를 약간 앞으로 빼 콜롬보를 훔쳐본다. 숙은 희의 귀에 대고, 저 사람 키도 크고 날씬하니 괜찮아 보이지 않느냐고 속삭인다. 희가 고개를 끄덕인다.

콜롬보가 포장마차를 나간다. 걸어가는 폼새가 단단한 침묵이다.

숙은 기다렸다는 듯이 떡볶이 아줌마에게 묻는다.

"저 남자, 여기 자주 오나요?"

떡볶이 아줌마는 지나가는 사람들을 멀거니 쳐다보며 대꾸한다.

"일주일에 한 번요."

희가, 미국 영화에나 나올 듯한 사람이 포장마차에서 떡볶이를 먹고 있는 게 요상해 보인다고 말한다. 그러자 숙은, 떡볶이 아줌마에게 아까 그 남자 혹시 미국 사람이 아니냐고 묻는다. 떡볶이 아줌마는 그렇지 않다고 대답한다. 숙은, 뭘 하는 사람이냐고 묻는다. 떡볶이 아줌마는 잘 모르겠다는 말만 한다.

숙이 희를 돌아보며 고개를 갸웃한다.

"영화감독이나 화가, 아님, 군 장교나 사진작가, 머 그런 사람 같지 않아? 내 보기엔 그란데."

희는 그럴지도 모르겠다고 대꾸한다. 숙은, 희가 한 말이 마음에 들자 다시 떡볶이 아줌마에게 묻는다.

"아까 그 남자 언제 또 와요? 무슨 요일 몇 시쯤에 오는지 알아요?"

떡볶이 아줌마는 플라스틱 접시에 비닐을 씌우며 대답한다.

"매주 화요일 이 시간이면 와요."

숙은 손뼉을 탁 치더니, 혹시 내일도 올지 모르지 않느냐고 묻는다. 떡볶이 아줌마는 콜롬보가 사용한 빈 종이컵을 치우며 심드렁하게 대꾸한다.

"머…… 그럴 수도 있겠지만 지금까지 온 것을 보면 내일은 오지 않을 것 같은데요."

희는, 그럼 매주 화요일에만 오느냐고 묻는다. 떡볶이 아줌마는 지금까지는 그랬다고 대답한다. 숙이 떡볶이 아줌마의 손을 왈칵 잡는다.

"그 남자, 나한테 소개시켜주지 않겠어요? 소개시켜주면 소개비는 주겠어요."

떡볶이 아줌마는 잡힌 손을 빼며 좋을 대로 하라고 대꾸한다. 숙의 입가에 널찍하니 웃음이 퍼진다. 숙이 눈을 반짝이며 희에게 말한다.

"선글라스 낀 그 남자, 김 사장한테 어울리지 않겠어?"

희는 떡볶이를 씹다 말고 웃음 반 기침 반으로 캑캑거린다. 숙은 희의 어깨에 손을 얹으며 뭔가를 골똘히 생각하는 눈으로 중얼거린다.

"잘하면 두 사람이 어울릴 것도 같아. 어쨌든 남자하고 여자잖어."

희는 맞는 말이라며, 캑캑거리는 목을 오뎅 국물로 달랜다. 숙은 선글라스를 쓴 퇴역장성을 상상하며 오뎅 한 꼬치를 집는다.

발자국을 찾는 사람이 어디 콜롬보뿐일까. 찾기도 전에 내 발자국은 니 발자국보다 크거든? 하며 비교를 일삼는 사람도 있다.

그에 비해, 내 발자국은 깔끔하게 떨어지는 선인데 니 발자국은 너덜너덜 질척질척 지저분하거든? 하며 미리 상대편을 제압하려는 사람도 있다.

한편, 크기만 크면 다냐? 모양만 그럴듯하면 다냐? 하고 따지는 사람도 있다. 네 발자국은 팥 앙꼬지만 내 발자국은 일 등급 한우다짐 앙꼬거든? 하며 내용물에 승부를 걸기도 한다.

하하, 그렇다고 오야붕이 되나요? 에이, 속 좁게 태클 걸지 마세요. 시간이 남아도는 사람들의 조크려니 하고 넘어가 주세요.

말이 어째 빗나간다. 그러니까 선릉역에서 창동역까지 오도록 오늘 먹은 군것질 수나 세고 있지.

주제를 찾아 다시 얘기해 본다. 발자국을 찾는 사람이 콜롬보만은 아니다. 알고 보면 당신과 나, 그대와 그대의 선조도 발자국을 찾아 돌아다닌 적이 있고, 발자국 때문에 고역을 치른 적도 있다. 두 번 다시 회상하기 싫은 발자국, 아쉬워, 아쉬워, 대중가요로 속을 달래는 발자국, 휴대폰에 저장해 넣고 다니는 발자국, 리모컨에 들어 있는 발자국, 발자국은 수도 없이 많다.

그러나 발자국은 쌀쌀맞다. 이것이 발자국이라고 절대 알려주지 않는다. 그리하여 빨간색을 좋아하는 사람도, 벌레를 싫어하는 사람도, 운전을 잘하는 사람도, 반찬을 못 만드는 사람도, 나름의 발자국을 찾느라 손금도 보고 혈액형을 믿어보기도 하고 타로를 기웃대기도 한다.

천재라고 다를까? 천재들도 발자국을 찾는다. 진땀을 흘리며, 진땀을 닦으며, 진땀을 만들어내며, 행여 없어진 건 아닐까 희미해진 건 아닐까 전전긍긍한다.

여기 이 천재도 자신의 발자국 찾기에 분분하다. 다시는 돌아오지 않을까, 이것으로 끝일까, 그때의 발자국은 얼마나 혹독했던가, 또 얼마나 활달했던가. 최고점을 찍었던 바로 그때로 돌아갈 수만 있다면 일주일간 토사곽란으로 개고생을 해도 좋겠다고, 발자국 찾기에 연연한다.

천재 얘기가 나왔으니 말인데, 천재에 대한 개념부터 정리해본다. 그렇다고 거창한 건 아니니 작은 양해를 구한다. (단, 일반적인 천재가 아니라, 천재로 알고 있는 이 천재에 관한 개념 정리다.)

그는 천재다. 시대가 감당하지 못하니 천재이고, 당대가 알아주지 않으니 천재이고, 흔하지 않으니 천재이다. 그가 천재임을 알아주는 건 오직 하늘뿐이다. 해서, 그는 하늘이 하사한 재주를 마구 써먹으며 신 나게 살아야 천재다운 천재라고 생각한다. 말이 되는지 안 되는지 모르지만, 천재일우라는 말도 바로 그 흔하지 않음에서 생겨난 것이다.

헌데 이 천재는 천재일우 한 번 잡아보지 못하고 억울하게 나이만 먹었다. 그는 자신이 천재임을 알다 보니 천재일우에 연연하지 않는다. 천재가 호시탐탐 기회나 엿본다는 것은 하늘의 뜻을 거스르는 일이며 땅에선 위선이 되는 일이다. 짐이 곧 법이라고 말한 천재도 있었으나, 지금 이 천재는 쩨쩨하게 국민을 상대로 법이라는 말을 남발하지 않는다. 이것이 바로 진짜 천재의 곰삭은 프라이드이다.

진짜 천재는 천재를 알아본다. 이 천재가 저 천재를 알아보고 저 천재가 이 천재를 알아본다. 나이 칠십에 가까운 이 천재는, 그 나이가 돼서야 자신이 천재라는 걸 알아보았다. 나이는 그렇다 치고, 자신이 자신을 알아볼 수 있다는 것만으로도 그는 '너 자신을 알라' 라는 경구를 뛰어넘은 천재이다.

이처럼 천재는 천재들만의 세계가 있다. 도포 자락 휘날리며 통째로 전세 낸 광대무변의 세계를 이리 왔다 저리 갔다 한다. 뇌세포 네트워크에 무슨 차질이 생겨 이러는 건 아니다. 오히려 두뇌엔 다른 사람들보다 더 많은 주름이 있어 한 차원 높은 생각에 곧잘 빠진다. 어쨌거나 천재이기에, 잔챙이가 아니기에, 이제나 저제나 천재일우가 언제 찾아올까 기다리지 않기에, 범상치 않은 세계를 느긋이 거닌다. 이것만 봐도 이 천재가 연말정산에 목숨을 거는 보통 사람들과 섞여 산다는 건 고통 중의 고통이며 희생 중의 희생이다.

흔히 천재라 하면 모든 것을 다 섭렵했다고 생각하지만 그렇지도 않다. 만사 오케이에다 딩동댕 합격 벨이 천재는 아니다. 천재도 열 받을 때는 냉탕을 그리워하고, 악평을 들을 땐 경기를 일으키기도 한다.

이런 악전고투를 무서워하지 않고 반복에 반복을 가하는 천재가 있었으니 바로 저 천재 박팔봉, 필명을 단으로 쓰는 시인 박팔봉이 종이를 앞에 두고 진땀 비지땀을 흘린다.

"빌어먹게두 안 나오누만. 설사할 때 모양 찍찍 나오면 올매나 좋을꼬. 하, 이 천재 시인 박팔봉이가 벌써 절필할 때가 왔단 말인가? 머시? 절필? 지금 붓을 꺾으라문 쌩짜배기로 죽으란 말인데 그럴 순 없지, 암, 없구 말구. 하, 그나저나 왜 이리 안 나올꼬?"

박팔봉은 아니, 단은 죽상을 하고 허연 종이와 씨름을 한다. 방금 전엔 시상이 걷잡을 수 없이 떠올라 사람을 잡아 족치더니만, 막상 종이를 받고 보니 시는 쏙 들어가고 암상 떨던 마누라의 얼굴만 어른거린다.

마누라 얘기가 나왔으니 카메라를 육십 도로 돌려 본다. 박팔봉의 아내 예, 즉 김연실은 입원실 보조의자에 앉아 꾸벅꾸벅 존다. 의자에 앉은 모양새란, 그 큰 몸집으로 인해 앉았다기보다 끼어 있다는 인상이 짙고, 일어났다 하면 의자와 붙어서 일어나게 될 조짐이 크다. 그것도 양반이라고, 김연실은 세월 따위야 갈 테면 가고 말 테면 말라는 식으로, 다리며 입을 쩌억 벌리고 조는 게 아니라 잔다.

그런 김연실을 보는 박팔봉, 고추빛 대추빛 얼굴이 조금씩 더 달아오른다. 약 오르고 분한 걸로 치면 흠씬 두들겨 패도 시원치 않지만 어떤 집안의 자손이더냐? 교양과 덕목을 대대로 숭상하는 뼈대 있는 집 가문의 자손이 아니더냐? 더구나 천재가 아니더냐? 보는 것만으로도 십 년 묵은 체기가 가시지 않는 건 자명한 일이나, 자지자영自知者英한 사람은 그럴 수 없으니, 이럴 때일수록 자중자애와 똑같은 태도로 감쌀 일이로다.

잠시나마 생각은 이랬지만, 박팔봉은 번뜻 응급실에서의 일이 떠오르자 입안이 소태 씹은 꼴이다. 고 귀엽고 앙증맞은 영영이 쌩 사라진 건 다름 아닌 저 마누라 때문이다.

영영 생각이 나자 잠시나마 가질 뻔했던 박팔봉의 자중자애의 생각은 화산 폭발에 버금가게 맹렬히 터진다. 무식한 년! 무식에도 급수가 있지 저런 무식은 쌍스러운 무식에다 천박한 무식에다 천하잡놈보다 못한 무식이로고. 시를 모르면 가만히나 있을 것이지 한창 잘 나가고 있는 판을 어떻게 알고 와서 깼단 말인고. 하여간 귀신이여 귀신. 냄새 맡다 죽은 혼이 붙지 않고서야 어찌 그런 일이 있을 수 있단 말인고.

박팔봉은 시도 안 나오겠다, 마누라도 미워죽겠다, 속이 활활 탄다. 에에라 이럴 때 시를 쓰면 불길 같은 시가 나오련만 시는 대체 어디 가서 뭘 하누? 그토록 애원해 마지않는 시는 박팔봉의 연정을 더욱더 진하게 받고 싶어서 그런지 감감무소식이다. 드디어 박팔봉에게서 솔직한 연정이 솔직하게 터져 나온다. 시여! 시의 여신이여! 어서 나오시오! 저런 천적과는 상대도 하기 싫으니 어서 나와 이 단을 위해 한 수 뽑아내시오.

느닷없이 박팔봉은 고독해진다. 시를 연모할 때면 대충 이런 기분이 들긴 하나 오늘 이 순간의 고독은 어쩐지 특별하다. 그에 맞춰 박팔봉은 오싹 몸을 떨어가며 부르짖는다. 천재는 고독하도다!

고독, 고독, 고독…… 그렇게 그리워하던 고독이 드디어 찾아온 것이다. 시인은 고독과 찰떡궁합이 될 때에라야 시가 나온다. 고독이 피를 갈굴 때야말로 피 같은 시가 나온다는 건 교재에도 없는 이론이며 이론에도 없는 이론이다.

박팔봉은 모처럼 찾아온 고독이 달아날세라 애걸복걸한다. 나는 고독하도다, 나는 고독하도다, 고독의 충격이여, 어서 시를 생산해내시오, 술술술 쐴쐴쐴 실타래 풀어지듯 어서어서 풀어내시오, 오, 고독의 청춘이여, 고독의 충격이여!

박팔봉이 고독을 꼬드겨 연인 삼고자 씨름할 때 누군가가 박팔봉을 툭 건드린다. 박팔봉은 어떤 싸가지 없는 놈이 남의 소중한 고독님에 왕소금을 뿌리나 돌아본다. 캬, 이런, 이런…….

이런 귀빈이 언제 소식을 듣고 나타났는지 박팔봉은 그저 감지덕지다. 그의 등장은 신데렐라의 등장보다 더하다. 신데렐라가 이미 진부해진 신데렐라라면, 그는 기존의 신데렐라를 아이돌 신데렐라로 만드는 매니저다.

박팔봉은 시감을 자극하는 데 일가견이 있는 그를 덥석덥석 반긴다. 시감뿐이랴 반색뿐이랴. 남몰래 스스로 천재임을 공헌한 박팔봉에게, 타인으로선 처음으로 천재임을 공식 인정해 준 사람이 바로 그다. 다시 말해 무명의 박팔봉을 천재라고 공증해준, 속인으로선 처음이자 마지막이 되는 사람이다.

이런 분이다 보니 박팔봉으로선 감지덕지에다 더 없을 뭐가 없는 게 한이다. 자신의 천재 기질을 한눈에 알아봐 준 사람, 열정의 막바지가 코앞에서 꺼질까 말까 할 무렵 윤활유를 콸콸 부어준 사람, 축약해서 말하면 인생의 구원자이다.

박팔봉이 사귈 만한 사람도 없이, 시도 돈도 없이 변변치 않게 지내고 있을 무렵, 그는 박팔봉에게 인생의 터닝 포인트를 제공해 주었다. 박팔봉이 황감하게 맞이하는 그는 다름 아닌 등산 선배 심 선생이다.

"어이, 박 시인, 우리 천재 시인이 다치셨다는 소식을 듣고 내 부랴부랴 달려왔지. 좀 어떠신가? 세상이 귀중한 천재를 잃는 게 아닌가 노심초사했소."

박팔봉은 천재 시인이라는 말에 아픈 것도 싹 잊고 입이 나팔꽃 모양 벌어진다. 심 선생은 뜻하지 않게 이런 횡액을 만났지만 그래도 세상이 천재를 잃기 싫은지 이만하게 살려놓았다고 너스레를 떤다.

"이것도 다 시를 위해 손해날 것은 없지 않겠습니까?"

박팔봉은 심 선생의 손에 입이라도 맞출 기세다.

"시로 된장국을 말아먹고 시로 상추쌈을 싸서 먹는다는 박 시인이다 보니 이런 교통사고도 시를 위해 벌어진 일로 생각하시는구려. 역시 천재 시인은 뭐가 달라도 다르다니까."

박팔봉은 가슴 저 밑바닥이 후끈 달아오른다. 혈육보다 진한 정이란 바로 이런 것을 두고 하는 말이다. 천재 시인만의 열정과 아픔을, 어느 누구도 알아주지 않는 시인의 고독을, 심 선생은 구석구석 핥아주고 처매준다. 인생의 동반자란 시도 뭣도 모르는 마누라가 아니라 심 선생과도 같은 사람이다.

박팔봉은 무엇이든 아낌없이 바치겠다는 눈빛으로 심 선생을 우러러본다. 심 선생은 박팔봉의 눈빛만으로도 박팔봉이 지금 무슨 얘길 듣고 싶어하는지 알아챈다.

"그나저나 시는 얼마나 썼소?"

박팔봉이 제일 듣고 싶어 하는 것과 동시에 제일 듣기 괴로운 말을, 심 선생은 듣기 좋게, 다시, 또다시, 듣고 싶게 말한다. 박팔봉은 이런 말에는 이런 표정이 제격이라는 듯, 이마에 주름을 팍 잡으며 심각한 투로 말한다.

"그게 그러니까…… 요즘은 충격이 작아서 그런지 시가 제대로 나오지 않습니다."

심 선생은 선배다운 여유로움으로 허허거리며 박팔봉의 손을 잡아준다.

"좋은 징조요. 그게 바로 충격을 받을 시기가 도래했다는 뜻 아니겠소.”

심 선생의 말은 맞다. 허나, 그 충격을 언제 어디서 렌트해 와야 할지 리필해 와야 할지 박팔봉으로선 도무지 재간이 없다. 박팔봉은 심 선생의 후배답게 겸손과 응석을 적당히 반죽하여 심근을 울린다.

“말씀은 옳습니다만, 충격이 있어야 충격을 받을 수 있을 게 아니 겠습니까.”

심 선생은 보기 좋게 길러낸 제자에게 격려와 싹싹함이 절로 나온다.

“충격이라면 바로 이 심충격이 있지 않소. 그때 내가 제공해준 충격으로 시 많이 쓰지 않았소? 그때를 떠올리면서 다시 한 번 도전해보시오. 그게 정 안 되면…… 따로 준비한 충격이 있긴 한데…….”

그렇다. 박팔봉은 지하에서 빙빙 맴맴 돌기만 하다 심 선생이 제공한 충격어뢰를 맞고 지상으로 튕겨 나온 적이 있다. 그때는 어쩌자고 그렇게 시가 주체할 수 없이 다발로 쏟아져 나오는지, 먹고 자는 일조차 계획에 넣어야 할 정도였다.

*   *   *

그러니까 박팔봉이 심 선생을 처음 만난 건 산을 오르면서다. 산을 올랐다고는 하나 올랐다기보다 유람했다, 혹은 관광했다, 혹은 놀러갔다, 혹은 시간을 때우러 갔다라는 말이 맞다. 소일거리도 변변히 없던 터에 명퇴, 강퇴, 조퇴, 동퇴, 황퇴라는 퇴 풍년이 쏟아져 나올 그때에, 박팔봉은 그 부류에 섞이는 게 다행이었다. 직장이라고 해봐야 일 년 이상, 그것도 한 번 이상 다녀본 적이 없던 박팔봉으로선, 그저 막연히 시를 쓴다고 말하며 다니기가 애매했다. 시집 한 권 내 본 적도 없고 지면 어디에도 시가 실려본 적이 없는 박팔봉에게 시를 쓴다는 것은 실업자나 마찬가지라는 뜻이었다. 때문에 박팔봉은 은연중 실업자가 아닌 실업가 행세를 할 때도 있었다.

실업가 행세가 점점 고단해지던 무렵, 사오정이 자연스레 줄을 잇고, 오류도라는 말이 국어대사전에 오를까 말까 하던 무렵, 이 퇴직자들의 행렬은 박팔봉에게 어느 정도 위안을 주었다. 아침이면 출근 전쟁이다 뭐다 해서 집에 남아 있는 남정네가 별로 없었을 때의 실업자는 치욕이라는 이름을 달았다. 즉, 나 능력 없어서 직장도 없이 빌빌거리는 놈이요, 하는 샌드위치맨 광고였다. 그때는 어디 숨을 만한 데도 마땅치 않았고 변명하기도 쉽지 않았다. 멀쩡한 대낮에, 멀쩡한 몸으로, 멀쩡한 시간을, 멀쩡히 낭비한다는 비난을 감수해야만 했으니, 같이 놀 사람도 없이 망망대해에 떠 있는 오직 한 척의 배와 같았다.

여러 명이 하는 시위를 시위대라고 하는데, 이때 시위하는 개인은 시위대라는 이름으로 불리지 한 사람으로 불리지 않는다. 마찬가지로 박팔봉 한 개인의 만년 실업은 이제 망망대해를 건너 명퇴자들의 그룹에 섞일 수 있게 되었다. 소수는 낱개로 흩어져 자유분방함이나 개성으로 비치지만, 다수는 사회적 흐름으로 평가된다. 몇몇 실업자는 개인의 무능력으로 치부되지만, 다수의 실업자는 사회학으로 연구되어 학술지에 오른다. 도도한 사회의 흐름에 합류하게 된 박팔봉, 그의 실업자 경력은 이제 사회 속으로 묻혀 들어가 조금은 떳떳해질 수 있었다.

박팔봉이 등산인지 레저인지 시간 때우기인지 모를 산행을 처음 하던 날, 밤나무가 비릿한 향을 죽기 살기로 피워대던 날, 뻐꾸기가 처음으로 뻐꾸기로 울던 날, 심 선생은 박팔봉 앞에 브로마이드 속 모델처럼 나타났다. 지금은 동네 한바퀴를 돌아도 차려입는 옷이지만, 당시로선 최첨단에 속할, 등산용 정장을 심 선생이 입고 있었던 것. 즉, 인체공학적으로 만들었다는 등산화에 유명 브랜드의 모자와 배낭, 기능성 원단으로 만든 고가의 등산복 차림새였다.

박팔봉은 심 선생의 외모와 분위기에 그만 압도당하고 말았다. 광란의 밤을 보내도, 보내고 난 후라도, 한 올 흐트러짐이 없을 것 같은 틀은 등산의 베테랑다운 면모이자 사대부의 찌를 듯한 기상의 결을 유감없이 보여주었다.

이에 비해 박팔봉은 잔가지만 흔들려도 억수로 눈물 바가지를 쏟을 것 같은 표정에, 금세라도 박음질한 곳이 우두둑 터질 듯한 후줄근한 바지를 입고 있었다. 등산복은커녕 집에서 뒹굴다 나온 옷차림 그대로에다 다 떨어진 신사화에 모자도 쓰지 않았다.

심 선생은 그런 박팔봉을 슬쩍 지나쳐가나 싶더니 홀연 말을 건넸다.

"머리에 벌레가 떨어졌습니다. 산에 오르실 때는 반드시 모자를 쓰셔야 합니다. 더구나 요즘 같은 철엔 벌레들이 먹이를 구하고 알을 까느라 나뭇잎에서 떨어지는 경우가 흔합니다."

심 선생은 다정다감하게도 손수 박팔봉의 머리에서 벌레 한 마리를 떼어주었다. 박팔봉은 앞에서 내려오던 심 선생을 보고 참 멋들어진 사내로구나 감탄하던 차에, 바로 그 사람이 과분하게도 벌레를 떼어주기까지 하니 괜찮은 기분이 들었다. 괜찮은 기분으로 끝났으면 어때서 또 공연히 죄송하기까지 했다. 민폐를 끼친 것도 아니면서 조상 대대로 민폐를 끼친 것 같은, 그런 기분에 괜스레 몸 둘 바를 몰랐다. 생명의 은인도 아니고 그깟 벌레 한 마리 떼어주었기로서니, 그것도 지네도 아니고 전갈도 아닌데 박팔봉은 보기에도 안쓰러울 정도로 굽실거렸다.

안쓰러울 정도로 굽실거리는 게 아니다. 박팔봉으로선 머리에 벌레가 떨어지지 않았더라도, 벌레를 잡아 올려놓고 누가 이 벌레 안 떼어주나 기다릴 판이었다. 심심했다. 외롭진 않았지만 심심했다. 돈도 안 나오지 시도 안 나오지 그렇다고 남들처럼 다닐 만한 직장이 있는 것도 아니지, 봄은 사람 오장을 뒤집어놓을 기세로 피어나지, 이건 할 일 없고 심심하니 칵 죽으라는 소리였다. 모텔 접수실에서 마누라 눈칫밥이나 먹어가며 이리 붕어빵을 찍어보고 저리 붕어빵을 찍어봐야 나오는 건 무료함이라는 붕어빵이었다. 우씨! 방구석에서 붕어빵이나 찍다 죽느니 차라리 목매달 수 있는 나무나 찾아보자, 하고 나선 산행이었다.

이렇게 처음 나선 산행에서 박팔봉은 월척을 한 것이다. 소맷귀만 스쳐도 억지로 인연을 만들 지경에, 나도 저래 봤으면 하고 쳐다본 사내가 먼저 알은체를 하니, 바람이 불면 날아가랴 비가 오면 떠내려가랴 여간 조심스러운 게 아니었다.

박팔봉은 관청 나리에게 머리를 조아리듯이 말했다.

"하, 감사합니다. 벌레도 먹고살긴 해야 할 건데 하필 이 영양가 없는 머리에서 먹이를 찾으려 하다니 참 어리석은 놈인가 봅니다."

심 선생은 겸양법과도 같이 나오는 박팔봉의 태도에 가슴이 뭉클했다. 뭉클해진 가슴에서 뭉클한 미소가 나오는 것은 이심전심의 명령.

심 선생은 사는 동안 욕설이나 싸움 한 번 해 본 적 없는 표정으로 이렇게 말했다.

"이렇게 만난 것도 연분인데 술이나 한잔 나누는 게 어떻겠습니까?"

헉! 술이라니? 잘못 말한 건 아닐까? 잘못 들은 건 아닐까? 박팔봉은 그동안 돈도 안 나와 시도 안 나와 육체와 정신이 마냥 고프던 차에, 이게 웬 복 터지는 소리 소리인가, 귀가 코끼리 귀의 삼 점 오 배 정도 커졌다.

심 선생은 박팔봉에게 산에 오르시던 중인가 본데 마저 올라가실 거냐고 물었다. 마저 올라라니, 이런 불길한 말이 또 어디 있단 말인가. 상대를 배려해준다고 한껏 예의를 차려 하는 말이 박팔봉에겐 떼어놓고 가겠다는 말로 들렸다.

박팔봉은 아니라고 대답하는 것으로도 모자라 고개를 절레절레, 한 번 보고도 백 번 본 것만큼이나 가로저었다. 심 선생은 박팔봉의 머릿짓이 아니더라도 뻔히 나올 답인 줄 알았으므로, 그렇다면 같이 내려가시자고 말했다. 박팔봉은 행여 심 선생이 말을 번복할까, 혹은 잃어버릴까, 어미 말을 좇아가는 망아지 꼴로 심 선생의 뒤를 졸졸 따라갔다.

*　*　*

박팔봉은 벌레도 좋고 술도 좋은데 심 선생이 대체 뭐하는 사람인지 궁금하기 짝이 없었다. 산에서 내려와 대로변 가까이에 이르자 박팔봉은 더는 참지 못하고 물었다.

"저…… 실례가 안 된다면…… 저…… 무얼 하시는…… 분이신지……."

심 선생은 더듬더듬 말줄임표로 말하는 박팔봉이 대단히 흡족했다. 겸양법은 책에만 있는 게 아니라 저렇듯 앞섶을 여미는 듯한 말투로 하는 게 진정 겸양의 자세다. 하여, 심 선생은 박팔봉으로 인해 저절로 승격이 되고, 승격이 된 만큼 그에 어울리는 프레젠테이션을 좌르르 펼쳤다.

"아, 예, 바로 몇 년 전까지만 해도 중학교 교장을 지냈습니다. 왜요, 아직도 선생티가 납니까? 허 참, 티를 안 내려 그렇게 신경을 쓰건만 평생 먹은 분필가루는 표시가 나나 봅니다.”

박팔봉은 심 선생과 마주쳤을 때보다 한참이나 기가 죽었다. 자신의 중학교 시절이 가감 없이 파도타기로 솟구쳐 오르는데 몸마저 움찔거렸다. 교장실에 끌려가 무릎 꿇고 반성문 쓰고 거기다 원산폭격까지, 종일 인격 해체의 시간을 보낸 것이 마치 심 선생 앞에서 했던 일로 여겨졌다. 심 선생이 바로 그런 중학교 교장 선생님이었다니 박팔봉은 멀쩡히 쉬던 숨마저 조심조심 골라가며 쉬었다. 지금이야 다행스럽게도 정년퇴직을 했다지만 박팔봉으로선 여전히 어린 시절의 교장 선생님이었다. 선생님 앞에서의 학생은 고양이 앞의 쥐와 같다고 여긴 시절의 박팔봉, 세월이 아무리 유수라 해도 이미 못 박힌 판화는 건너뛸 수 없는 강이었다.

강을 건너 심 선생이 박팔봉에게 무얼 하느냐고 물었다. 박팔봉은 뭐라 대답할까 주뼛거렸다. 이발소에 가서도 나 시인인데 머리 잘 깎아 달라고 했고, 목욕탕에 가서도 나 시인인데 등 좀 밀어 달라고 했던 말이 설핏 떠올랐다. 언제 어느 때나 나 시인인데를 거침없이 뱉었건만, 심 선생 앞에서는 나 시인인데가 어쩐지 잘 나오지 않았다.

박팔봉은 괜히 신호대기를 하고 있는 차를 보다, 상점 간판을 보다, 지나가는 사람들을 보다, 뒷골목으로 줄행랑치는 고양이를 보다, 자신의 구두코를 내려다보다, 하는 수 없이 입을 뗐다.

“저…… 호……텔을, 작은 호……텔을 경영했었는데…… 지금은 마누라한테 맡기고 시를…… 시를 좀…….”

호텔은 그렇다 치고, 시 쓰는 게 무슨 반역죄 모반죄 대역죄라고 박팔봉은 평소 하지도 않던 짓을 한다. 심 선생이 전직 교장이고, 자신이 그 시절의 문제아였다 해도, 시 쓴다고 반성문 쓰고 부모님 모셔오라고 할까.

심 선생은 깜짝 놀라며 시를 쓰면 시인이 아니냐고 물었다. 박팔봉은 한참이나 뜸을 들이다 더욱더 자신 없는 목소리로 그렇다고 대답했다. 심 선생은 자신은 과학 선생으로 출발해 시에 대해선 잘 모르지만 무척이나 좋아한다고 했다.

박팔봉은 그제야 개미 숨만큼 들숨과 날숨을 골라가며 쉬었다. 시에 대해 잘 모른다니 시의 세계를 마음껏 설파해도 들통 날 일은 없을 터였다. 괜히 어정쩡하게 아는 사람들일수록 어디로 등단했냐, 시집은 있냐 없냐, 문단 어느 단체에 속해 있냐, 박팔봉이 제일 사리고 꺼리는 문제를 들고 나왔다. 그런 구조적인 걸 모르는 사람들조차 이건 이래서 못 썼고 저건 저래서 고쳐야 한다고 목청을 높였다. 들입다 입만 살아서 난다 긴다 잘난 척 해대는 걸 꾹 참고 있노라면, 참을 인 자는 대체 왜 만들어져 사람을 이다지 복장 터지게 하는지, 참을 인 자를 만든 사람을 찾아내 없애 달라고 간청하고 싶을 때가 한두 번이 아니었다.

그러나 심 선생은 시를 모른다고 했다. 모를수록 시를 만들어내는 사람, 즉 시인을 환상적으로 보는 경향이 있다. 세상의 때가 묻지 않은, 욕심도 없고 화도 낼 줄 모르는, 호인은 호인이되 지적인 호인으로 본다.

박팔봉은 무엇보다 그 점이 마음에 들었다. 시가 무엇인지 모르면서 시를 좋아하는 사람을 만났다는 건, 길가다 우연히 지갑을 주운 격이었다. 지갑도 그냥 지갑이 아니라 신권 지폐로 미어터지는 지갑이었다. 이제 박팔봉에게 남은 과제는 심 선생을, 전직 교장 선생님을, 자신의 시의 마니아가 될 수 있게끔 하는 것이었다.

누가 그랬던가, 샴페인을 너무 일찍 터뜨리면 샴페인 거품에 양복이 젖는다고. 마니아 어쩌구 하며 상상하던 샴페인이 터지자마자 박팔봉은 입지도 않은 양복이 젖을까 걱정하지 않을 수 없었다.

"시를 쓰면 시집을 낸 게 있을 텐데 시집 이름이 뭡니까? 시인의 자격증 같은 게 시집이 아니겠습니까?"

일순, 박팔봉은 심 선생이 과거의 과거, 중학교 시절의 교장 선생님으로 보였다. 이렇게 얘기해도 다 알아버릴 것 같고, 저렇게 얘기해도 다 알아버릴 것 같아, 박팔봉은 그저 절절맸다. 심 선생은 그런 박팔봉을, 학생을 나무라는 교장 선생님이 아닌, 눈치 구단의 인생 선배로 짚어냈다.

"아, 뭐 아직 시집을 내지 않았을 수도 있겠지요. 제가 말하는 건 시든 뭐든 확실하게 해 두어야 뒷날이 보장된다는 뜻입니다. 저는 이런저런 자격증을 따두었는데 그게 다 노후를 잘 보내기 위해섭니다. 시인도 시집도 하나의 자격증이 아니겠습니까? 자격증 없이는 이 제도권을 살아가기가 어렵습니다. 자격증이야말로 연금보험과도 같은 게 아니겠습니까.”

시면 시지 뭐 이리 복잡한 말로 롤러코스터를 타게 한단 말인가. 박팔봉은 샴페인을 터뜨리기는커녕 샴페인 병을 잘 닦아 심 선생에게 넘겨줘야 할 처지였다.

이에 비해 심 선생은 이번에도 당근과 채찍을 적절하고도 유능하게 썼다.

“이렇게 만난 것도 보통 인연이 아닌데 일단 목부터 축이면서 진지하게 얘기해 보는 게 어떻겠습니까.”

박팔봉은 아까보다 더 기가 죽었다. 인연도 좋고 술도 좋지만 진지하게 얘기해 보자는 말이 마음에 걸렸다. 그 말은 심판대로 올라가 증언을 하라는 뜻인데, 뭘 어떻게 증언을 해야 할지 생각만으로도 속이 탔다.

이를 아는지 모르는지, 알고도 모른 척하는 건지, 심 선생은 막걸리가 오기 무섭게 술잔 가득 따라 훌쩍 치켜들었다. 치켜들기만 했나? 박팔봉이 까무러칠 말을 눈도 깜짝하지 않고 했다.

“시인 박팔봉 선생을 위하여!”

박팔봉은 이게 웬 운수대통이 드럼통으로 굴러오는 소리인가 하고 정신이 번쩍 들었다. 술집으로 들어오기 전만 해도 시집입네, 자격증입네, 사람을 반쯤 죽여 놓더니 이젠 거두절미하고 시인이라고 외치는 게 아닌가.

“건방진 얘기가 될지 모르겠지만 제가 박 선생한테 시인 자격증을 주겠습니다. 박 선생은 한눈에도 시인이십니다. 시집을 내고 지면에 실려야만 시인이겠습니까? 시를 쓰면 다 시인인 겁니다. 아, 그 누구더라. 사미인곡을 쓴 송강 정철도 그렇고, 어부사시사를 쓴 윤선도도 그렇고, 왜 많지 않습니까? 그 양반들이 시집을 내고 지면에 실려서 시인이겠습니까?”

옳거니, 심 선생의 말은 윤회의 바퀴를 백 번 천 번을 타, 백 번 천 번을 다시 인간으로 살아도 좋다는 말과 다를 바 없었다. 어느 나무에 목을 매달까 궁리하던, 아니 궁리하는 척하던 게 다 어릿광대짓이었다. 사람이 사람을 알아주는데, 교장 선생님이 시인을 알아주는데, 이렇게 고마울 수가 없었다. 고맙다 보니 시의 고뇌가 한꺼번에 눈물로 터져 나왔다. 박팔봉은 눈물의 바닥을 장화도 없이 철벅철벅 걸었다.

“지랄 같은 세상, 꼴 같은 세상, 꽃이 피는 것도 모르고, 꽃이 지는 것도 모르고, 뒤헝클어져 자빠졌다, 뉘 알아줄까 세상아, 뉘 눈 까뒤집고 봐줄까 세상아, 지는 해 잡지 말고 떠오르는 해 막지 마라, 시인의 비명에 깨어나라 세상아! 박차고 일어나라 세상아!”

심 선생은 눈을 지그시 감고, 몸을 좌우로 흔들흔들 해가며, 박팔봉이 읊어대는 시에 귀를 기울였다. 박팔봉은 그런 심 선생을 보자 울컥 서러움이 북받쳤다. 일일반창고만도 못하다고 타박만 받던, 아니 그런 관심조차 받지 못하던 때가 있었다. 그때에는 외로움이 서러움이고 서러움이 외로움이었다. 그런데 뒤늦게나마 시다운 시를 알아듣는 사람이 생긴 것이다. 이러니 사람살이란 측량 못 할 값진 것임에 틀림없었다. 값 중에서도 진가 고가였다. 진가 고가의 시를 만들어내는 시인은 값을 매길 수 없는 백지수표였다. 백지수표의 인생이 흐느적거렸다. 술에 취하기 전에 마음에 취하고 심 선생이라는 정신의 후원자에게 취했다. 오랜만에 받아보는 충격이었다. 이런 충격이 있어야 시다운 시가 나왔다. 시감을 계발해준 심 선생은 충격의 아버지, 충격파의 대부였다.

"시인의 참상이라는 시입니다. 지금 떠오르는 대로 읊어봤습니다."

박팔봉은 자신의 시에 홀려 으스스 떨었다. 박팔봉의 떨림은 뜨거웠다. 오랜만에 나온 신상품 떨림이다 보니 신선하고 싱싱하고 무공해였다. 이 무공해 떨림에 놀라 심 선생은 브라보를 외치며 한 번, 두 번, 세 번, 박팔봉의 잔에 잔을 부딪쳤다.

"시가 참으로 소담스럽습니다. 즉석에서 이렇게 탐스러운 시를 짓는 걸 보니 박 선생은 천재이십니다. 시에 대해선 문외한이지만 제가 볼 땐 메시지도 있어 보이고 운율이며 감정도 썩 좋아 보입니다. 아무래도 박 선생은 천재 시인 같습니다. 아니, 천재 시인입니다."

심 선생은 거침없이 천재 시인이라는 자격증을 박팔봉에게 달아주었다. 원석에서 보석이 발견되는 순간이며 천재 중에서도 천재 시인으로 등극하는 순간이었다. 꽉 막혔던 시의 세계가 어렵사리 열리자마자 시를 볼 줄 알고 시인을 알아볼 줄 아는 사람이 나타났으니, 육십 넘게 버텨온 이유가 바로 지금을 위해서였다.

박팔봉에게 심 선생의 출연은 미사여구를 뺀, 자극과 충격의 모태 바로 그것이었다. 그 모태가 두 눈 똑똑히 보이는 형태로 나타났기에 망정이지 그렇지 않았다면, 박팔봉의 시는 지금도 김연실의 설거지용 세제나 잔소리용 족집게가 되어 있을 게 뻔했다.

"이게 다 심 선생님 덕이 아니겠습니까. 그동안 제 시를 알아주는 사람이 없어 무주공산이었습니다."

박팔봉의 목소리는 감개무량이라는 뜻이 무엇인지를 까놓고 보여주었다. 심 선생은 이런 박팔봉의 잔에다 아낌없이 술을 퀄퀄, 퀄퀄, 넘치도록 따랐다.

"진정하십시오. 박 선생은 군계일학입니다. 천재라는 말이지요. 원래 천재란 범인들의 눈엔 보이지 않는 법입니다. 세상이 평범한 사람들 위주로 굴러가는데 천재가 어디 보이겠습니까? 천재를 감당할 수 없는 게 이 세상입니다. 그렇기 때문에 천재는 범속에서 살아가기가 고단합니다. 그러니 보통 사람들과 견줄 게 아니라 누가 알아주든 말든 천재라는 긍지로 살아야 합니다."

심 선생의 말이 끝나기 무섭게 박팔봉은 자리에서 벌떡 일어났다. 그뿐인가? 심 선생의 손을 으깨져라 부여잡았다. 삶의 기쁨이라는 말이 어째서 있는지 박팔봉은 이제야 깨닫는다. 죽을 때 죽더라도 살 땐 기쁨이라는 게 있어야 한다. 기쁨이라고 다 같은 기쁨이 아니다. 그깟 배가 불러서 기쁜 건 기쁨이라 할 수 없다. 돼지도 배가 부르면 기뻐할 테니 돼지와 같은 급이 되는 기쁨은 기쁨이 아니다. 박팔봉은 돼지가 아니다. 사람이며 사람 중에서도 시를 쓰는 사람이다. 시가 어디서 나오나? 정신에서 나온다. 정신이 이리 부딪치고 저리 찢기며 된통 흠집이 날 때에라야 나온다. 그럴 때 나오는 희열이야말로 진정한 기쁨이다. 머리 좋은 사람이라고 얻을 수 있는 게 아니다. 명품을 가졌다고 되는 것도 아니고, 몸짱이라고 되는 것도 아니다. 정신이 돈보다 잘 빠진 몸보다 더 재벌일 때 비로소 시의 세계로 들어갈 수 있는 것이다.

시의 세계로 들어갔다 해서 다 시의 속살을 만질 수 있느냐 하면 그건 아니다. 시의 각질 근처에도 못 미칠 때가 허다하다. 그렇다면 언제 시다운 시가 나올 수 있을까. 태아가 나오기 위해 산고가 필요하듯, 시가 나오려면 전기충격보다 더 큰 정신적 충격이 있어야 한다. 막돼먹은 것이든 요사스런 것이든, 평온함을 침투하는 게 기본 요소다. 충격에 쏠려 침수가 되든 침전이 되든, 그렇고 그런 충격은 시를 쓰는 데 필수요건이다.

헌데, 심 선생은 불난 집에 기름을 들이붓듯 박팔봉을 더욱 들뜨게 하는 질문을 했다.

"박 시인, 한 가지 알고 싶은 게 있습니다. 쓰고 싶다는 마음만 가지곤 시가 나올 것 같진 않은데 어느 때 시가 나옵니까?"

이렇게 절묘한 때에 이렇게 이상적인 질문을 하다니, 박팔봉은 때맞춰 나온 질문에 숨 가쁘게 대답했다.

"좋은 질문입니다. 시란 충격이 있을 때 나옵니다. 충격! 이 충격이라는 천사가 없으면 시는 절대 나오지 않습니다.”

심 선생은 충격이 없으면 시가 나오지 않느냐고 되물었다. 박팔봉은 기다렸다는 듯이 그렇다고 대답했다. 심 선생은 그렇다면 돈을 주고서라도 충격을 살 수만 있다면 사고 싶겠다고, 은근한 투로 말했다. 박팔봉은 그럴 수만 있다면 호텔을 팔아서라도 그렇게 하고 싶다고 했다. 심 선생은 의미심장하게 웃으며, 천재 시인을 위해서라도 충격적인 일을 만들어야겠다고 말했다.

박팔봉은 심 선생이 던진 말에 천군만마를 얻은 듯, 갈비뼈 엉치뼈 무릎뼈 복사뼈까지 뻐근해졌다. 이런 박팔봉에게 심 선생은 시를 위해 충격을 만들러 가자고 했다. 박팔봉은 그것 참 기막힌 발상이라며 잔에 남아 있던 술을 마저 들이켰다.

뒷날, 박팔봉은 심 선생과의 이 필연적인 만남을 ‘벌인’이라 명했다. ‘벌레가 가져다준 인연’을 줄인 이 말에는 여러 뜻이 들어 있다. 그중 뛰어난 것은 ‘벌인’이 계속 이어진다는 점이고, 더 중요한 것은 ‘벌인’이 박팔봉에게 지대한 공헌을 했다는 점이다. 박팔봉이 습관적으로 쇼크애호증에 빠지게 된 계기가 바로 ‘벌인’에 있었으니 말이다.

*　　*　　*

심 선생이 충격을 만들러 가자고 한 곳은 다름 아닌 노래방이다.

지금이야 한 집 건너 두 집이 노래방이지만, 그 시절의 노래방은 한 동네에 하나가 있거나 없거나 한 때였다.

박팔봉은 말로만 듣던, 언젠가 꼭 와 보고 싶었던 노래방이라는 델 들어가자 그리움에 사무친 눈길로 이 방도 기웃거려보고 저 방도 기웃거렸다. 박팔봉이 그리움의 처소에 두 발을, 아니 온몸을 들여놓고 회한의 정을 풀기도 전에 심 선생이 마이크부터 잡았다.

심 선생은 이거 보라는 듯이, 나를 따라 하면 된다는 듯이, 망설임 없이 선곡부터 한 다음 미끄러지게 노래로 들어갔다. 심 선생의 노랫가락은 둥실둥실 잘도 넘어갔다. 심 선생이 노래를 부르는 게 아니라 노래가 심 선생을 불렀다. 박팔봉은 청산유수로 달려가기만 하는 심 선생의 노래도 노래지만, 그 노련함에 넋이 빠졌다. 부러움에 정신줄을 놔버리면 어쩌나 우려가 되는 찰나, 문이 열리고 삼십 대로 보이는 아줌마 둘이 들어왔다.

"오빠들! 안녕? 우와, 멋쟁이 오빠들 오셨네? 어머, 저 오빠는 내 전용 오빠 아냐?"

쇼트커트 머리에 쌍꺼풀 수술을 표시 나게 한 아줌마가 생김새와는 전혀 어울리지 않게, 이효리의 미소를 심 선생에게 날렸다. 심 선생은 노래를 부르며 쇼트커트에게 이리 오라는 손짓을 했다. 쇼트커트가 다른 마이크를 잡더니 심 선생에게로 갔다.

쇼트커트는 심 선생이 부르는 노래를 따라 부르며 심 선생의 가슴팍에 안겼다. 심 선생이 쇼트커트의 허리를 휘감아 안았다. 쇼트커

트가 간드러지게 웃었다. 여자의 웃음소리가 에코마이크를 타고 박
팔봉의 살을 파고 뼈를 파고 실핏줄을 팠다. 천하를 쥐고 흔드는 사
내라도, 천하를 버리고 무릎 꿇게 할 웃음이었다. 제발 웃어주세요,
제발 또 그렇게 웃어주세요, 제발, 제발, 플리즈…… 박팔봉은 입을
헤 벌린 채 술보다 더 진한 웃음소리에 취하고 또 취했다.

몸에 찰싹 달라붙는 긴치마에 노랗게 염색한 머리를 틀어 올린 아
줌마가 박팔봉을 툭 쳤다.

"오빠, 뭘 그렇게 봐요? 우리도 한 곡 땡겨야지? 오빠, 우리 무슨
노래 땡길까?"

긴치마가 얄궂게도 박팔봉의 턱밑에서 오빠, 오빠, 해대며 노래집
을 펼쳐 보였다. 이 나이에 오빠라니, 오빠라니…… 박팔봉은 달아
오르는 얼굴을 어디다 둘지 몰라 공연히 탁자며 문짝이며 벽을 두리
번거렸다.

긴치마가 재미있다는 듯 박팔봉의 얼굴을 두 손으로 감싸 자신의
얼굴로 향하게 돌렸다. 박팔봉의 아래에 버쩍 힘이 들어갔다. 그도
그럴 것이, 긴치마의 손길은 김연실의 투박하고 마디 굵은 손과는
영 달랐다. 보들보들 야들야들 비단결인 데다 레몬 향마저 났다. 그
것 말고도 더 있다. 허벅지며 엉덩이는 탱탱하고 매끌매끌하기가 돌
고래의 몸통을 기죽이고도 남았다. 박팔봉은 지금 죽어도 좋아, 하
는 맘을 숨기느라 흠흠거리며 헛기침을 해댔다. 긴치마가 박팔봉의
겨드랑이 깊숙이 팔을 쑤셔 넣었다. 박팔봉은 끽 소리도 못하고 덜

덜거리는 다리를 꽉 오므렸다.

심 선생이 박팔봉에게 마이크를 넘겨주고 쇼트커트도 긴치마에게 마이크를 넘겨주었다. 긴치마가 박팔봉을 일으켜 세우며 모니터 앞으로 잡아끌었다. 남행열차가 흘러나오자 긴치마가 특급열차를 탄 듯 신 나게 몸을 흔들었다. 박팔봉은 멀뚱히 서서 이러지도 저러지도 못한 채 도움의 눈빛을 심 선생에게로 던졌다.

그러나, 그러나, 야속도 해라. 심 선생은 소파에 반쯤 누운 자세로 쇼트커트의 볼때기를 쓰다듬고 쇼트커트는 심 선생의 품에 머리를 묻느라 박팔봉이 있는지 없는지, 노래를 하는지 마는지, 전혀, 전혀, 몰랐다. 으아, 부러워라. 나도 좀 끼어봤으면.

박팔봉이 노래는 뒷전으로 심 선생에 심취해 있는 동안, 심 선생은 쇼트커트의 귓불에 입을 맞추고, 쇼트커트는 심 선생의 손을 자신의 가슴으로 가져갔다. 더더욱 부러운 건 심 선생이 유들유들하게 쇼트커트의 가슴을 말랑말랑 주무르는 광경이었다. 유흥 모드를 자가발전으로 돌리는 저 탁월한 실력이라니!

당연하게도, 박팔봉은 남행열차가 도착했는지 도착한 다음 떠났는지 알지 못했다. 박팔봉의 눈과 귀는, 입과 코는, 발가락과 손가락은, 위와 방광은, 놀라움에 뻣뻣이 굳어갔다. 찬탄할 새도 없이, 비명을 지를 새도 없이, 고꾸라져 주저앉을 새도 없이, 그렇게 동사했다.

박팔봉의 동사를 긴치마의 손길이 잡아챘다. 긴치마는 노래를 불러가며, 박팔봉의 마이크를 고쳐 쥐여주며, 얼굴을 바짝 들이밀며,

그 여리디여린 팔로 박팔봉의 허리를 차악 감았다. 남행열차에서 분 냄새가 진동했다. 박팔봉이 분 냄새를 타고 남행열차에 올랐다.

흔들리는 차창 너머로 ~~ 네 마음도 흐르고 내 마음도 흐르고 ~~

오야, 오야, 네 마음만 있냐. 내 마음도 있다. 네 마음과 내 마음이 합쳐 흐르면 질펀하니 오죽이나 좋것냐.

긴치마가 박팔봉의 어깨에 팔을 둘렀다. 나라고 질쏘냐, 박팔봉도 긴치마의 어깨에 팔을 둘렀다. 긴치마가 박팔봉의 목을 두 손으로 감고 매달렸다. 박팔봉이 긴치마의 허리를 와락 움켜잡았다. 긴치마가 오호호호 웃었다. 에코마이크를 타고 긴치마의 웃음소리가 천지사방에 메아리쳤다. 박팔봉의 전신이 뭉그러지며 농익어갔다. 온 세상을 쥐고 흔드는 장사가, 아니 온 세상이 감당하지 못할 천재가, 여인의 웃음소리에 납죽 포복했다. 포복 가지고도 모자랐다. 무릎 꿇어라! 꿇겠습니다! 머리 박아라! 박겠습니다! 죽어라! 죽겠습니다!

긴치마는 마이크 줄로 박팔봉을 이리 감았다 저리 풀었다 해가며 남행열차를 운전했다. 남행열차가 북쪽으로 가다 남쪽으로 가다 완행으로 가다 급행으로 가다 탈선 직전까지 갔다. 박팔봉은 남행열차의 그 위태로움을 통째로 타고 급상승과 급하강 사이를 종횡무진 달렸다. 이렇게 재미있을 수가! 이렇게 충격적일 수가! 이렇게 시적 충만감이 넘쳐날 수가!

긴치마가 박팔봉을 부축하다시피 끌어안고 소파로 갔다. 박팔봉은 긴치마에 싸여 소파에 쓰러질 듯이 기댔다. 긴치마가 박팔봉의 가슴속으로 손을 집어넣었다. 박팔봉은 더는 고추빛 대추빛이 될 수 없는 빛으로 눈을 감았다. 긴치마가 박팔봉의 젖꼭지를 살살 건드렸다. 박팔봉의 아래가 참을 수 없이 커졌다. 터질 듯, 터질 듯, 아슬아슬한 순간을 타고 박팔봉은 두둥실, 두둥실, 날아올랐다.

어디까지 갔을까. 박팔봉이 게슴츠레 눈을 뜨고 보니, 심 선생은 쇼트커트와 엉덩이를 나누고 젖가슴을 나누고 있었다. 박팔봉은 너만 할 줄 아냐, 나도 할 줄 안다 하고, 초보라는 딱지에도 불구하고 땀에 푹 젖은 손을 긴치마의 엉덩이 쪽으로 돌렸다.

심 선생은 노래방을 나오며 언제 그랬냐는 듯 의연하게 말했다.

"충격이라면 관능적인 충격을 따라갈 만한 게 없습니다. 관능의 충격은 충격 중에서도 최곱니다. 관능적인 충격을 맛보면 다른 충격은 시시해집니다. 그렇지만 박 시인은 시적 감흥도 얻어야 하니 생활이 주는 충격의 맛도 봐야 할 겁니다. 지금 가려는 곳은……."

충격은 충격이다. 시가 무궁무진하게 나올 낌새가 포화 상태인 충격이다. 포르노 시가 꼬리에 꼬리를 물고 박진감 넘치게 나올 충격이다. 그러나, 그러나, 시상은 떠오르지 않았다. 한꺼번에 너무 큰 충격에 얼어터지다 보니 시상보다는 남행 열차만 오호호호 달려갔다. 관능의 열차를 멈출 자 그 누구랴.

아무리 맛있는 것도, 아무리 좋은 것도, 아무리 득이 되는 것도, 준비 없이 취하면 몸이 신호를 보낸다. 박팔봉은 어지럼증도 나고 울렁증도 나는 것이 큰 병에라도 걸린 듯했다. 그렇다고 명색이 사내대장부이자 천재 시인이 도중하차를 할 수는 없었다. 아니, 하기 싫었다. 오늘은 죽어도 충격의 그 본고장에 가서 충격이 주는 본질을 맛볼 셈이었다. 천재 시인으로서 일확천금은 놓칠망정 일확충격은 놓칠 수가 없었다.

심 선생은 충격의 소로가 될지 대로가 될지 모를 곳으로 박팔봉을 데리고 갔다.

"아까는 급할 때 119용으로 찾는 충격이었다면 지금 가는 곳은 매일 물리지 않고 은근히 받을 수 있는 뎁니다. 엄밀히 말하면 장소가 아니라 사람입니다. 아마 박 시인은 이 분한테 많은 시감을 얻을 수 있을 겁니다. 시를 좋아하는 여자거든요."

여자라는 말에, 더구나 시를 좋아하는 여자라는 말에, 박팔봉의 귀는 나팔귀가 되고 침샘이란 침샘에선 쓰나미를 방불케 할 침이 올라왔다.

심 선생이 박팔봉을 안내한 곳은 떡볶이 아줌마의 포장마차였다. 심 선생은 포장마차로 들어가 박팔봉을 소개했다. 박팔봉은 노래방에서의 흥분이 고스란히 남아 있는 얼굴로 떡볶이 아줌마를 봤다. 반달눈썹에 쌍꺼풀이 없는 커다란 반달눈에, 동글납작하니 오동통한 살집은 전형적인 일본 여인네를 조각해 놓은 인형이었다. 어쩌면 저럴 수가! 오, 딱 내 스타일이야! 박팔봉은 태어나서 처음으로 원자폭탄보다 더 강한, 천륜과도 같은 기를 느꼈다. 이런 것을 사람들은 흔히 이렇게 말한다. 너는 내 운명.

아무튼, 떡볶이 아줌마는 지금 막 연지 찍고 곤지 찍은 얼굴로 심 선생과 박팔봉을 향해 어서 오시라며 웃었다. 박팔봉은 남행열차의 오호호호 기적소리를 단숨에 잊었다. 역시 심 선생은 충격의 최고참이었다. 찰나용과 영구용을 딱딱 구분할 줄 아니 충격의 시조, 시조의 시조였다.

박팔봉은 떡볶이 아줌마의 웃는 얼굴을 보자 시상이 화끈화끈 튀어나왔다. 앗 뜨거워라, 앗 뜨거워라, 어쩔 줄 모르는 박팔봉을, 심 선생은 배가 고파 우는지 잠이 와서 우는지 잘 가려내는 어미와도 같이 그 기색을 알아차렸다.

"박 시인께서 지금 시상이 떠오르는가 봅니다. 주저 말고 읊어보십시오."

알아서 척척 닦아주고 씻겨주고 먹여주는 심 선생이 박팔봉은 그저 고맙기만 했다. 눈치의 사부 심 선생을 모시고 박팔봉은 고추빛 대추빛 시를 읊기 시작했다.

"기어이 들어왔다, 우리 여기. 짊어진 짐 지고, 놀다말다 하며 들어왔다, 우리 여기. 영원한 젊음 앞에 고개 숙인다, 우리 여기. 붉디붉은 떡볶이, 붉디붉은 젊음, 붉은 떡볶이에, 붉은 젊음이 팔딱팔딱 뛰노는구나. 영영 지속될 영영이여! 영영 퍼져 나갈 영영이여!"

박팔봉은 시를 다 읊은 후에도 감동의 여진에서 벗어날 줄 몰랐다. 자신이 지은 시이지만 이렇게 명품 시가 나오리라곤 예상치 못했다. 몇 달 동안 시 하나 잉태하지 못해 꼴딱 죽는 줄만 알았는데, 느닷없이 이런 엄청난 시를 출산하다니 꿈인지 생시인지, 아니, 기적이었다. 역시 시에는 충격만 한 게 없었다. 늘그막에 인복이 터져 선견지명이랄지 예지의 눈이랄지, 천재를 알아보는 심 선생이 있었기에 가능한 일이었다. 지금까지 심 선생을 만나지 못했다면 지금쯤 필시 객실에다 이불이나 날라다 놓고 있을 터였다.

심 선생은 손뼉을 치고, 떡볶이 아줌마는 떡볶이 색보다 더 빨간 입술로 시인이신가 보다고 말했다. 거기다 또 얼마나 많은 시를 만들어내게 할 작정인지 떡볶이 아줌마는 이런 말도 덧붙였다.

"저 시인님의 시는 지가 만든 즉석 떡볶이보다 맛이 좋네요."

사랑을 받는 법도 여러 가지지만 대체 어떤 사랑을 어떻게 받으려고 저토록 예쁜 말을 예쁘게 하는지, 박팔봉은 진즉에 만나지 못한 게 한이었다. 한풀이를 이제야 하게 된 게 애석하지만, 그래도 위패며 탕국을 앞에 놓고 절 받기 전에 만난 것만으로도 행운이었다.

박팔봉은 지금까지 살아왔던 세월이 쓰리고 시리기만 했다. 인생이란 왜 이다지 꼬이고 꼬여 지금에야 저런 여인을 만나게 되었는지, 갈비뼈를 뽑아 돋을새김으로 애모시를 새겨주어도 아깝지 않았다. 아깝지 않은 사람에게 아깝지 않은 말이 들통째 나왔다.

"이 시의 제목은 영영입니다. 영원히 젊다는 뜻입니다. 여길 들어와 여사님을 보자 갑자기 시상이 떠오르지 뭡니까. 여사님이 바로 영영이 아니겠습니까. 이 시, 여사님한테 바치고 싶습니다.”

떡볶이 아줌마는 마악 떠오르는 해처럼 웃었다. 웃기만 했나? 두 손을 쭈욱 내밀어 시를 받는 시늉까지 했다. 시를 알아보는 재주도 탁월한데, 그것도 모자라 애교와 재치까지 넘쳤다. 사실 재치고 뭐고 그냥 콱 깨물어먹고 싶은 게 솔직한 심정이었다. 백화점에 어두워 찜질방에 어두워 볼 것을 제대로 보지 못하는, 그런 안목 없는 마누라와는 비교가 되지 않았다. 순간, 고문자의 얼굴과 고차원의 얼굴이 교차했다. 아무리 봐도 고문자의 얼굴은 고문자의 얼굴이요, 고차원의 얼굴은 고차원의 얼굴이었다. 사람이라는 같은 얼굴이 이렇게 열대와 한대로 다를 수 있는지, 박팔봉은 뒤늦게 호모사피엔스에 대해 깨달았다.

이번에도 심 선생은 박팔봉의 심정을 알아채고 분위기를 살리고 또 이끌어갔다.

“천재 시인을 앞에 두고, 천재 시인이 만든 시를 듣고, 그 시를 알아보는 여인이 만든 떡볶이를 먹으니, 삶의 진미 중의 진미를 맛보는 기분입니다.”

박팔봉은 세상의 차원을 넘어, 도무지 차원이 없는, 말로 표현할 수 없는 그런 감정의 차원 속으로 다이빙 했다. 사람 사는 게 다 희비쌍곡선이라, 과거에 순교를 강요당했다 해도 지금은 부활의 찬가였다. 옛날에 구박덩이로 전전했다 해도 지금은 황금마차의 주인이었다. 천재는 죽고 난 다음에 알아준다지만, 아무도 알아주지 않는데 죽는다면 천재 아니라 천재 할아버지라도 속절없는 인생이었다.

속절없는 인생에 대한 상념을 확 뒤엎는 말이 들렸다.

"꼬치에 꿴 이 떡볶이 말이요, 참 좋은 아이디어인 것 같소. 시를 좋아하는 우리 여사님이 생각해 낸 것 같은데 여기다 이름을 붙이면 더 시적이지 않겠소? 이름을 붙인 다음 종이에다 써서 여기다 이렇게 붙이면 운치도 날 것이고, 옛 선비들이 즐겨 모이던 정자가 바로 여기가 될 것 같은데…… 생각난 김에 우리 천재 시인이 이 꼬치 떡볶이에다 이름을 붙여보면 어떻겠소?"

삶의 의미, 삶의 희망, 삶의 희열, 삶의 가치, 삶의 쾌감, 삶의, 삶의, 삶의……라는 추상어와 그 몸통에 붙는 조사에 뼈가 붙고 살이 붙고 생기가 붙는 순간이었다. 삶이라는 실루엣에 불과한 말이 이제 족자에서 뛰쳐나와 현장을 누비려 했다. 이런 막중한 작업을 박팔봉이 부여받았으니, 박팔봉은 이때를 위해 이 땅에 태어났다.

"과중한 말씀이십니다만, 저를 믿고 알아봐 주시니 그럼 제가 이 꼬치에 꿴 떡볶이에다 이름을 붙여볼까 합니다. 에…… 그러니까…… 제가 보기엔 이 꼬치에 꿰인 떡들이 갈비처럼 보인단 말씀입니다. 에…… 그러니까…… 처음 들어왔을 때 받았던 이미지 영영에다 떡과 갈비를 붙여보면 어떻겠습니까. 영영 떡갈비 떡볶이 말입니다."

심 선생이 포장마차 테이블을 탁 치며, 드디어 천재 시인에 의해 꼬치 떡볶이가 영영 떡갈비 떡볶이라는 자격증을 얻었다고 말했다.

이번에야말로 현장감 있는 삶의, 삶의, 삶의…… 라는 깃발이 펄럭
펄럭 본때를 보여주며 박팔봉을 들까불었다. 거기다 떡볶이 아줌마
가 하는 말은 박팔봉의 기분을 저기 저 백두산을 지나 달나라를 지
나 오로라 공주가 사는 상상봉으로 이끌었다.

"오마나, 영영 떡갈비 떡볶이들아, 이자부터 느그들 이름은 영영
떡갈비란다. 영영 이쁘게 영영 잘 팔려라. 저 시인님께서 느그들 이
름을 지어주셨는데 감사의 절을 올려야지."

이 말을 듣고도 박팔봉은 쓰러지지 않았다. 왕소름의 공격도 받지
않았다. 울거나 웃는 일도 없었다. 오히려 오로라 공주의 사윗감이
되어 아래를 내려다보며 소리쳤다. 나는 천재 시인이도다! 박팔봉은
약골이 아니었다. 정신에 펑크도 나지 않았다. 재빨리 자신을 발견하
고 확인에 재확인을 할 줄 아는, 남다른 재주가 있었을 따름이었다.

심 선생은 인재를 발굴한 재미가 톱톱했다. 하나를 가르쳐주면 열
을, 아니 백을 헤아릴 줄 아는 박팔봉이 볼수록 대견했다. 박팔봉도
박팔봉이지만 적절한 순간에 가락을 퉁기며, 씨줄과 날줄로 알맞게
피륙으로 짜내는 떡볶이 아줌마가 더 흐뭇했다. 박팔봉과 떡볶이 아
줌마, 이 둘의 호흡 맞추기를 특허증으로 받아놓으면 좋겠는데, 혹
시 그런 자격증은 없을까 못내 아쉽기만 했다.

어쨌거나 심 선생은 이 분위기에 탄력을 받아 제2의 단계를 제안
했다.

"이왕 시작한 것, 저 오뎅에도 이름을 붙여보는 게 어떻겠소?"

박팔봉은 영영 떡갈비 떡볶이에다 이름을 붙인 경력에 힘입어, 이번엔 망설이고 어쩌고 할 것도 없이 대뜸 말했다.

"저 오뎅이라면 특급호텔 주방장이 배우러 와야 할 보석과도 같은 손맛입니다. 맛의 여왕, 보석의 여왕, 여왕 오뎅이라고 붙여보겠습니다."

심 선생과 떡볶이 아줌마는 약속이라도 한 듯 마구, 마구, 손뼉을 쳤다. 박팔봉은 박수 소리에 백 데시벨을 넘어 천 데시벨을, 천을 넘어 만을, 아니 데시벨에 한계 없이 기분이 초과됐다.

시에다 작명에다 급부상하는 박팔봉에게 심 선생은 아낌없이 격려사를 읊었다.

"천재는 겸손할 줄도 알아야 하지만 드러낼 줄도 알아야 합니다. 앞으로 우리 박 시인이 해야 할 일은 오직 하나, 천재성을 유감없이 발휘하는 일입니다."

잘한다 잘한다 하면 더 잘하고 싶어지는 게 사람의 마음인지라, 박팔봉은 더 잘하고 싶어지는 단계로 들어섰다. 스승을 앞질러, 스승으로부터 하산하라는 명을 스스로 작성하며 무게를 잡았다.

"지금의 제가 있기까지엔 심 선생님의 공이 큽니다. 그러나 또한 시를 짓고 시운을 남길 수 있게 된 건 다름 아닌 저 여사님의 힘이 큽니다. 따라서 본인은 감사한 마음을 전하고자 저 여사님께 필명을 지어주려 합니다. 영영, 영영이라는 필명을 드리고 본인은 이 자리를 뜰까 합니다."

심 선생과 떡볶이 아줌마는, 수정할 필요가 없이 유창하게 해대는 말에 질려 할 말을 잊었다. 이 상승세를 타고 박팔봉은 포장마차를 나가려, 아니 나가려는 척 있는 폼 없는 폼을 잡았다.

이에 떡볶이 아줌마는 후다닥 정신을 차리고, 영영 떡갈비 떡볶이와 여왕 오뎅을 답례 차원에서 거저 드리겠다며 박팔봉의 소매를 잡았다. 심 선생과 박팔봉은 노래방에서의 충격을 영영 떡갈비 떡볶이와 여왕 오뎅으로 입가심한 다음 포장마차를 나왔다.

*　　　*　　　*

박팔봉은 충격파 심 선생의 병문안에 한껏 고무된다. 고무되는 정도가 아니라 초음속 제트 엔진을 달고 씽씽 난다. 사람에 취하는 건 술이나 취미에 취하는 것과는 비교가 되지 않는다. 박팔봉은 아픈 것도 까맣게 잊고 심 선생에게 대자로 취한다.

개는 개를 알아보고 짖기도 하고 따라다니기도 한다. 송사리는 송사리를 알아보고 떼지어 다닌다. 갈매기는 갈매기끼리, 벌은 벌끼리, 굼벵이는 굼벵이끼리 알아보고 함께한다. 천재는 천재를 알아보니 심 선생도 천재라, 천재가 천재를 알아보고 이리 찾아와 생사고락을 같이하려 든다. 천재끼리 덕담을 나누는 건 세속에선 결코 맛볼 수 없는 영양만점 맛의 만점의 산해진미다. 산해진미를 먹을 땐 방해받는 일이 생겨선 절대 안 된다. 맛에 집중할 수가 없기도 하거니와 분위기가 개떡이 되기 때문이다.

박팔봉은 산해진미를 개떡으로 만들지 개똥으로 칠할지 모를 김연실이 대단히 걱정스럽다. 강력수면제를 먹여 한 삼 년쯤 푹 재웠으면 좋겠다고 생각하는데, 김연실은 다행인지 천행인지 꾸벅꾸벅 조는 게 아니라 코까지 드르렁거린다. 박팔봉은 행여 김연실이 깰까 꺼진 불도 다시 보기, 잠근 가스 밸브도 다시 보기, 세어본 돈도 다시 세어보기로, 자는 김연실을 닳아 없어지게 살핀다. 김연실이 깼다간 완성된 그림에 라이터 켜기요, 애지중지하는 청자에 돌 던지기니, 박팔봉으로선 여간 똥끝이 타는 게 아니다.

똥끝이 타는 또 하나의 이유는 이것이다. 심 선생을 만나지 않는 동안 박팔봉의 시는 만성 변비에 걸려 있었다. 심 선생이라는 왕자가 나타나 시라는 백설공주의 입술에 입을 쪽 맞춰야 숙변이 해결될 터인데, 심 선생은 무얼 하는지 한동안 꼼짝도 하지 않았다. 심 선생의 침 묻은 입맞춤 한 번이면 지독한 변비도 뻥 뚫리겠건만, 해결사 심 선생은 지금에야 나타나 박팔봉의 간장, 췌장, 비장, 위장, 신장, 십이지장을 다 녹인다.

박팔봉은 심 선생이 요번엔 또 무슨 충격을 가지고 왔을까 잔뜩 기대에 부푼다. 그동안 박팔봉은 충격을 만들어보려 무진 애를 썼지만 다 허사였다. 충격이라는 기사는 맹랑하게도 박팔봉을 깔보는지, 아니면 심 선생의 약손만 타는지 종적을 감췄다. 이제 명의 심 선생이 나타났으니 심 선생은 곧 충격을 품고안고업고이고잡고끌고몰고 그렇게 박팔봉을 사로잡을 터였다. 심 선생이 신세계를 끌어다 옛다 하고 던져주면, 박팔봉은 옛설 하고 받아 섬기기만 하면 될 차례였다.

충격의 아버지, 할아버지, 증조할아버지, 고조할아버지, 단군 할아버지인 심 선생이 입을 뗀다.

"시를 쓰기 위해 태어난 우리 천재 시인께서 시를 못 쓰고 있다니 애석하기 그지없습니다. 그래, 그동안 충격을 얻어 보려 노력은 했습니까? 아무리 천재라도 노력할 땐 해야 하는 겁니다."

심 선생은 그럴듯한 말씀만 주워섬기며 교장 선생님의 훈시를 내린다. 박팔봉은 흘깃흘깃 김연실을 엿보며 목소리를 낮춘다.

"하다마다요. 유명한 시인들의 시를 읽으며 이것도 시라고 썼나 욕도 해 봤구요, 무슨 상 무슨 상을 탔다는 승리자들의 얼굴을 떠올리며 저 자신을 괴롭혀보기도 했구요, 막판엔 고독을 불러내 저를 할퀴도록 내버려두기도 했습니다. 헌데 그게 영 멕혀들지를 않더란 말입니다."

심 선생은 껄껄 웃으며, 그런 고전적인 수법으론 충격을 불러올 수 없다고 단언한다. 충격도 시대가 발전함에 따라 완전 충격이 아니면 쉽게 동할 생각을 하지 않는다는 말도 덧붙인다.

박팔봉은 심 선생의 말에 조바심이 난다. 시간을 늘릴 수만 있다면 충격 아니라 그보다 더한 뭐라도 할 수 있을 것인데 나이가 원수다. 살날보다 죽을 날을 계산하는 게 더 빠르다 싶으면, 세월이 원망스럽고 원망스러운 만큼 괘씸하고, 괘씸한 만큼 불쾌해진다. 생각 같아선 그 나이라는 것에 종신형이든 사형이든 집행하고 싶지만, 집행한다고 없어질 나이도 아니고 다행히 집행권도 없다. 이토록 나이에 구타당할 때 심 선생의 출현은 박팔봉에겐 더 할 수 없는 구세주의 현시다.

"그럼 어떤 방법을 써야 충격을 얻을 수 있겠습니까? 이젠 충격을 사랑하는 습관이 생겨설랑 충격 없이는 시가 써지지 않습니다. 충격이 없는 날은 무슨 충격적인 일이 없을까 궁리하게 됩니다. 뭐 색다른 게 없을까요? 혹시 손수 개발하신 것이라도 있으시면……."

은근한 목소리는 호소에 애원을 더하는데, 심 선생은 박팔봉의 절실함을 박팔봉이 태아였을 때부터 알고 있었으므로 박팔봉의 손등을 쓸어준다.

"그동안 다리를 놔준 그 아줌마들로도 시상이 안 옵디까? 허긴, 충격이 충격을 잡아먹으니 더 큰 충격이 필요하게 됐을 겁니다. 박 시인은 지금 충격 부족 중증 장애 현상을 겪고 있는 겁니다. 충격 금단 현상 같은 것이지요. 말하자면 아토피 체질로 바뀐 것처럼 충격 부족 현상이라는 체질로 바뀐 겁니다. 내 그럴 줄 알고 체질 개선에 도움이 될 만한 메가톤급 충격을 가져왔습니다."

심 선생이 코트 속으로 손을 집어넣는다. 이와 동시에 박팔봉의 눈엔 백 촉짜리 전구가 켜진다. 심 선생은 슬쩍 김연실을 보더니 박팔봉의 손에 무언가를 쥐여준다.

박팔봉은 심 선생이 준 것을 차마 보지 못한다. 첫째는, 충격도 좋지만 평소의 심 선생답지 않게 너무 조신한 것이 혹시 간첩은 아닐까, 자신도 모르게 간첩의 하수인이 되는 것은 아닐까, 하는 의구심이요 둘째는, 물건이 무엇인지 모르지만 보는 순간 한꺼번에 충격을 받아 뇌졸중을 일으키는 건 아닐까, 이를 눈치채고 김연실이 이를 드러내며 달려들지는 않을까, 하는 염려다. 이래저래 박팔봉은 간도 작게 손에 든 물건만 뜨겁게 쥘 뿐 보지를 못한다.

심 선생은 이미 박팔봉의 이런저런 갈등을 알고 있다는 듯 조심스레 말한다.

"그거 테이프인데 혼자 있을 때 들으세요. 시상이 떠오르지 않을 때 효과 백 프로 볼 겁니다. 내가 직접 녹음한 건데 아무한테나 주는 게 아닙니다. 박 시인의 시 세계를 이해하기 때문에 주는 것이니 들어보시고 다른 뜻으로 오해하시면 안 됩니다. 오직 시를 위한 충격으로만 받아들이셔야 합니다. 오직 시요!"

저토록 배포도 크고 디테일 만점인 사부를 잠시나마 간첩으로 의심했던 죄, 사하여 주사이다. 박팔봉은 심히 송구스런 마음을 기도하는 마음으로 돌리며 그저 고개가 떨어져라 주억거린다. 심 선생은 박팔봉의 어깨를 두드리며 어떠한 일이 있어도 시를 잃지 말 것을, 시를 위한 충격 또한 소홀히 하지 말 것을 당부하며 나간다.

대체 어떤 충격이 들어 있기에 심 선생이 다짐에 다짐을 거듭하는지, 박팔봉은 걷잡을 수 없이 달뜬다. 심 선생은 충격에 대해서만큼은 절대 실수하지 않는다. 단계별로 학습시키는 솜씨가 만년 교직자만이 할 수 있는 비법이다. 심 선생이 시키는 학습을 빼놓지 않고 열심히 따라만 해도 충격은 죽는 날까지 죽지 않을 것임을 확신한다.

박팔봉은 베개 밑에다 테이프를 감추고 김연실을 깨운다. 생각 같아선 침대를 박차고 나가 테이프를 들어야 직성이 풀리겠건만 당장 테이프를 들을 카세트가 없다. 퇴원할 때까지 기다리자니 한 달은 넘게 걸릴 것이고, 그동안 충격 없이 시도 못 쓰며 지낼 걸 생각하면 하루가 여삼추다.

박팔봉은 김연실에게 집에 있는 카세트를 가져오라고 말한다. 김연실은 아파 죽겠다면서 무슨 노래냐고 편잔한다. 박팔봉은 아프니까 노래라도 들으며 시간을 때워야 할 게 아니냐고 말한다. 김연실이 생각하기에, 요즘 들어 박팔봉이 말도 잘 둘러대는 것이 어째 오뉴월 더위에 거름 썩는 내보다 더하다. 어떤 작당을 하는지 몰라도 걸리기만 하면 그 자리에서 요절을 낼 작정이다. 시인지 잡담인지 모를 나부랭이로 여자들을 섭렵하는가 본데, 그 꼴을 두고 볼 수만은 없다. 어디 한 번 해보자고 대들면 박팔봉 따위는 소금에 물 붓기요 건초더미에 불 지르기다.

김연실은 잔뜩 뒷심을 두고 박팔봉이 졸라대는 카세트를 가져다준다. 박팔봉은 베개 밑에 숨겨둔 테이프를 틀 배짱도 없이 카세트 속에 들어 있던 가요만 틀어댄다. 김연실은 박팔봉이 어떻게 나오나 딴청을 부리며 흘끔거린다. 박팔봉은 눈을 감은 것도 아니요 뜬 것도 아닌 눈으로 김연실을 보다 손바닥으로 박자를 맞추다 한다. 김연실은 아니꼬워 죽겠는 걸 참아 말아 요구르트 한 병을 마실 만큼만 생각하다 참기로 한다.

박팔봉은 노래가 듣기 좋다며 볼륨을 올린다. 병실 안은 노랫소리로 터져 나가고, 병실 사람들은 여기가 단란주점인 줄 아느냐고 바락 소리 지른다. 여느 때의 박팔봉 같으면 이크 안 되겠다 볼륨을 줄이든지 끄든지 할 터인데 웬걸, 맞아죽기를 소원했는지 여유만만으로 김연실에게 어서 이어폰을 가져오라고 말한다.

김연실은 참기로 했던 걸 확실하게 접고 박팔봉의 귓속에다 말을 집어넣는다.

"하다 하다 이젠 벨짓을 다 하네. 은제 쩍부터 이리 노래 감상에 전신을 다 바쳤제? 꼴값 좀 고만 떨고 정신 차리라. 교통사고 낸 게 무신 베슬이라도 한 줄 아나."

저런 독사 같은 년! 박팔봉은 김연실을 보는 것만으로도 머리가 도는데, 말인즉 욕만 골라가며 하니 짜증도 골격을 갖춘 짜증이 난다. 욕도 예술적으로 시적으로 하면 사람 마음 다치지도 않고 얼마나 좋겠는가. 그런 바람은 안줏거리 모자랄 때 해도 되지만 박팔봉은 당장이 급하다. 무슨 수를 써 저 왜장녀 마누라를 병실 밖으로 내쫓을 수 있을까, 일 미터짜리 눈사람이 다 녹을 때까지 끙끙거린다. 그래 봤자 쓸데없이 열만 올랐지 마누라 추방이라는 이름의 해열제는 판매 금지약일 뿐이다. 그렇다고 제 발로 걸어나가길 기다리자니 이건 목이 빠질 지경이고, 빠진 목을 다시 붙이려면 열 번쯤 환생을 해야 할 판이다. 고민과 갈등을 너무 급히, 강력하게 한 탓에 박팔봉은 이때 아차, 신내림을 받고 제법 엄청난 시험을 감행한다.

"이어폰 안 가져 와도 된다. 집에 가서 잠이나 자라."

박팔봉은 신내림의 작두를 타긴 하는데, 작두에 발바닥이 베일 것인지 발바닥의 굳은살이 작두를 동강 낼 것인지, 못내 가슴이 벌렁거린다. 일찌감치 산전수전 공중전 시가전을 다 통과한 김연실에게 과연 이 여유요법이 먹혀들지 의문이다. 더구나 여유요법이 까딱 잘못했다간 그저 그런가 보다 하는 게 아니라, 이게 웬일인가 싶어 파헤치려 드는 불상사로 바뀔지도 모른다. 이건 러시안룰렛 게임의 확률보다 낮다. 만에 하나 작은 꼬투리라도 잡히면 유서 쓸 시간도 없이 끝장이 나는 건 여기저기 모니터링을 해보지 않아도 알 일이다. 박팔봉은 이제 하느님 부처님 천지신명님을 한꺼번에 초청해 목숨을 담보로 건다.

김연실은 박팔봉의 꼼수가 불량기가 있는 것 같기도 하고 없는 것 같기도 하나, 일단 한발 물러나기로 한다.

"그래애, 내도 피곤해 죽겠다. 집에 가서 자고 낼 아침에 올 낀데 뭐 가져올 거 없나? 이어폰은 생각도 마라. 그게 어디 있는지 어찌 찾겠나. 정 듣고 싶으문 작게 틀어놓고 들으면 안 되나."

박팔봉은 이어폰은 국물도 없다는 말에 실망 절망이 겹친다. 그래도 아는 신을 종합으로 불러 기도한 덕에 집에서 자고 오겠다는 말이라도 나오게 했으니, 신들이여 쌩큐, 쌩큐다. 박팔봉의 내심은 이런데 겉으론 입을 잔뜩 부어터지게 내밀며 그럼 그렇게 하라고 대꾸한다.

이번에도 김연실은 박팔봉의 귓속에다 말을 털어 넣는다.

"나 없따꼬 딴짓했다간 죽을 거 각오해라. 낼 와서 다 알아볼 수 있다. 행여 어느 예편네한테 전화질이라도 해 여까지 끌어들였단 그 담에 일어날 일은 책임 안 진다. 알겠제?"

저, 저, 저, 도도도…… 독사 같은 년! 마누라라는 것이 간수보다 더하니 애정을 가지고 살래야 살 수가 없다. 시도 모르는 것이 질투는 어찌 그리 일등 신붓감이고, 공갈협박 엄포는 누구한테 배워 저리 틀리지도 않고 앙알거리는지, 두통약 심장약 없이 지금까지 산 것이 기적이다.

김연실은 박팔봉의 귓가에서 일어나 병실을 나간다.

야호! 만세! 만세! 만만세! 박팔봉은 으쓱으쓱 한꺼번에 완쾌가 된다. 이런 것을 일컬어 자유라 했겠다.

그렇게 바라고 바라던 일이 이루어지자 박팔봉은 부리나케 이불 속으로 카세트를 집어넣는다. 숨 쉴 새도 없이 이불을 머리까지 뒤집어쓰고 심 선생이 준 테이프를 튼다. 기다리고 기다리던 충격의 멜로디가 흘러나온다.

"으으으음- 아잉, 거기 말고 여기…… 흐흐흥 간지러……."(아쉽지만 나머지 소리는 생략한다. 테이프에 든 소리를 여기다 몽땅 옮기려면 책 한 권이 모자란다. 그런데다 이런 소리를 들으면 당분간은 그 소리에 잡혀, 걸어가면서도 그 소리, 밥 먹으면서도 그 소리, 중요한 미팅자리에서도 그 소리, 그 소리가 들리는 통에 피골이 상접하게 된다.)

국적도 이름도 없는 소리들이 박팔봉을 사정없이 때린다. 박팔봉은 이불 속에서 고추빛 대추빛 얼굴로 씨근거린다. 세상에 많고 많은 소리 중에 이렇게 희한하게 맛깔스러운 소리가 없다. 오리지널 사운드트랙이란 바로 이런 걸 말한다. 이건 소리가 아니라 살이다. 그것도 보통 살이 아니라 달아오른 살이다. 달아오른 살은 달아오른 쇠붙이보다 더 뜨겁다.

박팔봉은 뜨거운 소리를 듣다 말고 어디서 많이 듣던 목소리 같다고 느낀다. 볼륨을 조금 더 높인 다음 카세트 속으로 빠져든다. 뜨겁게 살 소리를 내는 목소리는 다름 아닌 심 선생과 영영이다. 박팔봉은 그만 혁, 십 년치 쉴 숨을 한꺼번에 몰아쉰다. 소리의 주인공이 정말 심 선생인지 영영인지, 박팔봉은 지금 자신이 처한 형편도 잊고 볼륨을 있는 한껏 올린다.

박팔봉이 이불 속에서 죽었는지 살았는지 모를 즈음, 김연실은 병실을 나가다 말고 살금살금 안으로 들어간다. 박팔봉이 때 없이 이불을 뒤집어쓰고 있는 걸 보자 김연실은 부쩍 의심이 든다. 흥, 가관단지로구마. 요놈의 영감탕꾸가 뭔 꿍심이 있어 내를 내쫓았제?

김연실은 살그머니 이불 한 끝을 들치고 얼굴을 집어넣는다. 박팔봉은 김연실이 얼굴을 들이미는 것도 모르고 소리에 심취해 죽었다 살았다 한다. 김연실은 소리의 진원지와 내용을 파악하자 냅다 이불을 걷어낸다. 카세트에서 나오는 신음이 병실 안을 사정없이 뒤집어 놓는다. 김연실은 카세트를 와락 움켜쥐고 바락바락 악을 쓴다.

"이런 미친놈의 영감탕꾸야! 어쩐지 수상쩍다 켰더니! 죽어삐라! 당장 죽어삐라!"

김연실은 박팔봉을 닥치는 대로 후려치며 침대에서 끌어내린다. 박팔봉은 아픈 것보다 병실에 울려 퍼지는 충격의 소리를 잡으려 안간힘을 쓴다. 김연실의 악다구니와, 카세트에서 쏟아지는 미끈거리는 소리와, 링거 깨지는 소리가, 병실 안을 도살장으로 만든다.

박팔봉은 골절 입은 몸이라는 것도 까맣게 잊은 채 카세트를 빼앗으려 김연실에게 달려든다. 카세트가 겨우 박팔봉의 손에 들어갔나 싶을 때 김연실이 냅다 잡아챈다. 김연실이 카세트를 움켜잡은 순간 다시 박팔봉이 가로챈다. 박팔봉은 카세트를 빼앗기지 않으려 젖 먹던 힘까지 쏟고, 김연실은 카세트를 빼앗으려 죽을 때 쓸 힘까지 쓴다. 카세트는 박팔봉의 손에서 김연실의 손으로, 김연실의 손에서 박팔봉의 손으로 왔다 갔다 하면서 소리만 더욱 커진다.

드디어 김연실이 카세트를 쟁취한 순간, 김연실은 카세트를 멀찌감치 밀어 던진다. 카세트에선 여전히 신음소리가 거리낄 것 없이 나는데, 그렇거나 말거나 김연실은 박팔봉을 올라타고 앉아 여기저기를 퍽퍽 친다.

박팔봉은 나 죽네, 박 시인 죽네, 하며 카세트 쪽으로 팔을 뻗는다.

카세트에선 심 선생인지 영영인지 모를 남녀가 서로 씻어주랴 어쩌
랴 해가며 물 튀는 소리를 낸다. 김연실은 죽을 때까지 계속 시인이
나 하라며, 골리앗이 화가 났을 때나 나올 법한 힘으로 박팔봉을 팬
다. 박팔봉은 의사와 간호사들이 김연실을 잡아떼는 걸 보는 순간
쭉 뻗는다.

박팔봉은 의식을 잃어가며 여러 가지 상념에 둘러싸인다. 저 인간
들, 진짜 심 선생하고 영영일까? 혹시 잘못 들은 건 아닐까? 심 선생
과 영영이라면 심 선생을 죽일까 영영을 죽일까? 아니, 연놈을 한꺼
번에 죽여? 헌데 심 선생도 아깝고 영영도 아깝다. 그만한 충격파 명
의는 기원전과 후를 탈탈 털어도 만나기 어려운데 충격 없이 어찌
시가 나올까. 영영도 죽이기엔 너무나 사랑스럽다. 시는 물론 천재
시인을 알아보는 안목이 탁월한데 그런 준시인을 어찌 죽일 수 있단
말인가. 헌데 이상하다. 어째서 이런 충격에도 시가 나오지 않는 것
일까? 나는 죽은 것일까? 나는 나를 위해 비문을 지어야 하는 건 아
닐까?

🌑 천의 얼굴

다 아는 바와 같이, 사람에게는 여러 얼굴이 있다. 인간성이 나빠
서가 아니다. 박팔봉만 해도 그렇지 않은가? 영영 앞에서의 박팔봉

과 김연실 앞에서의 박팔봉은 달라도 한참이나 다르다. 김연실은 또 어떻고? 박팔봉을 쥐 잡듯 잡지만 상상 연애를 할 때만큼은 소녀가 된다. 심 선생도 이와 크게 다르지 않다. 박팔봉 앞에선 대가로 군림하지만 혼자 있을 땐 심약하기 짝이 없다.

그 이유는 의외로 간단하다. 하나의 얼굴로 사는 건 지겹다, 따분하다, 맨송맨송하다. 그러니 이중인격은 아닐까 다중인격은 아닐까라는 어설픈 양심책은 도서관 사서에게 맡기고, 여러 얼굴로 가뿐하게 살아보자는 뜻에서이다.

사람은 태어날 때 하나의 얼굴, 단 하나의 얼굴을 가지고 태어난다. 그 단 하나의 얼굴로 늙어 죽을 때까지 살아야 하는 게 사람에게 주어진 숙제다. 이거 참 못할 짓 아닌가? 몸의 얼굴이 하나면 마음의 얼굴이라도 여럿이면 좋겠다는 생각은 들지 않는가? 몸의 얼굴도 하나, 마음의 얼굴도 하나, 그 하나로 줄창 산다 치면 모범생이라는 상패는 받을지 몰라도 솔직히 좀 권태롭다.

음식도 늘 같은 재료로 같은 음식만 만든다면 식욕을 자극하지 못한다. 사람도 마찬가지. 비가 오나 눈이 오나 그 얼굴이 그 얼굴이라면 무슨 재미로 연애를 하며 부부싸움을 할 수 있겠는가. 때론 싱겁게, 때론 매콤하게, 때론 짭조름하게, 때론 달큰하게, 때론 톡 쏘게, 그렇게 살아보고 싶지 않은가? 그렇게 살아보자구요. 본인은 물론 옆에 있는 사람들도 맛 좋게 살 수 있다구요. 물론 갈피를 잡지 못할 때가 있겠지만, 그 정도는 애교로 봐 주어도 좋을 것이고.

　박팔봉이 단으로, 김연실이 예로, 콜롬보는 아예 본명조차 숨기고 사는 이유가 한 개의 이름, 한 개의 얼굴로 살기가 너무 싱거워서 그렇다 치면, 떡볶이 아줌마 미란은 어떨까?

　미란은 허필준에겐 미란이지만 박팔봉에겐 영영이다. 미란으로 살 때가 좋은지, 영영으로 살 때가 좋은지, 혹은 미란과 영영을 합친 존재로 사는 걸 좋아하는지 물어보지 않아서 잘 모르겠지만, 나나 미란은 해독불가라는 붉은 도장이 찍힌 암호문처럼 살기를 바란다. 욕심이 과한가? 과할 때가 있어야 모자랐을 때를 보충할 수 있지는 않을까? 억지 같은 얘기지만 때론 그래 보고 싶어질 때가 있다.

　어허, 그런데 이게 무슨 냄새지? 미란의 방에서 좋은 냄새가 나는군요. 떡볶이와 오뎅과는 사뭇 다른 이 냄새의 정체는?

　미란이 화장을 한다. 한 달 동안 균일하게 칠했던 떡볶이 아줌마의 화장을, 화장으로 지우는 화장을 한다. 표면에 흩어져 있던 점과 땀구멍과 주름을, 파운데이션으로 두껍게 덮는다. 밝은 보라색 아이섀도를 칠하고 볼터치까지 바른 후 새빨간 립스틱으로 마무리한다. 미란의 화장술은 날로 발전한다. 얼굴 표면만 두껍게 입혔던 파운데이션을, 이젠 콧등은 살리고 코 양옆은 죽이는, 입체 화장도 할 줄 안다. 미란이 거울을 보며 입술을 아래위로 문댄다. 제 얼굴이 아닌 얼굴이 딴은 만족스럽다. 미란이 화장의 마지막 코스로 입술 옆에 점을 찍는다. 미란의 얼굴은 딴판이 된다.

미란이 낡아 삐걱거리는 장롱을 연다. 한 달에 한 번 있는 외출이다. 계절별로 한 벌씩 걸린 옷가지들을 하나씩 제쳐본다. 주름치마와 레이스가 많이 달린 연분홍색 블라우스가 손에 잡힌다. 미란은 주름치마와 블라우스를 입고 불투명 살색 스타킹을 신는다.

미란은 옷을 다 입고 자신의 차림을 접안렌즈로 들여다보듯 한다. 무릎 위에서 찰랑거리는 주름치마, 레이스인지 블라우스인지 분간할 수 없이 레이스로 범벅이 된 블라우스, 그리고 짙은 화장. 화장이며 옷이 칠십 년대인지 이천 년대인지, 삼십 대인지 오십 대인지, 포주인지 떡볶이 아줌마인지 가늠하기 어렵다. 미란은 입술을 살짝 비틀며 웃는다.

미란이 황학동 뒷골목, 다 쓰러져 가는 집 단칸방을 나온다. 골목에서 마주치는 사람은 없다. 여자고 남자고 다들 일을 나간 시간이다. 미란은 핸드백에서 도수 없는 안경을 꺼내 쓴다. 나비 모양의 검은 뿔테 안경이 영락없는 'B 사감'이다. 모양은 그런데 'B 사감'이 가진 낭만이나 귀엽게 앵앵대던 앙칼짐보다는 황량함이 더하다. 이 좋은 날, 화창하기로 치면 십대 소녀들의 웃음 같은 날, 그에 맞는 옷을 빼입었는데도 메마른 티끌만 풀풀 날린다. 화장이 모욕을 받고 옷이 천대를 받는다.

미란은 구두굽이 가늘고 높은 구두를 신고 따각따각 버스정류장으로 간다. 엉덩이를 뒤로 빼고 엉거주춤 다리를 벌리고 걷는 폼이,

육십 년대 주인집 아가씨의 옷을 살짝 쌔벼 입고 몰래 애인 만나러 나온 식모다. 미란은 자신의 걷는 모양을 상점 유리에 비춰보며 또 한 번 입술을 비틀며 웃는다.

미란은 버스에서 내려 모교 바로 앞에 있는 피시방으로 들어간다. 모교 앞은 미란이 다닐 때와 크게 달라진 게 없다. 그저 그렇게 변한 몇몇 음식점과 당시엔 있지도 않던 피시방이나 햄버거 체인점 따위가 전부다.

미란은 한 달에 한 번 들르는 피시방을 습관대로 휘 둘러본 후 자리에 앉는다. 키보드와 마우스를 잡고 한 달 전에 했던, 같은 게임을 시작한다.

철문을 열고 젊은 녀석이 나온다. 잘 다려진 짙은 쥐색 양복바지에 옅은 비둘기색 와이셔츠가 꽤나 그럴듯해 보인다. 미란은 철퇴를 들고 녀석에게로 다가간다. 녀석이 로봇 걸음으로 한 발짝 앞으로 나온다. 미란이 녀석을 향해 철퇴를 던진다. 녀석이 고개를 오른쪽으로 피한다. 미란은 오른쪽으로 철퇴를 날린다. 녀석이 왼쪽으로 고개를 돌린다. 미란이 왼쪽으로 철퇴를 던진다. 녀석이 오른쪽으로 고개를 돌린다. 미란은 단단히 철퇴를 꼬나 쥐고 녀석 쪽으로 다가 간다. 녀석이 벽돌담 뒤로 숨는다. 미란은 벽돌담에다 철퇴를 꽂는 다. 벽돌담이 무너진다. 미란은 무너진 벽돌담 쪽으로 간다. 녀석이 무너진 벽돌담 뒤에 새로 생긴 벽돌담 뒤로 숨는다. 미란은 녀석의 뒤통수를 향해 철퇴를 날린다. 녀석은 철퇴를 피해 또다시 생긴 벽돌담 뒤로 날름 들어간다. 미란은 벽돌담을 향해 철퇴를 찍는다. 담이 무너지고 녀석은 바로 뒤에 생긴 다른 벽돌담 뒤로 펄쩍 뛰어든다. 미란은 철퇴를 휘두르며 벽돌담 앞까지 간다. 녀석이 벽돌담 위로 고개를 내밀더니 가운뎃손가락을 치켜세운다. 녀석이 빙글빙글 웃으며 뻑큐!라고 말한다. 미란은 녀석의 면상을 향해 철퇴를 던진다. 녀석이 한 손으로 철퇴를 잡더니 혓바닥을 뾰족 내민다. 혓바닥에서 킬킬거리는 소리가 쏟아져 나온다.

"용용 죽겠지! 나 잡아봐라! 이히히히히! 로또!"

잘 다려진 짙은 쥐색 양복바지에 옅은 비둘기색 와이셔츠가 새로 생긴 벽돌담 뒤로 숨는다. 벽돌담 뒤에서 녀석의 웃음소리가 바람을 타고 훨훨 날아간다. 게임 오버.

미란은 피시방을 휘 둘러본 후 게임을 리스타트한다.

쑥대머리 사내가 청룡언월도를 들고 미란에게 다가온다. 미란은 따발총으로 쑥대머리를 드르르륵 갈긴다. 쑥대머리가 청룡언월도로 총알을 막는다. 탄두가 쑥대머리 발밑에 우두둑 떨어진다. 쑥대머리가 탄두를 으적으적 밟으며 미란에게로 온다. 미란이 단도를 꺼내 쑥대머리에게로 날린다. 쑥대머리가 청룡언월도로 단도를 친다. 단도가 조각조각 떨어진다. 쑥대머리가 조각난 단도를 밟으며 미란에게로 다가온다. 미란은 꼬치 막대를 쑥대머리의 가슴팍에다 던진다. 쑥대머리가 가슴을 방패모양으로 쫘악 펴며 꼬치 막대를 막는다. 꼬치 막대가 쑥대머리의 가슴에 닿기 무섭게 이쑤시개가 된다.

쑥대머리가 이쑤시개를 밟으며 저벅저벅 미란에게로 온다. 미란이 고추장 통을 들어 쑥대머리를 향해 날린다. 고추장 통이 쑥대머리의 이마에 정통으로 맞는다. 쑥대머리가 봉두난발 한 머리를 쓰윽 걷어 내며 뚝뚝 떨어지는 고추장을 찍어먹는다.

"커, 맛 좋다! 더 부어 주라."

미란은 닥치는 대로 오뎅과 오뎅 국물을 쑥대머리에게로 던진다. 쑥대머리가 오뎅과 오뎅 국물을 척척 받아먹으며 싯누런 이를 드러 낸다.

"바로 이 맛이야! 난 이 불로초 맛 때문에 살아!"

게임 오버.

미란은 피시방을 나온다. 오전 햇살이 따갑도록 눈부시다. 미란은 잠시 서서 나비 모양의 뿔테 안경 속으로 오전의 햇살을 받는다. 먼 지 하나 없이 잘 닦인 하늘엔 누추한 열망 같은 건 보이지 않는다. 뿔 뿔이 흩어지다 제멋대로 엉겨 붙는 슬픔 같은 것도 보이지 않는다. 맑기만 한 하늘은 조각나게도 말고, 비뚜름하게도 말고, 그저 맑게 만 살라고 타이른다. 미란은 뿔테 안경을 머리 위로 치켜 쓰며 모교 안으로 들어간다.

인문대 건물 앞을 지나 자연대 건물 앞으로 간다. 자연대 건물 계 단에 앉아 아래를 내려다본다.

멀리 세월을 건너, 허필준이 장발을 휘날리며 뛰어온다. 허필준은 두서너 계단을 경중경중 뛰어오르더니 미란 옆에 앉는다.

"오래 기다렸지? 늦어서 미안, 오는 길에 장발 단속에 걸렸지 뭐야. 햐아, 이 머리 좀 봐라. 이거 어떡허지? 아휴, 그 씨발 새끼들, 이거 기르느라 얼마나 애먹었는데."

허필준이 한쪽 귀를 미란에게 들이민다. 귀밑으로 싹둑 잘려나간 머리가 반쯤 깎다 만 잔디꼴이다. 미란은 허필준의 다른 쪽 긴 머리를 잡고 살짝 흔든다.

"어쩌긴 뭘 어째요. 이 긴 쪽 땋아 댕기 달면 되겠네. 우리 댕기 사러 갈래요? 빨강이 어울릴까 파랑이 어울릴까? 아니, 색동이 좋겠다."

허필준은 자신의 머리를 잡은 미란의 손을 으스러지게 잡는다.

"좋아, 댕기 사러 가자. 댕기 달고 결혼하자는 소리 같은데 빨리 일어나 댕기 사러 가게."

미란은 계단에서 일어나 연못 쪽으로 간다. 연못 한가운데엔 벌거벗은 젊은 남자 여자들의 동상이 커다란 지구본을 손으로 받치고 서 있다. 동상 주위에선 그 옛날의 물과 같을 물일, 또는 달라졌을 물이, 봄을 가르며 뿜어져 나온다. 물도 노동을 하는구나.

미란은 연못 앞 벤치에 앉아 물줄기가 만들어내는 파문 속으로 들어간다. 크게 혹은 작게 부서졌다 다시 모여 하나의 물줄기로 솟구치는 힘이 언제까지고 이어질 듯이 보인다. 그렇게 언제까지고 건강하게 이어질 줄 알았던 노동은, 일찌감치 모임을 파하고 돈다운 돈을 만들겠다며 거품을 문다. 그 은신처 복판에다 저 분수를 놓으면 어떻게 될까. 미란은 방 가운데서 물줄기를 뿜어대는 분수가 눈에 어른거린다.

머리를 단정하게 자른 허필준이 분수를 지나 미란에게로 온다.

"오래 기다렸니? 연락을 기다리다 보니 늦었어. 미안."

허필준의 목소리는 한여름 뙤약볕에 축 늘어진 풀 포기보다 더하다. 미란은 허필준의 말을 들으며 연못 속으로 들어가는 물줄기에 눈을 꽂는다. 허필준이 갑자기 미란의 어깨를 와락 감싼다.

"으하하하! 속았지롱? 취직이 되셨다! 졸업도 하기 전에 이 몸이 공기업에 취직이 되셨다구!"

허필준의 웃음이 연못물을 파랗게 물들이고 파문보다 더 깊게, 더 넓게 흩어놓는다. 미란이 허필준의 허벅지를 아프지 않게 꼬집는다.

"선배가 으하하하면, 나는 오, 호, 호, 호야. 선배 저쪽에서 올 때부터 알고 있었는데 머. 걸음걸이가 몹시도 엉큼했거든."

허필준은 미란의 이마를 손끝으로 톡 친다.

"눈치 한 번 여우네. 그래, 미란이는 여우. 나, 여우하고 결혼할란다. 여우님이 갈쳐주는 눈치 배워 출세 좀 해보게. 당장! 당장 하자! 당장 해주세요 네?"

당장 결혼해 달라고 손을 잡아끈 남자는 보이지 않고, 벤치 주변엔 MP3를 귀에 꽂고 걸어가는 남학생, 디지털카메라로 여자친구를 찍어주는 남학생, 여학생과 나란히 벤치에 앉아 포테이토칩을 먹는 남학생, 분수대 주위를 돌며 여자친구에게 휴대폰을 하는 남학생이 전부다.

짧게 깎은 머리를 손가락으로 빗어 넘기며 멋쩍게 웃던 그때의 남자, 그 남자를 보고 있었을 벤치 뒤의 물오리나무, 그 남자와 물오리나무와 그때의 공기와, 그 공기를 마시며 남자의 말을 듣던 여자, 그 여자를 보았을 그때의 하늘, 그것들은 다 어디로 갔을까. 어디서 무엇을 하기에 연못물을 빛으로 반사시키는 저 봄만이 무심히 놀고 있을까.

미란은 연못가 벤치에서 일어나 교문으로 간다.

교문으로 가는 미란의 앞을 허필준이 가로막았다 비켜났다 해가며, 말인지 웃음인지 모를 것을 터뜨린다.

"우리 결혼해서 이쁘게 살자, 너처럼. 아니, 나처럼. 아니, 너랑 나처럼."

허필준이 앞서 뛰어가다 다시 오고 앞서 뛰어가다 다시 오며 잊었던 말을 하듯 한다.

"죄송하구 미안하구 송구스럽습니다만, 때리지 말고 쉰네의 말을 들어보십시오. 그대의 가슴 사이즈는 몇이옵니까? 결혼하면 하룻밤에 몇 번이나 안아주실 수 있습니까? 난 열 번. 넌? 너도 열 번. 도합 스무 번. 으하하하!"

미란은 허필준이 다가올 때마다 헛발길질을 해가며 허필준을 잡으려 뛴다. 허필준은 멀찍이 도망가는 척하더니 아예 교문 밖으로 내뺀다. 미란은 교문을 나와 두리번거린다. 허필준이 미란의 뒤로와 미란의 손목을 잡는다.

"취직도 했겠다 결혼도 예약했겠다, 오늘같이 역사적인 날엔 사진을 찍어두는 거야. 말하자면 사진으로 미리결혼식하기."

미란은 길 건너에 있는 뷰티사진관을 보며 횡단보도를 건넌다. 허필준과 찍었던 그때의 사진관은 그 자리 그대로인데, 간판과 인테리어는 생뚱한 얼굴로 분단장한 채 기억의 골을 갈아엎는다.

미란은 사진관으로 들어가 사진을 찍어 달라고 말한다. 사진기사가 어떤 사진을 찍을 건지 묻는다. 미란은 예쁜 사진을 찍어 달라고 말한다. 사진기사는 머리가 좀 어떻게 된 여자가 아닌가 싶은 표정으로 미란의 아래위를 훑어본다. 미란은 걸린 사진 중에 입이 찢어져라 웃는 남녀 사진을 손가락으로 짚으며, 이렇게 찍어 달라고 말한다. 사진기사는 여전히 떨떠름한 표정 그대로 퉁명스레 말한다.

"그러니까 증명사진인지 면허증 사진인지 여권 사진인지 신분증 사진인지 종류를 말해야 찍든 말든 할 거 아뇨. 삼 곱하기 사요 오 곱하기 사요?"

몇 곱하기 몇이 아니면 사진은 찍을 수 없는 것인가. 미리결혼식 사진이라는 것도 있다는 사실을, 그 사실을 되감아 찍고 싶어 하는 사람도 있다는 사실을, 세상은 알기나 알까. 미란은 저 먼 세월을, 지나갔지만 생생히 살아 있는 그 사실을, 몇 곱하기 몇으로 정하지 못해 사진관을 나온다.

사진관 옆 골목 입구에 떡볶이 포장마차가 서 있다. 떡볶이 포장마차는 이제 막 장사를 시작한 듯 떡에다 고추장을 푼다. 고추장을 물에 으깬 떡과 함께 뒤적이더니 플라스틱 접시에다 일회용 비닐봉지를 끼운다.

하고많은 장사 중에 하필이면 떡볶이 장사를 택했는지 미란은 묻지 않아도 안다. 첫째는 자본이 넉넉하지 않기 때문이다. 둘째는 현금박치기이기 때문이다. 셋째는 별다른 기술 없이도 할 수 있기 때문이다. 넷째는 생각보다 수입이 짭짤하다는 소문이 돌기 때문이다. 다섯째는 계절을 타지 않기 때문이다.

여러 이유가 차례를 바꿔도 떡볶이 장사를 시작하는 데에는 지장이 없다. 지장이 있다면, 지장이라고 생각하는 체면이라는 것을 버려야 한다는 점이다. 체면을 버리기까지는 용기가 필요하고, 용기를 내기까지에는 용기 이상의 용기를 낼 수밖에 없는, 막다른 길이 가로막고 있어야 한다.

미란 또한 이렇게 밝힐 수 있는 이유 다섯 가지로 떡볶이 장사를 시작했다. 지장이라고 생각하는 그 마지막 한 가지가 끝까지 걸리긴 했지만 다른 선택의 여지는 없었다. 점점 쌓이는 빚과 당장 들어가는 병원비와 생계비는 체면보다 절실했고 용기보다 우위에서 미란을 떠밀었다.

떡볶이 아줌마가 일회용 비닐봉지를 씌운 플라스틱 접시를 켜켜이 쌓아놓는다. 개시해줄 손님으로 보이는 남학생이 포장마차 안으로 들어간다.

"아줌마, 떡볶이 삼 인분하고 오뎅 삼 인분 싸 주세요."

남학생이 돈부터 꺼내 들고 종종거린다. 떡볶이 아줌마는 투명비닐봉지에다 떡볶이를 담고 다른 비닐봉지에다 오뎅 국물을 담는다.

"많이 주세요. 제가 사는 게 아니라 동아리 선배 심부름이에요. 조금 주면 오면서 먹었다구 조인트 깐단 말이에요."

허필준도 사진관에서 사진을 찍고 나와 떡볶이 포장마차로 간다.

"아줌마, 떡볶이 이 인분하고 오뎅 이 인분 주세요. 대통령하고 영부인이 먹을 거니까 잘 주세요."

미란이 허필준의 발을 자신의 발로 꾹 누른다. 허필준이 아야! 하고 크게 소리 지른다. 떡볶이 아줌마가 푸짐한 얼굴로 웃는다.

"올 때마다 대통령 된담서 은제 되는 겨? 자, 삼 인분도 더 담았응게 이거 묵고 꼭 대통령 되는 겨. 되문 여기부터 찾기나 혀. 내 경호원들 거꺼정 죄 줄 텡게. 근디 영부인은 우째 대통령을 고렇게 아프게 한다냐."

남학생이 비닐봉지를 들고 뛰어간다. 남학생은 허필준과 닮지 않았다. 대통령 대신 선배 쫄따구라고 말한다. 저 떡볶이 아줌마도 그때의 아줌마와 닮지 않았다. 넉넉한 사투리와 손 인심 대신 골이 난 사람처럼 아무 대꾸도 하지 않는다.

남학생이 가자 떡볶이 아줌마는 오뎅 국물에 물인지 육수인지를 한 사발 더 붓는다. 오뎅 그릇에서 희미하게 김이 오른다. 떡볶이 아줌마는 미란이 그랬던 것처럼, 지나가는 사람들을 멀거니 쳐다본다.

*　　*　　*

　미란은 학교 앞 떡볶이 포장마차를 등지고 걷는다. 대통령을 말했던 사람은 황학동 단칸방을 청와대로 알고 지낸다. 졸업도 하기 전에 취직이 됐다면서 좋아했던 사람은 결혼 사 년 칠 개월 만에 집을 영원한 취직자리로 잡았다. 한 사람만으론 부족한지 하나밖에 없는 아들놈마저 집을 직장으로 삼아 로또만 꿈꾼다.

　세상은 공평하다고 말하는 사람과 불공평하다고 말하는 사람이 있다. 제아무리 잘난 짐승이라 해도, 날면서 뛰면서 동시에 헤엄치는 종자는 없으니, 공평하다면 공평하다. 허필준이 세상 밖 외진 곳에다 자신의 둥지를 틀고 무사안일로 사는 게 공평한 것인지도 모른다. 어딘지도 모를 곳을 쏘다니며 로또나 사고 로또 기사나 스크랩하는 아들이 세상의 공평에 일조하는 것인지도 모른다. 떡볶이 포장마차를 끌고 집안을 걸머지고 사는 게 주어진 생을 공평하게 이끄는 것인지도 모른다. 사형수도 먹고 사형집행을 선고하는 판사도 먹는 떡볶이가 공평한 것인지도 모른다.

　갑자기 봄바람이 인다. 미란의 짧고 얇은 치맛자락이 훌렁 까진다. 미란은 치맛자락을 잡지 않는다. 속옷이 들쳐지는 것도 순간, 바람이 부는 것도 순간, 분장에 가까운 화장을 하고 이 길을 지나는 것도 순간이다. 순간 아닌 게 없다.

　미란 옆으로 선글라스를 낀 남자가 지나간다. 매주 화요일이면 선글라스를 끼고 들르던 남자가 떠오른다. 그 남자에겐 순간이 없다. 순간을 영원으로 묶어 두고 싶어하는 자에게 순간이란 악연이나 악취다. 선글라스의 남자는 빛바랜 사진 한 장을 꺼내더니 미란에게 본 적이 있냐고 묻는다. 사진 속의 여자는 머리를 하나로 질끈 동여맨 채, 두려움이 역력한 눈빛으로 정면을 응시한다. 고정된 눈빛은 산란하게 흔들리고, 어둑한 눈자위는 사육당한 흔적을 균열로 드러낸다. 고통은 진정 이해할 수 없는 것, 이해하기 싫은 것. 미란은 본 적이 없다고 대답한다. 선글라스의 남자가 두툼한 노트를 옆구리에 끼더니 포장마차를 나간다. 걸음걸이는 칼 지게 선을 세워 꼿꼿하기만 한데 그의 애정은 골절을 입고 절뚝인다. 미란은 말라가는 떡볶이에다 물 한 대접을 붓고 휘휘 젓는다. 황사로 흐린 봄날, 모래바람이 떡볶이 판에 날아와 앉는다. 모래를 잔뜩 물고 바다를 건너고 산맥을 휘저으며 날아왔을 흐린 바람들. 먼 곳에서 먼 곳을 향해 달려왔지만, 그것도 순간.

미란은 학교 앞 버스정류장에서 버스를 탄다. 오늘 일기예보에선 모처럼 황사가 없는 맑은 날이라 외출하기엔 그만이라고 했다. 그러나 점점 뜨뜻해지는 기온은 벌써 초여름을 흉내 낸다.

버스기사는 아직 에어컨을 틀지 않는다. 미란은 창을 열고 밖을 내다본다. 상점이며 사람들, 차들이 순간에도 못 미치게 스쳐 간다. 생의 바퀴가 바로 저런 것이라면 떡볶이 장사의 그 긴긴 고단함도 순간이리라. 그런데 왜 이럴까. 순간은 길게 늘어져 생활을 지치게 하고 영혼을 쓰라리게 한다. 순간이 순간이 되게 할 떡볶이 포장마차 같은 것은 어디 없을까.

미란은 버스에서 내려 종점을 휘 둘러본다. 예전이나 지금이나 기름으로 찌든 땅바닥은 새카맣게 다져져 틈 하나 보이지 않는다. 종점 입구에 있는 떡볶이 포장마차도 일 년 전 그대로다. 붙박이로 장인정신을 떠들어대지 않아도 떡볶이 아줌마들은 그렇게 오래오래 떡볶이 아줌마로 산다. 장인정신이라는 향료를 팍팍 쳐대는 사람들은 손등이 부르튼 떡볶이를 알지 못한다. 폭염 한가운데서도 선풍기를 틀지 못한다는 것도 알지 못한다. 대대손손 가업으로 이어받아도 괜찮을 떡볶이 포장마차는 어디에 있는가. 장인정신이라는 말로 장인정신을 관리하는 관리자들은, 일 년 전에도 십 년 전에도 그대로인 떡볶이 포장마차를, 그 속에 들어 있는 변함없는 생활을, 절대 말하지 않는다. 그렇게 말해 주지 않아도 떡볶이의 유구한 역사가 서글픈 장인정신이라는 것을, 길거리 한 귀퉁이를 면면히 이어온 몸뚱이라는 것을, 그들은 알지 못한다.

떡볶이 포장마차 안으로 사내들이 들어간다. 사내들은 장인정신이 녹아든 떡볶이를 질겅질겅 씹으며 시답잖게 농을 한다.

"어이, 사장님, 떡볶이만 만들 게 아니라 이따 나 좀 따로 보자고. 내가 근사한 데 가서 거하게 술 한잔 쏠거구만."

그렇다. 떡볶이 장사하는 사람도 사장님은 사장님이시다. 그런 사장님한테 왜 정신 나간 소리를 하느냐. 사장님이라는 말을 쓰고 싶거든 밑 닦을 휴지가 없을 때나 해다오. 대체 너희들은 누구이기에 떡볶이 아줌마들을 사장님이라는 말로 내쫓으려 드느냐. 어느 행성에서 살다 왔기에 몸으로 장인정신을 아프게 살아가는 이들을 사장님이라는 말로 엎어버리려 드느냐. 풍뎅이가 큰절을 올리고 모기가 수상스키를 타는 그런 곳에서 쫓겨 왔더냐. 그래 그 자리가 누구의 자리인 줄도 모르고 까부는 것이냐.

"하이고, 사주는 대로 먹었다간 지금쯤 술 폭탄 맞아 죽었을 거구만. 술 같은 소리 작작하고 외상값이나 갚구라."

술 폭탄이 아니라 시 폭탄으로 먹고사는 사람이 있다. 자칭 시인이라는 사람은 시 폭탄에 맞아 죽는 한이 있어도 시 폭탄 좀 맞아봤으면 좋겠다고 말한다. 오늘 아침만 해도 시로 밥 말아먹고 나왔다는 말까지 의젓하게 한다.

미란은 시인이 보고도 남을 만큼 입가를 늘이며 쌩글거린다. 시인은 미란이 알은체해 준 포상으로 시를 읊어 바친다. 미란은 시인이 바친 시를 떡볶이 고추장에다 비벼 도로 시인에게 담아준다. 시인이 시가 된 떡볶이를 우물우물 씹자, 시가 된 떡볶이는 시인의 오지랖 넓은 입안에서 말도 안 되는 시를 남발한다.

시로 밥 말아먹었다고 자랑하는 자, 죽어 마땅하다. 아무리 먹어도 배가 부르지 않는데 배가 부르다고 큰소리친다. 시가 된장국이든 불고기백반이든 될 수 있다고 말하는 자, 접근금지 명령을 받아야 한다. 건더기가 없는 걸 건더기라고 우긴다.

떡볶이 시가 시인의 뱃속에서 팅팅 불어터지자 배불러진 시인이 헛배 부른 소리를 뱉는다.

"영영, 내가 호텔 하나를 가지고 있는데 그깟 것 아무것도 아니요. 호텔 따위가 어찌 시보다 중요하달 수 있겠소. 영영 같이 시의 세계를 볼 줄 알고 느낄 줄 아는 사람만이 살아갈 가치가 있는 거요. 오! 영영, 우리 둘만의 시간을 따로 내 시에 대해 진정 토킹 어바웃 좀 할 수 없겠소?"

없는 호텔을 있는 호텔로 말하는 시인아, 단칸방에서 세 식구가 사는 사람한테 호텔보다 시가 더 중하다고 말하는 시인아, 시의 세계를 볼 줄 알고 느낄 줄 아는 사람만이 살아갈 가치가 있다고 말하는 시인아, 시를 빙자해 언제 저년을 자빠뜨려 팬티 좀 벗길까 궁리하는 시인아, 진짜 시인들 낯을 들고 다닐 수 없게 하는 시인 아닌 시인아, 이런 말이 있다는 것을 알고나 계신지. 거침없이 방언 수준으로 말하는 시인은 자살에 대해 공부해야 한다. 시가 생명보다 더 중하다고 말했기 때문이다. 황새가 위선의 옷을 입고 나니 뱁새도 위선의 옷을 입고 날려 하기 때문이다.

미란은 황새로, 뱁새로, 옷매무새를 단장한다.

"박 시인님은 항상 좋은 말씀만 하시지라. 지가 무신 수로 시를 알아 박 시인님 같으신 분허구 시에 대해 말하것으라? 그저 여기 오셔 설랑 시 한 수 읊어주시는 것만으로두 지는 찌든 때를 싹 벗는 기분이구만이라."

어느 도의 사투리인지 모를 사투리를 되는대로 막 섞어 쓰는 여자
는 자술서 삼백육십오 장을 써 매일 한 장씩 집집마다 돌려야 한다.
오는 손님 가는 손님이 쓴 사투리를 퓨전이랍시고 종합선물세트로
써먹기 때문이다. 서툴지만 천진스레 노는 자를 잘한다고, 더 잘하
라고 데리고 노는 여자는, 참회문 삼백육십오 장을 써 중앙지에 대
문짝만 하게 내야 한다. 자신을 거짓말로 거짓 증거하기 때문이다.

시인이 고추빛 대추빛 얼굴에 무시근해진 눈을 미란에게서 떼지
않는다. 미란은 시인의 눈빛에 맞춰 반쯤 조는 듯한 눈으로 시인에
게 호응한다. 시인의 입이 헤벌쭉 벌어진다. 미란은 벌어진 입에다
꿈이여 다시 한 번을 넣어준다.

"그러니께 시인 님은 거시기…… 저기…… 거시기…… 젊어설랑
여자들깨나 따라댕겼을 거 같구만이라. 아휴, 생각만 해두 간이 쫄
아붙지라."

시인은 꿈이여 다시 한 번을 먹고 마시고 씹고 삼켜가며 되새김질
한다.

"영영, 잘 맞췄소. 여자들이 하도 따라다니는 통에 시를 지을 시간이
없을 정도였소. 헌데 그런 건 다 지나간 일이오. 지금 내겐 영영밖엔 없
소. 여자로 보이는 여자는 내 생애 영영이 처음이자 마지막일 거요."

말을 마치자 시인은 자신의 말에 휘감겨 느끼한 눈길을 거두지 못
한다. 미란은 시인의 눈빛을 피해 오뎅 그릇에 담긴 오뎅 꼬치를 만
지작거린다. 시인은, 초례를 치르는 새색시인 양 부끄럼을 타는 듯

한 손을 우악스레 잡는다. 시인의 손에서 용광로가 깨지고 용암이 철철 흘러넘친다. 미란은 화상 입은 손을 살그머니 뺀다. 시인이 손 주인에게 손을 돌려주지 않는다. 미란의 손에서 고추빛 대추빛이 누런내로 진동한다.

"오, 내가 왜 진작 영영을 만나지 못했을까. 아무래도 심술보 여신이 장난을 심하게 친 것 같구려. 오, 영영! 내가 다시 태어나면 영영하고 결혼할 거요. 증말이지 그렇게 할 거요. 오, 영영! 늦었지만 나를 받아주시오."

시가 생활과 유리되었다고 거품 물던 여자는 비명횡사를 각오해야 한다. 시와 생활이 이렇듯 밀착되는 걸 보면서도 깨닫지 못하기 때문이다. 시인의 생각이 반지름에 불과하다고 놀리는 여자는 테러당할 준비를 해야 한다. 시를 결혼과 결혼시키는 걸 보면서도 시인처럼 감격하지 못하기 때문이다.

나를 받아 달라고 울부짖던 시인이 차바퀴에 깔려 나 살리라고 소리 지른다. 미란은 아까부터 시인이 하는 양을 말끄러미 보기만 한다. 나 살리라는 소리가 계속 이어지건만 미란은 떡볶이를 휘젓기만 한다. 지나가던 남자가 나 살리라는 소리를 향해 뛰어간다. 나 살리라는 소리가 그치고 구급차의 앵앵거리는 소리가 난다. 미란은 온 손님에게 떡볶이와 오뎅을 팔고, 나 살리라는 소리는 구급차에 실려 병원으로 간다. 별안간, 미란은 떡볶이와 오뎅을 팽개치고 병원으로 달려간다.

미란이 시인의 손을 잡아주며 시인을 찬양한다. 시인의 아내는 오지 않는다. 미란이 찬양할 말이 떨어질 때까지 시인 곁에 붙어 있지만, 시인의 아내는 올 낌새조차 보이지 않는다. 미란은 응급실을 나와 공중전화 부스 앞으로 간다. 젊은이를 발견하자 미란은 전화번호를 알려준다. 젊은이가 미란 대신 전화를 건다. 미란은 응급실로 돌아와 시인의 말벗이 되어준다. 시인의 아내가 전화를 받고 응급실로 달려온다. 미란은 재빨리 옆 침대로 몸을 돌린다.

시인의 아내는 시를 퍽퍽 달여 먹으면 박팔봉이 나올 거라고 말한다. 미란이 하고 싶었던 말을 시인의 아내가 속 시원히 뱉는다. 시인의 아내는 미란을 할끔거리며, 요즘 시상에 젤루 드럽구 나쁜 년은 남의 서방에 눈독 들이는 지집년이라고 말한다. 미란은 살아 있는 말을 후련하게 잘도 뱉는 시인의 아내에게 존경심이 든다. 시인의 아내가 미란에게 누구냐고 삿대질하듯 묻는다. 미란은 간병인이라고 대답한다. 시인의 아내가 진정제를 먹어야 진정될 정도로 독이 오른다. 미란은 의심의 바다를 평영 접영 배영으로 헤엄치는 시인의 아내에게서 넘치는 건강미를 발견한다. 시인의 아내가 미란에게 시인의 애인이 아니냐고 묻는다. 미란은 자원봉사자라고 대답한다. 시인의 아내가 고혈압을 먹고 경련을 일으킨다.

미란은 응급실을 나와 머릿속이 당길 만큼 웃어댄다. 간단한 건 싫다. 타자로 살아갈 때만큼 산다는 걸 느낄 때가 없다. 배가 고파 돈을 훔쳤다는 얘긴 졸리도록 진부하다. 배가 고프지만 더 고픈 사람을 위해 돈을 훔쳤다는 얘기도 진부하긴 마찬가지다. 자신이 자신을 모함하여 혐오하게 만드는 소설 같은 이야기, 고난도의 기술로 자신을 조각조각 해부해 치부를 들춰내는 연극 같은 이야기, 위장의 폭을 넓히고 넓혀 열두 폭 치마보다 더 주름진 치마를 뒤집어쓴 영화 같은 이야기, 그런 이야기들을 실제로 행하며 사는 괴이쩍은 사람의 이야기, 미란은 그렇게 사는 것으로 사는 것을 만들어내는 게 좋다.

떡볶이 포장마차엔 시시덕대던 사내들이 보이지 않는다. 미란은 떡볶이 포장마차로 가 떡볶이 이 인분과 오뎅 이 인분을 산다.

＊　　＊　　＊

미란은 떡볶이가 든 비닐봉지를 들고 버스종점 뒤, 허름한 길로 접어든다. 길옆으론 오래된 개천이 흐르고, 개천에선 더워지는 날씨로 인해 시궁창 냄새가 역하게 올라온다. 개천 속 이끼는 생활수에 찌들어 진회색의 긴 줄기를 흐느적거린다. 개천 옆 축대 가장자리엔 낡은 블록담의 주택들이 다닥다닥 붙어 큰비라도 오면 금세라도 무너질 듯 아슬아슬하다. 블록 담벼락엔 푸른색 스프레이로, 꿈↓ 개박살 × 라고 쓰인 것도 있고, 붉은색 스프레이로 씨바 좆도 아닌 게 라고 쓰인 것도 있다. 이보다 덜한 곳도 재개발로 호황을 누리는데, 이곳은 그런 시간마저 멈추어버린 듯 위태로움만이 정지된 시간을 새긴다.

입술 옆에 애교점을 찍고 나비 모양의 안경을 뒤집어쓴 채, 학교 때도 입지 않던 주름치마와 연분홍 블라우스를 입었다고 해서 원하는 시간 속으로 들어갈 수 있는 건 아니다. 떡볶이 아줌마의 불판은 시간이 가려 주려 주지 않고, 가래침과도 같은 저 블록담은 잠시 벗어던진 앞치마를 일깨워준다.

미란은 나비 모양의 안경을 벗어 핸드백에다 넣는다. 구불구불 좁디좁은 골목을 올라 산꼭대기에 있는 집 앞에 선다. 한 달 전에도 두 달 전에도 대문은 열린 채 그대로다. 이런 집들의 공통점은 삼사십 년 전에도 열려 있었다는 점이다.

미란은 허필준에게 말한다.

"아무리 가져갈 게 없는 집이라지만 문을 열어놓고 살면 무섭지 않을까?"

허필준은 미란의 손을 잡고 대문 안으로 들어간다.

"무섭긴. 가난보다 더 무서운 게 어디 있겠니. 좋은 맘으로 봐라. 열어놔야 들어오고 싶을 때 들어오고 나가고 싶을 때 나갈 수 있는 거라고."

허필준이 방문을 톡톡 두드리며 욱이 있냐고 묻는다. 방안에선 으으거리며 문 쪽으로 다가오는 소리가 난다. 허필준이 방문을 열고 안을 들여다본다. 얼굴 한쪽이 심하게 휜 사내 녀석이 기다시피 앉은걸음으로 나온다. 허필준이 성큼 방으로 들어가 사내 녀석을 번쩍 안는다.

"우리 귀염둥이 욱, 잘 지냈어? 오늘은 어떤 누나랑 같이 왔어. 저 누나, 참 이쁘지? 형이랑 같은 학교에 다니는 후배야."

욱이 미란에게 안……녕……하……째……요…… 하고 말한다. 녀석의 턱에서 침이 줄줄 흘러내린다. 허필준이 욱의 침을 닦아주며 녀석을 내려놓으려 하자, 욱이 허필준의 목에 매달려 보……고…… 싶……었……쩌……요…… 하고 말한다. 허필준이 욱을 꼬옥 안으며 욱의 볼에 입을 맞춘다.

미란이 떡볶이와 오뎅이 든 비닐봉지를 방바닥에 놓는다. 허필준이 욱을 내려놓고 비닐봉지를 연다. 욱이 으으 몸을 비틀며 비닐봉지로 손을 뻗는다. 허필준은 비닐봉지에 든 떡볶이와 오뎅을 꺼낸다. 욱이 뒤틀린 몸을 더욱 뒤틀며 떡볶이를 집으려 애를 쓴다. 허필준은 부엌으로 나가 수저를 가져오더니 떡볶이와 오뎅을 욱에게 떠먹인다. 욱의 입에서 오뎅 국물이 주르르 흘러내리고, 씹는 오뎅 덩어리가 뚝뚝 떨어진다. 미란은 자신도 모르게 입을 틀어막는다. 허필준이 근심스러운 얼굴로 미란을 돌아본다.

"니가 기저귀 차고 있었을 때 너도 이렇게 먹었어. 우리가 늙어 다시 기저귀를 차게 될 때에도 이렇게 먹게 될 거야."

꽃보다, 미소보다, 융단보다, 더 곱고 부드럽던 허필준은, 어째서 그 비로드 같은 손을 잃어버렸을까. 신의 자리를 탐했다면, 그래서 벌을 받은 것이라면, 신은 사회적 존재에 불과하다. 자신보다 낫다 싶으면 무슨 수를 써서라도 눌러 없애야 하는, 그 암묵적인 사회적 질서 아닌 질서를 지키고 있으니 그렇다.

미란은, 욱을 목욕시키고 똥오줌으로 지린 옷가지와 이부자리를 썩썩 빨아대던 그 허필준이, 그 웃음이, 못내 가슴 타게 그리워진다.

가슴 한가운데로 시린 바람이 차오른다. 미란은 방문 앞에서 똑똑 문을 두드린다. 방안에선 아무 소리도 나지 않는다. 미란은 방문을 열고 안을 들여다본다. 미란은 보이지 않고 방안 가득 캐시밀론 이불만이 구깃구깃 깔려있다. 재활치료를 받으러 간 건 아닐까. 누가, 손가락 하나 까딱하지 못하는 미란을, 미란에겐 사치일 게 분명한, 재활치료를 받게 해준단 말인가. 구급차도 올라올 수 없는 이 달동네 꼭대기에서 미란을 실어 나를 사람이나 도구란 그 어떤 것도 없다. 미란은 어디 간 것일까.

미란은 방문 앞 손바닥만 한 툇마루에 걸터앉는다. 마당엔 장독대라 말하기엔 민망한, 벽돌 한 장 높이로 바닥과 겨우 구분한 장독대가 있다. 장독대는 반 평 정도의 넓이에 시멘트를 바른 것으로, 단지 몇 개가 놓여 있을 뿐이다. 장독대 옆엔 대추나무 한 그루가 그 집의 초라한 행색만큼이나 실하지 못한 줄기를 뒤틀며 서 있다. 이때쯤이면 겨우내 묵은 시선을 연둣빛으로 씻어주어야 할 나무도 미란만큼이나 파릇한 싹을 더디 틔울 모양이다.

미란은 식어가는 떡볶이가 마음에 쓰인다. 보온밥통에 넣어두면 미란이 왔을 때 먹기 좋겠지만 어쩐지 그마저 귀찮다. 십 분만 기다리다 가자. 아니 십오 분? 미란과 함께 있었던 그 시간만큼? 한 달 전 미란과 같이했던 시간은 얼마나 됐었지? 딱 그만큼만 기다리다 갈까.

해는 중천을 넘어 기웃해지고, 장독대 위론 참새 두어 마리가 잠시도 가만있지 않고 앉았다 날아올랐다 한다. 새들에게 한 시간은 얼마나 되는 양일까. 벌레를 잡고 둥지를 들락거리고 이 새가 저 새를 향해 날갯짓을 할 수 있기에 충분한 시간일까.

한 달 전의 미란은 올 때마다 하는 말을 다시 했다. 방문 좀 열어주세요. 밖이 궁금해요. 미란은 방문을 열어주지 않는다. 미란은 떡볶이를 오물거리며 밖은 어떤 곳이냐고 묻는다. 미란이 같은 말을 세 번째 물었을 때에야 미란은 대답한다. 궁금해할 만한 곳이 아니야. 미란은 오뎅 국물을 마시며 냉랭하게 말한다. 아줌마도 밖에서 왔잖아요. 미란은 떡볶이를 미란의 입에 넣어주며 대꾸한다. 그래, 밖에서 왔지. 밖은…… 밖은…… 볼만한 게 없어. 미란이 오뎅 국물 그릇을 미란의 입에 대준다. 미란이 도리질을 하며 마시지 않겠다고 한다. 미란은 떡볶이와 오뎅이 든 사발을 내려다보며 말한다. 밖엔…… 떡볶이와 오뎅이 살아. 너랑 너무나 닮은 그런 것들, 그런 것들을 볼 필요가 있을까? 미란은 누운 채 눈을 방문으로 돌린다. 아줌만 거짓말을 해요. 밖엔 새도 있고 하늘도 있어요. 그리구 사랑 같은 거…… 사랑하는 그런 것두 있어요. 미란은 떡볶이와 오뎅이 담긴 사발을 한쪽으로 치운다. 그래, 밖엔 새도 있고 하늘도 있어. 니 말대로 사랑도 있어. 그래서 방문을 열어줄 수가 없어. 미란은 베개에 비스듬히 누운 채 느닷없는 질문을 한다. 아줌마 생리해요? 미란은 닫힌 방문 쪽으로 몸을 틀며 대답하지 않는다. 미란은 미란이 오면 물어보겠다고 벼르기라도 한 듯 이것저것 묻기 시작한다. 아줌만 왜 여길 와요? 떡볶이랑 오뎅이 물려서 싫다는데 왜 올 때마다 떡볶이랑 오뎅만 사와요? 문 좀 열어주는 게 뭐가 그리 어려워 안 열어주는 거죠? 아줌마말고 다른 봉사자가 왔다면 벌써 열어줬을 거예요. 아줌만 날 도와주러 오는 게 아니라 구경하러 오는 거 아녜요? 아줌마 이름이 뭐예요? 어떻게 날 알고 왔죠? 난 기관에 도움을 청한 적이 없는데.

미란은 미란을 두고 일어난다. 일어나는 미란에게 미란이 말한다. 다음에 올 땐 떡볶이랑 오뎅은 사오지 마세요. 그리구 방문을 열어주지 않을 거면 안 와도 돼요. 미란은 문고리를 잡고 미란을 돌아본다. 그래, 다음엔 생리대를 사오지. 미란이 누운 채 말한다. 생리대를 사 올 게 아니라 생리를 멈추게 해 줄 남자를 데려오세요. 미란은 방문을 열며 말한다. 남자 봉사자를 원하니? 미란이 미란의 등에 대고 대답한다. 제가 원하는 건 밖이에요.

장애아 미란이 원했던 밖은, 초여름을 닮은 햇빛이 성가실 정도로 따갑게 내리쬔다. 미란은 툇마루에 앉아 절정을 향해 치닫는 봄의 열기를 고스란히 맞는다. 햇빛은 시끌시끌 부산스럽기만 한데 고즈넉하기는 깊은 산속이다.

뒷방 쪽에서 슬리퍼를 끌고 나오는 소리가 난다. 젊은 남자가 바짓주머니에 두 손을 찌른 채 미란 앞에 선다. 남자의 머리칼은 젤을 잔뜩 발라 가닥가닥 세운 탓에 마치 선인장 가시를 뒤집어쓴 꼴이다.

"미란이가 대신 말해달래요. 더 오실 필요 없다구요."

딴 데를 보며 건들건들 말하던 남자가 뒤도 돌아보지 않고 뒷방으로 간다. 미란은 남자가 안 보일 때까지 쏘아본다. 너는 왜 내 미란을 빼앗니? 무슨 권리로 내가 놀던 놀이터를 가로채니? 나쁜 자식! 바보 같은 년!

미란은 툇마루에서 일어나 비탈길을 내려온다. 굵은 모래알이 가늘고 높은 구두 굽에 찍혀 데구루루 구른다. 허필준이 굴렀던 길도 바로 이런 길이다. 밖이 어떤지 궁금해하는 장애아를 안고 허필준은 이런 비탈길을 내려갔다. 굵은 모래알이 깔린 길에서 허필준은 미끄러졌고 멀쩡했던 뇌는 벽에 부딪혀 저 멀리 굴러 떨어졌다. 잘 다니던 직장도, 남들처럼 웃던 웃음도, 굴러 떨어진 뇌와 함께 떨어져 지금은 황학동 단칸방에 박혀 나올 줄 모른다.

미란은 비탈진 길을 내려와 버스종점을 향해 걷는다. 이마로 목덜미로 따끔하게 땀이 솟는다. 미란은 구청 사회복지과부터 들를까 다른 떡볶이 포장마차를 찾아 나설까 망설인다. 미란이라는 장애아를 다시 구하기란 쉽지 않다. 전국의 사회복지과를 다 뒤진다 해도 자신과 같은 이름의 장애아를 찾아내기란 거의 불가능하다.

미란은 핸드백을 열고 나비 모양의 안경을 꺼내 쓴다. 안경알 위로 오후의 햇살이 내리쏜다. 미란은 고개를 바짝 치켜든다. 안경 속 하늘은 더위를 물고 가쁘게 숨을 몰아쉰다. 곧 여름이다. 미란도 없이 어찌 그 더위를, 찰랑거리는 주름치마와 레이스로 범벅이 된 블라우스가 감당할 수 있을까.

미란은 고개를 숙이고 타박타박 걷는다. 어디선가 길 잃은 양이 고추장을 바른 채 메에에 메에에 우는 소리가 난다. 미란은 양의 울음소리를 들으며 텅 빈 버스에 오른다.

소중히 간직했던 암초 하나가 빠져나간 자리는 생각보다 허전하다. 미란은 버스기사가 오길 기다리며 손거울을 꺼내 들여다본다. 두껍게 분장했던 파운데이션은 땀에 번들거리고, 마스카라는 번져 눈 밑이 시커멓다. 입술 옆에 찍었던 애교점도 흐릿하게 퍼져 몽고반점처럼 보인다. 미란은 진저리를 치며 손거울을 집어넣는다. 자신이 자신을 볼 수 없는 것이야말로 축복인지도 모른다.

차고 저쪽에서 운전기사가 한 손엔 자판기 컵을, 다른 한 손엔 불 붙은 담배를 들고 미란이 탄 버스로 온다. 저 기사가 타인으로 살 때는 어떤 모습일까. 버스기사의 얼굴이 아닌 다른 얼굴이 도무지 잡히지 않는다.

미란은 눈을 돌려 버스종점을 둘러본다. 질깃질깃해오는 더위가 오후의 해를 끌고 적막하고도 스산하게 나뒹군다.

그 밤의 유혹

따지고 보면 여러 얼굴로 사는 일이 쉽기만 한 건 아니다. 자신이 자신을 유혹해야 하고, 자신에게 유혹당해야 하고, 그 유혹을 행동으로 옮겨야 하니, 생각보다 어려울 수도 있다.

그런 이유로 소설이 있고 영화가, 만화가, 신화가 있다. 신화 하면 떠오르는 저 그리스 로마 신화를 보라. 거기에 나오는 신들이 얼마나 채신머리없이 살았는지, 얼마나 오두방정을 떨며 살았는지, 얼마나 귀가 얇게 살았는지. 그들은 결코 고상하지 않다. 무게를 잡지도 않는다. 마음이 동하면 동하는 대로 산다. 오늘은 저 여자가 맘에 든다? 옳다, 무조건 자고 보자. 아까는 이편이었지만 지금은 저편이 되고 싶다? 뭐 그렇게 하지. 대체 까탈을 떨게 뭐람. 변덕이 나면 변덕이 나는 대로, 고집이 나면 고집이 나는 대로, 그렇게 산다. 그렇게 살지 못하는 인간들에게 이만큼 매력적인 것도 드물다. 해서, 그리스 로마 신화가 지금까지 인기 랭킹 톱이라는 말씀.

슬픈 얘기지만, 우리는 그 신들처럼 살지 못한다. 욕망은 몹쓸 놈이 되고, 그러니 숨어서 해야 하고, 들키면 본인은 물론 가족들까지 이름 구겨야 하고, 안 들켜도 화 있을진저라는 거대한 죄의식의 맷돌에 매 순간 갈려야 한다. 그러다 에라 모르겠다 하고, 굴착기로 땅을 파헤치는 것처럼 단단해진 마음을 파헤쳐 자신만의 씨앗을 심어보기도 한다. 그러나 그것도 잠시. 후회라는 가시가 생인손으로 괴롭히는 통에 오히려 안 하니만 못하게 된다. 이래서 자신을 유혹하며, 그 유혹과 혈연을 맺으며 산다는 것은 아무나 할 수 있는 게 아니다.

그런 사람을 위해 소박한 반전을 마련해본다. 지금 이렇게 헌 운동화짝처럼 살고 있는 나, 하도 인기가 좋아서 납치당할까 봐 변장하고 사는 거거든? 어딜 가든 왕따만 당하는 나, 고립에 대한 연구를 하기 위해 일부러 그렇게 사는 거거든? 시험이라면 뭐가 됐든 떨어지는 나, 합격자만 노리는 사기꾼한테 사기 당할까 봐 떨어지는 거거든? (반전이 맘에 들지 않았다면 작은 용서를.)

미란의 삶이 반전의 어느 한 페이지였다면, 죽어라 같은 얼굴 한 얼굴로 사는 사람에겐 꿈같은 얘기일 수도 있다. 그렇다고 가치가 없는 것은 아니다. 그런 사람은 그런 사람만의 비밀이 있다. 오직 하나의 얼굴로 검고 습습하게 살지만 자신만의 오솔길을 꾸려간다. 아무도 모를, 최후의 만찬과도 같을 그런 길을, 애써 보듬으며 산다. 처연하게 비칠 그 엑소더스의 대장정을, 우리는 어떻게 보아야 할까. 어떻게 받아들여야 할까.

하루라는 시간 안에는 해야 할 일과 하지 않아도 될 일이 함께 들어 있다. 영미가 조 할머니에게 머리채를 잡히고 수시로 욕을 먹는 일은, 해야 할 일과 하지 않아도 될 일 중 그 어디에도 속하지 않는다. 할머니 입장에선 반드시 해야 할 일이자 해도 해도 부족한 일이고, 영미 입장에선 해야 할 일도 아니지만 피해지지 않는 일이다. 행복이 어떤 것이라 안다고 해서 행복해질 수 있는 것이 아니듯, 영미 역시 서슬 퍼런 일상이 고달프긴 하나 어째 보지 못한다.

어제도 오늘도 그런 날, 같은 날이다.

조 할머니는 기침 한 번 하더니 독감이라 우기며 김연실에게 전화를 건다. 김연실은 영미를 바꿔 달라고 하더니, 근처 병원에 가 독감 주사든 영양제든 무조건 주사를 맞혀주라고 한다.

영미는 할머니를 데리고 집 근처 의원으로 간다. 할머니는 병원에 들어서기 무섭게 영미를 꼬집으며 팔을 비튼다.

"야 이년아, 여긴 종합병원이 아니잖아! 이런 개구녁 같은 델 델구 오면 내 모를 줄 알구? 당장 종합병원으로 가자 이년아!"

영미는 할머니의 새된 소리도, 사람들의 눈도 무섭지 않다. 이렇게 해야 또 하루가 간다. 매일, 같은 일의 반복은 희망이나 환상을 좀 먹은 지 오래고 절망마저 차단한 지 오래다. 건강염려증을 앓는 할머니를 해방시킬 그 무엇은 없다. 의술보다 발 빠르게 의학지식을 알려주는 매스컴이 있는 한, 영양제와 저울을 사오는 김연실이 있는 한, 자신과 영미를 냉소로 갉아먹는 찬희도, 그 꼴을 말없이 지켜보는 운섭도, 조 할머니의 건강중독증을 해결하지는 못한다.

영미는 할머니에게 꼬집혀가며 의사에게로 간다. 의사는 감기가 아니라며 연세에 비해 아주 정정하시다고 말한다. 영미는 영양제를 맞혀 달라고 말한다. 조 할머니는 제일 비싼 걸로 맞겠다고 하고, 원하는 대로 제일 비싼 영양제를 맞고 집으로 온다.

"야, 이년아, 나 환자다. 자석요에다 살살 뉘어라. 오늘은 니년 얼굴을 봐서 그런 하꼬방 같은 델 갔지 담에 또 그런 델 델구 갔다간 죽을 줄 알아!"

영미는 조 할머니를 누인 후 욕실로 간다.

거울 속의 영미, 하나로 질끈 묶은 머리엔 어느새 흰머리가 제법 나 있다. 영미는 치실을 뽑아 양 손가락에 감고 이빨 사이를 훑는다. 아침 점심을 거른 이 사이에서 나오는 것은 없다. 치실을 다시 주욱 뽑아 목에다 칭칭 감아본다. 목의 주름은 감춰지는데 목에 걸린 소리는 그대로다.

할머니가 영미를 부른다. 악쓰는 소리가 쇳소리로 쩌렁쩌렁 이어진다.

"저런 개 같은 년! 피죽도 못 먹은 환자를 놔 두구 똥간에만 갔다 하면 나올 줄을 몰라. 빨리 나와 간호해 이년아! 느려터지기가 굼벵이보다 더한 년 같으니라구!"

영미는 목에 감은 치실을 풀어 하나로 질끈 묶은 머리에 감는다. 조 할머니는 영미가 오자 다짜고짜 영미의 팔을 할퀸다. 영미가 손을 뺄 새도 없이 할머니가 영미의 손등을 문다. 영미는 비명을 지르며 할머니를 떠다민다. 할머니는 아파트가 떠나가게 소리를 지른다.

"아이고, 저년이 사람 죽이네! 늙고 앞 못 보는 에미를 딸년이 죽이네!"

조 할머니는 아이고 아이고 해가며 일어나더니 닥치는 대로 영미를 꼬집고 할퀴고 때린다. 영미는 할머니의 손에 이리 흔들리고 저리 흔들리면서 때리는 대로 맞는다.

할머니가 아는 욕이란 욕은 다 모아 시퍼렇게 퍼붓는다.

"이런 때려죽여도 시원찮을 년! 니년이 사람 년이냐? 다 죽어가는 에미를 때리다니! 복중에 뗏장을 덮고 있을 년! 내 아들한테 일러서 니년이나 니년 새끼나 다 쫓아낼 거니 그런 줄 알아!"

살아 있다는 게 혐오다. 영미는 할머니를 부축해 요 위에 누인다. 할머니는 분을 삭이지 못하겠는지 쉴 새 없이 영미를 꼬집는다.

"이년아! 이 잡년아! 내 아들한테 생활비 받아 처먹으면서 뻔뻔스레 꾀나 부려? 오갈 데 없이 다 죽어 가는 년 살려놨더니 이젠 아주 주인 행세를 하네. 서방 잡아먹고 애새끼나 퍼질러 놓은 주제에 저런 배아먹지 못한 년 같으니라구! 잠시 눈 좀 붙이고 나서 운동 나갈 거니까 그때 깨워! 참, 환자들은 미깡이랑 간스메 먹는 거 알지? 그거 사와라. 그거 먹어야 잠이 오겠다. 그리구 올케한테 전화해서 녹용 좀 지어오라고 해라. 녹용 먹은 지가 일 년이 넘었으니 이 모양으로 골골하지."

말이라는 게 목구멍에서 나올 때마다 물체로 바뀐다면 할머니에게서 나오는 말은 가시뭉치다. 가시뭉치가 터져 나올 때마다 굵은 목은 부르르 떨고, 말의 가시는 또 한 가시를, 또 한 가시는 또 한 가시를 만들며 쉴 새 없이 커진다. 말이라는 게 말이 되지 못하고 언어가 되지 못하고 욕도 되지 못한다.

영미는 머리에 둘렀던 치실을 풀어 양 손가락 끝에 감아 팽팽하게 당긴다. 야생동물보다 더 예민하게, 그림자보다 더 어둡게, 그악스레 찢겨 나오는 말을 향해 팔을 뻗는다. 할머니 목에 가만히 치실을 갖다 대자 말들의 말발굽 소리들이 일순 멈춘다. 말들로 말들을 물어뜯던, 말들의 기계가 숨을 거둔다. 손등을 물어뜯어야 살 수 있었던 응어리가, 팔십 년 넘게 한에 휘둘려 키운 분노가, 무참히 고꾸라진다.

영미는 할머니 목에서 치실을 떼 도로 머리에 감는다. 죽음을 건강이라는 거적으로 덮어쓰는 노인, 끝까지 살아 있을 줄 아는, 불쌍한 노인.

할머니가 아래위 입술을 푸푸거리며 코를 곤다. 영미는 방을 나와 베란다로 간다. 건조대에 넌 세탁물이 바짝 말라 있다. 영미는 빨래를 걷어 거실 복판에 놓고 개킨다. 조 할머니의 러닝과 팬티, 찬희의 팬티와 면 티셔츠, 영미 자신의 러닝과 팬티.

영미는 머리에 둘러 감았던 치실을 풀어 바늘귀에 꿴다. 숭숭 구멍 난 자신의 러닝을 치실로 메운다. 한 땀을 뜨면 한 땀을 뜬 곳에 새 바늘구멍이 생긴다. 또 한 땀을 뜨면 그곳에 새 바늘구멍이 생긴다. 영미는 벌어진 바늘구멍을 치실로 뜨고 또 뜬다. 구멍은 늘어나는데 실이 모자란다.

영미는 쿵쿵쿵 욕실로 가 치실을 가져온다. 치실을 죽 뽑아 바늘귀에 꿴다. 구멍은 메우면 메울수록 어쩐 일인지 늘어나기만 한다.

러닝을 펼쳐들고 형광등에 비춰본다. 작은 바늘구멍 뒤에서 숭숭 뚫린 옛일이 구멍을 비집고 나온다.

*   *   *

영미는 재봉틀 의자에 앉아 옷을 수선한다. 그가 다림질을 하다 말고 두꺼운 노트를 꺼내더니 팔락팔락 넘긴다.

"거 이상하네. 전 달 멘스 시작한 날이 오 일인데…… 오늘 십일 일 아냐?"

영미는 못 들은 척 따르륵 따르륵 재봉틀을 돌린다. 그가 영미에게 다가오더니 목덜미에다 입을 맞춘다. 영미는 재봉틀 돌리는 걸 멈추고 가만히 있는다. 그가 하나로 질끈 묶은 영미의 머리를 풀어 흩어놓는다. 영미는 재봉틀 의자에 앉아 꼼짝도 하지 않는다. 그가 영미의 머리칼 속에 다섯 손가락을 집어넣으며 귓불을 핥는다.

"당신 임신한 거 아냐? 멘스 날짜가 육 일이나 지났어. 지금 당장 병원에 가서 확인해 봐. 아니, 나랑 같이 가자."

그는 두 손으로 영미의 볼을 감싼 채 영미의 눈 속을 헤집는다.

"당신 멘스 날짜 정확하잖아. 한 시간도 틀리지 않다는 거 알아. 왜 진작 말하지 않았어?"

영미는 눈을 내리깔며 노루발 끝을 만지작거린다.

"낼…… 낼 병원에 가서 확인한 다음에 말하려고 그랬어요."

그의 입가가 살짝 벌어진다. 그가 외출 중이라는 팻말을 세탁소 문에다 건다. 영미는 실패에서 실을 죽 뽑아 끊어 풀어진 머리를 동여맨다. 그가 문을 잠그더니 영미를 잡아 일으킨다. 영미는 그가 눈치채지 못하게 손을 뺀다. 그는 손님들이 수선할 옷을 갈아입을 때 이용하는 가림천 속으로 영미를 잡아끈다.

그가 천을 여미고 영미를 벽에다 붙인다. 영미는 입술을 꽉 깨문다. 그가 영미의 바지를 내린다. 영미는 가림천에 인쇄된, 열대과일의 수를 센다. 그가 영미의 허벅지 안쪽에다 뺨을 비벼댄다. 영미는 엉거주춤 다리를 벌린 채 열대과일의 수를 센다. 그가 영미의 입안에 혀를 집어넣는다. 영미는 가만히 있는다. 그의 혀가 구강검사를 하듯 영미의 이빨이며 입안을 돌아다닌다. 영미는 열대과일의 수를 세고 또 센다. 그의 손이 영미의 가슴이며 배꼽이며 허리며 아랫도리를 거침없이 오간다. 영미는 열대과일의 수만 센다. 하나, 둘, 셋, 넷…… 열대과일은 벌레 먹은 자국 하나 없이 탐스럽고 온전하기만 하다.

그가 일을 마치며 만족한 투로 말한다.

"당신 임신한 거 분명해. 아이 낳으면 친자 확인해서 증명서 받아두자. 우리 둘 사이에서 나온 애라는 거, 그 애한테 선물하면 그 애도 좋아할 거야."

그가 영미를 가볍게 안더니 가림천을 열고 나간다. 영미의 몸뚱이가 바르르 떨린다.

그가 영미를 재봉틀 의자에 앉히더니 세탁소 문을 연다. 영미는 멍한 눈으로 선반 위에 가지런히 놓인 여러 개의 색실을 본다. 색실이 예쁘구나. 색실로 살고 싶구나.

그가 외출 중이라는 팻말을 떼어 가지고 들어온다. 영미는 그제야 윗실꽂이에서 실을 푼다. 그가 팻말을 한쪽에 던지더니 두꺼운 노트를 펼친다. 영미는 선반에 있던 코발트색 실을 길게 끊어 머리를 동여맨다. 묶은 머리가 곧 풀어질 듯 힘이 없다.

그가 노트에 뭔가를 적는다. 영미는 미끄럼판 위에 둔 베이지색 면바지를 판판하게 고른다. 그가 노트를 덮더니 다리미를 집어 든다. 영미는 베이지색 면바지 밑단을 노루발 밑으로 집어넣는다.

그가 스팀다리미로 양복바지를 다린다. 칙칙, 더운 김 빠져나오는 소리가 세탁소 안의 고요함을 깬다. 영미는 노루발을 내리고 오른쪽 바퀴를 손으로 돌린다. 그가 화장실을 갔다 오겠다며 나간다. 영미는 재봉틀을 돌리다 말고 두꺼운 노트를 펼쳐본다.

가림천 안에서 내 사랑 창숙을 안았다. 별 이상한 점은 발견하지 못했다. 창숙이 임신한 건 분명하다. 그런데 창숙은 왜 그 사실을 말하지 않았을까? 나도 머지않아 애 아빠가 될 테니 오늘은 동회 문이 닫기 전에 혼인신고를 하고 와야겠다. 창숙이 없이는 한순간도 살 수 없다. 창숙이가 죽는다면 나도 따라 죽을 것이며 창숙이가 떠난다면 지구 끝까지라도 찾아 나설 것이다. 오늘 이 시간까지 내가 창숙에게 입을 맞춘 건 열네 번이다. 잘 때까지 삼십 번은 넘게 할 것이다. 창숙은 보는 것만으로도 닳아버릴 것 같다. 창숙은 내 것이다. 나만의 창숙이다. 삼월 십칠일 오후 네 시 삼 분, 가림천 안에서 창숙이와 사랑나누기를 마친 직후.

영미는 노트를 그 자리에 가만히 둔다. 그가 들어오며 영미의 머리칼에 입을 맞춘다. 영미는 열다섯 번째 입맞춤이라는 생각이 든다.

그가 드라이한 세탁물을 배달하러 간다며 세탁물을 챙긴다. 영미는 그동안 집에 가서 저녁을 지어놓겠다고 말한다. 그는 세탁물을 배달한 후 잠깐 어디 좀 들렀다 올 거니까 온 다음에 가라고 말한다. 영미는 고개를 끄덕인다.

그가 세탁물을 들고 영미의 볼에 입을 맞춘다. 비닐커버에서 와사삭거리는 소리가 난다. 그가 세탁소를 나간다. 영미는 노트를 꺼내 그날, 머리를 빡빡 민 놈에게 당했던 날을 찾아 읽는다.

서창숙, 그녀가 내게 온 지 벌써 일 년 구 개월하고도 삼 일 일곱 시간 십사 분이 되었다. 나는 창숙을 생각할 때마다 사랑이라는 단어가 떠오른다. 사랑, 내 사랑, 아무리 말해도 질리지 않을 내 사랑. 내 사랑이 오늘 일곱 시 육 분에 일어났다. 칠 분 안에 이를 닦고 변을 보고 세수를 했다. 아침은 삼십이 분 만에 차렸다. 반찬으론 두부부침과 계란찜, 어제 먹다 남은 콩나물무침과 총각김치, 그리고 돼지고기 넣고 끓인 두부찌개다. 창숙인 아무리 사소한 반찬이라도 신경을 쓴다. 그래 그런지 모든 반찬이 다 간이 맞고 맛있다. 창숙은 아침 설거지를 십오 분 만에 끝내고 남대문시장으로 갈 준비를 한다.

어제 맡긴 수선할 옷에 달 단추와 그저께 맡긴 바지에 달 지퍼, 안감을 사러 갈 예정이다. 나는 오늘부터 삼 박 사 일간 동원훈련에 가야 한다. 내 사랑 창숙이 몇 시 몇 분에 어떤 집에서 물건을 구입하는지, 누구를 만나 어떤 얘기를 하는지, 알 수 없고 볼 수 없다는 게 참으로 답답하다. 훈련을 마치고 온 다음에 물어보는 수밖엔 없다. 지금, 창숙이 훈련장에 가려면 늦지 않느냐고 말한다. 삼 박 사 일간 창숙에게 무슨 일이라도 생기면 어쩌나 걱정이다. 훈련장에 창숙일 데리고 갈 수만 있다면 얼마나 좋을까.

영미는 노트를 표시 나지 않게 둔 다음 서둘러 세탁소를 나온다. 집엘 들러볼까 하는 생각이 잠시 스치나 그만두기로 한다. 가지고 나올 물건도 없거니와 그와 마주치면 어쩌나 마음이 다급해진다. 영미는 입은 옷 그대로, 무작정 거리로 나선다.

*　　　*　　　*

무작정 떠나고 싶은 마음이 불쑥 들 때가 있다. 그러한 마음을 지니고 산다는 건 어느 면에선 여유로움이다. 그런 마음과는 달리 어쩔 수 없이, 무작정, 떠나야만 하는 처지도 있다. 그때의 발걸음은 절박하고, 그때의 마음은 불안에 떤다.

영미는 목적지도 없이 앞뒤 잴 틈도 없이 어딘지도 모를 곳을 걷고 또 걷는다. 빌딩과 이정표가, 운전자와 보행자가, 행인과 행상인이, 영미와는 무관하게 지나간다.

자신과는 무관한 줄 알았던 일이 무관하지 않을 때가 있다. 영미가 남대문시장에서 일을 보고 난 후 길에서 당했던 일은, 누구나 겪을 수 있는 일이지만 누구나 다 겪는 일은 아니다. 영미에게 그때의 일은, 그때의 목소리는, 죽고 난 후까지도 이어질 두려움 바로 그것이다.

영미는 빌라를 짓다 중단한, 공사장을 낀 골목으로 들어선다. 빌라 안쪽에서 머리를 빡빡 민 자가 불쑥 튀어나온다. 영미는 흠칫 놀라 그 자리에 선다. 머리를 빡빡 민 자가 영미에게 시간을 묻는다. 영미가 손목시계를 들여다본다. 시계를 보는 순간 머리를 빡빡 민 자가 영미의 입을 틀어막는다. 소리치면 죽인다!

머리를 빡빡 민 자가 영미를 잡아끌고 빌라 지하로 간다. 어두컴컴한 지하, 쓰다 남은 목재며 페인트통, 거미줄과 빈 페트병, 다 떨어진 면장갑과 본드, 종이박스를 태웠음 직한 재와 코를 쏘는 시멘트 냄새가, 혼란스런 마음처럼 어지럽다.

머리를 빡빡 민 자가 영미를 시멘트벽에다 밀어붙인다. 순순히 말 듣지 않음 죽인다! 머리를 빡빡 민 자가 군용 칼을 꺼내 영미의 목에 들이댄다. 실이며 지퍼, 자투리 옷감과 레이스가 든 비닐봉지가 바닥으로 떨어진다.

머리를 빡빡 민 자가 거칠게 영미의 바지를 벗긴다. 바지 단추가 떨어지고 지퍼 찢어지는 소리가 난다. 머리를 빡빡 민 자가 헐떡이며 말한다. 으- 죽인다, 야, 김 일병! 조금만 참아라, 다 끝나간다!

지하 층계에서 망을 보던 자가 대꾸한다. 전 됐습니다! 머리를 빡빡 민 자가 침을 튀며 말한다. 저런 씹새끼! 겁대가리만 많아가지구. 부대로 튀면 아무도 몰라 새꺄!

영미는 도리질을 해가며 빠른 걸음으로 걷는다. 어둑했던 때는 이미 네온의 빛으로 밝아 있고 임신한 여자들이, 임신시킨 남자들이, 급하게 걸어간다. 집도 많고 차도 많고 사람도 많건만 찾아갈 집도 사람도 보이지 않는다. 영미는 끝없이 이어지는 절벽을 떠안고 가고 또 간다.

골목으로 난 길 쪽에 모텔이라는 간판이 보인다. 영미는 한때 들어 기억했던 김연실의 모텔이 떠오른다. 찾을 수 있을까. 찾아간다 해도 받아주기나 할까.

영미는 이 길 저 길을 헤매다 간신히 김연실의 모텔을 찾는다. 붉은 네온의 모텔이라는 간판이 찾기 전보다 영미를 더욱 무겁게 누른다. 영미는 모텔 앞에서 한참을 서성이다 모텔로 들어간다.

접수실 창문이 빠끔히 열리고 박팔봉이 고개를 내민다. 영미는 잔뜩 겁먹은 눈을 내리깐다. 박팔봉이 빈방을 찾느냐고 묻는다. 영미는 주뼛거리다 고개를 꾸벅 숙인다. 박팔봉이 얼 띤 얼굴로 영미를 보기만 한다.

"오빠, 저…… 창숙이에요. 그간 안녕하셨어요?"

박팔봉은 그제야 영미를 알아보고 네가 웬일이냐고 묻는다. 영미는 두 손을 모아 잡고 바닥만 내려다본다. 박팔봉은 떨떠름한 표정을 감추지 못한 채 어서 안으로 들어오라고 말한다. 영미가 머뭇머뭇 접수실로 들어간다. 영미가 들어오기 무섭게 박팔봉은 김연실을 불러오겠다며 나간다.

김연실이 잠옷 차림으로 헐레벌떡 들어온다. 김연실은 이게 웬 흥몽인가 싶은 얼굴로 영미의 아래위를 훑는다. 영미는 안녕하셨느냐고 인사한다. 김연실은 날아온 흉몽을 일찌감치 걸어찬다.

"안녕이고 머고 이 밤에 우짠 일이제? 어머이 돌아가실 때 보고 오늘이 첨이제? 머 말이 좋아 시누이 올케지 알고 보문 남남 아이가? 그래, 혼자 살기는 어땠노? 물어보나 마나겠제. 이 밤에 여를 찾아온 걸 보문 뻔하지 않겠나."

김연실은 팔을 어긋나게 낀 채 영미를 보고, 영미는 방바닥만 내려다보고, 박팔봉은 앉은 것도 아니요 선 것도 아닌 자세로 그 큰 눈만 뒤룩거린다.

김연실은 답답하게 그렇게 앉아 있지만 말고 이 밤에 온 이유를 말해보라고 다그친다. 박팔봉이 김연실의 옆구리를 쿡 찌른다. 김연실은 분위기에 맞춰 씹을거리 핑곗거리로 풍악을 울려주는 박팔봉에게 바락 소리 지른다.

"아이, 이 양반이 와 옆구리를 찌르제? 내 틀린 말 했나? 이 밤에 여를 찾아온 걸 보문 돈이 필요했든지 다른 무신 부탁이 있어 왔지 않겠나."

박팔봉은 안 되겠다 싶은지 눈을 이리 굴렸다 저리 굴렸다 해가며 입을 뗀다.

"창숙아, 올케언니가 성질이 급해서 그러는데 이해하고 묻는 말에 대답해 봐라."

김연실은 박팔봉을 째려보며 올케는 무슨 올케냐고 핀잔한다. 영미는 고개를 숙인 채 부스스 일어난다. 박팔봉은 지금 가려고 일어나는 거냐며 영미를 잡아 앉힌다. 영미는 목에 걸린 소리로 들릴 듯 말 듯 말한다.

"갑자기 찾아와서 죄송해요. 갈 데가 없어서……."

김연실은 그러면 그렇지 별 수 있냐는 표정이다.

"갈 데가 없으문 오늘 밤 여서 재워 달라카문 될 거지 머를 그리 어렵게 말하노? 아무리 냄보다 못한 새라 해도 그렇제 하룻밤도 못 재워줄까."

김연실은 잠옷에다 박팔봉이 벗어놓은 트레이닝복 윗도리를 걸치더니 접수실을 나간다.

"따라와라. 이 층 맨 마지막 방 비어 있다."

김연실은 영미를 이 층 방에다 데려다 준 후 다시 접수실로 내려온다. 박팔봉은 궁금증을 이기지 못해 복도를 서성인다. 김연실이 그 큰 목소리를 낮추며 박팔봉에게 말한다.

"창숙이 재 말이제, 여 온 뽄새로 보이 갈 데가 없나 본데 여따 놓고 청소나 시키까?"

박팔봉은 김연실의 눈치만 보며 입이 근질근질한 걸 꾹 참는다. 생각 같아선 집에다 데려다 놓고 앞 못 보는 어머니 시중이나 들고 살림이나 맡기면 좋으련만, 그것도 김연실이 결정할 문제이다 보니 박팔봉은 아무 소리도 하지 못한다. 시어머니 일이라면 해 줄 건 해 주면서도 어찌나 시끄럽게 잔소리에다 생색을 내는지 말을 꺼내는 것부터가 나 매 맞고 싶다고 애원하는 꼴이다.

박팔봉은 당신이 알아서 하라는 말로 발뺌한다. 김연실은 박팔봉의 말을 귓가로 흘리며 골똘히 생각에 잠긴다. 갑자기 김연실의 얼굴에 화색이 돈다.

"좋은 생각이 났다. 재 창숙이 말이제, 우리 집에다 델다 놓고 할마시 시중들게 하문 어떻노? 그놈의 아빠뜨 좁아서 살기 싫다. 재한테 할마시랑 아빠뜨랑 맽기문 왔다 갔다 할 필요도 없고 좋지 않겠나."

여필종부도 아닌데 이렇듯 맘이 맞을 때도 있나 싶으니 박팔봉의 눈에 함박꽃이 핀다. 이렇든 저렇든 앞 못 보는 어머니에게 전용 도우미를 붙이겠다는 데 춤을 춰주지는 못할망정 취소 버튼을 누르게 할 수는 없다.

박팔봉은 당신 생각에 따르겠다는 말로 군말을 생략한다. 김연실 역시 시장한 끝에 고슬고슬한 밥을 본 듯 입이 벌어진다. 박팔봉은 김연실의 표정을 날째게 잡아채자 짐짓, 창숙이가 그렇게 해 줄지 그것부터 물어보는 게 순서가 아니겠냐고, 상실한 부권을 대중의 부권으로 끌어올린다. 김연실은 김이 팍 샌 얼굴로, 오갈 데 없어서 온 주제에 무슨 찬밥 더운밥을 가릴 처지겠느냐고 대꾸한다. 말은 그랬지만 김연실은 박팔봉의 말이 틀리기만 한 건 아니라고 생각한다.

김연실이 부리나케 영미가 있는 방으로 올라간다.

"야야, 니 말이제, 갈 데 없음 우리 집에서 기거하는 게 어떻노? 여 말고 따로 아빠뜨 있다. 거서 지낼 생각 없노?"

영미는 고개를 숙인 채 이불 끝자락만 만지작거린다.

"어디 가서 살든…… 혼자 몸 어디 가서는 못 살겠어요? 그게 아니라…… 어딜 가서 살아도 제 이름이 남아 있는 한 저는 그 사람 손에 죽고 말 거예요. 저…… 어려운 부탁인데요, 오빠가 저를 죽은 걸로 처리해 주시고 다른 이름으로 아버지 호적에 올려주실 순 없나요? 그렇게만 해주시면 뭐든 하라는 대로 다할 게요."

어처구니없는 소리다. 어처구니만 없는 게 아니라 어렵기도 하다. 어렵기로 치면 수능시험 보고 어느 대학으로 갈지 정하는 것 빰치게 어렵다.

박팔봉은 눈만 끔벅끔벅하고, 그렇게 말 잘하던 김연실도 이때만큼은 입을 벌린 채 뭐라 대꾸하지 못한다. 산 사람을 죽었다고 꾸미는 것도 꾸미는 것이지만, 돌아가신 시아버지 호적에다 언제적 자식인지도 모를 자식을, 그것도 배다른 자식을 올린다는 게 도통 말이 되지 않는다. 영특해서 저런 소리를 하는 건지 모자라서 저런 소리를 하는 건지 김연실은 한동안 말을 잊는다.

이윽고 김연실은 골칫거리도 저런 골칫거리가 없다 싶은지 딱 잘라 말한다.

"듣고 보이 거참 웃기는 소리네. 아이, 오갈 데가 없다 캐서 우리 집에 기거하라 캤제 무신 그런 구신 신나락 까먹는 소리 들자꼬 있으락 한 줄 아나? 호적이니 뭐니 그딴 소리 할라 커든 당장 가뿔라."

김연실은 백 번 죽었다 깨도 말이 되지 않는 소리라며 방을 나간다. 박팔봉은 김연실이 나가기 전에 같이 갈 요량으로 부짐부짐 일어난다. 영미는 나가려던 박팔봉의 옷자락을 부여잡는다. 막 나갔던 김연실이 우르르 달려들어 영미의 손을 잡아뗀다. 영미는 김연실을 잡고 흐느낀다.

"언니, 저 좀 살려주세요. 오빠하고 언니가 저 좀 살려주세요."

강심장으로 치면 철판 강철판 김연실도 눈물 앞에선 맥을 못 춘다.

"나가 신이 아인데 무신 심으로 사람을 살렸다 죽였다 칼 수 있겠노. 여봐라, 시만 생각지 말고 이럴 때 좋은 생각 좀 꺼내봐라."

김연실은 애꿎은 박팔봉을 팔꿈치로 친다. 영미는 어느새 주르르 눈물을 흘리며 애원한다.

"아버지 호적에다 안 올려주셔도 좋아요. 저를 죽은 걸로 하고 성하고 이름을 바꿔 새 호적을 만들어 주실 순 없나요? 저, 그래야 살지 그렇지 않음 그 사람 손에 죽고 말 거예요. 죽을 때까지 절 찾아내겠다고 했거든요. 부탁이에요 언니, 정말 부탁이에요 오빠."

영미의 얼굴이 눈물 콧물로 뒤범벅이 된다. 김연실은 휴지를 뽑아 영미에게 건넨다.

"그리 울지만 말고 코나 팍 풀라. 운다꼬 먼 수가 나오나."

김연실은 어깨를 들썩이며 정신없이 우는 영미를 외면한다. 살다 살다 이런 꼴은 첨이다. 이불에다 똥을 싸 놓고 가거나 커튼까지 뜯어가는 투숙객을 봤을 때도 이렇게 마음이 언짢지는 않았다. 입에 담지도 못할 별별 일을 겪었을 때도 이토록 마음이 상하지는 않았다. 김연실은 팔짱을 끼고 방안을 왔다 갔다 하다 결단을 내린다.

"우리한테로 왔으이 할 수 없제. 그놈이 누군진 몰라도 어데 있는지 알몬 죽인다 카이 일단은 우리 집에 가서 숨는 수밖엔 없다. 산 사람 쌩으로 죽이고 호적 새로 만드는 거는 아무래도 쉬운 일이 아니지 싶다. 여기저기 알아본 담에 힘을 합쳐 해보자."

박팔봉은 처음으로 김연실이 존경스럽다. 어디서 육두문자보다 못한 게 있나 싶었는데 지금은 자신이 따라갈 수 없게 기발한 디스플레이로 나간다. 이런 마누라님 덕에 시도 쓸 수 있는 게 아닌가 싶으니, 박팔봉은 두 손을 합장하여 예를 표하고 싶은 마음이 절로 난다. 이 날을 기념하는 의미에서 박팔봉은 김연실의 필명을 짓는다. 예.

김연실이 영미를 데려가자 조 할머니는 감긴 눈을 부릅뜨며 욕부터 퍼 댄다.

"머라고? 아니, 그 웬수 년의 딸 말이냐? 하이고, 지금 나더러 그 더러운 년하고 같이 살라는 말이냐? 그렇게는 못한다! 야 이년아! 니

년 에미가 우리 서방 꼬드겨 살림 채려 갖고 너 낳은 거 알지? 이런 찢어죽일 년들!"

영미는 어려서 언젠가 한 번 봤던 큰어머니라 불리는 사람이 그때만큼이나 무섭다. 이렇게 늙어 앞도 못 본다지만 기세만은 여전히 등등하다.

김연실은 안 되겠다 싶은지 조 할머니에게 일침을 놓는다.

"할마시야, 다 옛일 아이가? 그리치면 아범도 바람 깨나 피워 내 쏙을 얼매나 썩히는지 아나? 다 잊어뿔고 오늘부터 같이 사소. 그리 안 하문 할마시 혼자 여 두고 아범이랑 내는 영 안 올 끼오."

조 할머니는 순간 찔끔하는 듯 하더니 이내 반격을 가한다.

"그리 해라, 이 죽일 년들아! 내가 그때 일로 눈까지 멀었는데 날더러 저 첩년의 딸하고 같이 살란 말이냐? 아범 어딨냐? 아범한테 일러야지 안 되겠다."

김연실은 그만 고개를 절레절레 흔든다. 영미는 고개를 푹 숙인 채 입술만 깨문다. 큰어머니라는 존칭이 영미의 어깨를 짓누른다. 죽은 어머니를 대신해서 받아야 할지도 모를 수모가 벌써부터 숨이 막힌다. 아버지와 어머니가 공범자라면, 어째서 아버지는 없고 어머니만 있어야 하는 것인지, 공범자는 죽고 없는데 이토록 모멸감으로 살해를 당해야만 하는 것은 어째서인지, 증오로 절름발이가 되고, 꼽추가 되고, 말더듬이가 된 저 한을, 앞으로 어떻게 감당해야 할지, 영미의 가슴 속으로 시뻘건 녹물이 탁하게 차오른다.

김연실이 벌떡 일어나더니 단속을 하듯 조 할머니에게 말한다.

"할마시야, 요새 장사도 안 돼 문 닫아야 할 지경이라. 괜한 걸로 사람 신경 쓰게 하지 말고 이 아하고 잘해보소. 그리 안 하문 영양식이고 보양식이고 없는 줄 아소. 그라니까 이 아 이름은…… 창…… 아이, 그라니까…… 그라니까…… 아, 영미라요. 앞으로 영미라 부르소. 우쨌든 할배 피 받은 할배 자식 아이오."

김연실은 골치 아픈 문제를 깨끗이 해결한 듯 뒤도 돌아보지 않고 나간다. 영미는 김연실을 따라 문 밖으로 나간다. 김연실이 계단을 내려가며 말한다.

"됐다. 내려올 거 읎다. 저 할마시, 젊어서 할배 뺏기고 혼자 살아 저리 안 하나. 그라고 그놈아가 죽인다 카이 꼼짝 말고 여서 틀어백혀 살라. 호적인지 뭔지는 조만간 머리 잘 써서 해결해보자."

안에서 집이 떠나가게 악쓰는 소리가 김연실의 말을 집어삼킨다.

"난 갈보 년의 딸하곤 같이 못 산다! 같이 안 산단 말이다!"

＊　　　＊　　　＊

영미는 숭숭 구멍 뚫린 러닝을 팽개치고 할머니 방으로 간다.

푸푸, 크르릉 크르릉, 푸푸, 크르릉 크르릉…… 할머니는 코를 골며 말들을 지휘한다. 저년 잡아라! 말들이 다다다다닥 일렬종대로 서더니 철커덕 노리쇠를 푼다. 할머니가 말들의 대열에 대고 호령한

다. 저년을 당장 죽여라! 말들이 일제히 방아쇠를 당긴다. 타타타
탕! 영미는 숭숭 구멍 뚫린 러닝처럼 온몸에 구멍이 뚫린다. 할머니
가 다시 명령한다. 저년이 죽을 때까지 죽여라! 말들이 일사불란하
게 영미에게 대든다. 영미가 멀뚱멀뚱 말들을 바라본다. 말들의 모
서리가 눈도 없이 코도 없이 영미의 사지를 찢는다. 영미는 가만히
눈을 감는다. 할머니가 옹이 잔뜩 박힌 목소리로 말들에게 분부한
다. 그만둬라! 죽기를 기다리는 년은 재미없다!

죽음이 죽음을 유혹한다. 빨강 노랑 파랑 옷을 입고 너울너울 춤
을 추며 교태를 부린다. 죽음이 활짝 편 공작의 날개색이다. 눈이 부
시다. 영미는 찬란한 색으로, 눈이 부신 몸짓으로, 춤을 추는 죽음을
향해 손을 뻗는다. 죽음이 호기심에 찬 눈으로 영미 주변을 빙빙 돈
다. 영미는 죽음이 달아날까 옷자락을 펼쳐 보인다. 죽음은 갓 태어
난 어린 죽음으로, 영미의 옷자락 안을 들여다본다. 영미는 숨겨둔
향수를 꺼내 칙칙 뿌린다. 어린 죽음이 킁킁 향수 냄새를 맡고 옷자
락 속으로 기어든다. 영미는 옷자락을 꼭꼭 여민다. 어린 죽음이 옷
자락에 말려 비틀댄다.

어디선가, 말들로 총을 쏘던 원숙한 죽음이 어린 죽음을 향해 빈정
댄다. 지금 장난하냐? 죽고 싶어하는 자에게 이렇게 말려들면 안 된
다는 규칙도 잊었느냐? 재교육을 받아야지 안 되겠군. 다시 말한다.
너는 잔인하고 신속해야만 한다는 걸 잊지 마라. 그렇지 않으면 넌
죽음이 될 수 없다. 죽음에 체온이 없는 이유가 바로 그것이라는 걸

너는 명심해라.

영미는 죽음이 나누는 대화를 뒤에 두고 할머니 방을 나온다. 부슬부슬 비가 내린다. 영미는 베란다 창을 열고 창 밖으로 고개를 내민다. 한창 무르익어가는 봄의 밤, 밤비도 무르익어간다. 영미는 고개를 잔뜩 빼고 비를 맞는다. 비가 밤을 어루만지며 밤을 건넨다.

밤과 비가 하나로 만족하는 밤. 아파트 단지는 어둠에 잠겨 목련의 하얀 살결을 더욱 하얗게 피운다. 목련이 아프게 봄을 피워내고 있는 사월, 사월이 피어난다. 누가 시키지 않아도 누가 재촉하지 않아도, 사월은 정당하게 피어난다. 부당한 사실들이 길거리를 누비고 다녀도, 애매한 눈길들이 서로를 간음해도, 사월은 쉬지 않고 피어난다. 모든 것은 벌써부터 기지개를 켜고 봄의 솜털을 깃 세운다. 죽음에도 계절이 있다면, 바로 지금이다. 죽음을 택할 수만 있다면, 바로 지금이다. 비를 맞으며 목련이 피어나듯, 죽음도 비를 맞으며 목련처럼 피어나야 하리. 그래야 죽음다운 죽음이 되리.

죽음이 죽음답지 못하게 죽었다.

에…… 서창숙 씨 아는 사람 되시오? 에…… 어떤 사람이 부탁해서 전화하는 거요. 에…… 서창숙 씨는 뺑소니차에 치여 죽었다고 그럽디다. 벌써 화장해 뿌렸으니 그리 알라고 전해 달라고 합디다.

박팔봉은 전화 건 내용을 대단한 일을 해치운 것마냥 말했다. 김연실은 그 남자가 그 말을 믿더냐고 물었다. 박팔봉은 그 말만 하고 끊었기 때문에 믿었는지 안 믿었는지는 알 수 없다고 했다.

죽음은 죽지 않았다. 근근이 연명하며 기회를 엿본다. 죽음이 귀찮다. 산 것도 죽은 것도 아닌 죽음이 너무도 끈끈하다. 끈끈한 죽음의 혓바닥을 길게 잡아 빼, 허리를 동여매고 구천 길 달음박질로 갔으면 좋겠다. 그래, 그렇게 했으면 좋겠다. 목련이 젖는 밤, 활짝 핀 젖빛 날개가 비를 맞이하는 밤, 원숙한 죽음이 갓 태어난 죽음에게 본보기를 보이려 검은 고깔모자를 쓴다.

영미는 신발장 속에 감춰둔 저울을 꺼내 들고 집을 나간다. 바람도 없이 빗줄기가 굵어진다. 영미는 가만히 서서 비를 맞는다. 비에 대한 기억이 하나도 없다. 새장에 갇힌 앵무새도 비를 보면 비에 관한 추억 하나쯤은 떠오를 것이다. 수챗구멍을 쏘다니는 시궁쥐도 비에 얽인 사연 하나쯤은 가지고 있을 것이다. 초파리에게도, 노래기에게도, 좀에게도, 진딧물에게도, 비는 하나의 그리움, 하나의 멸시, 하나의 뿌듯함, 하나의 환멸 같은 것을 기억에 두고 있을 것이다.

영미는 비에 관한 점 하나 얼룩 하나 가지고 있지 않다. 마지막 기억인 양 영미는 줄기차게 내리는 비를 흠뻑 맞는다. 빗물이 머릿속을 흘러 목구멍으로 들어간다. 혀끝에서 굳어버렸던 말의 몸이 비에 젖어 물렁해진다. 말의 몸에 고랑이 생기고 고랑을 따라 빗물이 되어 흘러간다. 빗물이 된 말이 빗소리로 말한다.

나는 서창숙이며 박영미예요. 서창숙이 진짜 나인지 박영미가 진짜 나인지 잘 모르겠어요. 말을 잃어버렸어요. 언제 어디서 어떻게 잃어버렸는지 생각나지 않아요. 말을 찾을 수가 없어요. 하고 싶은 말이 무엇인지도 모르겠어요. 말은 어떻게 하는 것인가요. 어디 가서 어떻게 배워야 하는 것인가요. 비읍과 아가 붙으면 바가 되고, 디귿과 아가 만나면 다가 되나요. 그런 만남이 바다를 만들어내면 바다가 되는 것인가요. 생각나는 대로 아무 말이나 막 해버리고 싶어요. 그래 볼까요. 점점 세게 내리는 이 비처럼, 그치기 싫다는 듯이 내리는 이 비처럼, 그렇게 하고 싶은 대로, 쉬지 않고 막, 막, 해버릴까요. 생활비가 없어요. 찬희는 툭 하면 아르바이트도 걷어차요. 용돈조차 부족하다고 징징대요. 방 하나 월세 준 것 가지곤 반찬 값 대기도 빠듯해요. 아니, 그보다 큰어머니가 너무 힘들어요. 찬희가 큰어머니의 친딸이 맞느냐고 물어요. 종 부리듯 한대요. 엄마가 내 친엄마 맞느냐고도 물어요. 저 할머니 꼴 보기 싫어 나가겠다는 말을 밥 먹듯 해요. 이민 갈 형편도 못 되니 미군부대 근처나 얼쩡대다 어느 머리 빈 외국 놈 잡아 먼 나라로 날아버리겠대요. 이젠 머리를 빡빡 밀고 초록으로 물까지 들이고 다녀요. 엄마처럼 할머니한테 머리끄덩이 잡힐까 봐 그랬대요. 빡빡 머리 민 놈의 자식 아니랄까 봐 빡빡 밀었느냐고 말하고 싶었어요. 세탁소의 그 사람은 어떻게 되었을까요? 이렇게 숨어 산 지도 이십여 년이 되는데 오늘 이후는 어떻게 될까요? 이곳은 벌써 재개발에 들어가 이사 가는 사람도 있어요. 공원으로 조성된다는데 찬희와 나는 어디로 가야 할까요. 사는 것만이 사는 것일까요. 가보지 않아서 그렇지 어쩌면 죽은 세상이 더 좋을지도 모르겠어요. 스스로 죽음을 택하는 사람들은 왜 비난을 받아야 할까요. 죽음에 대한 자유는 어째서 인정받지 못하는 걸까요. 살아 있는 세상만이 기준이 되어야 하는 까닭은 무엇일까요. 영양제 같은 건 없어졌으면 좋겠어요. 건강식품이 싫어요. 저울이 징그러워요.

웅어리진 말들은 끝내 영미의 혀끝을 타지 못한다. 영미는 저울을 들고 분리수거함 앞으로 간다. 플라스틱, 우유팩, 야쿠르트, 페트병, 쇠붙이라 써진 자루 앞에서 영미는 저울을 마냥 들고 있기만 한다.

이윽고 영미는 페트병이라 써진 분리수거함을 뒤진다. 저울을 분해할 만한 그 어떤 것도 보이지 않는다. 플라스틱이라 써진 분리수거함을 뒤진다. 케이크 자를 때 쓰는 플라스틱 칼이 손에 잡힌다. 플라스틱 칼을 꺼내 저울 한가운데를 쓱쓱 자른다. 저울은 잘리지 않는다. 플라스틱 칼을 던지고 쇠붙이라고 써진 분리수거함을 뒤진다. 낡은 스테인리스 숟가락이 손에 잡힌다. 스테인리스 숟가락을 꺼내 저울 뒤 나사를 돌린다. 나사가 돌아가지 않는다. 숟가락 끝으로 눈금이 있는 곳을 마구 때린다. 눈금이 부서지지 않는다.

영미는 저울을 바닥에 던진 후 발로 쾅쾅 밟는다. 저울, 너는 건강이라는 눈금으로 건강해져 있구나. 건강의 눈금이 있는 한, 너는 죽지 않겠구나. 건강의 보증서가 있는 한, 영원한 왕좌를 보장받겠구나. 너는 눈금으로 건강을 사모하는 왕족들에게 복음을 선사하는구나. 비실댔던 건강을 눈금 하나로 고래힘줄로 바꾸고, 지나치게 기름졌던 건강을 날씬하게 빼줄 줄 아는구나. 너는 꼬장꼬장하게 거드름을 피우며, 흐물흐물해진 건강을 튼튼한 가죽으로 바꿀 수 있다고

선전하는구나. 천년만년 살고 싶게 만드는 너, 저울아. 천년만년 죽
고 싶게 만드는 저울은 어디 있니. 어딜 가야 살수 있니.

영미는 저울 위에 철퍼덕 앉는다. 눈금이 가려진다. 건강이 없어
진다. 눈금이 없고 건강이 없는 저울은 저울이 아니다. 한갓 고철에
불과한 저울은 부서져야 마땅하다. 영미는 저울을 번쩍 치켜들고 머
리를 저울에 대고 마구 친다. 영미 머리에서 피가 흘러내린다.

누군가 영미의 손을 잡는다. 영미는 꼼짝도 못한 채 그대로 있는
다. 한 남자가 물기 없는 눈으로 영미를 잡은 손에 힘을 준다. 남자
뒤로 목련이 활짝 갠 날씨 모양 꽃을 피우며 비를 맞는다. 목련꽃잎
하나가 소리 없이 떨어진다. 떨어진 목련꽃잎이 나지막이 영미를 유
혹한다. 화요일 밤, 낙화의 자리로 묵묵히 비가 내린다.

🍃 러브 미 텐더

사람들이 터부시하는 것 중의 으뜸은 무엇일까. 사람들이 선호하
는 것 중의 으뜸은 무엇일까.

이렇게 말해도 된다면, 첫 번째 답은 죽음, 두 번째 답은 사랑.

죽음과 사랑, 이 두 영역은 하나다. 죽음도 사랑도 치열하다는 것
과 극점을 가지고 있다는 면에서 그렇다.

죽음이라는 말은 영민하게 사는 사람들에겐 듣기 거북한 말이 아닐 수 없다. 그런 사람들에게 낯설게 여겨질 이야기 한 토막. 헤로도토스의 『역사』에는 이런 이야기가 나온다.

게타이 족은 아이가 태어나면, 태어난 이상 고통을 참고 견디지 않을 수 없다고 비통해 한단다. 반면, 사람이 죽으면, 온갖 고통에서 해방되어 완전한 행복을 누리게 되었다고 희희낙락 묻어준단다.

또 하나.

크레스토니아 북쪽에 사는 부족은 일부다처제란다. 남자가 죽으면, 그가 어느 아내를 가장 사랑했는지 아내들 사이에 격론이 벌어진단다. 가장 사랑받고 존경받는 것으로 판정된 아내는, 남편의 무덤 위에서 그녀의 가장 가까운 친족에게 살해된단다. 그녀는 남자들과 여자들의 찬사를 한몸에 받으며 남편 곁에 묻힌단다. 다른 아내들은 그 일에 선택받지 못한 것을 큰 불운으로 여긴단다. 그들에게는 그보다 더한 치욕이 없기 때문이란다.

위의 얘기를 보면 죽음에 대한 공식은 없고, 죽음에 관한 부정과 긍정 또한 섣부른 판단이지 싶다.

어쨌든, 죽음은 알게 모르게 두려운 흥분으로 우리를 홀린다. 모든 것이 과학과 기계, 수와 치밀한 정보에 의해 밝혀졌지만 죽음만은 여전히 미지의 세계이다. 그 끝이 어디인가 알고 싶어 죽어라 고산을 오르기도 하고, 죽음을 주제로 시도 쓰고 음악도 만들고 그림도 그린다. 돈을 내고 번지점프를 한다? 공포물을 찾아 영화관과 서

점을 기웃댄다?

선과 악을 떠나 우리들은 마치 철없는 아이처럼 항상 홀리기를 원한다. 홀릴 그 무엇인가를 향해 끊임없이 구애를 한다. 알고 보면 이렇게 떠들어대는 것도 홀릴 그 무엇을 향한 구애일지도 모르겠다. 왜냐. 극점이 필요해서이다. 극점을 가지고 있는 것들은 근본적으로 사람을 홀린다. 매력을, 그것도 끈끈하게 가지고 있어서이다. 사랑이 모두에게 총애를 받는 것도 극점과 통계로 뽑아낼 수 없는 미지의 매력을 지닌 때문이다.

그럴까? 과연 그럴까? 앞으로 나올 이 사람을 보면 지금까지 한 말에 선뜻 지장을 찍으리라 여긴다. 항상 끓는 물로 사니 그렇고, 꽤나 성가시다 싶을 만큼 분주하게 사니 그렇고, 어설픈 작전으로 변신을 마다하지 않으니 그렇다.

그게 누? 구? 눈치 빠른 당신은 벌써 누구인지 알아버렸을 일. 바로 맞혔다. 이 사람이야말로 항상 해피, 해피 버스데이로 산다……라고 생각해주기.

백 퍼센트 불치병이라 불리는 러브에 걸리고 싶어하는 아니, 벌써 걸려버린 김연실은 나이 예순 중반에 이성이라는 대상을 두고 고민에 빠진다. 꿈의 영상에 먹구름의 자막이, 먹구름의 영상에 꿈의 자막이, 끊임없이 겹치다 풀어지다 동시상영 하는 통에 지금까지 그렇게 거울을 많이 본 적이 없고, 그렇게 많은 질문을 자신에게 던져본 적이 없다. 어떻게 생겼을까? 나이는 몇일까? 나 같은 뚱녀를 좋다고나 할까? 무슨 말부터 할까? 모르는 말을 물어보면 뭐라 대답할까? 어떻게 해야 왕매력녀로 보일 수 있을까? 혹시 할망구로 보는 건 아닐까? 젊은 년들이 앞에서 알짱대면 울화통 터져 어떻게 하지? 쫀득쫀득 고탄력 탱탱 피부로 보여야 할 텐데 어쩌면 좋지?

김연실은 거울 속으로 슬라이딩한 지 한 시간, 두 시간, 세 시간이 지나도록 나올 줄 모른다. 얼굴을 요리 보고 조리 보고, 몸매를 요리 쓰다듬고 조리 쓰다듬으며 노랫가락마저 읊는다. 내 님은 누구실까~ 어디 계실까~ 무엇을 하고 계실까 만나보고 싶네~ 우우우 우우우~

이미 몇 세대를 지나 물간 유행가 축에도 못 끼는 유행가가, 김연실에겐 최신곡이요 애창곡이다. 김연실은 노래를 하다 말고 입을 실쭉거린다. 아무리 봐도 거울 면적이 좁은 건지 얼굴 면적이 넓은 건지 알 수가 없다. 젊은 사람도 아니고 부작용을 생각해 더는 깎을 수 없다고 한 의사의 말이 새삼 기분이 잡친다. 나쁜 자슥! 부작용이면 부작용이제 우째 젊은 사람이 아니라는 말로 사람 야코 죽이제? 돈은 다 받아 처먹으문서 말은 곱게 할 줄 모르나 보제? 내 그 거만한 놈의 병원 다시 가나 봐라.

김연실은 구시렁거리며 줄자를 쭈욱 당겨 이쪽 귀 끝에서 저쪽 귀 끝까지 대본다. 손끝으로 조심스레 줄자 끝을 잡고 떼어본다. 에쿠

나! 이게 웬 사단이제? 줄자의 눈금은 어제보다 일 센티미터가 늘어나 있다. 김연실은 눈금을 잡고 있던 손끝을 다시 확인한다. 역시 어제보다 일 센티미터 늘어나 있다. 김연실의 가슴이 쿵당쿵당 널뛰기를 한다. 재도전. 역시 일 센티미터. 김연실은 줄자를 내동댕이치고 가슴을 친다. 하이고야 내 몬살아! 이를 우짜면 좋노?

김연실은 가슴을 치다 말고 눈이 찢어져라 문갑 유리판을 노려본다. 문갑 유리판 밑엔 영양이 골고루 밴 식단이 족보처럼 깔려 있다. 우유, 두부, 치즈, 베이컨, 콩자반, 멸치볶음…… 그래애, 조것들이 요망을 떨었구마! 칼슘인지 뼛가루인지가 내 얼굴을 요리 늘켜놓았다 이거제?

하마터면 백지로 제출할 뻔한 문제를 해결하자 김연실은 후련함에 체중마저 준 느낌이 든다.

다이어트는 하되 골다공증을 생각하고, 탄력 있는 얼굴과 몸매를 유지하려면 칼슘이 많이 든 음식을 꼭 섭취해야 한다는, 어디선가 베낀 정보를 김연실은 유리판에 넣고 열심히 실천했던 터다.

무엇보다 탄력이 중요했다. 탄력을 먹기 위해 김연실은 당장 시장으로 달려가 칼슘은 물론 칼슘과 연배인 음식재료들을 모조리 샀다. 얼굴 평수는 말할 것도 없고 체중이 느는 것도 모르고, 요리 무치고 조리 찌고 요리 볶고 조리 구워 먹으며 탄력을 키웠다. 그동안 죽만 먹었던 아픔을 핑계 삼아 다 털어버릴 수 있었으니 더 바랄 게 없었다. 너무 많이 먹어 어지러워 쓰러질 때까지 잘 지킨 나머지 비만체

중 완전입문에 이른 것은 까맣게 모르고 식단이 흉물 중의 흉물로
보인다.

김연실은 문갑 유리판 밑에 있던 식단을 빼내 빡빡 찢는다. 찢어
봐야 최고급 비료를 줄창 거름으로 받아먹은 얼굴이 나 어때 얼큰이
어때 하고 너부죽이 인사할 뿐이다.

김연실은 다시 줄자를 집어 가슴을 잰다. 가슴인지 배인지 구분할
수 없었던 가슴이 약간 줄긴 했지만 이상적인 사이즈가 되려면 한참
을 더 줄여야 한다. 김연실은 언제 이렇게 가슴이 커졌는지 생각만
해도 치가 떨린다. 사춘기가 씽긋 윙크하며 찾아왔을 무렵만 해도,
봉긋 올라온 가슴은 동네 까까머리 교복의 남정네들 밤잠을 억수로
설치게 했다.(사실인지 아닌지는 확인할 길이 없다.) 마음 같아선 그때 그
시절을 하모니카로 불러내 약혼이든 웨딩마치든 하고 싶건만 무정
한 추억은 김연실을 거들떠보지 않는다.

김연실은 이번엔 줄자를 허리에 감아본다. 허리 역시 일 인치가
줄긴 했지만 사랑을 하기엔 낭만적 사이즈가 되지 못한다. 라일락
나무 아래서 그이가 팔을 두르고 라일락 향기를 말해주려면 허리 사
이즈는 이십 대 숫자로 떨어져야 한다. 무슨 수로 십 인치 정도를 줄
일 수 있을지 김연실은 엉엉 울고 싶어진다.

금방이라도 터질 듯한 울음을 참아가며 줄자를 엉덩이에다 감아
본다. 줄자가 모자라지 않는 게 다행이다. 고개를 뒤로 빼 거울 속 엉
덩이를 닳게 보고 또 보지만, 거울 밖에까지 나간 엉덩이는 방석이

따로 없다. 두 사람이 앉아도 너끈히 남을 정도의 넓이가 편안하다 못해 쿨쿨 잠이 온다. 아따매 급살 맞게 뚱뚱하구마! 염라대왕도 한 번에 못 실어가겠구마.

김연실은 최신곡 애창곡을 버리고 비운의 살덩이를 꼬집고 비튼다. 그렇다고 차곡차곡 지층을 이룬 살이 날아갈까 꺼질까? 이미 겹겹이 진 살은 볼륨이 볼륨을 만들어낸 볼륨 공장의 살인지라, 꼬집고 비트는 만큼 줄어드는 게 아니라 슬픔의 전주곡인 장탄식만 추가로 내보낸다. 조각품이라면 깎아내고 싶을 만큼 깎아내면 그만인데 이건 살과 피가 섞였으니 맘대로 깎아낼 수도 없다. 한 달 후면 본격적으로 사랑에 돌입할 것인데 한 달 후라는 게 사형선고다. 김연실은 두 달 후라고 말할 걸 그랬나 후회한다. 아니, 두 달 후면 그이가 기다리다 지쳐 다른 여자에게로 갈지도 모른다. 그렇게 되기보다는 죽기를 각오로 이상형의 몸매로 만드는 게 답이다. 죽기를 각오로, 죽기를 각오로…… 김연실은 신수가 훤어한 몸을, 죽기 살기 한 달을 시한부로 잡는다.

준비, 완료, 실시!
이를 위해 김연실은 얼마나 고뇌의 나날을 보냈던가. 그 좋아하던 닭튀김이며 크림으로 범벅이 된 케이크며, 혀에 착착 감기던 삼겹살도 내쫓았다. 내쫓기만 했다면 진취적이라고 말할 수 없다. 버릴 건

버리되 취할 건 취했다. 즉, 기름기는 추방하고 거의 한 달 동안 주스나 생수만으로 비타민과 수분을 섭취했다. 정신적인 다이어트도 병행했다. 늘씬하게 빠진 여자들의 사진을 냉장고며 거울에 붙여놓고 시기와 질투로 중무장하며 피를 말렸다. 거기다 하나 더 보태서 먹은 게 있었으니 그것은 간장이 아니라 애간장이다. 보고 싶고 보여주고 싶은 그 애간장의 성분은 김연실의 살을 충분히 빼고도 남았다.

먹는 건 곧 죽음이다. 따라서 먹는다는 건 있을 수 없는 일이다. 헌데 수시로 죽음이 하고 싶어, 즉 먹고 싶어 죽을 지경이다. 아니다. 내 님이 그것도 못 참느냐고 하면 쥐구멍을 찾아 고개를 처박고 죽어야 한다. 내 님은 군 장성 출신이라 참을성 없는 여자는 거들떠보지 않을 수도 있다. 삼백짜리 스웨터가 어서 나를 입고 그리운 임을 만나 달라고 졸라댄다. 아, 육육에 가까운 저 사이즈! 저 사랑 사이즈에 맞출 수만 있다면! 나의 러~부가 육육을 입은 모습에 뿅~ 간다. 뿅~ 가는 건 좋은데 너무 멀리 가지 마세요~

애간장의 복잡한 성분에도 불구하고 김연실은 육육 사이즈에는 못 미치지만 간신히 팔팔 사이즈까지는 맞춰볼 수 있게 되었다.

바야흐로 김연실은 러브라는 두꺼운 커튼 뒤에서 커튼이 열리기만을 기다린다. 이날을 위해 김연실은 얼마나 속이 탔던가. 그 보상은 준비 완료 실시의 사인이 떨어짐과 동시에 러브커튼을 열 일만 남았다. 라일락 향기가 진동하는 아래서 박팔봉을 비웃어가며 사랑을 끼고 사랑에 취할 것을 생각하니 미소가 아닌 폭소가 벌써부터 그 풍만한 몸에서 요동을 친다.

그렇게 한참을 웃고 나자 김연실은 삼백짜리 스웨터를 입어본다. 어깨가 끼긴 하지만 요즘은 꼭 끼는 옷이 유행이니 유행과 맞아떨어진다고 보면 된다. 김연실은 앞가슴을 여며 본다. 아무리 여며도 두 뼘 반 정도가 벌어진다. 김연실은 걱정하지 않는다. 할머니들이나 넉넉하게 입지 젊은 사람들은 절대 앞가슴이 등판인지 모를 정도로 풍성하게 입지 않는다. 레깅스나 스키니라는 바지가 이런 옷을 대표한다. 웬 내복을 입고 나왔나 싶은 것이, 시선을 어디다 둘 수 없게 하지만 너나 할 것 없이 입고 다니지 않는가. 또한 볼레로라 불리는 옷도 그렇다. 짧은 기장에 앞섶은 젖가슴 귀퉁이에 붙는 둥 마는 둥 하는 것이, 오히려 시선을 젖가슴으로 집중시킨다. 은근슬쩍 시각을 약 올리는 것으로 시선을 끌겠다는, 그 이중적인 실속을 어째서 김연실이라고 누릴 수 없으랴.

드디어 김연실은 볼레로인가 아닌가 충분히 의심이 가는 스웨터를 입고 약속장소인 커피숍으로 향한다.

*   *   *

김연실은 빛이 들어오지 않는 구석진 자리로 가 앉는다. 자리를 잡기 전, 김연실은 조명이 꽤 괜찮아 보이는 구석 자리를 찾아 커피숍 안을 네 바퀴나 돌았다. 행여 햇빛이 정면으로 들어오는 자리를 잡았다간 숨구멍이며 주름살이 노골적으로 드러날까 염려스러웠다. 조명등 아래에선 얘기가 달라진다. 점이며 숨구멍이며 주름살같이 잡스러운 것들을 감춰주는 것은 물론 어여쁘게, 감미롭게, 그럴싸하게 싸 발라주기까지 한다. 그래서 조명등인 것이다. 이런 세밀한 조건들을 완벽하게 커버하기 위해 김연실은 약속시간보다 조금 일찍 도착한 것이다. (연애박사들 사이에서나 통하는 이 정보를 얻으려 김연실은 투숙객들에게서 귀동냥을 했다나.)

김연실은 손거울을 꺼내 조명등 아래 있는 자신의 얼굴로 빠져든다. 뽀샵 처리는 저리 가라다. 고민 들어가고 확인 들어갔을 때와는 얘기도 다르게, 자신이 봐도 이렇게 예쁜지 예전엔 미처 몰랐어요다. 자신의 얼굴에 수없이 반하면서, 그래서 더 예뻐지고 싶어하면서, 파우더를 꺼내 볼이며 이마를 톡톡 두드린다. 마음이야 하루 하고도 반나절을, 아니 시간을 정할 것도 없이 거울만 들여다보고 싶지만, 남자가 올 시간이 되어가므로 거울을 닫는다.

김연실은 두 손을 무릎 위에 가지런히 얹고, 두 다리는 공기도 통할 수 없을 만큼 딱 붙이는 걸로 세팅을 마친다. 궁금증으로 치면 커피숍 밖에서 기다려도 시원치 않지만, 만남이 만남인지라 한껏 여자다운 여자의 자태를 만들어가며 입구에 시선을 박는다.

중매쟁이 숙의 말에 의하면, 예비역 장성은 항상 선글라스를 끼고 다니기 때문에 이름을 대지 않아도 한눈에 알아볼 수 있다고 했다. 퇴역은 했지만 늘 보안을 생명으로 여기던 사람이 돼놔서 그러니 이해하라고도 했다. 이해하고말고. 오히려 감사할 일이다. 조명등을 거쳐 선글라스의 검은색을 통과하게 되면, 두 배, 세 배, 아니, 이십 배, 삼십 배 더 예쁘게 보일 것은 물론, 분위기마저 탈 수 있다는 것은 경험자라면 다 아는 사실이다.

여기까지 생각이 미치자 김연실은 배꼽 옆에 난 사마귀의 뿌리 속까지 짜릿짜릿해진다. 그런 남자와 단둘이 차를 마시고 드라이브를 하고 라일락 나무 아래서 사랑을 속삭일 수 있다니, 숙이 내라고 한 한턱은 두 턱 세 턱 십이 턱까지 올라간다. 그것도 약과다. 죽을 때까지 찜질방 순회공연 경비며, 가는귀먹을 때 쓸 보청기까지도 댈 의향이 있다. 있다 뿐이랴, 넘치고 넘친다.

김연실이 뭉게뭉게 꽃구름을 피우고 있을 때, 착지 한 번 없이 멀리, 머얼리, 활공하고 있을 때, 등 뒤에서 실례한다는 소리가 난다.

흡! 남자가, 선글라스를 낀 예비역 장성이, 바로 등 뒤에서 김연실을 내려다본다. 김연실은 찌르르 짜르르 신경 하나하나가 좋아대는 통에 순간 혼미해진다. 워낙 강인한 체질의 김연실이다 보니 감전사까지는 가지 않았지만 감정의 공격을 받은 것만은 틀림없다.

김연실은 자신도 모르게 그만 자리에서 벌떡 일어난다. 일어나는 김연실의 어깨를 남자가 지그시 누르며 고개를 두어 번인가 끄덕인다. 김연실의 마음을 알아보았으니 그냥 앉아 계시라는 뜻 같은데, 김연실은 이게 웬일인가 싶다. 지체 높은 양반댁 어른이 아랫것들의 고단한 마음을 알아봐주는 것처럼, 다정도 하고 사려도 깊다. 저런 것을 가리켜 필시 카리스마라 했겠다.

김연실은 그 자리에 털썩 주저앉으며 박팔봉의 카리스마와 남자의 카리스마를 비교한다. 박팔봉의 카리스마는 보증금 없이 월세 낸 젖비린내 나는 카리스마라면, 선글라스의 카리스마는 높고 높은 빌딩의 카리스마다. 카리스마라는 게 저렇게 버젓이 살아 있는데 어디서 얇은 감상 나부랭이를 카리스마라고 떠버릴 수 있는지, 김연실은 박팔봉이 우스워 죽을 지경이다. 그동안 왕자도 상상하고 기사도 상상했지만 선글라스는 초장부터 기대를 넘어 기대 이상을 김연실에게 안겨준다.

김연실은 남자의 위력인지 사랑 섞인 카리스마인지에 눌려 그저 눈을 내리깔기만 한다. 남자가 맞은편 자리에 앉는다. 남자의 검정 신사화가 먼지 하나 없이 반들반들하다. 김연실은 그러면 그렇지 하고 입이 귀에 걸린다. 하지만 어쩌니 저쩌니 해도 김연실 역시 여자의 자존심이라는 걸 가지고 있는지라 속눈썹 하나 내색하지 않는다.

김연실은 여자다운 여자를 좋아한다는 말을 상기하며, 들고 싶은 고개를 애써 참는다. 그러는 동안, 내리깐 눈에 들어온 건 남자의 바지다. 헉! 청바지! 단아한 여인상은 일시에 작별하고, 김연실의 반사작용은 고개를 휙 쳐든다. 맞선 자리에 정장이 아닌 청바지도 놀라운데, 선글라스의 청바지는 김연실이 봐왔던 그 어떤 청바지와도 비교할 수 없이 멋지기만 하다. 퇴역했다면서 그 나이에도 청바지를 입다니 요즘 흔히 말하는 나이에 구애받지 않는다는 사람이 바로 저 남자?

　김연실은 바람직한 의문을 품으며 시선은 저절로 남자의 상의로 간다. 검정 점퍼의 깃은 올려 세워져 있고 지퍼는 목까지 채워져 있다. 선글라스에 청바지, 짧은 머리에 깃 올린 검정 점퍼, 외국 영화에서나 볼 수 있는 특수수사요원이다. 저런 남자와 데이트라니 김연실은 도저히 믿어지지 않는다. 숙에게 입이 닳고 마음이 닳도록 아양을 떨어도, 떨어도, 모자란다. 야야, 숙아, 니는 우에 이리 쎈스가 있노. 이 김 사장의 여린 가심에 저런 러부의 화살을 꽂아주다니. 야야, 숙아, 니 빤쓰 내 빨아주까.

　김연실은 혼이 빠지게 남자를 보다 말고 퍼뜩 정신이 든다. 자신의 옷차림이 이렇게 민망스러울 수가 없다. 복사뼈까지 치렁치렁 내려온 검정 통치마에 빨간색 스웨터, 거기에 맞추려고 새로 사 신은 빨간색 하이힐이, 커플 분위기와는 거리가 멀고 좋게 보면 중후하고 솔직하게 보면 노티에다 촌티가 흐른다. 더구나 남자의 나이는 본인에겐 십 년, 김연실에겐 족히 이십 년은 어려 보이는데, 옷차림마저 젊으니 김연실은 덜컥 겁이 난다. 졸지에 김연실의 삼백짜리 스웨터는 시골 오일장에서조차 땡처리로 넘기기 어려운 물건이 되고, 세상의 모든 여자는 젊은 청바지를 빼앗으려 수사자의 이빨로 대들 듯싶다. 맞는 게 있든 없든 어울리든 안 어울리든, 김연실은 당장에라도 백화점으로 달려가 청바지로 바꿔 입고 싶은 심정이 절절하다.

　남자는 김연실의 맞은편에 앉기 무섭게 노트에다 뭔가를 적는다. 통성명도 하기 전에 뭔가를 적기부터 하니 특수수사요원은 특수수

사요원이다. 남자가 특수수사요원 같아서 좋긴 한데 첫인상을 늙은 아줌마로 적으면 안 될 일이다. 김연실은 남자가 쓰고 있는 것을 중지시키려 말을, 그것도 아주 솔직하게 건넨다.

"저…… 만나뵙게 돼서 반갑습니다. 제 이름은 김연실이라고 합니다. 그란데 지금 적고 계시는 건…… 혹시 저에 관한 게 아입니까?"

남자는 뭔가를 적다 말고 고개를 든다.

"아, 예, 적는 게 습관이 돼서요. 적어놓지 않으면 믿을 수 없는 세상 아닙니까. 실례했습니다. 제 이름은…… 콜롬보라고 불러주십시오."

본명이 콜롬보라는 것인지 박팔봉처럼 필명이 콜롬보라는 것인지, 김연실은 순간 뜨악해진다. 혹시 콜롬비아 외인부대에 주둔해 있다 온 것은 아닐까. 우리나라 사람 성에 콜이 없는 것을 보면 외국 이름이 맞긴 한데 왜 하필이면 콜롬보라 지었을까. 단도 예도 아닌, 요상한 이름에 김연실은 머리가 지끈거린다. 톡 까놓고 물어보자니 무식하다는 인상을 줄 것 같고, 그냥 있자니 답답한 가슴 벙어리 삼룡이다.

콜롬보는 말을 해 놓고 또 뭔가를 적는다. 콜롬보의 말대로 적어놓지 않으면 믿을 수 없는 세상이긴 하다. 눈앞에서 바람을 피우면서도 아니라고 잡아떼면 당하는 수밖엔 없으니, 그럴 때를 대비해 적어놓는다는 건 아주 좋은 습관이다.

그런 각도에서 김연실이 콜롬보를 보는 시선엔 탄성이 어린다. 만나자마자 그렇게 보면 안 되겠지만 도저히 시선을 뗄 수가 없다. 시선에 욕창이 생기도록 봐도 양에 차지 않고, 보고 또 봐도 뭔가가 더 있을 같으니, 맘 같아선 몸 하나하나를 손으로 잡아 뜯어가며, 헤집어가며, 들추어가며, 들여다보고 싶은 것이다. 일단은 그렇다. 글자라면 신문은커녕 광고전단도 읽지 않는 김연실로선 콜롬보의 두꺼운 노트나 기록하는 자세는 지적일 뿐만 아니라 완벽함이며, 그래서 그저 말문이 막히고 가슴이 벌렁거린다.

시간은 소리 없이 유연하게 흐른다. 아무 소리도 없이 뭔가를 적기만 하는 콜롬보, 아무 소리도 못하고 물 컵만 만지작거리는 김연실. 침묵의 시간은 말할 때의 시간에 비해 몇 배, 몇십 배 길다. 김연실은 입이 들먹거려 참을 수 없지만 참는다. 여자다운 여자란 배고픔도 참고 궁금증도 참을 줄 알아야 하니까.

콜롬보가 이런 분위기를 파악했는지 뭔가를 적으며 묻는다.

"호텔을 경영하신다고 들었습니다. 취미가 뭔지 여쭈어 봐도 되겠습니까?"

신사답게 질문도 정중하고 예의도 바르다. 거기까지는 좋은데 생각지도 않던 취미를 물어보니 김연실은 뭐라 대답할지 난감하다. 저토록 학구적인 사람한테 찜질방 가는 게 취미라거나 백화점 가는 게 취미라고 하면 어쩐지 격이 떨어지지 싶다.

김연실은 자신도 모르게 시를 쓰는 게 취미라는 말이 튀어나온다. 요즘에야 서당개 삼 년이면 보신탕 감이라고 말하지만, 서당개 삼 년이면 풍월을 읊는다는 말만 알고 있던 김연실로선, 서당개 삼십 년이니 시를 쓴다고 해도 죄가 되진 않으리라 생각한 것이다. 더구나 콜롬보가 시인이 아닌 다음에야 시를 쓴다고 하면 쓰나 보다 하지, 지금 당장 써서 보여 달라고 하진 않을 터이니 말이다.

콜롬보는 노트에다 계속 뭔가를 적으며 시를 쓰신다면 주로 어떤 시를 쓰느냐고 묻는다. 시면 시지 어떤 시라니, 김연실은 진땀이 솟는다. 그렇다고 뱉은 말을 주워담을 수도 없어 우물쭈물하는데, 이때 살아온 연륜 내지 경력이 김연실에게 적당한 답을 건넨다.

"뭐…… 그냥…… 생각나는 대로…… 주로 러…… 아이, 사랑에 관한 시를 쓰는 펜이지요."

김연실은 자신이 한 말이 여간 흡족한 게 아니다. 알고 보면 이런 임기응변도 알게 모르게 박팔봉에게서 전수받아 나온 것이라, 김연실은 박팔봉이 옆에 있다면 기름값이라도 보태줄 참이다.

헌데, 콜롬보는 한 차원 높은 질문으로 김연실을 다시 한 번 시험한다.

"호텔을 경영하시고 시도 쓰신다니 참으로 보기 좋습니다. 그런 분이 왜 저를 만나고 싶어하셨는지 궁금합니다."

이건 또 무슨 말인가? 호텔, 시, 보기 좋다는 말까지는 좋은데, 왜 만나고 싶어했느냐니 대체 무슨 말을 듣기 원해 이런 난처한 질문을 한단 말인가. 김연실은 사랑에 빠져서 그렇다고 대답하자니 너무 이르고, 다른 말로 둘러대자니 생각이 나질 않는다. 콜롬보를 만나고 싶어한 것은 사실이지만 당사자가 왜 자길 만나고 싶어했느냐고 물어볼 줄은 생각 밖이다. 그렇게 물어보는 너는 왜 나왔느냐고 되받아칠 주변머리도 없이, 김연실은 천불이 나는 속을 커피로 달랜다.

천불을 백불로 십불로 영불로 누르고 있다 보니, 김연실은 차츰 너그러워진다. 물어보지 않아도 다 아는 얘길, 지금 물어보면 절대 안 되는 얘길, 나중에 네가 내가 되고 내가 네가 되는 때에나 고백해야 할 얘길, 지금 물어보는 이유는 단 하나, 여자를 처음 만나서이다.

이토록 깊은 이해심에 빠진 김연실에게, 콜롬보는 대답하기 곤란한 질문을 했다면 용서하시라고 말한다. 이 말에 김연실은 다소 침체되었던 기분에 생기가 난다. 이 기운을 이용해 김연실은 만나기 전부터 물어보고 싶었던 말을 한다.

"항상 라이방을 쓰시나 보제요? 비가 오나 눈이 오나…… 밤에도 쓰시나요?"

콜롬보는 뭔가를 적다말고 고개를 든다. 선글라스 속이라 어떤 눈인지 정확히 알 순 없지만, 몸이 움찔하는 것으로 봐 찌를 듯이 보는 것만은 틀림없다.

보안으로 살아온 사람에게 항상 선글라스를 쓰느냐고 묻는 것은 무례한 질문이며 치명적인 실수이다. 김연실은 아차 싶어 더는 말을 하지 않고 콜롬보가 무슨 말이라도 해 주길 기다린다.

콜롬보는 한동안 말없이 김연실을 보는가 싶더니 무겁게 입을 뗀다.

"저에 대해선 아무것도 묻지 말아 주십시오. 특히 선글라스에 대해선."

김연실은 콜롬보의 단호하고도 묵직한 어투에 감정의 쌍두마차를 탄다. 첫째는 기가 질린다. 둘째는 저래서 매력이다. 김연실은 무안함과 쏠림 현상에 잡혀 이런 생각도 한다. 아무도 모르게 보안 유지를 생명으로 살아왔던 사람을 탓한다면 밴댕이 속이다. 저런 사람을 따뜻하게 감싸주고 보듬어 주는 게 여자 김연실이 할 일이다. 그러나저러나 이제 노트에 적는 것만은 그만두었으면 좋겠다. 취조를 하는 것도 아니면서 물어보고 적고, 적고 물어보는 게 무지하게 신경 쓰인다.

텔레파시를 받았는지 콜롬보가 노트를 탁 덮더니 그만 나가는 게 어떻겠느냐고 한다. 김연실은 질문 한 번 잘못했다가 옴팍 뒤집어쓴 꼴로 있다 뒤늦게 취조에서 풀려난다. 취조에서 자유로워졌으니 이제부터 할 일은 딱 하나, 둘이서 사랑을 나누는 일이다.

*　　*　　*

김연실은 사랑의 무늬가 새겨진 터치패드를 기운차게 찍고 커피숍을 나선다. 콜롬보는 좌우를 둘러보는 법도 없이 앞장서 걷기만 한다. 김연실은 종종걸음으로 콜롬보의 뒤를 따라가다 말고 조금 실망한다. 커피숍을 나올 때만 해도 콜롬보와 어깨를 나란히 하고 정답게 걸을 것이라 예상했다. 사람들은 영화배우하고 같이 가는 걸로 볼 것이고, 질시와 선망의 시선을 따갑게 받는 게 아닌가 하는 우려

마저 들었다. 남들은 제쳐놓고 박팔봉이 보면 오죽이나 좋을까 하는 야무진 생각도 했다. 언감생심, 이런 복수심 비슷한 것도 났다. 박팔봉 영감탕꾸야, 이 장면 똑똑히 봐 두레이. 내 지금 잘나가고 있데이. 조만간 니 따위는 인간 취급도 안 할기다. 내는 지금 까마득한 연하 남자하고 데이또한다 이 말이다.

김연실은 사랑인지 사랑 대체용인지 모를 사랑으로, 혼자 가는 콜롬보에 대한 섭섭함을 달래보지만 콜롬보는 김연실이 오는지 가는지 돌아보지 않는다. 사랑의 묘약을 마시다 말았나 큐피드의 화살을 설맞았나, 그렇지 않고야 저리 나올 순 없다. 참을 수 없는 게 사랑이라는데 콜롬보는 사랑을 너무 잘 참는다. 그러나 콜롬보는 아무것도 묻지 말란다. 아무것도 묻지 말라는 말이 오히려 더 묻고 싶고 알고 싶게 부추긴다는 건, 동아전과 표준전과를 참고문헌으로 뒤져보지 않아도 아는 사실이다.

콜롬보의 뒤를 열심히 쫓아가는 일밖엔 할 일이 없자, 김연실은 다시 번민의 삼매에 빠진다. 콜롬보는 국내파보다는 해외파, 해외파 중에서도 동남아가 아닌 저 먼 유럽에서 활동하는 요원이다. 이름마저 기밀과 보안으로 꽁꽁 감춰야 할 처지에 나란히 갈 수 없는 속마음은 오죽할 것이랴. 이런 남자를 배려하지 않는다면 사랑의 파트너로서의 자격은 없다.

잠시 서운했던 김연실은 어느덧 자립과 독립으로 감쪽같이 사랑의 포로가 된다. 사랑은 누가 가르쳐 주지 않아도 이렇게 오뚝이로

선다. 오뚝이로 섰으니 이제 그만 어디 들어가 쉬든 놀든 했으면 좋으련만 콜롬보는 계속 걷기만 한다.

김연실은 콜롬보가 어디다 주차했기에 이리 마냥 걸어가나 싶다. 보안을 유지하려면 이렇게 하는 건가 보다 마음을 추슬러보지만 실은 다리가 너무 아프다. 모텔에서 슬리퍼만 질질 끌고 다니다 갑자기 높은 구두를 신었으니 무리도 아니다. 물론 백화점 갈 때는 높은 구두를 신지만 이렇게 형편없는 보도블록을 걷는 것과는 질이 다르다. 김연실은 당장에라도 뾰족구두를 벗어 맨발로 걷고 싶지만 그건 이미 연속극이며 미니시리즈에 나온 얘기라 그만둔다.

김연실은 차에 타기만 하면 그땐 둘만의 오붓한 세계가 펼쳐질 것이라 여기며 그때부터 사랑을 해도 늦진 않다고, 믿어도 좋을지 말지 한 생각으로 밀고 나간다. 어느새, 김연실은 사랑이 솔솔 피워대는 냄새 속으로 들어가 수없이 재채기를 한다. 불륜이라 떠들어대도 좋다. 불륜 못하는 년들이 바보다. 불륜은 아무나 하나, 능력 있는 분이나 할 수 있다. 불륜한다고 많이 떠들어대라, 많이 떠들어댈수록 많이 기쁘다.

이렇듯 김연실은 부러워 마지않던 불륜의 근처까지 왔다. 박팔봉만이 전매특허를 낸 게 아니라 김연실도 냈다. 따지고 보면 박팔봉이 낸 불륜전매특허는 불륜 축에도 못 낀다. 괜히 남의 여편네 다리나 긁어보고 싶어 껄떡거리다 마는 짓을 불륜이라 말할 순 없다. 불륜이란 고농축으로 스릴 넘치게, 드라마틱하게, 러브틱하게 해야 진정 불륜다운 불륜이 되는 것이다.

김연실은 자신이 세운 불륜 미학에 일순 기운이 솟는다. 가래톳이 서고 발뒤꿈치가 까지게 아픈 데도 걸음걸이에 힘이 들어간다. 백화점에 들어갈 때나 들쳐 올려가던 콧대도 저절로 들쳐 올라간다. 세상 사람들아 내 좀 보거레이! 이 김연실이가 드디어 불륜을 잡았데이!

콜롬보는 한참을 가다 말고 뒤를 돌아본다. 김연실이 꿈속을 헤매듯 흐느적거리며 오는 게 보기에도 측은하다. 남자를 만나려고 옷이며 화장이며 있는 멋 없는 멋을 내고 나온 여자에게 너무했나 싶은 생각도 든다.

“제 걸음이 너무 빨랐죠? 늘 혼자 다니던 버릇이 있어서 그렇습니다. 어디로 가시고 싶으십니까?”

김연실은 콜롬보가 늘 혼자 다녔다는 말에 귀가 쫑긋한다. 혼자 다녔다는 말은 혼자 사는 남자라는 뜻이다. 처음 만난 여자에게 너무 무뚝뚝하다 싶은 것도 알고 보면 혼자 살았던 탓이다. 기껏 따라왔어도 어디로 데리고 가는 게 아니라 어디로 가고 싶으냐고 묻는 것 역시 여자와 교제해보지 않았다는 증거다.

김연실은 물집이 잡히도록 걷고 또 걸었던 고행의 길은 깡그리 잊고 흐뭇해진다. 이건 한 쌍의 남녀가, 지극히 어울리는 중년의 남녀가, 다정하게 얘기하는 한 편의 영화다. 영화 중에서도 파스텔 톤의 애정영화다. 사랑은 믿음 위에 성장하나니, 김연실의 사랑은 탄탄대로를 마라톤할 워밍업을 마친다.

"라일락이요, 저…… 라일락이 있는 데로 가고 싶은데요."

김연실은 그 육중한 몸을 이리 꼬았다 저리 꼬았다 해가며 손가락을 입에 문다. 콜롬보는 뒤통수를 맞기라도 한 듯 멈칫한다. 김연실의 몸짓도 몸짓이거니와 시장통을 낀 대도시 한복판에서 라일락이라니, 무슨 생각으로 저런 말을 하는지 퀴즈왕도 못 맞힐 말이다.

일단 콜롬보는 차도로 내려가 택시를 잡는다. 이번에도 김연실은 감정의 쌍두마차를 탄다. 부하들을 거느렸던 지도자답게 머뭇거림도 없이 시원시원 결판을 내는 태도에 신뢰감이 가는 동시에, 요즘 세상에 외제 차는 그만두고 그 흔한 자가용 하나 없이 택시를 탄다는 게 좀 그렇다. 나이는 먹을 만큼 먹어 데이트랍시고 하는데 택시라니 어쩐지 삼류영화로 전락하는 기분이다.

자꾸만 쌍두마차를 몰기가 고단했던 김연실, 생각을 고쳐먹는다. 보안 때문이다. 여자하고 단둘이 자가용 탄 걸 누가 보기라도 하면, 징계를 먹는 건 하루아침까지 갈 것도 없이 그 자리에서 끝장이다. 퇴역을 했다 하니 징계는 아닐지라도 징계보다 더 무서운 사회적 비난을 면하기가 어려울 수도 있다. 김연실은 잘난 사람하고 사랑을 하려면 이 정도의 고난은 감수해야 할 것이라고 자위한다. 감수뿐인가, 오히려 뽐낼 일이다.

김연실이 공상과 추리를 마름질해 고속전동재봉틀로 따르륵 따르륵 박고 있을 때 택시가 선다. 콜롬보는 김연실을 뒷자리에 태우더니 자신은 조수석으로 간다. 이건 또 웬 염장 지르는 일인가. 아무리 보안이니 뭐니 해도 데이트는 데이트인데 이럴 수는 없다.

김연실은 앞자리에 앉은 콜롬보의 어깨를 치려다 말고 또 마음을 돌린다. 택시는 이미 씨웅씨웅 가는데 차를 세워 자리를 바꿔라 마라 하기도 그렇고, 말한다고 올 콜롬보 같지도 않고, 택시 기사에게 창피스럽기도 하다. 김연실의 속에서 부글부글 고압가스가 차오른다. 박팔봉에게 부리던 성질을 부리지 못하는 데도 가스중독에 걸리지 않으니 신의 가호가 아닐 수 없다.

콜롬보는 노트에다 뭔가를 적더니 그다음부턴 부동자세다. 같이 앉아 재잘거리며 갈 것이라 상상했던 일은 알맹이 빠진 쿠션이요, 시공에 들어갈 찰나 백지화된 건축설계다.

김연실은 복장이 터져 졸도하기 직전, 콜롬보 앞에 레드카드를 들이밀기 직전, 가까스로 이성을 찾는다. 콜롬보는 혼자 살았던 남자다. 군대라는 남자들만의 세계에서 살았던 남자이며, 여자에 대해선 백지보다 백치에 가까운 남자다. 그런 남자를 포용하지 못하고 심통을 부리면 벌을 받는다. 벌만 받으면 약과다. 사랑을 사랑으로 성공시키지 못했다는 실패담을 떠안고 구천을 떠돌지도 모른다. 알면서도 속아 넘어가 주는 게 사랑이라지 않던가. 무늬만 사랑인 사랑을 하려면 박팔봉과 같아지면 된다. 그런 사랑은 대형 트레일러로 실어다 준다 해도 사양이다. 여생을 품위 있게 보내려면 무조건, 콜롬보와 같은 사람과 사랑을 해야 한다.

김연실은 자신이 프로그래밍한 사랑에 입문해 간신히 현 상태를 유지한다. 사용설명서를 별도로 읽을 필요가 없고, 사랑의 전도사에게 상담을 의뢰할 일도 없다. 김연실의 사랑 프로그램은 아날로그를 일시에 내동댕이치고 디지털을 잡아, 고맙게도 그때그때마다 코드로 척척 헤아려 준다.

택시가 선 곳은 공원도 아니고 놀이터도 아닌 주택가다. 김연실은 떨떠름한 얼굴로 여기가 어디냐고 묻는다. 콜롬보는 라일락이 있는 곳이라고 짧게 대답한다.

콜롬보가 이렇다저렇다 말 한마디 없이 주택가 골목길로 들어간다. 김연실은 주춤주춤 콜롬보를 따라가며 라일락이 왜 여기에 있는지 묻는다. 콜롬보는 아무 대꾸 없이 앞서 걷기만 한다.

상류층들이 사는 듯한 주택가에는 지나다니는 사람 하나 없이 조용하기만 하다. 콜롬보는 방범초소가 있는 골목으로 꺾어든다. 이윽고 콜롬보가 어느 집 담장 너머를 가리키며 말한다.

"여기 라일락이 있습니다. 이걸 말씀하신 거 아닙니까?"

콜롬보가 가리킨 곳에는 갓난아이 손바닥만 한 잎이 화사하게 피어 세상을 반긴다. 김연실은 웃어야 할지 울어야 할지 모를 얼굴로 대꾸한다.

"아이, 저건 라일락이 아니라 목련이제요. 그라고…… 제가 말한 라일락이 있는 곳으로 가자꼬 한 건…… 이런 게 아임니다."

몰라도 이렇게 모를 수 있을까. 모르니까 귀엽고 사랑스러운 건 웬 또 조홧속인가. 김연실은 응석이 짠득짠득 붙게 말하며, 그것을 빌미로 참고 참아왔던, 콜롬보와 팔짱 끼는 일을 태연히 웃어가며 한다.

콜롬보는 기름진 웃음에 놀라, 팔 하나를 빼앗긴 것에 놀라, 망연히 서 있기만 한다. 김연실은 팔짱 낀 팔에 힘을 주어 콜롬보를 골목 바깥쪽으로 잡아끈다. 콜롬보는 빼앗긴 팔 하나를 조금 벌린다. 에에라 여기 있다, 하고 팔 하나만 뚝 떼어 주겠다는 모양인데, 김연실은 그게 또 그렇게 우습다. 순진한 러-부 같으니라구.

김연실은 전신을 전적으로 콜롬보의 팔에 뭉개며 걷는다. 콜롬보는 살이 전해오는 뭉실뭉실한 느낌에 순간 아뜩해진다. 콜롬보는 슬며시 팔을 빼며 누가 본다고 말한다.

"보긴 누가 본다 캐요? 아무도 없구만. 아이, 우리 이서 이랄 게 아이라 어데든 가입시다."

김연실의 콧소리는 봄바람보다 훈훈하고 풍선보다 가볍다. 이에 콜롬보는 흔들리려는 마음을 다잡는다.

❊　　　❊　　　❊

메이디 인 김연실의 작품은 이렇듯 신파미 고전미를 물씬 풍기며 콜롬보를 리드한다. 콜롬보는 김연실이 자신의 팔에 몸을 문대듯 걷는 통에 걷기가 여간 불편한 게 아니다. 뿐만 아니라 팔꿈치를 타고 김연실의 젖가슴이 뭉클뭉클 전해올 때는 계획을 실행하지 못하는 건 아닌가 염려스럽기도 하다.

콜롬보는 짐짓 아무것도 모르는 척 택시를 잡는다. 택시가 오자 김연실은 순발력도 좋게 얼른 뒷문을 열고 콜롬보를 떠밀듯이 한다. 콜롬보의 엉덩이가 뒷좌석에 자리를 잡기도 전, 김연실이 얼른 그 옆으로 올라탄다. 동작 빠른 김연실, 한 번의 상처를 결코 두 번의 상처로 잇지는 않는다. 커피숍에서 얌전을 빼느라 빼앗겼던 배역을 늠름하게 본래의 김연실로 역전시킨 이 동작만 봐도 김연실은 일등 애인감이다.

그런 김연실, 콜롬보의 몸에 자신의 몸을 바짝 붙이고 깝신깝신 생각에 빠진다. 박팔봉 영감탕꾸야, 시간 있나? 싫어도 내 좀 보거레이. 니는 히야까시나 하지만 내는 러-부를 한데이. 이 김연실이를 잡으러 로깨또엔진 달고 부리나케 쫓아와야 안 카나.

김연실은 벌써부터 승리의 옥좌에 앉아 박팔봉을 좌천시키고 더불어 콜롬보를 승진시킨다. 승진의 관을 덥석 씌워준 사람에게 애정이 가는 것은 인지상정. 이제부터 김연실은 마음 놓고 콜롬보에 열중한다. 육탄공세와 더불어 전신에 부착된 관능의 다발들이 원 없이 콜롬보를 찍어 누른다.

콜롬보는 김연실의 몸에 반쯤 눌린 채 창밖 저 어딘가를 보며 생각에 잠긴다. 정의는 소소한 감정 따위로 묵살되거나 무너져선 안 된다. 법이 일일이 정의를 발휘하지 못한다면 누군가는 해야 한다. 누군가는…….

이를 알 리 없는 김연실은 그저 콜롬보를 차지한 것만으로도 맘이

놓여 눈을 감는다. 콜롬보가 달아날까 콜롬보의 팔짱을 낀 채, 어깨
에 머리를 기댄 채, 아이스크림을 핥는 표정이다. 택시 기사는 이런
두 남녀에게 무슨 불만이 많은지 갑자기 급브레이크를 밟는다. 콜롬
보는 은근히 속이 시원해지는데, 김연실은 이게 웬 날벼락 깽판인가
싶은 얼굴로 눈을 치뜬다. 사나운 표정을 짓다 말고 김연실은 지금
이 어느 때라는 걸 깨닫곤 잽싸게 애교의 교본을 찾아 꺼낸다.

"어마나, 내가 그새 잠이 들었나 보제? 아이, 어깨가 어찌나 편한
지 세상모르고 잠들어 삐렸네."

김연실도 할 건 다 한다. 애정표현에 있어선 진부든 진보든 다 하
게끔 되어 있다. 김연실의 사랑 초기화 작업은 에러 없이, 순조롭게,
굿, 베리 굿으로 김연실을 패스시킨다.

김연실은 택시에서 내려 콜롬보의 손을 잡으며 속삭인다.

"나 말이제요, 고런 거 증말이지 해 보고 싶었에요. 남자 어깨에
기대 잠드는 거……."

콜롬보의 어깨가 결리든 말든, 마비가 와 오십견이 되든 말든, 김
연실은 흡족하기만 하다. 이에 비해 콜롬보는 잡힌 손을 언제 뺄 수
있을까 손바닥에 땀이 흥건히 밴다. 이러저러하게 김연실을 부축하
다시피 해가며 콜롬보는 식물원으로 들어간다.

식물원에 발 하나를 들여놓자 김연실은 낙담의 빛이 역력한 투로
왜 여길 왔는지 묻는다. 콜롬보는 라일락이 있을 것 같아서 왔다고
대답한다. 김연실은 이런 맹꽁이 좀 보게 하면서도 한편으론 여자가

원하는 걸 기어이 해 주겠다는 의지인지 투지인지에 감동한다.

콜롬보는 라일락이 아니라 라일락이 퐁퐁 뽑아내는 꿈이라는 걸 죽었다 깨도 모른다. 그 옛날, 김연실이 단발머리로 학교 다니던 시절에 유행했던, 라일락 그늘 아래서 시집을 읽는 그림을 콜롬보가 어찌 알 것인가.

콜롬보는 한쪽 옆구리엔 두꺼운 노트를, 다른 한쪽 옆구리엔 두꺼운 김연실을 끼고 비틀비틀 식물원 안을 둘러본다. 안타깝게도 툭 하면 노트에 적던 것도 못하고 흘깃거리는 타인의 시선에 낙인까지 찍힌다.

김연실은 그깟 라일락인지 라디오인지는 있어도 그만이고 없어도 그만이다. 라일락보다 더 향기로운 애인이 있는데, 금괴라면 모를까 그 외에 다른 것이라면 거저 준다 해도 이 시간, 이 남자를 양보할 마음은 추호도 없다.

콜롬보는 나무에 매달린 이름표를 찬찬히 훑어보며 가고, 김연실은 콜롬보의 팔에 매달려 간다. 나무들이 얼마나 기막힌 이파리와 꽃을 가졌든, 뿌리를 내리고 씨앗을 맺고 탐스러운 열매를 매달든, 사랑을 당해낼 식물은 그 어디에도 없다. 사랑은 사랑일 뿐이다. 제아무리 유식한 사람도 이 사랑을 비껴가긴 어렵다. 어느 땐 유치 뽕이라는 비아냥거림을 듣기도 하지만, 유치 뽕이야말로 사랑의 DNA이며 원소이며 원소의 핵이며 핵의 아랫목이다. 아랫목이 어찌나 따뜻하고 좋던지 동서고금을 막론하고 이 사랑이라는 것이 몰락한 적은 한 번도 없다. 역사와 더불어 항상 고령이기도 하지만 또한 신생아이기도 하다. 왜냐. 사랑 자신이 워낙 플러스극과 마이너스극을 잘 조절하기 때문이다.

김연실은 나무를 보는 게 아니라 위대한 사랑을 보며 콜롬보에게서 떨어질 줄 모른다. 콜롬보는 엄청난 질과 양의 사랑인지 체중인지를, 어따 팔지도 보관하지도 못한 채 김연실을 끌고 간다. 아니, 끌려간다. 참빗만큼이나 촘촘하던 콜롬보도, 보는 사람으로 하여금 사이보그인가 갸우뚱하게 하던 콜롬보도, 그 틀을 고수하지 못한다. 말은 하지 않지만 몸은 벌써 힘에 부쳐 헉헉거린다.

그런 콜롬보, 지금껏 보지 못한 가벼움이 목소리에 묻어나온다.

"이제야 찾았네. 이게 라일락입니다. 여기 오고 싶다고 하셨죠?"

김연실은 콜롬보가 가리키는 나무 이름표를 보지 않는다. 콜롬보가 말하는 라일락도 보지 않는다. 대신, 말하는 콜롬보의 얼굴을 올려다본다. 콜롬보의 선글라스에 김연실이 비친다.

"라일락은 여기 있제요. 여기, 라이방 쓴 이 사람이 제 라일락 아입니까."

러브스토리의 한 대사는 머리 좋고 공부 많이 하고 취재 많이 한 집필자만이 쓸 수 있는 건 아니다. 사랑에 빠진 사람은 모두 다 시인이 되고 배우가 되고 작가가 된다. 내버려두면 내버려두는 대로, 몸체를 줄였다 늘였다 해가며 어록에 남길 만한 말을 한다. 이게 바로 사랑의 속성이자 신기이자 비밀이다.

콜롬보는 자신을 손가락으로 가리키며 말하는 김연실을 빤히 내려다본다. 여자란 나이를 먹었든 먹지 않았든 남자 앞에선 다 이렇게 요사를 떤다. 창숙이, 그 사랑도 어쩌면 죽은 게 아닐지도 모른다. 살아 있다면, 누군가에게 감금된 채 그놈을 위해 이렇게 요사를 떨고 있을 수도 있다. 별안간 콜롬보는 등골이 서늘해진다.

콜롬보는 그만 나가자고 말한다. 김연실은 이제야 콜롬보가 뜻을 헤아렸구나 싶으니, 업어주고 안아주고 빨아주고 무등이라도 태워주고 싶은 심정이다.

콜롬보는 어디가 가고 싶으냐고 묻고, 김연실은 이제 라일락은 보고 싶지 않으니 라일락이 없는 곳으로 가자고 말한다. 콜롬보는 그게 어디냐고 묻는다. 김연실은 배시시 웃으며, 잘 모르겠지만 다른 사람들이 가는 곳을 우리도 가보자고 말한다. 콜롬보는 영화관을 말하는 거냐고 묻는다. 김연실은 영화관 소리에 그만 가슴이 내려앉는다. 쭉쭉 빵빵한 젊은 여자들이 화면을 다 차지하고 있을 게 뻔한데, 그런 강적들에게 콜롬보를 빼앗기러 가고 싶은 마음은 전혀, 전혀, 없다.

김연실은 영화는 무슨 영화냐며 그냥 남들이 하는 대로 하자고 말한다. 콜롬보는 잠시 생각하는 듯하더니 함께 있고 싶은 거냐고 묻는다. 김연실은 콜롬보의 팔에 얼굴을 묻으며 어~엉, 하고 콧소리로 대답한다. 콜롬보는 마침내 계획을 실행할 때가 왔다고 여기며 택시를 잡는다.

김연실과 숨 가쁜 하루를 보냈다. 더불어 콜롬보도 바빴다. 그들과 함께 한 당신들 역시 숨차게 바빴다.

김연실과 콜롬보가 바쁘고 흥겹게, 때론 가설의 연기를 피워가며 데이트하는 동안 당신은 어떤 생각을 했는지?

어쩌면 가설의 연기야말로 인연이라는 끈이 만들어낸 한 판 장기일지도 모른다.(그들의 장기는 뒤에도 계속된다. 누가 장을 잡았을까? 기대가 만만이다.) 김연실이 백화점에서 스웨터를 사고, 그 일로 찜질방을 가고, 그런 일로 콜롬보를 만나게 된 것, 콜롬보가 하고많은 떡볶이 포장마차를 두고 그 시간 그 포장마차로 간 것, 그래서 김연실과 콜롬보가 만나게 된 것, 그것을 일컬어 우연의 미립자들이 빚어낸 인연이라고 한다.

가변차로라는 게 있다. 잘 가다 가변차로로 들어서면 그 시간 그때만큼은 중앙선을 넘어 반대편 차로로 달릴 수 있게 된다. 우연 역시 가변차로다. 매일 반복되는 일상 중 어떤 일이 뜻하지 않게 그 시간 그때와 만나면 우연이라는 가변차로를 달리는 게 되고, 그것은 인연이라는 결과로 이어진다. 생각해 보면 희한하지 않은가?

뒤에서도 얘기하겠지만, 찬희와 준오의 만남 역시 우연이다. 찬희가 머리를 빡빡 밀지 않았다면, 그래서 대학로 커피숍에서 쫓겨나지 않았다면, 준오가 바로 그 시간 대학로 벤치에 앉지 않았다면, 그 모습이 찬희의 눈에 띄지 않았다면, 그런 인연까지 갈 수 있었을까.

우연이라는 입자는 한시도 가만히 있지 않고 팔랑댄다. 한 번 팔랑댈 때마다 고여 있던 공기는 밀려난다. 밀려난 공기는 옆에서 인절미를 먹고 있던 공기를 덮친다. 인절미를 먹고 있던 공기는 콩가루를 날리며 밀리고 밀려 옆에서 책을 읽던 공기를 건드린다. 책을 읽던 공기는 콩가루를 뒤집어쓰고 콜록콜록 기침을 한다. 그다음은 힌트 없이도 답이 나온다. 호흡기 질환을 일으키고, 그래서 병원으로 달려간다. 그다음도 역시 뻔한 답이 나온다. 적자에 시달리는 병원 재정에 도움을 준다나.

우연이란 이런 식의 도미노 파급으로 이어진다. 일명 나비효과.

나비효과라는 투명 옷을 입은 개구쟁이는 세발자전거를 타며 구상한다. 바로 이렇게.

김연실과 콜롬보를 호텔로 데려갈까 밤이 새도록 길거리만 배회하게 할까? 운섭과 영미에겐 꽃구경을 시킬까 저울을 팔러 가게 할까? 미란에겐 심 선생을 만나게 하는 게 좋을까 박팔봉을 만나게 하는 게 좋을까? 팽과 쌕은? 크기가 다른 구두를 한 짝씩 던져주고 장례식장에 가라고 할까 개업식장에 가라고 할까? 그러면 찬희와 준오는?

찬희와 준오는 가변차로에서 신호대기를 한다. 바로 이때 악동이 될지 마담뚜가 될지 모를 개구쟁이가 나선다. 개구쟁이는 따르릉 따르릉 비켜나세요, 해가며 세발자전거를 열심히 굴려 교통신호 제어

기함 앞으로 간다. 개구쟁이는 이를 하얗게 드러내며 제어기함을 연다. 찬희와 준오를 보며 개구쟁이가 스위치를 조작한다. 가변차로에선 찬희와 준오는 어느 차선으로 방향을 틀까? 중앙선을 넘어? 아니면 가던 길 그대로?

찬희는 준오의 아킬레스건에 돌팔매질을 한 후, 극장도 리허설도 아닌 생맥줏집으로 간다.

생맥줏집은 사람들로 시끌시끌 잔칫집이다. 뒤늦게, 홀로, 잔칫집에 들어간 사람은 왠지 모르게 서먹해지기 일쑤다. 아는 사람이 없는 경우, 먼저 와 떠들어대는 사람들과 합류하기도 뭣하다. 찬희가 지금 그런 상황. 누구 아는 사람을 찾아 들어온 것은 아니지만, 심사가 별로인지라 잔칫집 분위기에 휩쓸릴 맘이 아니다.

찬희는 딱 하나 남은 인기 없는 자리, 즉 구석진 자리도 아니요 한가운데도 아닌, 어중간하게 놓인 테이블로 가 앉는다. 웨이터는 단체손님에게 부지런히 맥주를 나르느라 혼자 온 찬희는 거들떠보지도 않는다. 찬희는 턱에 손을 괴고 웨이터가 오길 기다린다. 실내가 도떼기시장만큼이나 버글댄다. 그래 그런지 마음은 빌붙을 데 없이 착 가라앉는다. 찬희는 어디랄 곳도 아닌 곳을 보며 생각에 빠진다.

뭘 꼭 건져보겠다고 한 건 아니지만 이건 누가 대본을 썼는지 더럽게도 썼다. 보편적이고 일상적인 재미보다 일 그램 정도 더 되는 재미를 봤다고 모두가 이런 식이라면 살맛이 없다. 인생이 왜 이다지 꿀꿀하단 말인가. 첫 경험이라는 걸 하긴 했다. 환상보다 밀린 일기 해치우듯 해 버려서 그런지 기분이 싹싹하지만은 않다. 처녀성을 거론하는 시대가 아니라지만, 아니기 때문에, 오래된 책갈피에서 문득 마주치는 은행잎, 혹은 그림엽서처럼, 그 정도의 추억이 되어주었으면 했다. 동티가 나도 이렇게 나면 안 된다. 덧니도 없는데 어디가 덧이 나서 첫 경험의 남자마저 덧이 났을까. 오늘은 덧나는 날인 모양이다. 덧난 김에 더 나보자.

"여기 오백짜리 하나 주세요!"

지나가는 웨이터에게 찬희는 성마르게 손을 들어 주문한다. 오백 시시 맥주가 테이블에 놓인다. 술이 들어가면 술이 되고, 미움이 들어가면 미움이 되고, 공상이 들어가면 공상이 된다. 지금은 술이 되고 싶으니 자, 마시자, 한 잔의 술.

찬희는 오늘의 모든 일을 희석시키려는 듯 맥주를 들이켠다. 강의는 무슨 얼어 죽을 강의? 쌩까고 있네. 건축학도라 집 없는 사람 집 지어주는 데 돈을 다 바친다고? 신도도 그런 신도가 없구만 흥! 신도하지 말고 교주해 볼 생각은 없냐? 하긴, 지갑을 여닫을 때마다 돌아서는 것만 봐도 좀스러운 놈이다. 그런 놈이 어디 감히 교주? 로또에 생명의 동아줄이나 걸고 있는 정신 나간 놈이었는지 누가 알아. 그런 놈과 한패가 되어 잠시나마 정신이 홀까닥 빠진 걸 생각하면 오백 시시 가지곤 부족하지.

“여기 오백 하나 더 주세요!”

찬희는 악에 받친 듯 맥주를 벌컥벌컥 마신다. 입으로 신물이 올라온다. 맥주와 신물이 섞여 콜라 색의 이상야릇한 상념을 게워낸다.

술이 들어가면 이성은 추방된다지? 그래, 제발 추방돼라. 술이 들어가면 본능의 겨드랑이엔 털이 돋는다지? 그래, 제발 돋아버려라. 술이 더 들어가면 겨드랑이에 난 털은 부쩍부쩍 자라 장대가 된다지? 그래, 제발 장대가 돼라.

찬희는 장대를 휘휘 돌리며 이쪽저쪽 세상을 쿡쿡 찔러본다. 우와, 세상은 나쁜 년. 시답잖게 머리나 밀고 초록으로 물들이는 걸 대단한 저항정신인 양 굴었으니 나쁜 년. 우와, 세상은 좋은 년. 꼴같잖게 로또와 팔씨름인지 아부인지 모를 걸 하다 나가떨어졌으니 좋은 년. 좋은 년과 나쁜 년이 더하기 곱하기로 망가져 논다니로 논 죄 마땅하도다.

찬희는 머리칼도 없는 민머리를 쓰윽쓰윽 훑어가며 안주로 나온 팝콘을 씹는다. 거칠지만 고소한 이 맛이야말로 사는 맛이다. 밍크도 아닌데 밍크 털 흉내를 내려다 그나마 있는 솜털마저 뽑히는 것보다, 그저 씹고 씹어가며 술이나 마시는 게 제격이다. 아버지가 누구인지 모르면 어떻고 어머니가 사람이길 포기하고 살면 어떻단 말이냐. 어느 집안 누구라고 내세울 것 없이 살아도 밥 먹고 사는 건 다 마찬가지가 아닌가.

술도 마실 만큼 마셨겠다 주접일랑 그만 떨고 집으로 가자. 인간

바퀴벌레와 진짜 바퀴벌레가 동침하는 집일망정, 돌아갈 집이 있다는 건 얼마나 좋은가.

찬희는 맥줏집을 나와 언덕길을 오른다. 주룩주룩 비가 내린다. 어둠보다 더한 꿉꿉함이 도시를 내리누른다. 찬희는 창자 모양 구불구불한 언덕길을 가쁜 숨으로 올라간다.

아랫동네엔 불빛으로 영롱한 꽃밭이다. 비를 맞는 저 불꽃의 도시는 빗방울에 달아오를 준비를 마친다. 그러한 도시는 도시만의 괴력으로 처참한 몰골을 받아주지 않는다. 도시를 안기 위해 발버둥치는 광기만 선선히 받아줄 뿐, 도시를 해부하고 비판하려는 자는 저격을 당한다. 그래, 그럴 것이다. 어느 날부터 도시가 이다지 커져 버렸는지 알려고 들지 않는 까닭이 바로 여기에 있을 터이다.

찬희는 알알이 빛을 내는 도시에다 커다란 원을 그려본다. 도시는 원 안에 들어가지 않는다. 사각형을 그려본다. 사각형 안에도 들어가지 않는다. 삼각형이며 오각형이며 육각형이며 이런저런 모형을 그려본다. 어느 선 어느 모양 안으로도 들어가지 않는다. 도시는 모든 선이며 모든 형태며 측량할 수 없이 광활하고 삐까번쩍하다. 그 거대함을 탐해 기웃거려보지만 도시는 웬만해선 자신의 품을 열지 않는다. 한꺼번에 비대해진 몸체를 흔들어가며 이렇게 저렇게 간드랑댄다. 날 좋아하니? 몸을 팔아봐. 날 좋아하니? 영혼을 팔아봐. 날 좋아하니? 뭐든 갈취해 대령해 봐. 날 좋아하면 닥치는 대로 싹쓸이해야 한다는 거, 알고 있겠지?

도시는 사람들을 우롱한다. 우롱할 줄 아는 도시가 더욱더 좋아진다. 더욱더 좋아지니 더욱더 잘 보이고 싶어진다. 도시여, 용서하소서. 오늘은 그만 일회용 티슈를 뽑아 쓰듯 하루를 별 볼일 없이 소비하고 말았나이다. 그러니 도시여, 오늘 인간으로 산 그 시간들을, 천방지축으로 산 그 순간들을, 심플하게 잊게 할 마취제라도 하나 하사하소서.

신도 아니면서 신이기도 한 도시는, 비 내리는 밤과 밀회를 할 뿐 참회에겐 아랑곳하지 않는다. 참회는 민머리에 내리는 비를 고스란히 맞으며 도시에 작은 미련을 남긴다. 절름발이의 걸음걸이보다 못한 걸음걸이가 보기에도 어설프기 짝이 없었겠지만, 그래서 도시의 뇌관을 채워주고, SF와 다큐멘터리로 흥행을 보장해주지 않았던가. 도시가 그 단물만 쏙 빼 먹고 모른 척하지만 않는다면, 아니, 그 애처로움을 눈감아 주기만 한다면, 적어도 쫓아내진 않을 게 아닌가.

도시는 어둠과 속삭이다 말고 비쭉 알은체를 한다. 가만두고 보니 역겹기 짝이 없구만. 더 두고 보다간 어디까지 갈지 몰라 충고 좀 하겠노라. 나, 도시는 너희 같은 족속들로 쌔고 쌨다. 실망도 실감도 할 수 없을 정도로 나, 도시는 눈도장 찍으려는 자들로 넘쳐난다. 무지몽매한 멍텅구리로 제거되기 싫으면 감정을 죽이라. 쓸데없는 이성은 미련 없이 버려라. 로봇이 될수록 환영받으며 살 수 있는 게 나, 도시라는 피라미드라는 걸 여태도 몰랐더냐? 내 꼭대기에 올라서고 싶은가? 올라서라. 에베레스트는 잽도 안 되게 황홀, 황홀, 황홀에

미쳐 황홀하게 죽을 수도 있다. 나를 점령하고 싶은가? 그렇다면 입바른 소리로 잘난 척하는 따위는 집어치워라. 나를 앙그러지게 좋아하는 이들은 입을 감추며 사는 현대인들이다. 그래도 해야겠다면 하라. 대신 나, 도시의 융숭한 대접과는 거리가 멀어진다는 걸 명심하라. 생각을 절단하고 마음을 동결시키라. 어느 미친 풋내기가 부귀영화를 보겠다고 나, 도시를 저버리고 입찬소리로 날뛴단 말이냐. 참아라. 여긴 운동장이 없다. 얼간이들이 이 칼과 저 칼을 번쩍번쩍 부딪칠 수 있는 광장이 없다. 박수와 함성으로 힘을 북돋아줄 응원팀도 치어리더도 없다. 엄마 성을 성으로 사는 너, 박찬희는 물렀거라! 로또로 사는 변변치 못한 남아 너도 물렀거라! 궁상을 다발로 떠안고 사는 자들아, 기회를 줄 테니 떠나라. 두 번 다시 내 앞엔 알짱거리지 마라. 나, 도시는 너희 같은 비 생산자들을 참아줄 만큼 한가하지 않다 이 말씀이다.

맞소이다, 맞소이다, 지가 뭐라고 했나요? 찬희는 비틀비틀 웃어가며 언덕길을 오른다. 굴뚝 끝에 달린 연탄가스 배출기에선 보얀 가스가 폴폴거리며 나오고, 좁은 골목엔 연탄가스 냄새가 무겁게 깔린다. 움막 같은 집들 대문엔 바이어스 재단, 롤 재단, 오바로꾸 구함이라는 딱지가 비를 맞으며 추위에 떤다.

찬희는 한 번 들어가면 길을 잃을 듯한 골목을 빠져나와 저만치 앞에 있는 건물로 간다. 움막보다 나을 것도 없이 흉물스럽기 짝이 없는 아파트는 괴성이 따로 없다. 찬희는 휘청거리는 걸음으로 진물이 질질 흘러내리는 아파트 앞에서 숨을 고른다. 봄비치곤 제법 굵은 비가, 돼먹지 못한 꿈은 그만 꾸라고, 꿈 깨라 꿈 깨, 하고 찬희의 어깨를 친다.

＊　　　＊　　　＊

잘나가는 줄 알다 뜬금없이 아킬레스건을 강타당한 준오는, 자신을 적으로 삼을 것인지 찔러 총으로 나가는 찬희를 적으로 삼을 것인지, 순간 띵해온다. 준오는 팽하니 딱지를 놓고 가는 찬희의 뒤를 노려보고 째려보고 쏘아보고 뜯어본다. 저런 거지발싸개 같은 년! 뭐가 어째? 콩나물비빔밥처럼 살라구? 콩나물비빔밥 같은 너를 어찌 잊을 수 있겠느냐구? 싸가지가 없어도 왕싸가지로 없잖아. 저런 년한테 내 로또를 주다니!

준오는 아무리 생각해도 로또를 준 건 백 번 천 번 돌이킬 수 없는 실수였다고 여긴다. 로또는 아무나 가질 수 있는 게 아니다. 신을 모시듯 정갈한 마음과 오직 로또에 열중하는 사람만이 로또를 차지할 자격이 있는 것이다. 일등을 먹든 꽝이든 로또는 로또 그 자체로 신성하기 때문이다. 준오는 지금까지 산 로또를 가득 정리해 둔 앨범이 눈에 밟힌다.

준오는 찬희가 가는 것을 보다 말고 찬희의 뒤를 따라간다. 왜 찬희를 따라가는지, 찬희는 물론 준오 자신도 알지 못한다.

찬희가 대학로 골목 여기저기를 쏘다니더니 맥줏집으로 들어간다. 준오는 지갑 속의 돈부터 헤아려본다. 이천 원.

준오는 찬희가 들어간 맥줏집 주변을 어슬렁거리다 맥줏집 맞은편에 있는 음식점 옆 골목으로 간다. 서성대길 한 시간. 맥줏집 입구를 눈이 아프게 봐도 찬희는 나오지 않는다. 준오의 사정을 더 실감나게 해 주려는지 부슬부슬 비까지 내린다. 당연히, 준오는 우산 살 돈도 없자 음식점 추녀 밑으로 들어간다.

따뜻하게 차를 마시고 나오는 사람, 거하게 술을 마시고 나오는 사람, 고기 냄새를 잔뜩 풍기며 자동차 키를 꺼내며 나오는 사람…… 대학로 골목은 배를 채우고 가슴을 채운 사람들로 헐떡인다. 한심한 잡것들! 술 처먹고 차 마실 돈 있음 로또를 사겠다.

준오는 배불리 오가는 사람들을 보며, 맥줏집 입구를 흘깃거리며, 로또를 모르는 사람들이 불쌍하고 안타깝기만 하다. 더 한심하고 열받기로 치면 맥줏집에 들어가 팔자 좋게 술이나 마시고 있을 찬희다. 준오의 뒷머리가 뜨끈해 온다. 그런 구린 년한테 내 로또를 주다니! 그게 얼마짜린데. 준오는 분이 오를 대로 올라 다리가 아픈 줄도 모른다. 부슬부슬 내리던 비는 그칠 기미도 없이 점점 굵게 줄기를 세운다.

한 시간이 지나고 두 시간이 될 즈음, 찬희가 맥줏집을 나온다. 준오는 한 데서 실컷 떨었음에도 떨지 않는다. 추위도 한가할 때나 느껴지는 법, 증오의 대상이 눈앞에 얼쩡거리는 통에 추위는 간 곳 없고 열만 솟는다.

찬희가 한껏 흐리터분한 걸음걸이로 언덕길을 오른다. 준오는 찬희가 모든 악의 화신인 듯, 찬희의 등에 비수의 눈빛을 꽂는다. 악마 같은 년! 저딴 년은 엄하게 다스려야 해. 제까짓 게 뭐라고 돼먹지 않게 로또를 깔아뭉개. 로또의 명예를 실추시키는 저런 머저리에겐 로또가 뭔지 확실하게 보여주어야 해.

준오에게 로또는 돈이 아니다. 꾸어도 꾸어도 더 꾸고 싶은 꿈이며, 인간의 근본까지 침투해 아름다움이 무엇인지를 보여주는 마술이며, 모든 것을 쥐고 있는 열쇠다. 준오는 가볍게 콧방귀를 뀐다. 돈? 그깟 돈이라면 얼마든지 있어. 허구한 날 돈만 만들어내는 아버지를 둔 자식이 돈에 치여 사는 판에 돈 따위가 무슨 대수람.

로또야말로 이것도 할 수 있고 저것도 할 수 있는, 순환이 순환을 불러들이는 거룩한 연속 시리즈다. 로또 속엔 에덴 섬이 들어 있다. 준오는 에덴 섬으로 가 연미복자락을 휘휘 날리며 산책을 한다. 산책이 진력난다 싶으면 골프를 치고, 그게 별로다 싶으면 요트를 타고, 그게 싫증 난다 싶으면 잠수함을 타고, 그게 성에 차지 않는다 싶으면 펭귄의 간을 바비큐 해 먹고, 그게 맘에 안 든다 싶으면 별장 관리인에게 꾸지람을 내리고, 그게 권태롭다 싶으면 잠을 자면 된다. 어느 괜한 년한테 마스터키를 빼앗길지도 모른다 생각하니 준오는 숨이 막히고 온몸이 천리만리로 떨어진다. 순간, 준오의 눈엔 앞서 가는 찬희가 극히 위험인물로 보인다. 위험인물은 일찌감치 숙청시

켜야 뱃속 편하다. 시간이 된다면, 자아비판을 시키고 스스로 죽기를 갈망하게 해야 한다. 그것이 로또에게 사죄하는 길이며 반납하는 길이다.

준오는 벌써부터 찬희에게 발포를 하며, 스릴러물에서 표적의 뒤를 쫓아가듯 찬희의 뒤를 멀찍이서 따라간다. 찬희는 비를 맞으며 한들한들 걸어간다. 걸어가는 폼이나 방향이 리허설하곤 상당히 거리가 멀다. 리허설? 개코나! 니년이 뮤지컬배우면 나는 연출가다. 준오는 독설을 퍼부으며 찬희와 일정한 거리를 두고 간다.

찬희는 이 골목에서 저 골목을 돌아, 저 골목에서 이 골목으로 나오며 언덕을 오른다. 한 뼘 사이도 없이 닥지닥지 붙은 집들에서 어린애 우는 소리가 나는가 하면 부부싸움을 하는지 물건 집어던지는 소리, 물건 깨지는 소리, 여자의 울음 섞인 비명이 빗소리에 섞여 난다. 황학동 집과 한 치도 다를 바 없는 집들에 준오는 부르르 떤다. 하고많은 중에 하필이면 저런 년을 만날 게 뭐람. 재수 똥이군!

준오가 욕설을 퍼부으며 이를 가는 것도 무리는 아니다. 대체로 부자는 우연히 만나도 부자를 만나는데, 가난뱅이는 우연히 만나도 가난뱅이를 만난다. 마주치는 곳이 주로 오는 층이어서 그럴 수도 있지만, 그렇지 않은 경우에도 대부분이 그렇다. 그래서 가난뱅이가 부자를 만나면 신문에서고 잡지에서고 떠들어대며 드라마로 나오기도 하고, 또 그런 걸 보면서 나도 좀 해보자 하고 달러 빚을 내 몸에 시설비를 대기도 한다. 그렇게 투자한 겉모습으로 부유층이 다니는 곳을 살랑대 보기도 하지만 어림 반 푼어치도 없다. 유전 염색체 몇 번이 작용해서 그러는지, 기이하게도 부자는 부자끼리, 잔챙이들은 잔챙이들끼리 만난다. 끼리끼리라는 말이 왜 나왔는지는 점성술사에게 묻지 않아도, 언어역사학을 공부하지 않아도, 이런 사실들이 뒷받침해준다.

준오와 찬희가 만난 것 역시 우연이면 우연이고 필이 꽂혔다면 꽂혀서이다. 마로니에공원 벤치에 앉은 사람이 어디 준오뿐일까. 커피숍 아르바이트에서 잘린 게 어디 찬희뿐일까. 준오에게 다가와 커피를 줄 여자가 부잣집 아가씨일 수도 있고, 커피를 받아 마시는 남자가 부잣집 도련님일 수도 있다. 공간과 이미지와 그 외 조건이 될 만한 것들을 나열하며 반박해 봐도, 준오와 찬희는 사회적 통념과도 같이 그렇고 그렇게 만난 것이다.

준오가 사람 사는 게 그렇고 그런 고리에 의해 돌아간다는 걸 알고 한 말인지는 모르나, 준오는 여전히 찬희의 뒤를 쫓으며 욕설을 그치지 않는다.

이를 전혀 알 리 없는 찬희는 느려터진 걸음걸이로 아파트 단지로 들어간다. 어둠 속에서 컴컴하게 비를 맞고 있는 건물이 영락없이 유령 도시의 폐건물이다. 아파트 외벽은 궁색하고 추해 보이는 걸 넘어 시체에서 썩은 물이 질질 흘러내리듯, 위에서 아래로 검은 얼룩이 짙게 배어 있다. 준오의 가슴 복판에서 새파란 불꽃이 파닥파닥 튄다. 저런 날탱이 같은 년!

붉은 벽돌담에 유리조각과 철망, CCTV가 있는 집은 아니더라도, 털이 보글보글한 하얀 개가 멍멍 짖으며 잔디밭을 뒹굴고, 잔디밭으로 떨어지는 노을을 바라보는 집은 아니더라도, 이건 천지사방에 지옥도 과분하다.

준오의 새파란 불꽃은 누가 말릴 새도 없이 시뻘건 불덩어리로 바뀐다. 불덩어리가 이글이글 준오를 태운다. 준오는 내버려둔다. 불덩어리가 커지면 커질수록 거짓말한 자에게 가할 수 있는 힘은 강해지는 법이다. 그 힘으로, 당한 모욕을 깨끗이 갚아줄 셈이다. 일순, 준오의 눈앞에 패배자의 일그러진 모습이 벌렁 배를 드러낸다. 패배자는 망연자실, 무릎을 꿇고 살려 달라고 애원하며 매달린다. 준오는 자신의 시나리오에 의기양양, 일찌감치 희열에 휩싸인다.

*　　　*　　　*

찬희는 축대를 낀 아파트 맨 끝 동 입구에 선다. 화단이랄 것도 아닌 화단에서 목련이 하얗게 홀로 서서 비에 젖는다. 하얀 목련, 하얀 정액, 하얀 맥주거품. 정액과 맥주가 들어간 몸이 부끄럽게 뒤척인다.

목련꽃처럼 잠시 화사하게 피어보지도 못한 채 오늘이 진다. 오늘은 아르바이트가 잘리고 싶어 확 밀어버린 머리로 나갔다. 처녀성이라는 성도 귀찮고 무거워 적선하듯 던져버렸다. 스스로 제물이 되었으나 훌륭한 제물은 되지 못했다. 몸으로 몸을 겁탈했으나 머리는 비워지지 않았고 몸은 채워지지 않았다. 정신이란 어떤 독성을 가지고 있기에 파랑새가 되려고 지치지도 않고 몸부림을 친다. 정신이 물물교환하듯 눈으로 볼 수 있는 것이라면 마로니에공원 벤치로, 모텔로, 맥줏집으로 싸돌아다니지 않아도 되었을 터이다. 그래, 그랬을 것이다. 내 정신은 감추고 상대방의 정신은 빼앗고 싶은, 그 졸렬한 찰거머리를 떼어 낼 수 없음은 간단하게 사는 법을 배우지 않아서이다.

간단하게 사는 법은 바로 이 냄새다. 어느 집에서 끓이는지 김치찌개 냄새가 아파트를 휘젓는다. 김치찌개 냄새 속에서 된장찌개 냄새도 난다. 이름도 생소한 무슨 무슨 재료를 얼마씩 넣고 만들었다는, 혀도 잘 돌아가지 않는 소스가 피워대는 냄새보다, 김치찌개와 된장찌개 냄새가 진동하는 이 현장이야말로 간단하게 사는 냄새다. 무엇이 아깝고 애달프다고 지글지글 끓어가며 살길 자청한단 말인가.

찬희는 아파트로 들어간다. 썩은 양파 냄새, 싱크대 배수구에 낀 곰팡이 냄새, 고장 난 변기에 고인 오줌 냄새, 비 맞은 낡은 구두에서 나는 냄새…… 모든 부패의 냄새가 뒤섞여 아파트는 우중충 곪아간다. 사람의 냄새는 베이비파우더 냄새가 아니라, 허브 향이나 고급 가죽 핸드백 냄새가 아니라, 그렇게 저렇게 고이고 썩어가는 냄새다. 이 생각은 옳은 것인가? 아니, 너무 냉소적이다. 아니, 너무 되바라졌다. 아니, 너무 격에 맞지 않는다.

찬희는 자신의 생각을 비웃어가며 일 층 계단을 오른다. 다리는 무겁고 머리는 뜨겁다. 고열로 다듬어진 정신을 증발시키면 소금이 나올까 모래가 나올까. 서걱대는 소금, 혹은 모래를 씹는 기분에 휘둘릴 때는 의외로 많다. 정신을 소비하지 않아서이다. 아니, 무리하게 소비한 탓이다. 너무 소비하지 않아도, 너무 소비해도 정신은 공허해진다.

바퀴벌레는 공허해서 바퀴벌레가 되었나 바퀴벌레가 되어서 공허해졌나. 무력감을 이름표로 달고 사는 한 마리의 바퀴벌레와 마주칠 시간이 다가온다. 무력해진 바퀴벌레는 엄마, 또는 어머니라는 명칭을 버리고 흡혈귀에 피를 빨리며, 아니, 피고름을 나눠주며 산다. 흡혈귀는 막무가내로 바퀴벌레를 빨며 퉁퉁해지고 또 퉁퉁해져 이젠 거동조차 힘들 만큼 위대해간다. 흡혈귀에게 마지막 눈알마저 뽑히기 전에, 뽑아주기 전에, 바퀴벌레, 그 마른 몸뚱이를 강간해줄 놈이라도 있기를, 빌어도 되는 것일까.

이 층 계단을 오른다. 이 층 위엔 삼 층, 삼 층 위엔 사 층, 사 층 위엔 오 층이 있다. 오 층 위엔 더 갈 곳이 없다. 이제 재개발이 되면 바퀴벌레들은 어디로 가야 하나. 어디로 가서 또 같은 바퀴벌레로 살아야 하나. 바퀴벌레들은 사회로부터 타살을 당해도 다음 날이면 어김없이 일어나 다시 사회 속으로 기어든다. 들어가 타살을 당하는 한이 있어도 안 들어가는 게 못 들어가는 게 되기 때문이다. 그래서 바퀴벌레들은 어둡고 습한 곳에서 지들끼리 옴짝거리며 카메라 렌즈를 피한다. 렌즈 앞에 노출되는 순간, 카메라는 바퀴벌레들이 끼고 사는 어둠을 족집게 도사로 잡아내 즉결심판에 넘긴다. 생활의 거장으로 군림하게 된, 바로 CCTV는 무진장 무섭게, 무진장 바쁘게, 자기 일에 충실한다.

삼 층 계단을 오른다. 두어 계단을 오르다 찬희는 그 자리에 선다. 사 층 계단에서 하나 둘 셋 넷 계단을 세며 조 할머니가 내려온다. 찬희는 할머니를 피해 벽에 붙는다. 할머니가 찬희가 서 있는 계단에 발을 내딛는다. 흥, 추악한 흡혈귀 같으니라구. 오래 살아 어쩔 건데? 그래 봐야 대놓고 못된 짓만 할 거면서.

할머니가 한 계단을 내려간다. 계단 손잡이를 꽉 움켜잡은 손가락엔 엿가락 굵기만 한 순금반지가 살을 파고들듯이 끼워져 있다. 금반지 주변의 살은 밀리고 밀려 부은 듯 소복하고, 슬리퍼를 신은 발의 등은 고래 등이다.

찬희는 느닷없이 할머니의 등을 발로 콱 찬다. 할머니가 악 소리를 내며 계단 아래로 구른다. 굵은 빗소리가 할머니의 비명을 집어삼킨다. 할머니는 삼 층과 이 층 사이, 층계참에 구겨 박혀 미동도 하지 않는다. 바퀴벌레 한 마리가 할머니 발치께서 튀어나와 빠르게 도망친다. 찬희는 할머니와 바퀴벌레를 싸늘하게 내려다보며 중얼거린다.

"사람 잡아먹는 마귀할멈 같으니라구! 백번 죽어 백번 바퀴벌레나 돼라!"

찬희는 오 층 집 앞에서 숄더백을 연다. 열쇠가 어디로 갔는지 보이지 않는다. 찬희는 숄더백 여기저기를 뒤진다.

누군가 찬희 뒤로 소리 없이 다가온다. 찬희는 열쇠를 찾다 말고 뒤를 돌아본다. 누구인지 알아낼 새도 없이 누군가가 찬희의 입을 틀어막는다. 찬희는 숄더백을 움켜쥔 채 버둥거린다. 입을 틀어막은 자가 찬희의 몸을 조여 댄다. 찬희는 희미한 복도등에 그림자처럼 비친 얼굴을 본다. 그것은, 진정, 사람의 얼굴이라 할 수 없는 얼굴이다.

"으—움—너…… 는…… 으—움…….."

목련꽃 색과는 다른, 정액이나 맥주거품 색과도 다른, 하얗게 질린 준오의 얼굴이 찬희를 삼킨다. 준오가 찬희의 목을 지그시 누른다.

"로또 내놔 이 미친년아. 내 로또 내 놓으란 말이야."

낮고 뜨거운 목소리가, 두려움과 분노로 딱딱해진 목소리가, 도저히 사람의 기관을 타고 나온다고 생각할 수 없는 목소리가, 찬희를 질식시킨다. 찬희는 허옇게 눈을 까뒤집으며 숄더백을 더듬거린다.

준오는 찬희를 밀치고 숄더백을 뒤진다.

"나쁜 년! 니년이 뭔데 감히 내 로또를 가로채?"

찬희는 숨을 캑캑거리며 문손잡이를 잡으러 기어간다. 준오가 로또 복권을 꺼내더니 찬희의 뺨을 후려친다.

"용서할 수 없어! 내 생명과도 같은 걸 줬는데 겨우 한다는 말이 콩나물비빔밥?"

준오가 찬희의 목을 누른다. 준오 자신도 모를 힘에 말려, 그렇게 힘껏 누르고 또 누른다. 찬희는 몇 번인가 발버둥치다 이내 축 늘어진다. 준오는 바닥에 쓰러진 찬희를 계속 걸어찬다. 자신이 사람을 죽이는지 죽였는지 전혀 알지 못한 채, 준오는 찬희를 내려다보며 차갑게 뱉는다.

"로또는 영원하다. 쓰레기 같은 니년 손에 있어야 할 로또가 아니란 말이다."

준오의 말이 아우성치는 빗소리에 빨려든다. 찬희는 걸레뭉치처럼 옆으로 쓰러져 준오가 하는 말을 듣지 못한다. 준오가 찬희 앞에 쪼그리고 앉아 찬희의 얼굴을 손끝으로 들어올린다.

"졸라 새대가리 같은 년! 이것도 리허설이라 생각해라."

준오가 찬희의 얼굴을 놓더니 조용히 일어난다. 준오의 입가에 산 사람에게선 볼 수 없는 웃음이 빙긋 떠오른다. 준오는 연방 입가를 실룩이며 다시 한 번 찬희를 걸어찬다. 찬희의 입과 코에서 부글부글 거품이 새어나온다. 준오가 어깨를 한 번 으쓱하더니 웅얼거린다.

"모든 것엔 거품이 있다고 했지? 잘 새겨듣지 그랬어."

준오는 로또 복권을 움켜쥔 채 계단을 내려간다. 삼 층과 이 층 층계참에서 조 할머니가 널브러져 있다. 준오는 조 할머니를 구둣발로 툭 찬 다음 계단을 내려간다.

장맛비만큼이나 줄기찬 비가 거무칙칙한 건물을 시원스레 씻어내린다. 낡은 건물과 어둠, 그리고 비는, 무성영화의 한 장면 또는 괴기영화의 한 장면처럼 훌륭하게 조화를 이룬다. 준오는 로또 복권을 지갑에 넣으며 이런 장면을 어디서 봤던가 기억을 더듬는다.

아파트 단지를 빠져나오며 준오는 문득, 뒤를 돌아본다.

"우라지게도 더럽군."

비를 맞으며 슬프도록 환히 핀 목련이 준오의 뒤에 배경처럼 깔린다. 준오의 몸에도 목련의 몸에도, 화요일 밤의 봄비가 여름비처럼 꼿꼿하게 내린다.

준오는 도시 속으로 들어가기 위해 격동적인 발걸음으로 뛰기 시작한다. 세트장에선 도저히 잡아내지 못할 생생함이 밤비를 파고든다.

🌰 무풍은 바람을 타고

실례지만, 실례인 줄 알지만, 준오와 찬희의 일을 보니 이런 생각이 떠오른다. 어떤 사람을 죽이고 싶을 때, "너 죽어!"라고 단 한 마디 명령어만 내리면 그 자리에서 사람이 죽는다. 또는 내가 죽고 싶을 때, "나 죽어!"라고 하면 일 초도 안 걸려 내가 죽는다. 몸에 손가락 하나 대지 않아도 말 한 마디면 사람이 죽는다는 얘기.

이거야말로 이여반장易如反掌이 아닐 수 없다. 다시 말해 죽고 죽이는 것이 손바닥 뒤집기보다 쉽다는 뜻이다. 다행히도 지금 떠들어댄 얘기는 공상에다 망상이다. 그런데 왜 죽음에 관한 충동은 있는가? 만약 죽음이라는 언어가 없다면 죽음은 아예 없는 것이 되고 마는가?

엄밀히 말하면 죽음, 그 자체를 본 자나 아는 자는 없다. 그것은 영원히 닫혀 있는 문이자 도달할 수 없는 섬이다. 때론 가시처럼 찔러대는 회의와 의문 속에서도 죽음은 그저 산 채로 있지 결코 죽은 것으로 있지 않다.

행복과 마찬가지로 눈에 보이는 건 아니지만 생생히 살아 있는 그 죽음을 만지고 싶어하는 사람도 간혹 있다. 죄송한 얘기지만, 죽음을 디자인하는 사람도 있다. 예를 들면 이렇다. 어떻게 죽일까? 어떻게 죽을까? 그런 생각이 죽음을 디자인하는 것에 속한다. 환생이라든가 부활이라든가 윤회라는 것도 알고 보면 죽음을 디자인한 설이다.

이와는 조금 다르지만 죽음을 불명예로 만들지 않기 위해 연구하는 그룹도 있다. 웰 다잉에 관한 연구가 바로 그것이다. 그러나 그것 역시 죽음을 디자인하는 것일지는 몰라도, 죽음 그 자체를 말하는 것은 아니다.

그런데 죽음 그 자체로 들어가길 원하는 사람이 있다. 탐험가나 모험가의 기질을 가져서는 아니다. 그저 죽음을 또 다른 살아 있음으로 여겨서이다. 모두가 거절하는 그 죽음을, 그들은 원래부터 자기 것인 양 찾아 나선다.

바람 한 점 없이 홀로 비를 뿌리는 밤, 운섭이 영미의 손목을 움켜잡는다. 영미는 저울을 치켜든 채 꼼짝도 하지 못한다. 머리에서 흘러내리는 피가 눈을 적시고 볼을 적시며 빗물이 된다.

운섭이 영미의 손목을 비튼다. 영미의 손에서 저울이 떨어진다. 거친 빗줄기가 운섭의 얼굴로, 영미의 얼굴로 떨어진다. 그들 뒤로 목련이 하얗게 떨어진다.

운섭은 영미를 잡아끌고 아파트 뒤, 후미진 곳으로 간다. 운섭에게서 피맺힌 소리가 으으으…… 새어나온다. 거인아, 절망의 거인아, 가자. 하데스로 가자. 저 지하로 가서 족쇄를 차고 있던 말을 풀어버리자. 갇혀버린 언어를 꺼내 바퀴를 달아주자. 언어의 껍질을 벗겨 응고된 말을 놓아주자. 혓바닥에서 얼어붙은 말을 불에 태워 훌훌 날려버리자. 마음껏 날 수 있게, 마음껏 지껄일 수 있게, 말의 옥문을 열어버리자.

영미는 운섭에게 끌려가며 뒤를 돌아본다. 미래를 희망이라고 했던가. 미래를 보장해 줄 재개발 아파트 위로 비가 내린다. 미래가 자라기엔 적당한 비. 잘생긴 비가 잘 닦인 미래 위로 흥건히, 땅속 깊이 뿌리를 내린다. 뿌리에서 열매가 맺힌다. 열매들이 쑥쑥 자라 땅을 뚫고 나온다. 열매 위에 수도 없이 많은 잔꽃이 피어난다. 열매를 뒤덮은 꽃들이 알록달록 얘기를 나눈다.

나는 공원이 될 거야. 흉측하다고 손가락질당했던 오욕을 벗고 서울 시민의 휴식처가 될 거야. 봄엔 꽃가루를 날리고 여름엔 천둥과 번개로 나무를 키울 거야. 가을엔 갈대를 만들고 겨울엔 목화솜 같은 눈을 덮을 거야. 사람들은 나를 경탄한 나머지 낮도 찍고 야경도 찍어 인터넷 여기저기에다 올릴 거야. 사람들은 내게 추억을 심으며 두고두고 칭찬할 거야.

영미는 미래들을 뒤에 두고 운섭이 끄는 대로 끌려간다. 운섭은 다른 동과는 뚝 떨어진, 마지막 동 뒤쪽, 목련 한 그루가 오도카니 있는 곳으로 간다. 목련 옆의 보안등에서 안개 같은 빛이 쏟아져 내린다. 영미가 살던 오 층, 저울이 굿판을 벌이고 영양제가 널을 뛰던 곳이 바로 정면에서 영미를 내려다본다. 저울이, 영양제가, 그보다 더한 말들이, 서로를 뽐내며 살로메의 춤을 춘다. 살의를 감추며, 때론 요염하게 드러내며, 살로메의 춤은 클라이맥스로 치닫는다.

말해! 말해! 말해! 말 좀 해보란 말이야! 운섭이 영미를 후려친다. 영미가 목련 나무에 부딪히며 쓰러진다. 목련꽃잎 몇 장이 영미의 얼굴 위로 떨어진다. 목련꽃잎은 영미에게서 흘러내리는 피를 받고 붉게 피어난다. 영미는 얼굴에 떨어진 목련꽃잎을 집는다. 이렇게 눈부시게 아픈 것도 있었나.

운섭이 영미 위에 엎어진다. 영미는 목련꽃잎을 손에 꼭 쥔다. 영미의 손에서 목련꽃잎이 타들어간다. 운섭이 영미의 뺨을 후려친다. 말해! 말해! 말해! 말 좀 해 봐 이년아! 영미는 목련꽃잎을 손에 쥔 채 보안등을 올려다본다. 송곳 같은 비가 직선으로 내리꽂힌다.

운섭이 영미의 입을 양손으로 벌린다. 입을 출구로 삼던 말은 종적을 감춘 채 묘연하다. 운섭은 영미의 입을 더 크게 벌린다. 말을 씹기에 알맞던 혓바닥은 백태가 낀 모래사장이다. 운섭이 영미의 입을 옆으로 더 크게 벌린다. 입술 가장자리가 찢어지며 피가 나온다. 말해! 말해! 말해! 사람의 말 좀 해 보란 말이야! 영미의 입에서 말이 아닌, 으으으, 으으으…… 인두로 지진 듯한 음이 새어나온다.

운섭이 주먹으로 영미의 입을 친다. 이가 부러지고 피가 터진다. 운섭은 피가 터져 나오는 입에 뺨을 댄다. 으으, 으으, 으흐흑! 영미는 우는 운섭의 머리를 쓰다듬는다. 비로소 비에 대한 기억 하나가 새겨진다. 말하지 못한 말의 고백도 흘러나온다. 나를 데려다 줘. 저 울 너머, 영양제 너머, 말 너머, 아무것도 없는 곳으로.

운섭이 뺨을 떼고 영미의 눈을 들여다본다. 잔혹할 만큼 맑고 깨끗한 소망이 샘물로 고인다. 운섭이 영미를 타고 앉는다. 으으으, 으으으…… 영미에게서 나오는 소리인지 운섭에게서 나오는지 모를 소리들이, 신음인지 떨림인지 모를 진동들이, 불타며, 통곡하며, 아우성치며, 고꾸라지다, 이윽고 헐떡헐떡 곤추선다.

운섭이 영미의 목에 두 손을 감는다. 영미의 입가에 보일 듯 말 듯 미소가 번진다. 운섭이 영미의 목을 누른다. 세게, 아주 세게, 우주의 모든 힘을 끌어 모아 누른다. 가라, 가! 제발 가 버려라! 머리를 하나로 질끈 동여맨 절망의 노예가 으으으, 으으으…… 빡빡하게 숨을 몰아쉰다.

보안등 아래로 굵은 빗줄기가 시원스레 내린다. 시원한 빗줄기에 목련이 젖고 목련꽃잎 하나가 툭, 떨어진다. 젖빛 날개가 영미의 피로 붉게 번진다. 목련꽃잎이 붉은 반점을 달고 흐느낀다. 핏빛 흐느낌으로 활짝 피어나는 죽음의 생명. 죽음으로 밤은 한낮보다 더 밝게 더 깊게 익어간다.

목련이 붉디붉은 등불로 영미를 비춘다. 치실로 목을 감아야 살 수 있었던 그때의 시간들은, 지금을 준비하고 있었나 보다. 관계와 관계로 불행했던 그때의 시간들은, 지금을 위해 환희를 감추고 있었나 보다. 어디선가 파릇한 바람이 싹을 틔며 불어온다. 행복해져도 괜찮을 바람이 이제야 부는 게 아닌가. 영미는 목련꽃잎을 손에 쥐고 눈을 감는다. 과연, 어린 죽음이 거인이 되어 목련의 치마폭 속으로 기어든다.

운섭은 절망의 거인을, 절망의 거인으로 짓누른다. 으흐흑! 으흐흑! 악취로 달라붙었던 거인이, 희망을 절망으로 품던 거인이, 말다운 말을 차단시키던 거인이, 으흐흑 으흐흑 울어가며 피를 토한다.

운섭은 축 늘어진 영미를 힘껏 끌어안는다. 세계 끝에 웅크리고 앉았던 지긋지긋했던 그림자 거인이, 질긴 낯을 버리고 히죽히죽 웃어댄다.

운섭은 영미가 손에 쥐고 있던 목련꽃잎을 빼내 영미의 입에 물린다. 꽃을 문 입에서 꽃과도 같은 웃음이 사르르 퍼진다. 그래, 다음부턴 꽃으로 말해라. 보고 싶어지는 말로 말해라. 줄기차게 내리는 비로 말해라.

운섭은 질끈 동여맨 영미의 머리를 풀어 손가락으로 빗질해준다. 거인이, 으으대며 허기로 맞붙어버린 욕망의 거인이, 얌전히 숨을 거둔다. 운섭은 영미를 목련 나무 아래 반듯이 뉜 후 일어난다.

화요일, 장맛비처럼 내리는 밤비를 맞으며 운섭은 아파트 단지를 나간다. 집집마다 켜진 불빛은 비를 맞아 반짝이고, 세상이라는 무대는 불빛에 맞춰 춤을 춘다. 모두가 다 연주자가 되고 댄서가 되는 밤. 배역을 맡은 연주자들과 댄서들은 밤이 새도록, 또다시 밤이 오도록 연주하며 춤을 춘다. 박수갈채를 기대하며, 관객들의 입방아를 염두에 두며, 맡은 자리와 분장을 점검하며, 무대로 나갈 차례를 기다린다. 세상은 점점 초조해지는데, 비는 바람도 없이 인간 극장 위로 무심히 내린다.

🌰 적색버튼

모두가 마에스트로와 댄싱 퀸이 되고자 하는 이 인생의 무대에서, 서둘러 사라지는 운섭과 영미, 그들은 남달랐나? 패배했나? 루저들의 표본실에서의 청개구리였나?

바라보건대, 운섭과 영미는 긴 여행을 시작했다. 그들이 같이 가는지 따로 가는지는 모르나 그들의 여행은 홀가분하다. 꽃을 주고 꽃을 물고 떠나는데 아쉬울 그 무엇이 남아 있으랴. 그러니 여행 가며 먹으라고 찐 계란 한 줄이라도 싸주고 싶었다면 깨끗이 접자. 그

곳이 어디일지 따라가 보고 싶은 마음도 깔끔하게 단념하자. 있던 자리를 떠나는 사람에겐 찐 계란이나 동행이 아니라 개운한 웃음 한 줄기라는 걸, 영미가 되고 운섭이 되면 알게 되지 않을까.

있던 자리를 떠나는 것을 여행이라 부른다면, 여행의 종류는 많다. 전형적인 여행을 말한다면, 티켓을 끊고 교통수단을 이용하거나 혹은 도보로 이동하는 것을 말한다. 붙박이로 있던 마음을 버리고 낯선 마음으로 갈아타는 것도 여행이다. 몸이 됐든 마음이 됐든 여행이란 지정된 좌석을 벗어나는 일이다. 이러니 여행은 모두가 동경하는 제일의 고장이 됐다.

자, 여행을 떠납시다. 준비는 됐는지? 빤하게 보았고 보였던 그 현장이 살뜰하게 뒤집히는 변화가 흥미롭게 다가오지는 않는지? 더욱이 주가는 떨어지고 환율은 급등해 버리는 이런 시절에, 발만 동동 구른다고 되는 건 아니다. 이럴 때일수록 여행을 떠나는 거다. 너와 같이 가기 싫으면 김연실과, 나와 같이 가기 싫으면 콜롬보와, 그렇게 그들만의 장기판으로 여행을 가보자. 붉은 말馬과 청색 말馬이 아흔 개의 교차점에서 어떻게 외통수를 할지 혹은 빅장을 하게 될지, 가끔 훈수도 두면 이 아니 흥겹지 않으리오.

그럭저럭 삼루까지 진출한 김연실, 식물원 수업을 마치고 콜롬보와 택시에서 내린다. 그동안 직구와 변화구를 번갈아 때린 점을 인정해서인지 때마침 비가 내린다. 이래서 더 애인 같은 날씨가 돼 버린다. 왜냐고 물을 것도 없이 비야말로 분위기이다.

연인에게 비란, 분위기로 분위기를 떨치는 그 어떤 호텔 바나 강변 카페도 흉내 낼 수 없는, 이색적인 분위기의 연출자이다. 항상 준비된 분위기가 아니라 그 시간, 그 순간에만 까꿍, 하고 로맨틱 퍼포먼스를 한다.

이리하여 비는 두 사람을 연인으로 맺어주는 매파가 된다. 우산이 없거나 한 개밖에 없을 때일수록 매파의 효력은 크다.

김연실은 우산이라는 매체의 도움을 톡톡히 봐야 할 터인데, 다행인지 불행인지 우산 파는 데가 없다. 우산 대신 비를 피하게 해 줄 굴 같은 게 있으면 좋으련만, 도심에서 굴을 찾느니 굴 같은 여관을 찾는 게 훨씬 빠르다. 비 오는 날 여관이라는 굴이 문전성시를 이루는 까닭은 비바람에 쫓기던 남녀가 피신차 찾아들어서 그렇다는, 알쏭달쏭한 민담도 있다.

이런 사실은 누구도 아닌 김연실이 더 잘 안다. 안다고 해서 아는 척 모텔로 가자고 말할 수는 없다. 김연실은 그저 어찌할 바를 모르면서 비가 엄청난 재앙이나 되듯 비가 온다는 말만 되풀이한다. 김연실은 지금 생전 처음 비라는 걸 맞아본다. 혼자일 때나 박팔봉과 같이 있을 때 맞았던 비는 비가 아니다. 오늘처럼 그이와 함께 있을 때 맞는 비라야 진정 비인 것이다.

김연실로선 지금의 비가 호재인 것 같은데 콜롬보는 비 오는 이 밤에도 선글라스를 쓰고 있으니 좋다는 건지 싫다는 건지 알아낼 재간이 없다.

김연실은 콜롬보의 팔이 떨어져 나가도록 매달리면서 같은 말을 하고 또 한다.

"비예요 비! 아이, 추버라. 아이, 추버. 이를 우짜제?"

비가 빚쟁이라도 되나? 비 오는 길바닥에서 춥다고 보채면 어쩌란 말이냐. 난로가 있을 리 만무요 오리털 이불이 있을 리 만무다. 견디다 못해선지 자발적에선지 콜롬보는 입고 있던 점퍼를 벗어 김연실의 어깨에 둘러준다.

김연실은 지금 오르가슴의 궁궐로 들어가 왕관을 쓴다. 남자 양복 윗저고리나 점퍼 따위를 걸치고 다니는 여자들이 얼마나 미웠던지, 또 얼마나 부러웠던지. 야야, 이 가시나들아! 이 김연실이 좀 보거레이. 니들 못지않게 이 김연실이도 남자가 옷 벗어 어깨에 둘러줬단 말이다.

김연실은 속으로 으하하하 크허허허 하는데 겉으론 여전히 난들난들 난초 잎이다.

"내한테 옷 벗어주고 감기 들면 우째요? 아이, 추버라. 와 이리 춥제? 어디 따땃한 데 들어가 몸이나 녹였으면 좋겠구마."

하나를 알기가 어렵지 일단 하나를 배우고 나면 둘 셋까지 진도 나가는 건 쉬운 일이다. 이게 바로 꽁지꽁지 감춰두고 아껴두었던 학습의 내공이라는 것이다. 찜질방을 등져야만 했던 눈물겨운 인내와, 본능에다 윤활유를 들이붓고 부채질했던 부지런함이, 알고 보면 닦고 조이고 기름치자는 학습이다. 그 학습이 지금처럼 결정체로 빛을 발하게 되는 것이야말로 내공의 동력이 빚어낸 결과이다.

이처럼 김연실은 학습한 내공을 유감없이 생방송한다. 평소대로라면 재숫대가리 없게 웬 비냐고 욕을 퍼 댈 판이지만, 그 억센 기를 야들야들 바꾼 덕에 오매불망 원하던 찬스를 잡게 된 것이다.

콜롬보는 그동안 김연실이라는 여자를 습득하고 터득한 탓에 김연실의 속뜻에 부응하는 말을 한다.

"그렇지 않아도 따뜻한 방으로 모실까 하고 이쪽으로 왔습니다."

혁, 이런 대박이! 어느 순간을 포착해 안아 달라고 할까 이 눈치 저 눈치에 사시가 될 뻔한 일을, 콜롬보는 일언지하에 해결한다. 대체 콜롬보는 왜 이리 멋지기만 한 것이냐. 발인날짜 받아두기 전에 만났으니 망정이지 억울해도 한참이나 억울할 뻔했다.

그렇다 해도 김연실은 조금 전 보들보들 가늘가늘한 맛을 진국으로 보았던 터라, 여전히 튜닝한 액션 그대로 밀고 나간다. 다만, 콜롬보가 눈치 채지 못하게 저 왕실모텔로 갈까 요 궁전모텔로 갈까, 아니면 저기 저 파라다이스모텔로 가? 하며 분주히 눈을 굴린다.

김연실의 속 깊은 의도에도 불구하고 콜롬보는 모텔 간판을 몇 개 지나가도록, 모텔 간판이 다 끝나가도록, 그냥 가기만 한다. 허나 김연실은 실망보다는 기대감으로 벌써부터 몸이 달치근하다. 얼마나 근사한 호텔로 가려고 저러는 것인지, 호텔에 들어가면 어떻게 나올 것인지, 박팔봉은 감히 쫓아올 수도 없는, 쫄깃쫄깃한 사랑을 원도 없이 하게 될 것이라고 점친다.

내색을 안 해 그렇지 김연실은 그동안 모텔을 들락거리는 여자들을 볼 때마다 속이 뽀글뽀글 빠글빠글 끓어댔었다. 이참에 포원인지 보복인지를 실컷 할 수 있게 된 게 그렇게 좋을 수가 없다.

다 왔다는 말에 김연실의 눈이 둥그레진다. 이건 또 뭔가? 호텔도 모텔도 아닌 세탁소다. 김연실의 낭만이 와장창 깨진다.

"여긴…… 호…… 아이, 세탁소 아인가요? 여길 와…….."

눈꺼풀을 몇 번이나 까뒤집고 봐도 호텔도, 모텔도, 여관도, 여인숙도 아닌 세탁소다. 따뜻한 방으로 모신다던 예비역 장성이 왜 갑자기 세탁소일까. 김연실은 머리를 짓찧어가며 알아내려 해도 알아낼 수가 없다. 필시 무슨 사연이 있어 여기까지 오게 되었다 해도 기분이 잡친다. 사연이 있는 건 있는 것이고, 애인을 데려오려면 데려올 만한 데로 와야 한다. 세탁소라니 이건 실신을 해도 시원찮을 일이다.

"이런 데로 모시고 와서 놀라셨죠? 일단 들어가십시오. 따뜻한 방이 있습니다."

김연실의 아롱진 보석함을 깨뜨린 걸 사죄하려는지 콜롬보는 다정하게 말하며, 더욱더 다정하게 김연실의 어깨를 세탁소 안으로 살짝 밀기까지 한다. 김연실은 콜롬보의 녹진녹진한 러브콜에 불같이 치솟던 의혹과 공황 발작까지 갈 뻔한 신체 리듬이 사르르 녹는다.

김연실이 세탁소로 들어가자 콜롬보가 문을 잠근다. 듣기 좋은 소리야 고기 굽는 소리도 있고 돈 세는 소리도 있지만, 이렇게 문 잠그는 소리가 듣기 좋은 소리일 줄은 열쇠수리공도 몰랐을 일이다. 이만하면 무릉도원이 자격을 상실하고 아방궁이 업데이트를 해야 한다. 이제 세탁소고 뭐고 다 용서다. 캄캄한 곳에, 둘만 있게 된 사실에, 김연실은 또 어찌할 바를 모른다.

좋다는 마음을 표현하는 방법엔 여러 가지가 있다. 지금의 김연실은 그저 아이 무서버요, 아이 무서버요, 하고 죽기 살기로 콜롬보의 팔에 매달리는 버전으로 나간다. 김연실이 아는 최상의 기분 표현법이다.

이럴 때 남자라면 누구나 다 하는 제스처를 콜롬보도 한다. 즉, 무서워할 게 없다며, 걱정할 게 없다며, 어깨에 팔을 두르고 동시에 손을 꼬옥 잡아준다.

아, 드디어 올 게 왔구나 나으 러-부! 맴맴 짜르르 매미 울음소리 같은 전류가, 간지러운 소름이, 김연실의 몸을 콕콕 찌른다. 김연실은 콜롬보가 해 줄 그다음을 기다린다.

콜롬보가 김연실을 잡은 손에 힘을 준다. 그리고는 저쪽 어딘가로 잡아끈다. 그러면 그렇지! 아, 뽀뽀! 아니, 키이-쓰! 김연실은 일찌감치 눈을 감고 기다린다. 입을 맞추며 한쪽 다리를 반짝 들 상상으로 살갗몸살이 나는데 어쩐 일인지 그다음은 오지 않는다. 기다림에 지친 김연실, 이게 아닌데 왜 또 이 모양인가 싶어 눈을 화등잔만하게 뜬다.

콜롬보는 또 알 수 없는 짓을 한다. 김연실의 손을 놓으며, 바닥에 쪼려고 앉으며, 익숙한 솜씨로 바닥의 무엇인가를 잡아 젖힌다. 바닥을 덮고 있던 판이 열리자 그와 동시에 밑에서 환한 빛이 터져 나온다.

"절 따라 내려오십시오. 제 아지트입니다."

우와! 콜롬보는 무지무지 특이하시다. 그것만이면 섭섭하다. 타의 추종을 불허하는 독특한 아이디어, 추론을 거부하는 명수로 사람을 감격시킨다.

김연실은 탄산음료에 톡 쏘이는 듯한 자극을 받으며 단숨에 사다리를 내려간다. 이때만큼은 그 무뚝뚝하던 콜롬보도 김연실을 부축하듯이 붙잡아주기까지 한다. 김연실은 꿈인지 생시인지, 해저의 뜰에 와 있는 것인지 은하수가 깔린 찜질방에 와 있는 것인지, 도무지 정신을 못 차린다. 들뜬 기분으로 치면 해저의 뜰에서 콜롬보와 고스톱을 치고, 은하수가 깔린 찜질방에서 찜사모에게 여봐란듯이 자랑을 늘어놓으면 좋을 현실이다. 현실은 현실이되 홀딱 꺼져버리거나 날아가 버릴 현실이 아니라, 요지부동 꼼짝 못하게 꽝꽝 시멘트 못을 박아 버렸으면 좋을 현실이다. 김연실은 콜롬보의 품에 안기다시피 해가며 쌕쌕 숨을 몰아쉰다.

콜롬보가 일인용 침대를 가리키며 저기에 앉으라고 말한다. 오메야, 와 이리 좋노. 이왕이면 앉으락카지 말고 누우락 할 것이제. 김연실은 내심 설레는 마음을 누르며 주위를 둘러본다. 세 평 남짓한 방엔 일인용 침대와 침대 발치에 삼 단짜리 서랍장 하나, 그 위에 텔레비전이 전부다.

김연실은 침대에 털썩 앉으며 둘이 눕기엔 너무 좁지 않을까 심히 걱정스럽다. 넓이도 넓이지만 너무 낡아 두 사람이 누우면 무너져 내릴 듯하다.

김연실은 연방 손바닥으로 침대 위를 쓸어가며 쑥스러운 듯, 멋쩍은 듯, 상체를 앞뒤로 하느작하느작댄다. 콜롬보가 갑자기 대들어 긴치마를 찌익 찢고 브래지어도 찌익 찢어가며 몸을 들이대면 너무 좋아 어쩌나? 그러면 텔레비전에서 보았듯 앙탈부터 할까 마지못해 응하는 척하다 흥흥 콧소리를 내며 어깨를 앙 깨물까? 그렇게 나가려면 이대로 멀거니 앉아있기만 하면 안 되지 않을까?

김연실은 커지지도 않은 텔레비전을 응시하며 마치 실수인 양, 다리를 꼬아가며 긴치마 한쪽을 슬쩍 무릎 위로 걷어올린다. 허연 허벅지가 방금 씻어놓은 싱싱한 무다. 이런 걸 보고도 가만히 있을 남자라면 죽어도 싸다. 김연실은 여전히 캄캄하기만 한 텔레비전을 보며 요때 요렇게 덮쳐줄까 조때 조렇게 덮쳐줄까 기다린다. 헌데 콜롬보는 허벅지 대신 두꺼운 노트에다 뭔가를 적기만 한다. 아휴, 저런 쑥맥! 수줍어하긴. 김연실은 실망과 기대의 교차점에서 또 한 번 꾸욱 참는다.

드디어 콜롬보가 두꺼운 노트를 덮더니 서랍장 속에다 넣는다.

"무료하시죠? 텔레비전 틀어드릴까요?"

누구 미쳐 죽는 꼴을 보겠다는 거야 뭐야? 콜롬보는 허벅지엔 눈길조차 주지 않고 엉뚱한 소리만 해댄다. 약발이 덜 먹혔나? 김연실은 꼬았던 다리를 풀고 반대편 다리를 꼰다. 허연 허벅지가 긴치마 사이에서 출렁, 나 좀 보세요 한다. 그래도 콜롬보는 역시나 무감동.

성격이 휘발유인 김연실, 모든 참을성을 다 팽개치고 왜 이따위로 나오느냐고 따지려는 찰나, 그보다 먼저 콜롬보가 텔레비전을 튼다. 김연실은 하려던 말을 삼키고 다시 한 번 역전의 명수 콜롬보를 기대한다. 그래애, 우선 야시시한 뽀르노 테이프를 트는 걸로 시작하려나 보제? 김연실의 목구멍으로 굵은 침 덩이가 꾸울꺽 넘어간다.

그런데 콜롬보는 그게 또 아닌 모양이다. 대단히 무덤덤한 표정으로, 여기저기 채널을 돌리며 어떤 게 보고 싶은지 묻는다. 텔레비전 못 봐서 여기까지 온 게 아닌데 끌어도 너무 끈다. 김연실은 어쩌면 콜롬보가 있는 한껏 감질나게 한 다음, 한순간에 덮치겠다는 의도일지도 모른다고 생각한다. 여기까지 데리고 온 걸 보면 속셈이야 손바닥의 손금 아닌가. 그런데 어쩌자고 계속 뜸만 들이는지, 성질 급한 김연실로선 대단히 참기 힘들다.

이렇다 보니 김연실은 본의 아니게 또 한 번 번민에 빠진다. 만나자마자 옷부터 벗기는 건 사랑 없이 엔조이하는 사이들이나 하는 짓이다. 사랑다운 사랑은 분위기를 옴팡 탄 다음 요렇게도 해보고 조렇게도 해본 다음 본론으로 들어가는 게 순서다.

여기까지가 김연실이 어깨너머로 안 사랑이다. 그 순서를 다 밟은 다음, 때론 다 밟기도 전에, 독설과 독선이 난무하는 두뇌게임이 펼쳐진다는 건 아직 알지 못하니, 아는 만큼만 번민한다.

해서, 김연실은 분위기를 위해 이 한 몸 다 바치겠노라고 허연 허벅지를 손바닥으로 문대며 애써 축축해진 눈빛을 콜롬보에게로 쏜다. 콜롬보는 채널을 고정시킨 후에도 김연실을 보는 게 아니라 사다리 쪽으로 시선을 돌린다. 두 사람만으로도 꽉 차는 방에서 그렇게 하기도 쉽지 않겠건만, 무슨 의지가 있어서 그러는지 그 의지야말로 노벨상감이다. (아직은 그런 분야에 노벨상이 없다는 게 아쉽고도 안심이 되긴 한다.)

아무튼, 콜롬보가 묵직하게, 그러나 정이 남아 있는 톤으로 말한다.

"저는 위로 올라가 전화 한 통만 걸고 오겠습니다. 그동안 텔레비전을 보고 계십시오. 곧 내려오겠습니다."

콜롬보는 김연실이 뭐라 대꾸하기도 전에 사다리를 탄다. 김연실은 무참해지고 비참해져 기어이 입이 나올 수 없을 만큼 나온다. 아무리 좋게 보려 해도 콜롬보는 정상이 아니다. 여자를 앞에 두고, 그것도 완벽하게 준비된 여자를 앞에 두고, 무슨 도 닦겠다고 염천에 솜옷 껴입고 아무렇지도 않은 척한다. 이건 사람을 농락하려는 것이 아니라면 해서는 안 되는 짓이다.

순간 김연실은 연약했던 김연실을 팽개치고 박팔봉 앞에서나 해대던, 화통 삶아먹은 목소리를 유감없이 뱉는다.

"전화라니요? 여서 하문 되잖아요? 사람을 여까지 데려다놓고선 무신……."

사다리를 올라가다 말고 콜롬보가 멈칫 선다.

"아, 예, 죄송합니다. 보시다시피 거긴 전화기가 없습니다. 제가 유일하게 쉬는 곳이라 두지 않았습니다. 전화 걸고 내려오겠습니다."

콜롬보가 정색을 하고 말하는 바람에 김연실은 벌쭉해진 얼굴을 제대로 정돈하지 못한다. 콜롬보가 막 천장 뚜껑을 열려는 순간 사랑이 무성해진 김연실의 머리에서 후끈, 휴대전화기가 떠오른다. 김연실은 재빨리 핸드백에서 휴대전화기를 꺼내 콜롬보에게 건넨다.

"아이 전화 한 통 하자꼬 머 그리 어렵게 올라가요? 여서 내 걸로 하문 되지."

콜롬보는 잠시 망설이는 듯하더니 김연실의 휴대전화기를 받아 든다.

"아 예, 고맙습니다. 전화도 전화지만 위에서 볼일이 좀 있어서요."

김연실은 히죽 웃음이 나온다. 화장실엘 가려는 걸 눈치도 못 채고 그새 또 오해를 했나 싶으니 김연실표 사랑은 다시 너그럽게 뒷걸음질친다.

콜롬보는 위로 올라가 소리 나지 않게 뚜껑에다 자물쇠를 채운다. 그 위에다 스티로폼을 덮고 또 그 위에다 담요 여러 장을 덮는다.

콜롬보는 선글라스를 쓴 채 김연실의 휴대전화기로 어딘가로 전화를 건다.

*   *   *

김연실은 콜롬보가 올라가자마자 심 선생이 웃었던, 저 쿠루병의 웃음을 쏙 빼닮은 웃음을 웃어가며 콜롬보가 내려오길 고대한다. 그러나 채 썰어놓은 무가 무말랭이가 될 때까지 기다려보지만, 콜롬보는 내려오지 않는다. 김연실은 천장 뚜껑만 올려다보며 슬슬 불안해진다.

아무리 생각해도 콜롬보라는 사람은 알 듯도 하고 모를 듯도 하다. 신비롭고 비밀스러운, 그 알 수 없는 게 좋아 여기까지 왔지만 이젠 다 졌쳤다. 다시 내려와 안아준대도 싫다. 아니 싫다고 반항할 것이다. 비싸게 굴어도 어느 정도지 자기 아지트에까지 와서도 이렇게 나오다니 참을 수 없다. 지금까지 이해할 수 없는 것도 다 이해해줬는데 뭘 더 이해해야 한다면…… 여기서 김연실의 생각은 비보호 신호 앞에 선다.

오줌이 아닌 똥이어서 이리 오래 걸리나? 혹시 다른 여자한테 전화를 걸고 있는 건 아닌가? 괜히 휴대전화기를 주었나? 김연실은 다른 여자라는 생각에 소스라치게 놀란다. 김연실의 눈이 저절로 서랍장으로 돌아간다. 그렇지! 저 괴상쩍은 공책을 보문 고자인지 동성연애자인지 알 수 있겠제!

김연실은 부리나케 서랍장을 연다. 두꺼운 노트는 몇 권이 될지 모를 만큼 일 단에도 이 단에도 삼 단에도 가득하다. 김연실은 손에 닿는 대로 한 권을 꺼내 펼쳐본다.

오월 십칠일 네 시 → 한복 두 벌, 겨울 양복 다섯 벌, 스웨터 세 벌, 스커트 다섯 장, 바지 일곱 장 드라이. 바지 단 줄이는 수선 세 건, 스커트 허리 줄이는 수선 두 건. 사람들은 제 옷도 제 맘대로 세탁하거나 수선할 줄도 모르면서도 깨끗한 기름을 써 달라 거니 예쁘게 고쳐 달라 거니 별별 의심에 찬 주문들을 늘어놓는다.

김연실은 자다 말고 봉창을 두드려도 유만부동이지 예비역 장성이 무슨 드라이하고 수선하고 관련이 있다고 이렇게 썼나 싶다. 김연실이 고개를 갸우뚱거리며 다른 노트를 한 권 빼 읽는다.

사월 일일 오후 다섯 시 → 창숙이 사라진 지 이 주째 되는 날이다. 어느 늙수그레한 놈이 전화를 걸어왔다. 그렇게 기다리던 창숙에 관한 전화였다. 그놈은 창숙 씨 아는 사람이 되냐고 물으면서, 어떤 사람이 부탁해서 전화하는 거라고 했다. 말인즉 창숙이가 뺑소니차에 치어 죽었고 벌써 화장해 뿌렸다고 했다. 충격이다. 오늘이 만우절이라지만 이건 장난전화가 아니다. 나의 창숙이는 죽지 않았다. 더구나 나도 모르는 그런 늙은 놈이 창숙이의 소식을 전해오다니 견딜 수 없다. 창숙이는 그런 놈의 입에 오르내릴 만한 여자가 아니다. 창숙인 내 아이까지 가진 천사이며 순백의 여왕이다. 나는 나를 걸고, 일생을 다 걸고, 창숙이와 그놈을 찾아낼 것이다. 죽기 전까지 반드시 찾아내 흑과 백을 가릴 것이다.

갈수록 태산이라고, 김연실은 이게 콜롬보가 쓴 게 맞는지 의심스럽기만 하다. 김연실은 다른 노트를 꺼내 읽어본다.

십일월 이일 아홉 시 → 내 사랑 창숙아, 당신이 사라진 지도 벌써 이십 년이 넘었다. 나는 아직도 당신을 잊지 못해 오늘도 당신을 찾아다니다 왔다. 당신을 찾을 때까지는 여기, 당신과 함께했던 이곳에서 절대 이사하지 않을 거다. 당신이 사라진 다음 지하를 파서 나만의 아지트도 만들었다. 이곳은 당신을 찾기 위한 본부라는 거, 당신도 알았으면 좋겠다. 여보, 지구는 없어져도 내 사랑 당신은 없어지지 않을 거야.

김연실의 가슴이 툭탁거린다. 아이, 고자인 줄 알았드만 그것도 아닌가 배? 이십 년도 넘게 기둘린 년이 있었다이 기가 차구마. 이 자석도 박팔봉이맹으루 바람을 피우는가 배? 그래 내를 이리 찬밥 취급하는가 보제? 대체 창숙이가 어떤 년이고?

믿었던 도끼는 발등을 찍는 게 아니라 마음을 찍는다. 김연실의 질투심은 이두박근 삼두박근으로 불끈불끈 솟는다. 이십 년을 넘게 찾아다닌 여자가 있는 줄도 모르고 헛물만 켠 걸 생각하니 열통 분통이 한꺼번에 터진다.

김연실은 읽던 노트를 팽개치고 온종일 봐왔던 노트를 꺼낸다.(하루 종일 쓴 걸 전부 다 옮기는 건 정신 나간 짓이니 요약하면 이렇다.)

사월 십오일 오후 두 시 → 민들레커피숍에서 김연실이라는 아줌마를 만남. 뚱뚱한 체격에 약간 푼수기가 있어 보임. 키 백육십오 정도? 몸무게 팔십에서 팔십오? 검정 긴치마에 빨간색 뾰족구두, 찰싹 달라붙는 빨간색 스웨터. 김연실이 자기에 대해 적느냐고 물음. 대답하지 않음. 김연실은 사랑에 관한 시를 쓰는 게 취미라고 말함. 왜 만나고 싶어했냐는 질문에 김연실, 대답하지 않음. 내가 어딜 가고 싶으냐고 물음. 김연실, 라일락이 있는 곳이라고 대답함. 생각보다 때 묻지 않은 여자일지도 모름. 택시를 타고 라일락이 있는 곳을 찾아감. 김연실이 갈롱을 떨며 내 팔을 잡아 끔. 내가 왜 이 아줌마를 만나러 왔던가 다시 생각해 봄. 절대 흔들려선 안 됨. 식물원으로 가서 라일락을 찾음. 일곱 시 삼십팔 분, 내 아지트로 데려옴.

김연실은 두꺼운 노트를 내던지고, 내던진 노트를 집어 다시 내던진다. 머시 어째? 푼수끼가 있고 갈롱을 떤다꼬? 아이 머 이런 자슥이 다 있제? 야, 이 꼴롬보야, 니 따문에 성형수술하느라 수억 깨진 거 아나? 묵고 싶은 거 안 묵고 날씬한 년들 사진 빵꾸나게 보며 피 말린 것두 아나? 이런 개자슥! 살이나 미어터지게 쪄뿔라!

산통을 깨도 이렇게 깨면 안 된다. 김연실은 엄청난 사실을 알았음에도 쓰러지지 않는다. 쓰러지지 않을뿐더러 오히려 기운차게 사다리를 향해 돌진한다.

사다리 꼭대기에서 뚜껑을 밀어보지만 뚜껑은 꽉 닫힌 채 꼼짝도 하지 않는다. 김연실은 뚜껑을 쾅쾅 치며 문 열라고 소리친다. 밖에선 아무 소리도 나지 않는다. 김연실은 그제야 갇혔음을 깨닫는다. 사다리 위에서 새삼 아래를 내려다본다. 지하 감옥! 김연실은 뒤늦게 몸서리치며 있는 힘을 다해 뚜껑을 친다. 주먹에 멍이 들도록, 뼈에 금이 가도록 쳐봐야 밖에선 아무 소리도 나지 않는다.

김연실은 와들와들 떨며 사다리에서 내려온다. 환갑잔치도 못하고 몇 년이 흘러 이제야 환갑 기념으로 사랑 한 번 해보다 죽나 싶었다. 그런데 환갑 기념은 고사하고 뉴스에나 나오는 이런 엽기적인 일이 바로 자신의 일이 될 줄은 조상신도 몰랐을 일이다. 하이고야, 이를 우짜면 좋노? 하이고야, 내는 이제 우짜면 좋노?

김연실은 한탄을 하다 말고 입술을 잘근잘근 씹는다. 이대로 있을 순 없제. 이 자슥이 이 김연실이를 유괴해 몸값을 받아내려 전화를 걸러 간 기다. 내 몸값으로 얼마를 부를까? 박팔봉이 그 영감탕꾸가 몸값을 주고 날 구해줄라나? 아이다, 돈이 아까바서 그리는 못할 끼다. 그 위인이야 내 없어지문 그 돈이 다 지 돈 되는 긴데 와 날 구해주겠노? 하이고야, 이를 우짜면 좋노? 핸드폰은 괜히 줘설랑 경찰에 신고도 못하고 하이구야 내 미친다!

김연실이 아무리 발버둥을 쳐도 천장 밖에선 깜깜무소식이다. 가만히 있어도 정신 사나워 죽을 지경인데 들리는 건 잡음보다 못한 텔레비전에서 나오는 소리뿐이다. 김연실은 텔레비전을 끄고 다시 사다리를 올라간다. 안이고 밖이고 들리는 소리는 하나도 없다. 아래를 내려다본다. 훌륭한 지하 감옥!

김연실은 이를 갈며 사다리를 내려온다. 이를 간다고 콜롬보처럼 반전이 튀어나오는 것도 아니다. 뒤늦게 그 사실을 깨달은 김연실, 할 수 없이 그 불같은 성질을 추스른다. 방정을 떨면 될 일도 안 된다. 이럴 때일수록 차분하게 생각을 가다듬어야 풀리는 법이다. 방법은 단 하나, 콜롬보를 꼬드겨 자는 것이다. 있는 대로 정을 나눈 다음이면 저도 사람인데 가둬두기만 하겠나 싶다. 그래! 그기야! 그 방법이 최고제!

김연실은 스웨터고 긴치마고 훌러덩 벗고 침대 속으로 들어간다. 속칭 가미카제식 접근법으로 기다리지만 위에선 발소리조차 나지 않는다. 김연실은 침대 속에서 콜롬보가 이제나 올까 저제나 올까, 집 나간 새신랑 기다리는 각시가 된다.

그렇게 신기할 정도로 잘 참아가며 기다리다 보니, 침대 발치에 흩어져 있던 노트들이 눈에 들어온다. 김연실은 얼른 노트를 서랍장 안에 넣고 텔레비전까지 켠다. 섣불리 뭔가를 눈치 챈 듯한 표시를 내면 콜롬보 그 새까만 선글라스가 당장에라도 목을 따 피를 빨아먹을지도 모른다.

김연실은 어디선가 익히 봐온 섹시한 자세, 즉 약간 비스듬히 누워 한쪽 다리를 비틀 듯 꼬아 엉덩이를 산맥으로 만든다. 그런 다음, 천장에서 무슨 소리가 날까 온 신경을 곤두세운다.

*　　　*　　　*

콜롬보는 전화를 끊고 세탁소 안을 서성인다. 콜롬보가 쓴 선글라스와도 같은 어둠이 세탁소 안을 촘촘히 덮는다. 유리문 밖에선 비가 어둠과 하나 되어 추연히 내린다. 어둠을 끌어안은 비처럼 콜롬보의 속에도 어둠의 비가 내린다. 콜롬보는 캄캄한 밖에다 눈을 꽂은 채 방금 건 전화를 떠올린다. 전화를 받은 남자가 찾아올지 어떨지는 장담할 수 없다. 오겠다고는 했지만 경황 없이 대답하는 걸로 봐 어지간히 놀란 모양이다.

간간이 사람들이 지나간다. 어깨를 잔뜩 올린 채 비를 맞고 가는 사람, 한 우산 속에서 서로의 허리를 감고 가는 사람, 지하철에서 파는 오천 원짜리 이단 우산을 막 사서 쓰고 가는 사람, 신문지로 머리를 덮고 뛰어가는 사람, 사람들…… 비는 신열을 내며 사람들을 적신다.

사람이 비와 같다면, 여관급 모텔을 호텔이라 속이지 않아도 되었을 터이다. 사람이 라일락과 같다면, 시를 쓰지 않으면서도 쓴다고 말하지 않아도 되었을 것이다. 거짓과 허위는 최신 유행과도 같이 사람들을 손짓하며 원했던 기능을 달고 요모조모로 속삭인다. 미끈한 각선미와 달콤한 눈웃음으로 포장한 채 옆 사람과 앞 사람을 추월하며 출하된다. 그때마다 사람들은 기꺼이 속아주며 또 속이기도 한다. 속아주고 속이는 기술이 스마트 기술을 능가하기에 사람들은 허위와 거짓을 혐오하며 또 사랑한다. 허위와 거짓이라는 회전의자만 장악하면 들국화를 코끼리로 만들고, 성게를 비둘기로 바꿔치기할 수 있는 것은 물론, 극락왕생을 꿈꾸는 것도 식은 죽 먹기다. 다만, 천하제일 킹 오브 킹이 되려면 양심자동세척 시스템을 운용할 줄 알아야 한다.

이런 생각에 빠져 콜롬보는 지금 엄청나게 엄숙하다. 허위와 거짓, 속임과 속음에 관한 집행관의 얼굴로 어둠을 직시한다. 누군가에는 감미로울 수 있는 봄밤의 비가, 또 누군가에게는 애절한 흐느낌일 수 있는 봄밤의 비가, 콜롬보에게는 사건을 정렬시키는 비로 내린다.

누군가 세탁소 앞에서 기웃거린다. 콜롬보는 조용히 문을 연다. 남자는 콜롬보에게 전화 건 사람이냐고 묻는다. 콜롬보가 고개를 끄덕이며 안으로 들어오라는 손짓을 한다. 남자는 선글라스를 낀 콜롬보를 보자 어쩐지 으슥한 골목이 떠오른다. 어쩌자고 비 오는 이런 캄캄한 밤에도 선글라스를 끼고 있는지, 남자는 허겁지겁 달려온 게 후회스럽다. 남자가 도로 내뺄 말아 망설이는데 콜롬보가 남자의 팔을 잡아 안으로 들인다.

남자는 안으로 들어왔건만 입술만 달막일 뿐 한 마디도 하지 못한다. 보이지 않는 실내를 이리저리 둘러보던 남자가 끝내 아침밥 먹었던 힘까지 내 말을 건넨다.

"거 불 좀 켭시다. 이거야 원 어디 캄캄해서 뭐가 보여야 말을 하든가 말든가 할 거 아뇨."

콜롬보는 불을 켜는 대신 말을 켠다.

"선생님을 여기 오시라고 한 건 전화 내용이 거짓이 아니라는 걸 확인시켜드리고 싶어서였습니다. 선생님의 아내는…… 곧 보시게 될 겁니다. 일단 저를 따라 오십시오.”

콜롬보는 바닥에서 스티로폼과 담요를 걷어내고 지하 아지트 문을 연다. 한꺼번에 쏟아지는 빛이 콜롬보와 박팔봉을 거침없이 집어삼킨다. 콜롬보는 빛에 빨려들듯 사다리를 타고 내려간다.

김연실은 뚜껑 열리는 소리가 나자 자는 척 돌아눕는다. 박팔봉은 콜롬보를 따라 내려가다 말고 방안을 부옇게 채운 살덩이에 그만 숨이 멎는다.

간신히 사다리에서 내리자 박팔봉은 기절하듯 그 자리에 주저앉는다. 저건 분명 김연실, 아니 마누라라는 상판대기다. 백 번 소박을 맞아도 싼 저 마누라가 어째서 여기 이 자리에서 벌거벗고 누워 있는지 박팔봉은 그저 살이 떨린다.

“야 이년아아아아아아아아아——!”

박팔봉은 간신히 정신을 차리자, 맹수가 먹잇감을 향해 달려들듯 김연실에게 달려든다. 김연실은 고함 소리에 놀라 그제야 눈을 뜬다. 하늘이 무너지고 땅이 꺼지는 천재지변보다 더한 천재지변이 바로 코앞에서 불을 뿜는다. 불륜을 장담하고 큰소리치던 김연실도 이때만큼은 재빨리 이불을 끌어다 몸을 가린다. 박팔봉은 고추빛 대추빛 얼굴로 떡메를 내려치듯 김연실을 패기 시작한다.

“니미! 니미! 허이구 참! 이게 다 늙어 도화살이 꼈나 누굴 오쟁이 지게 하구 있어. 패가망신도 이런 패가망신이 없구만. 이 짓거리하려구 성형수술했냐? 죽는 줄 알고 똥줄 빠지게 달려왔더만 시인의 이름에 먹칠이나 하구! 니년이야말로 꽹과리 치며 멍석말이를 해도 아까울 년이다. 죽어라 죽어!"

콜롬보는 팔짱을 끼고 서서 박팔봉이 김연실을 실컷 때리게 내버려둔다. 김연실이 나 죽는다고 악을 쓴다. 박팔봉은 네년이 이러면서 누굴 바람피우네 마네 바가지를 긁었냐며, 헤라클레스가 용을 쓸 때나 나올 힘으로 난타에 난타를 거듭한다.

난투극 속에서 콜롬보가 재판장의 목소리로 말한다.

"지금은 불신시댑니다. 아내를 저렇게 바람피우도록 내버려둬선 안 됩니다. 아내를 바람피우게 놔두는 남자는 남편으로서의 자격이 없는 겁니다. 선생님은 아내를 때리기만 할 것이 아니라 왜 이렇게 됐는지 자신을 냉정하게 돌아보실 줄도 알아야 합니다."

박팔봉은 김연실을 때리다 말고 콜롬보의 말에 응수한다.

"지금 뭐라고 했소? 불신시대라고 했소? 맞소. 불신시대요. 마누라를 믿는다는 건 혈통을 끊어놓는 일과 마찬가지요. 헌데 댁은 뉘시오? 혹시 저 여편네하고…… 대체 우리 마누라하고는 어떤 사이요?"

콜롬보는 그럴 줄 알았다는 듯 목소리를 차분히 낮춘다.

"어떤 사이로 보이십니까? 바람나고 싶어 몸살 난 여자를 응징하는 사람이라면 믿으시겠습니까? 믿든 안 믿든 그건 선생님의 자유입니다. 누군가가 해야 할 일을 제가 하려는 것뿐입니다. 이렇게 되기까지 저는 오래전 어떤 놈한테 아내를 빼앗겼던 과거를 가지고 있습니다. 그때 그 일을 겪으면서 저는 여자든 남자든 남의 사람한테 눈을 두는 사람은 처벌받아야 마땅하다고 생각해왔습니다.”

박팔봉과 김연실은 응징과 처벌이라는 말에 그만 입을 딱 벌린다. 응징이나 처벌이라면 죽인다는 말인데 어떻게 이 죽음의 문턱을 넘어야 할지 서로의 얼굴만 돌아본다.

이윽고 박팔봉이 우물쭈물 말을 꺼낸다.

“그러니까 저…… 돈은 얼마를 드려야 우리를 처벌하지 않겠습니까?”

콜롬보는 박팔봉과 김연실의 말에 가타부타 말 한 마디 없이 텔레비전으로 눈을 돌린다.

“창숙이라고 참 착하고 좋은 여자였습니다. 어느 날 어떤 놈이 전화해선 아내가 뺑소니차에 치여죽었고 화장을 했다고 말했습니다. 그 말을 누가 믿겠습니까? 저는 죽기 전까지 창숙이를 찾아내 진실을 밝히리라 결심했습니다. 그 결심은 지금도 앞으로도 변함이 없습니다.”

창숙이라는 이름을 듣자 박팔봉은 어디서 들어본 듯한 이름이라고 생각한다. 이에 반해 김연실은 콜롬보의 말이 하나도 귀에 들어오지 않는다. 김연실은 참지 못하고 쏴붙인다.

“그런 사연은 나중에 듣기고 하고 돈은 얼마를 원하는 거제요? 쏙 씨원히 말해보소.”

콜롬보는 악필과도 같은 시선을 김연실에게로 쏟다. 김연실은 찔끔 놀라 눈을 내리깐다. 콜롬보가 다시 텔레비전으로 눈을 돌리며 말한다.

“돈 때문에 이런다고 보십니까? 얼마를 주실 수 있습니까? 제가
얼마를 달라고 하면 그 돈 다 주실 수 있습니까? 창숙이는 바람이 난
게 아닙니다. 창숙이는, 창숙이는…… 전화 건 그놈이…… 그놈이
잡아놓고선…….”

박팔봉은 온몸이 얼어붙는다. 창숙이라면 바로 영미가 아닌가. 박
팔봉은 영미가 죽었다고 전화 건 장본인이 바로 자신이라는 게 비로
소 떠오른다. 죽기 전까지 영미를 찾아내 진실을 밝히겠다는 건 영
미와 영미를 둘러싼 모든 사람을 다 죽이겠다는 뜻과 다를 바 없다.
박팔봉은 영미가 찾아와 울며불며 그 사람이 찾아내면 죽일 거라고
한 얘기며, 이름까지 바꾼 일이 또렷이 떠오른다. 이건 원수를 외나
무다리에서 만난 게 아니라, 원수가 계획적으로 외나무다리에서 기
다린 꼴이다.

박팔봉은 이 꼬이고 꼬인 일을 어찌 헤쳐나갈까 아득하기만 하다.
콜롬보를 죽이고 나가자니 살인자가 될 것이고, 때려눕히고 나가자
니 힘이 달린다. 만에 하나 김연실의 벗은 몸을 찍어 두었다면 일은
더 커질 게 불 보듯 훤하다. 김연실이 죽이고 싶게 밉지만 그래도 마
누라인데, 벗은 몸을 만천하에 공개하도록 내버려둘 수는 없다. 김
연실을 위해서가 아니라 천재 시인 박팔봉을 위해서라도 그렇게는
안 된다. 그러나 무슨 수로, 무슨 수로, 이 중차대한 사태를 막을 수
있단 말인가.

김연실은 텔레비전에 눈길을 둔 콜롬보를 힐끔댈 뿐 별다른 묘책이 있어 보이지 않는다. 박팔봉은 영미에 관한 일을 사실대로 털어놓으려다 말고 입을 다문다. 이 사정 저 사정을 늘어놓다 보면 오해가 생길 수도 있으니 차라리 콜롬보를 영미에게 데려다주면 일은 간단하다. 그러나 콜롬보가 영미를 죽인다면 그때는 할 말이 없게 된다. 아무리 배다른 오빠라 해도 오빠는 오빠인데, 오빠가 동생을 죽이라고 자객을 보내는 꼴이다. 만약 방송에서 그 사실을 떠들어대면 천재 시인 박팔봉은 사회적 체면과 인간적 체면을 접고 세상과 작별의 손수건을 흔들어야만 한다. 이래도 죽고 저래도 죽는다면, 사회적 인간적 체면이 손상되지 않는 쪽을 택해서 죽는 게 명예롭다.

이런 관점에서 박팔봉은 콜롬보를 찬찬히 뜯어본다. 이 밤에도 색안경이나 쓰고 있는 걸 보면 당장에라도 신체포기각서를 쓰라고 할 상이다. 그럴듯하게 말을 둘러대서 그렇지 어쩌면 청부살인업자인지도 모른다. 까딱하다간 천재 시인 박팔봉이 청부살인업자한테 당할지도 모른다. 그런데 누가 청부살인업자를 고용해 이 천재 시인 박팔봉을 죽이려 드는 걸까? 천재 시인을 질시하는 그 어떤 안티 세력이 이렇게 시킨 것은 아닐까?

박팔봉은 생각을 하도 개괄적으로 하는 바람에 시간이 가면 갈수록 더욱더 갈피를 잡지 못한다. 생각 끝에 박팔봉은 자신이 누구라는 걸 숨기고 콜롬보를 설득해 여길 빠져나가는 게 수라고 판단한다. 그런데 어떤 방법으로 설득을 해야 할지 도무지 생각이 나지 않는다. 시를 한 수 풀라면 수갑을 푸는 것보다 쉬울 터인데, 저런 정신 병자인지 청부살인업자인지 모를 자한테 시가 먹혀들지 자신이 없다. 그렇다 해도 안 하는 것보다야 나을 것이라는 생각에 박팔봉은 어흠 어흠 헛기침을 한다.

"사랑이여, 가시 같은 사랑이여, 뉘를 꿰차고 도망가는가, 눈물을 뿌리고, 아쉬움을 메다 꼰아 박으며, 어디로 가버리는가……."

텔레비전에 시선을 두었던 콜롬보가 조용히 하라고 자신의 입술에 집게손가락을 댄다. 박팔봉은 시의 가야금 줄을 타다 말고 스톱키를 잡는다. 그러면 그렇지 저런 불상놈이 시를 알리 만무다. 그저 세파에 찌들어 사람이나 납치해 인질로 삼을 줄이나 안다. 거기다 얼마나 잘났는지 이 밤에도 시커먼 안경이나 쓰고 목에 힘을 빳빳이 주고 있다. 당나라의 천재 시인 백거이가 페라리를 타고 와 사인을 받으려 할 시를 가로막다니, 저런 자야말로 살인자이다. 시는 살인자 앞에서도 의연하게 드러나야 하는 태양이다. 밥은 몇 끼 굶어도 되지만 시는 절대 굶을 수 없다. 이렇듯 고결한 시를 전복시키려는 자는 죽어서 시의 종의, 종의, 종의, 종이 되어야 마땅하다.

시의 세계에 함몰되어 가는 박팔봉을 김연실이 꼬집는다. 박팔봉은 김연실의 손을 털어 내며 이게 왜 꼬집느냐고 눈을 부라린다. 김연실은 눈짓으로 텔레비전 뉴스를 가리킨다.

"방금 들어온 소식을 말씀드리겠습니다. 세 모녀가 같은 시간에 피살과 중상을 입은 채 발견되었습니다. 모 아파트에 사는 집주인

박영미 씨는 아파트 뒤편 후미진 곳에서 머리에 타박상을 입고 목이 졸리고 입이 찢어진 채 숨겨 있었고, 박영미 씨의 딸 박찬희 양은 집에 들어가다 목이 졸린 듯 문 앞에 쓰러져 있었습니다. 박영미 씨의 입엔 목련꽃잎이 물려 있었고, 머리칼 옆엔 치실로 보이는 실이 있었습니다. 경찰은 목련나무에 묻은 피와 치실을 단서로 범인을 밝혀내겠다고 말했습니다. 피살자가 반항한 흔적이 없고 얼굴에 웃음을 띤 점으로 봐, 경찰은 이 사건을 면식범에 의한 살인으로 보고 있습니다. 박영미 씨의 어머니 조말순 할머니는 아파트 층계참에 쓰러져 있었는데, 의식불명 상태로 인근 병원 응급실로 실려 갔습니다. 생명에는 지장이 없으나 앞을 보지 못하는 노인이라 이 사건을 해결하는 데 얼마나 도움이 되어 줄지는 모른다고 했습니다. 경찰은 이 사건을 한 사람의 소행인지 공범이 있는지, 지문 검색과 인근 우범자를 조사하기로 했습니다. 우발적 소행이기보다 아파트 재개발을 둘러싼 원한 관계나 치정에 얽힌……."

텔레비전에선 아파트 계단과 아파트 뒤편 보안등이 있는 곳을 비춘다. 보안등 옆에 목련 한 그루가 처연하게 비를 맞는다.

박팔봉은 저 색안경을 쓴 자가 기어이 영미를 찾아내 죽인 다음, 어머니와 찬희마저 죽이고 돈을 뜯어내기 위해 김연실을 유괴해왔을 것이라고 여긴다. 김연실은 김연실대로, 콜롬보가 사람을 사서 할머니와 영미와 찬희를 죽이게 사주한 다음, 알리바이를 맞추기 위해 자신을 만난 게 아닐까 생각한다.

이 와중에도 박팔봉은 이 사건을 놓칠 수 없는 기회로 삼는다. 이런 충격은 마누라가 미스코리아 진이 되었다는 소식에 버금가는 충격이다. 이 국가대표급 충격이 가시기 전에 조시부터 지어야겠다고 벼른다. 박팔봉은 배다른 동생과 조카와 목련을 떠올리며 입술을 가다듬는다.

한편, 김연실은 하필이면 이런 때 저런 일이 벌어졌을까 가슴이 내려앉는다. 재개발을 코앞에 두고 영미가 죽었으니, 더구나 시어머니는 의식불명이라니, 이 큰 짐을 어찌 다 지고 가야 할지 앞날이 구만리다. 시어머니의 성화도 성화였지만 갈 때마다 영미와 안 살겠다고 떼를 쓰며 트집을 잡는 통에, 말이 떨어지기 무섭게 건강식품이며 저울을 사다 대령했다. 그것이 이렇게 물귀신으로 잡아챌 줄은 생각도 못한 일이다. 건강이 밉다 밉다 이렇게 미울 수가 없다. 김연실은 앞으로 시어머니의 대소변이나 받아내며 살아야 한다면 어떻게 하나 머리가 팽 돈다.

콜롬보는 이미 굳어져 더는 굳어질 수 없는 얼굴로 박팔봉과 김연실을 돌아본다. 차돌을 깨고 바위를 부수고 다리를 폭파시킬 만한 시선이 김연실과 박팔봉을 원자로 분해한다. 콜롬보는 그런 시선으로 정견발표 같기도 하고 일급 재해선포 같기도 한 말을 한다.

"그동안 저는 뉴스를 볼 때면 예사로 본 적이 없었습니다. 어떤 사건이든 여자가 죽었다는 뉴스가 나오면 그 현장으로 달려가곤 했습니다. 혹시 창숙이 아닐까 알고 싶었습니다. 창숙이는 죽지 않았습

니다. 제 이 두 눈으로 확인하기 전까지 창숙이는 살아 있습니다. 창
숙이가 죽은 걸 확인하는 게 아니라 살아 있다는 걸 확인하러 달려
갔던 겁니다. 저 박영미라는 여자, 어쩌면 창숙이일지도 모릅니다.
치실로 보이는 실이 머리칼 옆에 떨어져 있다고 했는데 창숙이도 종
종 재봉실로 머리를 묶은 적이 있습니다. 저는 창숙이를 만나러 가
야겠습니다. 두 분에 관해서 말씀드리자면 제가 해야 할 일은 다 했
습니다. 이제 두 분은 알아서 마음대로 하십시오.”

콜롬보는 한 번도 그래 보지 못한 급한 걸음으로 사다리를 오른
다. 여닫이 뚜껑을 열어놓은 채 콜롬보가 아래를 내려다보며 부러지
는 음성으로 말한다.

“김연실 씨, 나는 원칙대로 한 여자만을 사랑했습니다. 김연실 씨
도 원칙대로 한 남자만 보고 사십시오.”

콜롬보는 이십여 년간, 위 어디쯤인가에 걸려 만성소화불량을 일
으켰을 말을 처음으로 뱉는다.

콜롬보는 비대해질 대로 비대해진 사랑을 안고 비 오는 밤길을 내
달린다. 자신이 자신을 감독하는 길이라는 걸 모른 채, 자신이 만든
사랑이라는 원칙만을 찾아 달리고 또 달린다. 화요일 밤, 군살과도
같이 변해버린 사랑 위로 찬비가 그칠 줄 모르게 내린다.

🌰 비의 저편

　김연실과 콜롬보, 나중에 합류한 박팔봉의 한판 승부가 보기에 어떠셨는지? 먼저 차포를 떼려 선후를 다투는 모습이 마치 오디션에서 주인공에 뽑히려 애를 쓰는 것 같진 않았는지? 그들의 그다음을 유추해 보는 것도 그리 나쁘진 않을 터.

　그들 위로 비가 내렸지. 주인공이든 주변인물이든 엑스트라든, 비는 그들 위로 골고루 내렸다. 비는 몸을 적시지만 그보다는 마음을 더 적신다. 마음이 젖는다고 다 서정적일 거라 생각하시는지? 아닙니다. 잠시 분위기를 바꿔 예화 몇으로 흰소리를 좀 해 볼 랍니다.

　첫 번째 예. 명품을 좋아하는 김 모라는 사모님이 있다. 그 사모님은 비가 오면 이런 생각을 한단다. 저기 저 비 맞는 모텔 입구에다 단 하나밖에 없는 명품 스웨터를 놓아두면 어떻게 될까? 비를 맞고 부쩍부쩍 크는 씨앗처럼, 명품 스웨터가 비를 맞고 부쩍부쩍 늘어날 거야. 그렇게만 되면 좁아터져 숨통 막히던 스웨터가 넉넉하게 늘어나겠지? 매일 입을 수 있게 되니 좋아, 젊은 년들 눈치 보지 않아도 되니 좋아, 본전을 뽑을 수 있게 되니 좋아, 좋아, 좋아, 아이, 좋아라.

　두 번째 예. 돈을 좋아하는 허 모라는 사내가 있다. 그 사내는 비가 오면 이런 생각을 한단다. 저기 저 비 맞는 마당에다 지폐를 꽂아두면 어떻게 될까? 비를 맞고 새싹이 움트듯, 지폐가 움틀 움틀 자랄 거야. 자란 지폐는 상추잎 퍼지듯 여기에도 지폐, 저기에도 지폐, 지폐밭이 되겠지? 지폐밭에서 지폐를 따면 돈을 사러 가지 않아도 되니 좀 좋아?

세 번째 예. 술을 좋아하는 심 모라는 어르신네가 있다. 그 어르신네는 비가 오면 이런 생각을 한단다. 저거 저 비 맞는 나무에다 빈 술병을 매달아두면 어떻게 될까? 비가 내리듯 술이 내리면 빈 술병엔 비 대신 술이 차겠지? 그렇게 되면 이 가지에도 술병, 저 가지에도 술병, 주렁주렁 술병나무가 될 거야. 술을 사러 무시로 동네 구멍가게를 가지 않아도 되니 이 얼마나 고마운 일이야. 눈곱 뗄 일 있을 때 한 병 뚝 따 마셔, 돋보기 쓸 일 있을 때 한 병 뚝 따 마셔, 머리카락 한 올 빠질 때 한 병 뚝 따 마셔, 참 좋은 일이야. 이러니 가뭄은 인간 파괴범이고 비는 인간축복자이지.

아시다시피 위의 얘기는 당신의 얘기가 아니다. 밝힐 수 없는 모모 씨가 제공해 준 에피소드 몇이 떠올라 그저 해 본 소리다.

비는 아직도 내린다. 이렇게 얘기를 하는 동안에도 쉬이 그칠 비가 아니라는 듯 고집스레 내린다.

화요일, 비 오는 이 봄밤, 운섭과 영미가 먼 길을 떠난 바로 그 시간, 허필준이 마당에서 돈 비라며 맞고 있는 바로 그 시간, 준오가 찬희를 죽이고 조 할머니가 층계참에 쓰러지던 바로 그 시간, 박팔봉과 김연실, 콜롬보가 티격태격하던 바로 그 시간, 미란과 심 선생은 무엇을 하고 있을까?

비는 비가 아니다. 사람의 마음을 손 까불러 한 잔의 커피, 한 잔의 술, 한 번의 포옹을 주기도 하고 산이며 들, 농로를 타고 다니며 발아의 꽃이 되어주기도 한다. 비는 언제 어느 때 내리느냐에 따라 장사를 망치게도 하고 흥하게도 한다.

봄이 봄을 재촉하는 이런 밤, 포장마차 위로 내리는 비는 매상에 영향을 준다. 비는 매상을 망치려고 혹은 보태주려고 내리는 건 아니다. 비는 선도 악이 아닌, 부도 가난도 아닌, 그저 비일 뿐이다. 그래, 그렇게 생각하자. 비에게서 어떤 추억, 어떤 느낌을 찾겠다면 이 시간 포장마차 대신 눈꽃 같은 찻집에 앉아 향이 좋은 차를 마셔야 한다.

미란은 아까부터 포장마차 위를 후드득 후드득 때리는 빗소리를 들으며 생각에 잠긴다. 비는 한 번도 똑같은 비로 내린 적이 없다. 비를 불편해하는 사람들에게도, 비를 이용하려는 사람들에게도, 비는 늘 다른 얼굴로 내린다. 신이 조화를 부려 사람이 비가 된다면 나비 모양의 안경은 쓰지 않으리라. 입술 옆에 애교점도 찍지 않으리라. 모교나 피시방, 미란이라는 동명이인의 장애아를 찾지도 않으리라. 그러나 비는 비이기에, 기획안이나 실행해야 할 강령이 아니기에, 집이 포장마차이고 포장마차가 집인 지금의 옷을 갈아입혀 주지 않는다.

미란은 지나가는 사람들을 초점 없는 눈으로 흘려보낸다. 이 시간 사람들은 어디서 무엇을 하고 있을까. 황학동의 남자는 돈을 만들고 있을 것이고, 그 아들은 로또를 사러 복권방을 들락거릴 것이다. 시를 쓰는 사람은 이 비로 시를 만들고 있을 것이고, 자격증선생은 그 자격증으로 뭘 우려먹을까 궁리하고 있을 것이다. 심 선생 생각이 나자 미란은 참을 수 없이 구토가 인다.

심 선생이 참을 수 없이 구토가 이는 눈빛으로 미란의 아래위를 훑는다.

"몇 시에 문을 닫소?

미란은 반쯤 풀린 심 선생의 눈을 빤히 보며 웩웩 구역질을 한다.

"지금이라도."

심 선생은 어디 속이 좋지 않으냐고 묻는다. 미란은 속이 좋지 않은 게 아니라 마음이 좋지 않아서 그런가 보다고 대꾸한다. 심 선생은 마음이 좋지 않을 땐 포장마차를 걷는 수밖엔 없다고 말한다. 미란은 얼마를 줄 수 있느냐고 묻는다. 심 선생은 오늘 하루 매상을 책임져 주겠다고 한다. 미란은 포장마차를 그대로 둔 채 심 선생을 따라나선다.

미란이 모텔 방을 휘 둘러보며 심드렁하게 묻는다.

"뭐하는 분이세요?"

심 선생은 짐짓 느긋하게 넥타이를 풀어 화장대 위에다 놓으며 대답한다.

"이런 델 와서 뭘 그런 걸 다 묻소?"

미란은 심 선생을 보며 까만색 카디건을 벗는다.

"점잖으신 분 같아서 그래요."

심 선생은 미란을 보며 와이셔츠 단추를 푼다.

"중학교 교장을 지냈소."

미란은 화장대 의자로 가 앉으며 어느 중학교냐고 묻는다. 심 선생은 유일중학교라고 대답한다. 미란은 그 학교로 교생실습을 나간 적이 있었다고 말한다. 심 선생은 불에 덴 듯 그게 사실이냐고 묻는다. 미란은 국어 교생을 맡았었다고 대답한다. 심 선생은 무겁게 끄응 소리를 내더니 사실은 그 학교 교장은 아니었다고 말한다. 미란은 그럼 어느 학교였냐고 묻는다. 심 선생은 이런 델 와서 정말 이러기냐고 얼굴이 벌게진다. 미란은 같은 분필밥 먹은 동지를 만나 반가워서 하는 소리라고 말한다. 심 선생은 별 게 다 반갑다고 대꾸한다. 미란은 이왕 만났으니 공통분모가 될 얘길 해 보는 것도 좋지 않겠느냐고 말한다. 심 선생은 그럼 분필 얘길 더 하자는 거냐고 묻는다. 미란이 고개를 끄덕이자 심 선생은 자신은 교장이 아니라 학원 원장을 했었다고 말한다. 미란은 어느 학원이냐고 묻는다. 심 선생은 우등생학원이라고 대답한다. 미란은 재수할 때 그 학원 종합반엘 다닌 적이 있었다고 말한다. 심 선생은 그게 사실이냐고 묻는다. 미란은 그 학원에서 가장 유명했던 허필준 선생에게서 영어를 배운 적이 있다고 말한다. 심 선생은 사실은 학원 원장이 아니라 지역선도위원회 회장이었다고 말한다. 미란은 지역선도위원회 회장님께서 이래도 되는 거냐고 묻는다. 심 선생은 미성년자하고 들어온 것도 아닌데 무슨 문제가 있느냐고 반문한다. 미란은 그러면 사모님한테 허락받고 왔느냐고 묻는다. 심 선생은 그렇게 말할 거면 왜 여길 왔느냐고 되묻는다. 미란은 구토가 나서 쉬러 왔을 뿐이라고 대답한다. 심 선생은 지금 누굴 엿 먹이겠다는 거냐며 벌컥 성을 낸다. 미란은 엿 먹이겠다는 게 아니라 하루 매상을 책임져 준다는 말을 듣고 온 것뿐이라고 말한다. 심 선생은 오래 살다 보니 별 이상한 년을 다 보겠다며 와이셔츠 단추를 채운다. 미란은 학교 선생질까지 한 년이 떡볶이 장사나 하고 있으니 이상하긴 이상할 거라고 대꾸한다.

심 선생은 넥타이를 매며 생각한다. 선생질까지 했다면서 떡볶이 장사나 하는 저 아리송한 년을 잡아먹어 말아? 미란은 카디건을 걸치며 생각한다. 중학교 교장에서 지역선도위원회 회장으로 떨어진 저 허풍쟁이를 계속 가지고 놀아 말아?

심 선생이 털썩 침대에 걸터앉으며 말한다.

"우리 이럴 게 아니라 비즈니스에 대해 얘기해 보는 게 어떻겠소? 혹시 요리사 자격증 있소? 떡볶이 체인점을 열어보는 것도 괜찮을 것 같은데…… 요리사 자격증이라면 나한테 있는데 나하고 동업하면 꽤 수익이 날 거요. 요즘처럼 변동금리 같은 세상엔 확정금리 같은 자격증이 최고요. 내가 가진 요리사 자격증으로 떡볶이 체인점을 합시다."

비가 바람도 타지 않고 굵직하게 내린다. 심 선생이 비를 들추며 포장마차 안으로 들어온다.

"뭔 생각에 그리 빠져 있소? 비가 오니 멜랑콜리해졌나 사람이 와도 본 척도 하지 않는구먼."

심 선생이 오뎅 한 꼬치를 집어 간장에 찍는다.

"소주 한 잔만 주쇼. 이런 날 술 없이 보내라는 건 죽으라는 얘기요."

미란은 소주 한 잔을 따라 심 선생에게 준다. 심 선생이 소주를 단숨에 털어 넣는다. 미란은 심 선생이 빼먹고 놓은 꼬치 막대를 보며 생각한다. 저 꼬치 막대는 창으로 쓰는 게 나을까 뜨개질하는 데 쓰는 게 나을까.

심 선생이 오뎅 국물을 후루룩 후루룩 소리 나게 마신다.

"비라는 놈은 참 끈질긴 놈이오. 끊었던 술까지 생각나게 하니 마약이 따로 없단 말이야."

미란은 심 선생에게 다시 한 잔을 따르며 하고 싶은 말을 삼킨다. 술이 고체냐? 끊을 수 있게. 뻑 하면 술 끊었다는 사람들을 위해서라도 고체로 된 술이 나왔으면 좋겠다. 박을 썰듯 이리 썰어 먹고 저리 썰어 먹고, 솜사탕을 뜯어 먹듯 이리 뜯어 먹고 저리 뜯어 먹으면 얼마나 흥이 날까.

심 선생은 소주 한 잔을 단숨에 털어 넣더니 빈 잔을 내민다.

"며칠 굶어서 그런지 살살 녹는구먼. 죽죽 내리는 저 비 좀 보쇼. 저게 술이라면 얼마나 좋겠소. 참, 여기 오기 전에 뉴스를 봤는데 모녀가 목 졸려 살해되었다는구먼. 이런 비 오는 날 밤에 살인이라…… 어떤 자식인지 날씨 한번 잘 골랐어.”

미란은 잔 가득 소주를 따른다. 심 선생이 새 오뎅을 집어 쩝쩝거리며 씹는다. 심 선생의 목울대가 꿈틀하다 내려앉고 꿈틀하다 내려앉는다.

미란은 포장마차 밖으로 시선을 돌린다. 그렇게라도 죽을 수 있었으니 좋겠다. 죽고 싶어도 죽을 수 없는 사람이 있다는 걸 저 자격증 선생은 알까 모를까.

심 선생이 반 잔만 마시고 소주잔을 내려놓는다.

“이 살인 사건을 어떻게 보시오? 경찰은 치정에 얽힌 사건으로 보던데. 한 놈이 모녀를 해먹다 들켜서 둘 다 죽인 게 아닐까? 지문 검색을 해본다니까 정액도 검사하겠지. 그렇게 되면…….”

심 선생의 눈이 불그레 풀어진다. 미란은 안구 검사라도 하듯 심 선생의 눈을 빤히 쳐다본다. 술이 더 들어가면 눈이 충혈되는 게 아니라 눈에서 거품이 일면 어떻게 될까. 빨갛고 파랗고 노란 거품이 부글부글 흘러내리는 걸 보면 시 선생은 문학상감의 시를 지을 것이고, 제약회사는 거품이 지겹다며 거품제거제를 내놓을 것이고, 그게 암을 정복하는 것보다 어려워지면 폭주가나 애주가들은 애저녁에 없어질 것이고, 술김에라는 말도 필름이 끊겼다는 말도 없어질 것이고, 술김에 하는 말은 진심이지만 진실이 아니라는 사실도 생겨나지 않을 것이고, 끊어진 필름을 맞추려 다음 날 여기저기 전화를 걸어 어제 실수하지 않았느냐고 속절없는 말로 속을 끓이지 않아도 될 것이다. 그렇다고 세상 살기가 수월하기만 할까.

심 선생의 얘기도 수월하지만은 않다.

"우리나라엔 미제사건이 너무 많아. 장비와 인력이 부족하다곤 하지만 알고 보면 살인사건을 해결할 의지나 능력이 없는 거지. 미제사건만 전문으로 해결하는 자격증이 있다면 미제사건은 사라질지도 모르오. 그런 자격증이 있었다면 벌써 땄을 거요."

미란은 철사에 매달아 놓은 두루마리 휴지를 풀어 심 선생에게 건넨다. 두루마리 휴지야, 너는 어떤 이름의 자격증을 땄기에 여기 이 포장마차에 걸렸니. 자격증을 따고 나왔으면 저 자격증 선생의 목이나 휘휘 감아버려라.

심 선생이 바지에 떨어진 오뎅 국물을 휴지로 쓱쓱 닦는다.

"왜 말이 없소? 비에 빠지셨나. 같이 한잔하겠소?"

미란이 고개를 가로젓는다. 비는 그칠 기미도 없이 와다닥 와다닥 포장마차 비닐 지붕을 때린다. 이 비를 맞으며 죽어가던 여자는 그 순간 무엇을 보았을까. 비를 맞아가며 사람의 목을 쥘 수밖에 없었던 사람은 그 순간 무엇을 생각했을까. 생명에 대한 윤리가 버거워질 때 사람들은 무엇을 어찌 할까.

심 선생의 목소리가 눅진눅진해진다.

"오늘은 손님도 없는데 일찌감치 걷지 그래요? 언제 걷을 거요?"

미란은 떡볶이가 말라가는 판과 희미하게 김을 올리고 있는 오뎅 그릇을 보며 대꾸한다.

"언제 걸을까요?"

심 선생의 입가에 기름진 웃음이 번진다.

"지금 닫아요 지금. 오늘같이 비 오는 날 밤은 오붓한 게 최고지."

거나해진 목소리가 벌써부터 번들대는 촉수로 미란을 핥는다. 미란은 심 선생이 먹고 빼놓은 꼬치 막대를 만지작거린다. 아무래도 이건 창으로 쓰는 게 낫겠다.

미란은 양말을 벗으며 말한다.

"나를 죽여줄 수 있어요? 그렇다면 오붓하게 죽어줄 수도 있지요."

심 선생은 포장마차가 떠나가게 웃으며 고개를 끄덕인다. 심 선생의 몸이 만족감으로 마구 흔들린다.

미란이 맨발바닥으로 비를 밟는다. 비가 전신을 타고 올라온다. 시린 기가 으스스 뼛속까지 찌른다. 미란은 차가워진 발로 포장마차 밖으로 나간다. 심 선생은 대단한 열정이라며 붉게 타는 목소리로 외친다.

미란은 비를 맞아가며 포장마차 앞을 왔다 갔다 한다. 밤비가 미란의 정수리를 제법 세게 쓸어내린다. 어둠이 흘러내리고 어둠을 탄 밤비가, 멀리도 못 가고 그 앞만 왔다 갔다 하는 미란을 죽여주게 쓰다듬는다.

여기까지가 주인이 내게 들려준 이야기다. 주인은 천일야화의 세에라자드인 양, 이 이야기를 한꺼번에 해 준 게 아니라 매일 한 가지씩만 해 주었다. 그래 그런지 단편적인 느낌도 없지 않아 있는데, 그나마 이젠 주인의 목소리를 들을 수 없다. 한때 주인은 졸려 죽겠는 나를 붙들고 이 이야기를 큰소리로 낭랑하게 읊기도 했다. 그것도 한 번이 아니라 수도 없이 하고 또 했다. 어느 땐 순서도 무시하고 그날 기분에 따라 아무거나 말해주었다.

그러고 보니 주인이 마무리라며 또 한 번 군더더기로 붙인 얘기가 생각난다. 여태껏 배를 깔고 들었던 팽과 쌕이 마저 해 달라고 조른다. 그럴까? 하긴, 주인의 심정이 열띠게 들어 있으니 그냥 말기도 좀 그렇다. 나는 주인이 내게 해 준 그 마무리 이야기를, 유일한 청중인 쌕과 팽에게 들려준다.

출발부터 나는 이 이야기가 솔직하다고 떠벌렸다. 엄청 재미있으니 사이다 병을 준비하라고도 했다. 당신이 주인공으로 나오니 당신을 찾아보라는 주문도 했다. 당신은 지금 허탈하거나 귀찮은 감이 들지도 모른다. 여기 나오는 등장인물들이 어디 나냐고, 따지고 싶기도 할 것이다.

그러나 이 시금털털한 세상에서 한 번쯤 패턴을 바꿔보는 건 어떨까. 시의 화단으로 들어가 시를 꽃피워보기도 하고, 풍년가와 같은 돈을 만들어보기도 하면서, 자격증에 엎치락뒤치락도 해보고, 불륜을 만들어보는 것도 그럭저럭 살 만한 일이 아니겠는가. 위선의 바퀴를 굴린다면 어떻고 가식의 반지를 뽐낸다면 또 어떤가. 슬픔의 파티복도 입어보고 기쁨의 비옷도 입어보며, 곪아보기도 하고 곪은 부위를 세게 쳐보기도 하는 것은, 기실 살아 있기에 누릴 수 있는 특권이 아니겠는가. 인색할 때가 있으면 베풀 때도 있고, 쩨쩨할 때가 있으면 호탕할 때도 있다. 차분할 때가 있는가 하면 엉터리일 때도 있고, 비쩍 말랐을 때가 있는가 하면 영양과잉이 될 때도 있다. 용서할 때도 있고 용서받아야 할 때도 있고, 유혹할 때도 있고 유혹당할 때도 있는 것은, 죽음을 방지하기 위한 신의 전략이다.

제한할 수 없는 생의 이 시공간은 이래서 매력덩어리다. 비극 속에 희극이, 희극 속에 비극이 들어 있기에 살맛이 난다. 이참에 신 나게 소리 한번 질러보시라. 비극을 휘어잡는 희극이여! 희극을 휘어잡는 비극이여! 이 둘이 한조가 돼 덩더쿵 팔다리 제멋대로 휘두르면 박자 틀리지 율동 틀리지, 그 틀리는 재미들이 어느새 으쌰으쌰 하나가 된다.

한참을 그렇게 어우러지다 보면 출출해질 것이니, 그럴 때 잡탕찌개 앞으로 다가가 앉아보시라. 뽀글뽀글 끓는 벌건 찌개 속에서 미나리부터 건져 먹을까 조개부터 건져 먹을까, 아니면 누가 먹기 전에 생선 가운데 토막에 젓가락을 찔러버려? 하면서, 당신은 행복한 고민에 빠지게 된다. 기왕 말이 난 김에 오늘은 잡탕찌개를 먹으러 가보시라. 행복한 고민으로 당신은 무궁무진 무르익게 될 것이다.

돼먹지 않게 허풍이 심각할 만큼 심한 말에 말려 당신은 길다면 길고 짧다면 짧은 여행을 했다. 그래도라고 해야 할지, 그래서라고 해야 할지 모르지만, 아무튼 나는 행복하다. 당신과 내가 같은 시간 같은 동네를 어깨동무하며 왔으니 나는, 내 동무가 되어준 당신에게, 주인공 당신에게, 진심을 다해 감사드린다.

행복하다고 고백했던 주인은 그 시절의 행복은 어따 팔아먹고 저리 등판에 비만 키우고 있는지 보기에도 딱하다. 주인이 사탕이 녹아 없어질 때까지 사탕발림을 해도, 사람들은 우리 주인이 지금까지 얘기한 『그러나 설레는 걸』이라는 소설을 읽지 않는다. 딴은 그렇다. 세상은 소설보다 더 소설 같고, 사람들은 소설의 주인공보다 더 주인공으로 사는데, 어느 누가 그보다 떨어지는 얘기에 귀 기울일까.

철학관이든 신 내림을 받았다는 부채도사든, 요즘엔 오전만 영업하는 집이 대부분이다. 영업 방침을 감질법으로 바꾸는 바람에 자신이 주인공으로 어떻게 나오나 궁금한 사람들은, 그 시간을 놓칠세라, 오래 기다리면 어쩌나, 새벽부터 대기표를 받아 들고 아침 해장을 김밥과 라면으로 때운다.

우리 주인이 지금까지 얘기한 소설이 여러 사람에게 읽히려면 그런 감질법보다 더 잘생긴 감질법을 써야 하는데, 지금의 나는 아함~, 하품이나 해대고, 우리 주인은 먹통으로 앉아 지나가는 사람들만 본다. 매일, 벌써 수년째, 주인의 등판만 보고 있자니 등판에서 억장이 무너지는 소리가 내 억장을 무너지게 한다.

내 인상이 우그러졌는지 쌕이 나선다.

"말하다 말고 표정이 왜 그래? 얘긴 다 끝난 거야?"

나는 바깥출입을 못해 푸슬푸슬 버짐 핀 얼굴이 새삼 쑥스럽고 면구스럽다.

"어, 다 끝났어. 밖은 어때?"

쌕이 꼬리에 빳빳이 힘을 주며 동그랗게 만다.

"얘길 들어 보니 밖이 너구만 뭘 자꾸 밖을 궁금해하냐?"

나는 그게 무슨 소리냐고 묻는다. 팽이 요란스레 날갯짓을 하며 쌕에게 뭔가를 속닥거린다. 쌕과 팽이 의기투합한 듯 한목소리를 낸다.

"쇼를 하라! 쇼를 하라! 쇼를 하라! 이걸 세 번 복창하면 뭐가 되는지 알아? 쇼쇼쇼! 쇼쇼쇼 잘 들었다. 음핫핫핫!"

머라? 쇼쇼쇼? 아니 저것들이 나를 찜 쪄 먹으려 드네. 그래 봐야 쥐새끼는 쥐새끼이고 파리새끼는 파리새끼라는 걸 니들은 아느냐 모르느냐? 나는 팽과 쌕을 내쫓으려다 그만둔다. 팽과 쌕마저 없다면 나는 정말이지 무료함으로 무좀에 걸릴지도 모른다. 온몸과 정신에 무좀이 벌창한다 치면, 팽과 쌕은 나를 버리고 다른 치에게로 눈을 돌릴 게 틀림없다. 나는 울컥 치미는 열기를, 곧 나올 듯한 변을 참아가듯 말한다.

"니들도 그 얘기에 나왔잖아."

쌕과 팽이 웃음을 거두고 제법 진지하게 나온다.

"그래, 알아. 저 주인이 저기 앉아서 오가는 사람들을 보며 썼으니 우리라고 없겠냐? 근데 좀 그렇지 않냐?"

뭐가 그렇지 않으냐고 물을 새도 없이 쌕과 팽은 지들끼리 떠든다.

"더 들을 것도 없어. 인간의 무대엔 도무지 절정이라는 게 없어. 매번 절정을 원해 절정으로 치달으니 절정이 있을 턱이 있나. 절정이 없으니 파국도 없고 무한 계속되는 것밖엔 없지."

"우리한테 기껏 얘기랍시고 떠든『그러나 설레는 걸』쟤도 마찬가지 아니니?"

"그래, 쟤도 쓸데없이 정신만 과열된 거야. 나, 쟤 들어올 때부터 알고 있었어. 저기 저 책방 주인이 자신이 낸 소설책이 안 팔리니까 도매상한테 싹쓸이로 받아다 여기 헌책방에다 처박아 둔 거잖아. 주인조차 거들떠보지 않으니 우리를 상대로 떠든 거겠지."

"그러니까 쇼쇼쇼 한 거 아니겠니? 음핫핫핫!"

순간, 나는 머리가 깨진다. 주인의 말대로 쥐새끼고 파리고 간에 둥개둥개 놀자판으로 놀자는 말인가? 쌩과 팩의 말을 부인하진 않겠다. 이래서 맘에도 없는 옹색한 과거가 나온다.

주인은 내가 이 세상에 태어난 날 무척이나 좋아했다. 그것도 반짝. 세상은 너무 차서 그런지 뜨거워서 그런지 주인 외엔 누구도 나를 반기지 않았다. 우리 주인은 그런 나를 끼고 가장 친한 친구한테 갔다. 그 친구에게 나를 준 것은 물론. 그 친구는 나를 받기 무섭게 이렇게 말했다.

"어, 마침 잘됐다. 라면 냄비 받침이 없어서 끼떡허면 신문지 찾아 헤맸는데 디게 좋은 걸 가져왔네. 고맙다 짜샤!"

그 친구, 우리 주인이 보는 앞에서 뜨거운 라면 냄비를 내 위에다 털컥 올려놓았다. (우리 주인은 그 일로 그 친구와 인연을 끊었다.)

그것만이 아니다. 우리 주인은 삼촌한테도 나를 주었다. 삼촌은? 역시 나를 읽기는커녕 한 달 후에 가 보니 삐딱하게 서 있던 수납장을 괴는 데 쓰고 있었다나.

그게 또 다가 아니다. 우리 주인이 길을 걷고 있을 때였다. 책을 좌판에 놓고 떨이로 파는 곳을 지나가게 되었다. 그 책들은 오백 원, 천 원 하는 책들이었는데, 맙소사, 거기에 내가 있었던 것이다. 단 돈 천원에.

그때 우리 주인은 생각했단다. 다 때려치우자. 그리해서 우리 주인은 나를 몽땅 다 거둬들여 이곳에다 부려놓았다.

이렇게 쓰린 과거를, 팽과 쌕이 들춰내는 건 할 짓이 아니다. 빌어먹을 놈의 쥐새끼 파리새끼 같으니라구! 내 얼굴이 얼마나 험상궂었던지 팽과 쌕은 재만 남기 전에 어서 여길 나가자며 꽁무니를 뺀다.

팽과 쌕마저 가고 없으니 나와 주인만 남는다. 가슴 한쪽이 슬며

시 아려온다. 할 수 있나? 나는 입때 입만 놀려대던 입을 다물고 하릴없이 주인의 등판만 본다.

본다, 바라본다, 이것은 무엇일까. 그것은 설렘일지도 모르겠다. 보는 것엔 단순히 사물만 들어 있는 게 아니라 자신이 원하는 것이 들어 있으므로 그렇다. 그래 그럴까? 밖을 보는 주인의 저 등판에서 지금껏 보지 못했던 새빨간 춤이 스멀스멀 기어 나온다. 저 춤의 정체는 무엇일까? 오가는 사람들을 보며 새 소설감이라도 떠올랐다는 말인가? 아니면 나를 팔아치울 업자라도 생각났다는 말인가. 이렇든 저렇든 나는 내게 붙어사는 이 진드기나 좀 털어버렸으면 좋겠다. □